古典文學研究輯刊

二三編

曾永義 主編

第17冊

石麟文集（第二卷）：
小說史總論

石 麟 著

國家圖書館出版品預行編目資料

石麟文集（第二卷）：小說史總論／石麟 著 -- 初版 -- 新北
市：花木蘭文化事業有限公司，2021〔民110〕
目 2+270 面；19×26 公分
（古典文學研究輯刊 二三編；第 17 冊）
ISBN 978-986-518-356-1（精裝）
1. 中國小說 2. 中國文學史 3. 文學評論
820.8 110000432

ISBN-978-986-518-356-1

9 789865 183561

古典文學研究輯刊
二三編 第十七冊 ISBN：978-986-518-356-1

石麟文集（第二卷）：小說史總論

作 者 石 麟
主 編 曾永義
總 編 輯 杜潔祥
副總編輯 楊嘉樂
編 輯 許郁翎、張雅淋 美術編輯 陳逸婷
出 版 花木蘭文化事業有限公司
發 行 人 高小娟
聯絡地址 235 新北市中和區中安街七二號十三樓
電話：02-2923-1455／傳真：02-2923-1452
網 址 http://www.huamulan.tw 信箱 service@huamulans.com
印 刷 普羅文化出版廣告事業
初 版 2021 年 3 月
全書字數 222047 字
定 價 二三編 31 冊（精裝）台幣 82,000 元

石麟文集（第二卷）：
小說史總論

石麟 著

作者簡介

石麟，1953 年出生於湖北省黃石市。曾任湖北師範大學文學院教授，中南民族大學文學院教授，現為湖北大學客座教授。同時擔任中國《水滸》學會會長，中國《三國演義》學會副會長，中國散曲學會理事，湖北省屬高校跨世紀學科帶頭人，湖北省有突出貢獻中青年專家。先後出版專著《章回小說通論》《話本小說通論》《中國傳統文化概說》《中國古代小說批評概說》《說部門談》《稼稗兼收》《李攀龍與後七子》《野乘瑣言》《傳奇小說通論》《通俗文娛體育論》《中華文化概論》《從「三國」到「紅樓」》《閒書謎趣》《中國古代小說評點派研究》《稗史迷蹤》《石麟論文自選集‧戲曲詩文卷》《中國古代小說文本史》《從唐傳奇到紅樓夢》《古代小說與民歌時調解析》《石麟文集類編》（五卷本）《中國古代小說批評史的多角度觀照》《施耐庵與〈水滸傳〉》《俗話潛流》二十三部，與人合著《明詩選注》《金元詩三百首》二書，主編教材三套，參編參撰書籍十種，撰寫《中華活頁文選》六期，並在《文學遺產》《明清小說研究》《戲劇》《古代文學理論研究》《藝術百家》《文史知識》《中國文學研究》《中華文化論壇》等刊物上發表學術論文二百二十多篇。

提　　要

　　中國古代小說可分為兩大類：文言小說與通俗小說。而文言小說又可分為志怪小說、志人小說、雜傳小說、傳奇小說等小類，通俗小說則可分為章回小說、話本小說兩小類。在以上諸小類中，筆者認為志怪小說、志人小說、雜傳小說均屬不成熟的「準小說」，惟有傳奇小說、章回小說、話本小說才是真正成熟的作品部類。故而，在教學之餘，筆者撰寫了關乎中國古代小說史的近二十篇論文，並先後出版了《章回小說通論》《話本小說通論》《傳奇小說通論》等專著。本冊所收的二十多篇論文，分別從上述三類小說中挑出某些有意味的問題進行專門的探討。有的問題是小說史上某個重要的「點」，有的問題則體現了小說發展某一方面的「線」，有的問題則擴展到更為廣泛的「面」上。如此，就形成了一個點、線、面相結合的著述單元，從而具有特別的意味。

目

次

橫看成嶺側成峰
——中國古代小說的階段和類別

　　毫無疑問,中國古代小說的發展歷程是縱橫交錯的。所謂「縱」向者,發展階段也;所謂「橫」向者,作品類別也。

　　從「縱向」來看,中國古代小說發展史可以分為六大階段:

第一,先秦至西漢

　　此階段可謂「無小說」階段,但是卻有小說形成的諸多因子。如上古神話傳說、先秦寓言故事、先秦兩漢史傳文學、民間講唱藝術、巫歌巫舞、俳優活動、方術等等。在這些文學藝術方式和文化活動中,都不同程度地蘊含著小說形成的因子。換言之,它們都對中國古代小說的形成產生了不同程度的影響。

　　上古神話傳說對小說形成的影響可分為顯性和隱性兩個方面。顯性影響指的是每一則神話傳說都有簡單的故事情節和一兩個較為突出的人物形象,如「夸父逐日」「女媧補天」「精衛填海」「鯀禹治水」等均乃如此。隱性影響則主要指這些神話傳說片段中所蘊含的英雄情結和復仇精神,或者說竟是那些英雄代表芸芸眾生對大自然危害人類的一種反作用力。而這種英雄情結和復仇精神,在此後的小說作品中隨處可見,只不過由「面向自然」拓寬為「面向社會」而已。唐代劍俠小說,明清武俠小說,乃至《三國》《水滸》《西遊》《封神》以及「說唐」「說岳」「楊家將」「薛家府」等都是以這種英雄復仇情結作為內在精神支柱的。

　　先秦寓言故事對小說形成的影響也可分為顯性、隱性兩方面。顯性影響

也是每一則寓言故事都有類型化的人物和再簡單不過的情節，如「鄭人買履」「刻舟求劍」「守株待兔」「南轅北轍」等。隱性影響則主要指哲理蘊涵和諷刺意味，或者說竟是那些智者率領芸芸眾生對現實生活中形形色色的問題進行冷靜的掃描、探究、思考、分析。而這種哲理蘊涵和諷刺意味，在此後的小說中亦可謂「深刻存在」。難道讀者諸君不能從《水滸傳》《西遊記》《金瓶梅》《紅樓夢》《儒林外史》《綠野仙蹤》《鏡花緣》等作品中感受到這一點嗎？

至於民間講唱藝術、巫歌巫舞、俳優活動、方術等等，主要是在表現形式上從不同的角度影響了小說的形成，此不贅言。

對於中國古代小說的起源，筆者主張「多源論」，上述各個方面都是小說形成的源頭，但其主源則應該是先秦兩漢史傳文學，這大概又可算作是「多源論」前提下的「主源說」了。

第二，東漢至隋

此階段可謂小說形成的預備階段，這一階段的作品主要有三大類。其一，雜傳小說，如《穆天子傳》《吳越春秋》中的某些片斷和《燕丹子》《飛燕外傳》等篇章。其二，志怪小說，如《搜神記》《幽明錄》《搜神後記》等著作中的某些篇章。第三，軼事小說，如《裴啟語林》《世說新語》《笑林》等著作中的一些片斷。

值得注意的是，上述作品，從整體而言都不是完整意義上的小說，只不過它們中間有若干大體上接近小說的篇章或片斷而已。因此，我們將它們統統稱之為「準小說」。

第三，唐五代

這是文言小說成熟的階段，代表作便是傳奇小說。唐五代傳奇小說的名篇佳作實在太多，大致上可分為兩種情況。一是單篇的佳作，其中尤以反映愛情生活者居多，如《任氏傳》《柳氏傳》《李娃傳》《柳毅傳》《鶯鶯傳》《霍小玉傳》《無雙傳》等等。二是集子中的某些好篇，其中尤以反映武俠內容者居多，如《甘澤謠‧紅線》《傳奇‧聶隱娘》《傳奇‧崑崙奴》《酉陽雜俎‧僧俠》《集異記‧賈人妻》《原化記‧車中女子》以及單篇《虬髯客傳》等等。

唐五代傳奇是中國小說史上最早出現的「純小說」。需要指出的是，在唐

五代傳奇這種純小說已經出現之後，像雜傳小說、志怪小說、軼事小說這些「準小說」作品仍然不絕如縷。因為「純小說」已經出現，再用「準小說」這個概念來指代它們就缺乏邏輯性了。因此，我們將唐代以後仍然出現的雜傳小說、志怪小說、軼事小說統統稱之為「次小說」。另外，唐代某些文言小說集已經出現傳奇與志怪「合集」的現象。

第四，宋元

這是通俗小說成熟的階段，代表作是話本小說。宋元話本保留到今天的作品主要有三大類。一是講史話本，如《梁公九諫》《新編五代史平話》《宣和遺事》《全相平話武王伐紂書》《全相平話樂毅圖齊七國春秋後集》《全相平話秦並六國》《全相平話前漢書續集》《全相平話三國志》《薛仁貴征遼事略》等。二是說經話本，只有一種，即《大唐三藏取經詩話》。三是小說話本，保留至今者大約有五六十篇，基本上被收在《清平山堂話本》《熊龍峰刊行小說四種》《古今小說》《警世通言》《醒世恆言》等集子中。

話本小說進入明代以後，其講史話本和說經話本演變為章回小說。在《全相平話三國志》與《三國志通俗演義》之間，《宣和遺事》與《水滸傳》之間，《大唐三藏取經詩話》與《西遊記》之間，《全相平話武王伐紂書》與《封神演義》之間，《新編五代史平話》與《殘唐五代史演義傳》之間，《薛仁貴征遼事略》與「說唐」系列小說之間，都有著十分明顯的傳承痕跡。而小說話本則演變為擬話本小說，「三言」是小說話本向著擬話本的過渡，而凌濛初的「二拍」則是標準的擬話本。

第五，明代

這是通俗小說全面繁榮的時代，無論是長篇還是短篇，全都臻於極致。中長篇的章回小說，基本上是沿著「四大潮流」的趨勢發展。即《三國志通俗演義》帶動下的史傳小說，《水滸傳》為龍頭的英雄小說，《西遊記》為代表的神異小說，《金瓶梅》所開創的家常小說。當然，其他類型的小說，如風情小說、公案小說、社會小說也初露端倪。與此同時，短篇通俗小說被稱之為擬話本，而且都是結集出版。「三言」「二拍」將擬話本小說的創作推向高峰，並影響了有清一代。

明代的文言小說雖然遠遠不及唐代那麼輝煌，但卻大大超過宋元時期，而且還具有自身的特點：篇幅加長，描寫委婉曲折。從元代宋遠的《嬌紅記》

發端，到明代前中期，竟至成批湧現出字數以萬計的長篇巨製，如《賈雲華還魂記》《鍾情麗集》《尋訪雅集》《龍會蘭池錄》《花神三妙傳》《天緣奇遇》《劉生覓蓮記》《李生六一天緣》《懷春雅集》《傳奇雅集》等。另外，從唐人傳奇小說中發展而來的那些極富文學色彩的人物傳記類的作品，被人稱之為「虞初體」小說，也在晚明初露端倪。

第六，清代

清代是中國古代小說全面鼎盛的時代。各種題材、各種體裁的作品都顯示出勃勃生機，有的還能垂範後世。

章回小說在明代四大潮流的影響下，題材的開拓出現了更為可喜的局面。小說家的筆觸，伸向了社會生活的方方面面。但其中最為突出的則是在《金瓶梅》影響下的家常小說，《紅樓夢》將其推向極端。其次，是在描寫知識分子生活的小說陣營中，豎起了《儒林外史》這面大纛。影響所及，使這兩大類題材作品的創作成為清代通俗小說的主流。此外，風情小說、才美小說、社會小說也都漸次興起並具有了自己的規模。

同時，在「三言」「二拍」影響下，雨後春筍般湧現出一大批擬話本小說集，流傳到今天者至少有五十多種。其中，李漁的《連城璧》《十二樓》堪稱僅次於「三言」「二拍」的佼佼者。

清代文言小說則有兩大發展趨勢，一是傳奇小說越寫越長，竟至出現了長達二十萬字左右的《蟬史》。二是「虞初體」小說越來越多，以至於混淆了某些人對傳記散文與虞初體小說的區分。

除了純小說與次小說的雜燴以外，清代的「泛小說」也呈現出很強的勢頭，尤其是彈詞體的小說更顯示出其旺盛的生命力。

以上，我們對中國古代小說的發展作了「縱向」的考察，下面，我們再來看其「橫向」發展。從「橫向」的角度看問題，中國古代小說可以按其題材劃分為九大派別。

一是「史傳」小說

此類作品多半都有史料作為根據，或者以歷史上的真人真事作為敘述的起點。在某種意義上，它能起到普及歷史知識的作用，甚至具有史鑒功能。如唐人傳奇中的《高力士外傳》《東城老父傳》等，如一大批虞初體小說，如話本小說中的《老馮唐直諫漢武帝》《隋煬帝逸遊遭譴》等，尤其是章回小說

中的《三國志通俗演義》《洪秀全演義》等均屬此類。

二是「神異」小說

此類作品或真正「發明神道之不誣」，或借神異而寫現實，或寓哲理於其中，或具諷刺於言外，總之是在神異的背後有所蘊涵。文言小說從六朝的《白水素女》到晚清的《海底奇緣》，此類作品極多。話本小說則有《西湖三塔記》《寄梅花鬼鬧西閣》等作品。章回小說中的《西遊記》《封神演義》等當然也屬此範疇。

三是「英雄」小說

此類作品從史傳小說中分化出來而自成一家，以英雄人物為敘述的核心，其間高漲的是英雄氣概、俠義精神、陽剛品格。《燕丹子》而下，如《虯髯客傳》等文言小說均衣鉢相傳。話本小說中亦有《趙太祖千里送京娘》《猛將軍片言酬萬戶》等佳作。至於章回小說，在《水滸傳》的影響下，「說唐」「說岳」「楊家將」「薛家府」等可謂不絕如縷。

四是「風情」小說

此類作品寫癡男怨女之濃欲豔情，其中有極其縱慾者，亦有極端純情者，而且，其中囊括了社會各階層之情慾觀。從唐人傳奇佳作《遊仙窟》到明代豔情長篇《天緣奇遇》，文言小說中此類多多。從話本小說《刎頸鴛鴦會》到擬話本小說《赫大卿遺恨鴛鴦絛》，白話短篇亦不示弱。更為引人注目的是章回小說中的張揚情慾之巨製，從《浪史》到《海上花列傳》，其名目也是長長的一串。

五是「公案」小說

此類小說一開始只是寫清官斷案之聰明睿智，後來，又加入俠客幫忙其間，最終成為二者合流之俠義公案小說。文言小說中，唐代的《蘇無名》、清代的《胭脂》等，均乃抽絲剝繭，推理嚴密之佳製。話本小說中的公案之作，則帶有更多的世俗背景，如《簡帖和尚》，如《審煙槍》等。章回小說中的作品，則多半顯示出公案俠義合流的特點，如《施公案》《三俠五義》等。

六是「家常」小說

此類小說寫市井家庭瑣事，描摹世態人情，通過平凡的人和事，往往能寫出不平凡的意義，具有深刻的認識價值。唐人傳奇《葉限》、清代小說《麻

風女邱麗玉》等，都是文言小說中善惡搏鬥的佳篇。話本、擬話本小說中的《快嘴李翠蓮》、《百和坊將無作有》等，則展現了生活本身的五顏六色。章回小說從《金瓶梅》到《紅樓夢》中的諸多鴻篇巨製，更是達到了此類作品、乃至整個中國古代小說創作的最高境地。

七是「才美」小說

此類小說乃下層文人風流豔想的結晶，是一種非神異但卻超現實的作品，是一種充滿理想主義的夢囈之作。文言小說如《流紅記》、《嬌紅記》等可謂開啟端倪，從話本小說《風月瑞仙亭》到擬話本小說《風流配》等亦步武其後。至於章回小說中的才子佳人小說，如《玉嬌梨》《平山冷燕》等等，不下五六十部，堪稱「夥矣」！

八是「士流」小說

此類小說以古代知識分子的生活為描寫中心，而古代士人的生活無非是讀書、考試、做官的人生三部曲，因此，此類作品重點描寫科場和官場，當然，有時也涉及文人生活的其他方面。文言小說有《枕中記》、《書王士俊》等，擬話本小說有《老門生三世報恩》《巧書生金鑾失對》等，章回小說則有著名的《儒林外史》《官場現形記》等。

九是「社會」小說

此類作品著眼於國家大事，現實問題，或寫時事新聞，或寫社會現狀，或寫政治理想。從中，往往能體現作者對現實的批評或對未來的憧憬。文言小說如《五人傳》、《圓圓傳》等，話本小說之《胡少保平倭戰功》、《侯官縣烈女殲仇》等，然均不甚多。此類中，章回小說最為發達，從《征播奏捷傳》到《黑籍冤魂》等數十部中長篇小說，可謂寫盡了各個時代社會問題的方方面面。

將中國古代小說發展的「縱」與「橫」分別進行簡介以後，我們再來看看它「縱」「橫」之間是怎樣一個「交錯」。

因為中國古代小說形成的主源是史傳文學，故而，最早出現的必然是「史傳」小說一類。東漢至隋代的雜傳小說其實就是由野史雜記演變而成的。隨即，史傳小說又長上了兩隻翅膀，一為「神異」色彩，一為「英雄」氣質，於是，《燕丹子》一類英雄小說應運而生，《搜神記》中的神異之作也風起雲湧。而在中國文學史上，素來都是陽剛與陰柔相反相成的。既有荊軻的感

天地之壯氣，當然也就有飛燕的媚君王之柔情。總之，在漢魏六朝的「準小說」階段，歷史的、英雄的、神異的、風情的四大題材均已出現。

小說至唐代為一大變，唐人傳奇是成熟的文言小說。唐代作家不僅將「傳奇」當作一種可以虛構的文學體裁來寫，而且取材也愈加廣泛。除了史傳的、英雄的、神異的、風情的四大題材而外，「公案」小說、「家常」小說、「士流」小說也漸次出現。不過，若論唐人傳奇小說的代表作，卻無非是兩大方面——「英雄」與「風情」，幾乎所有的名篇佳作都出自這兩大類。其他幾類，或退居次要，如歷史小說、神異小說；或剛剛抬頭，如公案小說、家常小說、士流小說。當然，筆者的這種觀點首先是站在「質量」的基礎上然後談其「數量」的。換言之，此處所言的唐人傳奇小說的主流與否，是以優秀作品為對象進行評價的。或許唐代文言小說中的「神異」之作數量並不少，但一百篇劣質作品是無論如何也趕不上一篇精良佳製的。

宋元話本小說，代表了通俗小說的成熟。這種為廣大民眾喜聞樂見的文學樣式，當它在人們的社會生活中弄得風生水響的時候，同樣展現了作者們對題材的選擇。因為它要通過說話藝術招徠觀眾，藝人們要靠這種形式掙一口飯吃。故而，話本小說的作者們或曰演講話本的民間藝人們必然會遷就以市民為主的一般民眾的審美趣味。如此一來，「風情」之作仍然佔據上風。其次才是「公案」的、「神異」的、「史傳」的、「家常」的、「英雄」的、「士流」的各類作品。值得指出的是，元代的文言小說《嬌紅記》，開闢了「才美」小說之先河，這大概也可以算得宋元小說一般情況下的一個特異。

元末明初，新發於硎的章回小說很快就戰勝了其他小說樣式而成為創作和傳播的主流。然而，章回小說在取材方面運行的軌跡卻是非常清晰的。首先是金戈鐵馬的史傳小說，隨即是血濺火燃的英雄小說，同時是雲蹤霧跡的神異小說，稍後是布帛菽粟的家常小說，這也就是被筆者稱之為明代小說四大潮流的發展步調。晚明，章回小說中的風情、公案、社會等類作品方才次第登場。與此同時，明代的文言小說則是以風情之作佔了絕大的比重，擬話本方面當然是家常小說最能茁壯成長。

入清，長篇章回中的史傳小說成為強弩之末，而家常小說卻逐漸臻於極致。同時，才美小說如火如荼、雲蒸霞蔚，士流小說也體現了其驚人的魅力。清中葉，英雄與公案合流，成為俠義公案一路。當然，也有些英雄小說和公案小說仍然保持了各自的特質，繼續向前發展。清末，社會小說雖大量出現，

卻不甚耐讀。更多的民眾所喜聞樂見的仍然是英雄小說、公案小說以及二者合流的產物，而當時之知識階層所喜愛者則是家常小說和才美小說。與此同時，虞初體小說當然是以士流一類寫得最好，而擬話本也依然跳躍著家常的主旋律。有趣的是，以《聊齋誌異》領銜的那些傳奇、志怪雜燴的文言小說集，在題材方面卻是體現了風情的、神異的、才美的、士流的四者之間的有機結合。

那麼，從唐代到清代有多少「純小說」作品呢？筆者根據自己的標準作出的統計是：傳奇小說三千七百篇（部）以上，話本、擬話本小說八百篇以上，章回小說八百部以上。

（原載《中國古代小說文本史》，中州古籍出版社，2013 年 11 月出版）

「虞初體」小說臆探

「虞初體」小說，是從晚明到清末文言小說苑囿中綻放出的一枝奇葩。雖然一些虞初體小說的集子中收錄了一些唐宋傳奇小說，但那不過是後人的一種「追認」而已。真正意義上的虞初體小說寫作，是從晚明開始的。

一

「虞初體」之稱，來自人名「虞初」。

關於虞初其人的記載，最早見於《史記‧封禪書》：「太初元年，是歲西伐大宛，蝗大起。丁夫人、洛陽虞初等以方祠詛匈奴、大宛。」

隨後，《漢書‧藝文志》著錄小說十五家，其中之一為「虞初《周說》九百四十三篇」。注云：「河南人，武帝時以方士侍郎號黃車使者。應劭曰：其說以《周書》為本。師古曰：《史記》云虞初洛陽人。即張衡《西京賦》小說九百，本自虞初者也。」

那麼，張衡《西京賦》中是怎樣說的呢？張衡寫道：「匪唯玩好，乃有秘書。小說九百，本自虞初。」薛綜注云：「小說，醫巫厭祝之術，凡有九百四十三篇，言九百，舉大數也。持此秘術，儲以自隨，待上所求問，皆常具也。」

由上可知，虞初乃漢文帝時洛陽人氏，是一位善詛咒的方士。著有《周說》一書，以史書《周書》為本，被歸入小說者流。當時人所謂「小說」，乃「九流」之外的雜書，其中包括醫巫厭祝之類。虞初《周說》九百四十三篇，內容龐雜，是作者用來回答皇帝詢問的資料彙集。

中國小說史上一個有趣的現象是，某類小說或某本小說集的名稱往往取

自古人的一句話或一個名字。如「志怪」小說、《齊諧記》的名稱都來自《莊子‧逍遙遊》中「齊諧者，志怪者也」一語，再如《夷堅志》的名稱來自《列子‧湯問》中「夷堅聞而志之」一語。「虞初體」小說亦如是。它由漢代「小說家」虞初這個人名在宋代以後演變成為稗官小說的泛稱，如《宋史‧洪邁傳》云：「邁字景盧，……博極載籍，雖稗官虞初、釋老傍行靡不涉獵。」再如元代宋本《鄉試策問》云：「虞初稗官之書又不足徵。」（《元文類》卷四十七）明代，「虞初」一詞除了泛指稗官野史以外，又演變成為對某類小說的專稱。

目前所知，最早用「虞初」命名小說集的是明代陸採編輯的《虞初志》。該書七卷，這是一部前代小說選本，除了梁代吳均的《續齊諧記》十七則以外，其他四十六篇作品均為唐人傳奇，且多名篇。此後，又有署名湯顯祖所輯之《續虞初志》四卷三十二篇，亦多唐人傳奇之作。再後，有明代鄧喬林所輯之《廣虞初志》四卷二十篇，雜收從漢代到明代的作品。入清，有張潮所輯之《虞初新志》二十卷一百五十多篇，主要是明末清初諸家的寫作。隨後，又有鄭澍若所編之《虞初續志》十二卷八十八篇，所收乃從明末到清中葉之作。再後，還有黃承增所輯之《廣虞初新志》四十卷二百七十八篇，所收作品，從明末到清中葉，內容龐雜。再後，是朱承鉽所編之《虞初續新志》二十三篇，均清人作品。最後，又有胡懷琛編《虞初近志》十二卷一百二十一篇，江泣群編《虞初廣志》十六卷二百四十八篇，王葆心《虞初支志》（甲編）四卷九十多篇，多為晚清人作品。

「虞初體」小說具有非常濃烈的「傳記」特徵，其中有些作品簡直就是紀實之作。它既不同於《聊齋誌異》那樣「用傳奇法而以志怪」，也不同於《閱微草堂筆記》那樣老老實實地紀實，當然，它更不同於史傳文學那樣按照時序記載傳主的一生，而是抓住主人公生平幾件獨特絕異或感人至深的事例來凸現其主體性格。因此，虞初體小說最大的特點便是：用小說筆法將真實的故事寫得具有「傳奇性」。

從嚴格的意義上講，「虞初體」應該是紀實小說。也正因為此，有的小說研究者認為它不是純粹的小說，而是一種帶有小說意味的紀實散文；而古文家們則認為它不是正宗的散文，而是「小說家伎倆」（黃宗羲語）、「以小說為古文辭」（吳中倫語）。

虞初體小說的作者大都不是有意要寫小說的，而是他們的某些散文作品

寫得像小說，結果被他人收入「虞初」系列的作品集子中，故而不知不覺成
了虞初體小說的作者。從另一個角度看問題，虞初體小說範圍的界定也有廣
義和狹義兩種標準。狹義的虞初體小說指的是被「虞初」系列的作品集子收
入的作品，廣義的虞初體小說則指中國古代所有文人、尤其是明清文人的別
集中那些小說意味特別濃厚的散文作品。但是，要想將中國古代所有文人的
別集一網打盡，盡收眼底，並從中爬梳出「虞初體」小說作品，絕非筆者的
「目力」、「才力」、「財力」之所能為，因此，本文舉例論證之虞初體作品，便
不可能是「廣義」的。

虞初體小說是一種紀實小說，紀人、紀事之作均有，但其間之優秀者則
多為紀人小說。

以《虞初志》為例，除所收《續齊諧記》十七則紀人紀事混雜而外，其
他多為紀人之作，竟有三十四篇，占其總數四十六篇的七成以上。《續虞初
志》則更為特別，所收三十二篇作品除《紫花梨記》一篇而外，其他的全部
都以「某某傳」命名。此後虞初體諸書，情況亦大體相近，大半紀人，小半
紀事。

虞初體小說所記敘的人物形形色色，帝王將相、達官貴人、販夫走卒、
閨秀書生，……總之是生活中的各色人物都在這類作品中登場亮相。但凡進
入此類作品中的人物，或以「奇行」吸引讀者，或以「奇情」感動讀者，總
之，他們都是「奇人」，都有其與眾不同的奇特之處。由此，也決定了此類小
說的「傳奇」色彩。

下面，我們就將那些記載「奇人」的佳作按照「奇行」、「奇情」兩大方面
作些具體分析。由於被虞初體系列選入的唐宋傳奇小說作品學界多有品鑒，
本文的分析對象便以明清作品為主。

二

此處所謂「奇情」，並非僅指「愛情」，但又以愛情為主。

黃周星《補張靈崔瑩合傳》是一篇非常優秀的才子佳人小說。該篇敘事
曲折多致，文辭清麗雅潔，尤其是寫才子張靈之狂放，佳人崔瑩之鍾情均極
其細膩。最終悲劇結局，催人淚下。在明清兩代的才子佳人小說中，是一篇
極富感染力的佳作。篇中寫崔瑩對張靈的熱愛，絕不同於一般佳人，似乎也
染上了一絲半點的狂放。如崔瑩慟哭張靈並以身相殉一段：「瑩衣繯絰，伏地

拜哭甚哀。已乃懸《行乞圖》於墓前，陳設祭儀。坐石臺上，徐取靈詩草讀之。每讀一章，輒酹酒一卮，大呼『張靈才子！』一呼一哭，哭罷又讀，往復不休。六如（唐寅）不忍聞，掩淚歸舟。而崔恩佇立已久，勸慰無從，亦起去，徘徊丘壟間。及返，則瑩已自經於臺畔。恩大驚，走告六如。六如趨視，見瑩已死，歎息跪拜曰：『大難大難！我唐寅今日得見奇人奇事矣！』遂具棺衾，將易服斂之。」

葉楚傖《伴娘》一篇，寫才子之「狂」，堪與張靈媲美，而寫一女子落落大方，卻與崔瑩異趣，但同樣新人耳目。該篇寫一衛姓美女與人作伴娘，被一狂生看中，最終娶以為妻。故事情節並不複雜，但寫人物卻情態畢現。如狂生見伴娘一段：「梁溪狂士謝元侯，忽浮白起呼曰：『娶妻當如衛伴娘，謝元侯今夕登仙矣！』一座駭詫。伴娘殊無忤，捧壺至謝曰：『郎君原從仙境來，裴郎有船，玉女無藥，且盡此一杯者。』乃以大斗酬謝。謝長跪飲之。賓主大笑。伴娘似有所感，雙渦酡然，欲扶不敢，翩然搴幃以入。」狂生大呼，酷似《聊齋誌異·青鳳》中之耿去病，而伴娘之答謝及神態，亦落落大方，楚楚動人，且帶有新時代意味。一段文字，寫出如此動人的兩個人物，葉氏之筆，亦堪稱化工。當今世界，為人作伴娘之妙齡女郎多多，但有此處伴娘之神韻風采者寥寥。

此外，如張明弼《冒姬董小宛傳》敘冒辟疆與董小宛之交往及戀情，纏綿悱惻，哀怨動人。如林紓《陸子鴻》寫滿、漢青年男女愛情婚姻故事，亦曲折多致，搖曳多姿。

明季某些愛情之作，以當時的大名士襯托風塵女子，從而寫出這些女子之俠骨柔情。徐芳《柳夫人小傳》敘柳如是生平事蹟。前半寫柳氏與錢謙益閨房歌詩之樂，後半敘柳如是以死殉夫而阻止惡少索債。前後兩半風格迥異，自成鮮明對比。誠如張潮所言：「前半如柳縈花笑，後半如笳響劍鳴。」與之相類的是侯方域《李姬傳》。該篇敘作者與秦淮名妓李香的風流韻事，通過李香三事——「勸辭王將軍」、「歌詞送侯生」、「拒見田開府」，塑造了一位深明大義、卓有見識、一身俠氣的秦淮巾幗形象。該篇在正面描寫李香事蹟之前，先以其假母李貞麗襯托之，這正是寫人物先施底色的做法。且看：「李姬者，名香，母曰貞麗。貞麗有俠氣，嘗一夜博，輸千金立盡。所交接皆當世豪傑，尤與陽羨陳貞慧善也。姬為其養女，亦俠而慧，略知書，能辨別士大夫賢否。」有了這樣一層鋪墊，李香方可能行上述「三事」。明季秦淮諸豔中多聰慧豪俠

者，柳如是、李香等人均是其中代表。

天下有情人終成眷屬，當然是愛情的一種美滿境界，但如果有情人不能成眷屬，又能否將一個「情」字銘刻終身呢？李岳瑞《栗恭勤公遺事》作出了回答。由於種種原因，篇中男主人公的心上人嫁給了她的殺兄仇人，而男主人公反而因此被誣下獄。女子弄清真相於報官之後自殺，男主人公因此被釋放。此人後來位至方面大員，但卻念念不忘那滿含羞憤而自殺的心上人：「公貴後，感女義，誓不再娶，得美玉，雕女主，恒佩之，數十年無須臾離。及官河督，以巡工夜宿吳家屯，遽感暴疾。地方官吏聞耗，亟來視，已不能言。數引手指其胸，探之，得所佩玉主，乃悟其意欲以為殉也，頷之始瞑。」這正是一種傳統士大夫所特有的略帶迂執的誠摯情意，而其感人之處也正在這份迂執和誠摯。

當然，除了狀寫男女愛情之奇而外，作家們還將筆觸伸向更廣闊的「奇情」天地。如周亮工筆下嗜酒如命的畫家和幼年即目瞽而善讀書的奇人。（《劉酒傳》《唐仲言傳》）如陸次雲筆下詞作極佳，然不諳世故的狂生。（《沈孚中傳》）如林紓筆下拒絕美色的道德之士。（《朱廓》）如葉楚傖筆下酷愛讀詩書之少數民族女兒。（《蠻女咬兒》）如袁枚筆下見「義」忘「利」的豪士。（《書魯亮儕》）如佚名作者所塑造的處理案件匪夷所思而又極合情理的大將軍。（《左良玉軼事》）其間，尤其有意義的是以下兩篇。

一是王國梓的自傳體小說《一夢緣記》。作者自敘平生，因投試文場而為郡馬之選，逢國之巨變，竟成漏網之魚。郡主殉國，郡馬逃生。事後，作者葬郡主，悼亡妻，又遵郡主遺命納侍婢為繼室。繼室雖生一子以承香煙，然亦仙去，作者悲不自勝。全篇充盈於悲劇氛圍之中，且種種生活在和平時代的人難以體會之「奇情」，均在該篇的字裏行間緩緩流出，尤其哀豔動人。並且，篇中夾有駢文句法，在「虞初體」小說中是一特異之作。若將視野更放寬一些，則中國文學史上第一人稱小說並不太多，而此篇可謂中興之作，於唐人傳奇後異軍突起。影響所及，直射清末。或曰，就第一人稱傳奇小說而言，該篇乃張鷟《遊仙窟》至沈復《浮生六記》過渡之橋樑也。

二是佚名《花情花理花姻緣》。這是一篇神異故事，一人夢入瓊宮，為百花定季節次序譜。醒後，發現自己已死，然屍體未寒，遂得還魂。半年後，此人仙去。該篇故事情節比較簡單，但其中宣揚的思想卻發人深省：反對人為雕琢，主張「自然而然」。這種理念，對我們今天仍然有很大的教益。亦堪稱

高級境界之「奇情」。

三

其實，「奇情」與「奇行」是不可分的。奇情是奇行的內動力，奇行是奇情的外化。我們將二者分開討論，只是為了行文的方便。例如張明弼《四氏子傳》敘一狂人，狂放到不拘禮節甚至不講倫常的地步。他撻父母、辱兄嫂、疏親戚、詆聖賢，超乎常人，不同眾相。這種人物，實際上是當時社會狂放到變態的一種所謂「名士」的心理行為之寫照。

這方面的例子還有很多，我們先來看看普通人的「奇行」。

王猷定《湯琵琶傳》寫一善彈琵琶之湯應曾的神技，同時更寫了這位藝術巨匠的不幸遭遇和悲劇命運。侯方域《馬伶傳》敘馬姓演員為演好前代大權奸嚴嵩，竟然深入生活，潛入當代權奸顧秉謙家中賣身為奴三年，終於將嚴嵩演得惟妙惟肖。徐芳《奇女子傳》寫一為亂兵所掠的女子用計得脫，並扮成將軍而歸家。陸次雲《寶婺生傳》一篇寫三義士。一人戰亂失妻，拾金而歸還失主。失主以此金娶婆來婦人卻是拾金不昧者離散之妻子，遂歸還之。店主又以女兒嫁給還妻者。

葉楚傖尤善寫普通人的特異事，其《瘋十八嫗》寫一極善化妝術的老嫗能將粗服亂頭的庸俗女子裝扮為美婦，《賣花女兒》寫一風華絕代而又具遠見卓識的下層婦女，《常无咎》寫一能慧眼識人並能籌劃戰事的閨中豪傑，都具有各自的價值和意義。

寓傳奇色彩與普通生活之中的佳作還有墅西逸叟的《過墟志》。這是一篇描寫世態人情的絕好作品，篇幅頗長，大概有一萬三千多字。該篇之創作宗旨，署名「心史」的評點者說得很清楚：「以『過墟志』名書，其意在指黃氏之為富不仁，卒之家財移於他姓，豔妻嬪於異族，為世炯戒耳。」該篇寫土財主黃亮功吝嗇成性，而其續弦劉氏，則儼然一女中丈夫也，「遇難處事，一言立斷，動中情理」。篇中主要矛盾衝突表現在黃亮工夫婦養子劉七與其養母兼姑媽劉氏母女之間的尋釁、陷害與自衛、反擊。篇中寫得最成功的是婦人劉氏，她為避侄兒尋釁而搬至婿家，在大搬家的過程中，她運籌得法，甚至能收買民心，燒掉「積年價券」，使「鄉里貧農」心悅誠服地為其所用。結果如何呢？請看：「時值歲饑，鄉間富家囤米者，往往為窮民攘奪。劉反用窮民力，竟無攘者。」這真是一位聰明絕頂的女人，其為人行事大有政治家風度，以

之治國，絕不在孟嘗君輩之下。

　　普通百姓而外，有的作者也寫到官場中人。如章學誠《書孝豐知縣李夢登》寫一循吏，斷獄、親民、重學、重農桑，取得百姓愛戴，然卻因不諳官格而被罷去，如《儒林外史》之蕭雲仙一般。作品妙在通篇無一字批判官場，然句句批判當時官場。篇中寫李知縣賢，即寫非如李之為官者均不賢。寫百姓愛戴清官李縣令，正寫百姓痛恨貪官污吏。誠乃不寫之寫，皮裏陽秋也。如此批判官場佳作，實不多見。

　　明清兩代的歷史名人，也往往進入虞初體小說作者筆下。何曰愈《書明都督總兵秦良玉佚事》敘秦良玉建功立業故事，李岳瑞《紀大刀王五事》敘京師豪傑大刀王五二三事，錢秉鐙（1612～1693）的《皖髯事實》敘述了大權奸阮大鋮諸多卑劣表演，陸次雲《圓圓傳》寫陳圓圓、吳三桂、李自成之間的恩怨糾葛。作者們當然不是全面介紹這些歷史名人的一生事蹟，而是抓住他們生命歷程中最具特色的若干片斷從而寫出其具有傳奇色彩的個性。

　　然而，更具傳奇意味的則是以下兩位普普通通但又卓爾不群的民間女子：陸士諤《馮婉貞》與黃花奴《淮北徐氏婦》中的女主人公。

　　　於是率諸少年結束而出，皆玄衣白刃，剽疾如猿猴。去村四里有森林，陰翳蔽日，伏焉。未幾，西兵昇炮至，馬蹄聲如擂鼓，佐以軍樂，洋洋盈耳，振旅而過者，蓋五六百人也。婉貞挾刀奮起，率眾襲之，猛如虎豹，疾若鷹隼。西兵出不意，大驚擾，用槍上刺刀相搏擊，而便捷猛鷙終弗逮。婉貞揮刀奮斫，縱橫跳蕩，所當無不披靡。西兵乃紛退。（《馮婉貞》）

馮婉貞可謂大智大勇，巾幗豪傑。陸士諤之筆亦如龍蛇，靈動多變。以是筆寫是人，真乃相得益彰。且所寫之事乃時事，所抗之軍乃英法聯軍，所發生之地點恰在圓明園附近，如此特有意義。

　　馮婉貞使人激動不已，而徐氏婦的「奇行」則更為悲壯。明季倭寇騷擾沿海，屠一村之百姓，村民徐松濤亦被害，其妻為丈夫及全村父老鄉親報仇：

　　　倏有一少婦，練衣縞裳，挺利劍，突入倭軍中。劍光飛舞，天矯如龍，所向無敵。劍到處，千頭紛落，著地作球滾。倭酋大駭，揮部下，圍婦數匝。婦無懼容，鬥益力，手斬倭馘無數。卒被重創，為倭擒去。倭酋親鞠之。婦不跪，亦不言，閉目昂頭，引頸待死。

倭酋豔婦色，心醉神迷，命手下稍寬其縛。婦乘機掙脫，出衛兵不意，飛一足蹴中其右腕。腕受震，所持刃鏗然墮地。婦奪刃在手，直奔倭酋。倭酋色變，繞樹而走。婦揮刃橫刺之。刃著樹，截然中折，倭酋亦受傷倒地。婦踐倭酋於足下，刃洞其胸。時倭兵四集，矛鋒刀影，齊指婦身。婦既殲倭酋，猶奮力格殺。然身負重傷，力漸不支。知莫能幸免，恐受辱，攘臂一呼，連殺數十人。然後從容自刎，碧血濺縞裳，點點作桃花色。頹然仆地，猶倒豎柳眉，圓睜鳳眼。倭眾皆驚惕，不敢逼視，只舁酋屍而去。

如此英勇善戰之婦女，人間是很難遇見的，但讀者讀到這樣的文章時，又有誰不相信她的「真實性」呢？況且，讀這樣篇不甚長，寫來卻如驚雷閃電，略無間隙的文章，你能夠停下來休息一陣嗎？不能！因為你極有可能已經進入那激烈的戰鬥場面之中。

　　除了表現普通人物或歷史名人的傳奇經歷以外，明清兩代不少虞初體小說作者最喜歡描寫的人物還有一類，那就是介乎現實與傳說之間而又充滿傳奇色彩的江湖義俠和綠林好漢。如徐士俊《汪十四傳》，李漁《秦淮健兒傳》，黃培芳《記麻城豆腐翁事》，何曰愈《甘瘋子傳》，秋心《柳珊》，劍嘯《鑣師婦》、《鑣師女》，佚名《記山東女盜事》等等。其中，魏禧的《大鐵椎傳》堪稱代表作品。該篇寫一豪俠之士「大鐵椎」，並未花費太多筆墨，僅以一場面描寫即足以狀之。篇中大鐵椎「吾去矣」凡三見，乃點睛之筆。第一次「吾去矣」，是寫其神奇的輕功：「既同寢，夜半，客曰：『吾去矣！』言訖不見。」第二次「吾去矣」，是寫其滿腹豪情：「一日，辭宋將軍曰：『吾始聞汝名，以為豪，然皆不足用。吾去矣！』」第三次「吾去矣」，則是在全篇之末，寫其英勇退敵，從容而退：「時雞鳴月落，星光照曠野，百步見人。客馳下，吹觱篥數聲。頃之，賊二十餘騎四面集，步行負弓矢從者百許人。一賊提刀縱馬奔客，曰：『奈何殺吾兄！』言未畢，客呼曰：『椎！』賊應聲落馬，人馬盡裂。眾賊環而進，客從容揮椎，人馬四面仆地下，殺三十許人。宋將軍屏息觀之，股栗欲墮。忽聞客大呼曰：『吾去矣！』但見地塵起，黑煙滾滾，東向馳去。」此種描寫，真是妙絕，誠如張潮所言：「篇中點睛，在三稱『吾去矣』。至其歷落入古處，如名手畫龍，有東雲見鱗、西雲見爪之妙。」

　　與侯方域、魏禧並稱為「國初三大家」（《清史稿·侯方域傳》）的汪琬雖對王猷定《湯琵琶傳》和侯方域《馬伶傳》等「虞初體」作品表示不滿，但他

自己卻有三篇寫豪俠的傳奇之作各有特色。《江天一傳》敘一義士抗盜、抗兵、抗清，為鄉里謀利，最終為國捐軀。《乙邦才傳》敘一勇士在戰場上的傑出表現。《劉淑英傳》更為出色，敘一奇女子劉淑英（本名劉淑）乃一嫠婦，欲起兵報國，勢力孤單，欲聯絡楚將趙先璧共事。趙卻提出欲以之為妻。劉怒，當筵拔劍，吟詩書壁，憤而去。以上三篇作品寫三個不同的人物，雖然都具英雄豪氣，但又各各個性鮮明，作者在寫法上也不一樣。對江天一的描寫，主要採取「二三事」的寫法，通過幾件不同的事，來體現同一人物的主體性格特徵。對乙邦才，則主要通過戰場上的驚心動魄的場面描寫來突出其英勇善戰。對於劉淑英的描寫，則集中在「鬧筵」這一件事上。請看這扣人心弦的一幕：「旦日過先璧營報禮，周視營壘，閱步伐，出千金犒之，佐以牛酒，一軍盡歡。然先璧心持兩端，卒不敢赴敵，且欲納淑英為配。淑英大怒，即筵間拔劍將斬先璧。先璧環柱走，一軍皆驚盡甲。淑英叱曰：『若曹何怯吾一女子耳！安事甲？』口占詩曰：『銷磨鐵膽甘吞劍，抉卻雙瞳欲掛門。』大書於壁。」如此女子，真令天下鬚眉愧殺！

四

虞初體小說中的優秀之作大多具有濃厚的傳奇色彩和相當程度的可讀性。之所以如此，是與作者們對生活觀察的細膩和想像力之豐富分不開的，同時，極端注重寫作技法，也是這些作品感人至深而經久耐讀的奧秘之所在。

《江南丁藩伯還婦記》的作者林璐似乎特別善於運用屈曲之筆，讀該篇，令人如行山陰道中，應接不暇。丁公最後讓落難夫妻見面團圓一節，就充滿了人為的「戲劇化」意味：「不半月，士人至。觀察公命美人居北院，士人居南院，兩院窗齊啟。夫識婦，婦始識夫，遙不得語，隔窗而啼，泣盡而繼之以血。觀察公徐曰：『召二人來。』語士人曰：『汝婦貞，微吾，妾汝婦矣。』命左右飲食之，使去。甫登舟，傳呼曰：『召美人來。』美人驚，既至，問曰：『汝夫來，有糗糧乎？有衾褥乎？』疾應曰：『有。』急登車而去。甫登舟，傳呼曰：『召士人來。』士人驚，美人驚而啼。既至，問曰：『汝遠來有糗糧乎？有衾褥乎？』士人蹙額曰：『無。』觀察公大笑曰：『汝書生遭亂離，倉卒欲見婦，不暇他顧。吾以金二百贖君行。』命二卒護其舟。」這裡，一方面顯出藩伯之風趣、大度，另一方面又寫出美人與士人處相同環境中的不同

心態。當藩伯問及「有糗糧乎？有衾褥乎？」時，夫妻二人的回答都只有一個字，妻曰「無」而夫曰「有」，從中體現的卻是妻子急欲逃脫樊籠的神態和丈夫面臨窘境而無可奈何的心境。如此狀寫，堪稱龍門白描，作者可謂寫人高手。

袁枚的《書魯亮儕》是一篇著名的作品，敘魯亮儕奉命去摘一縣令李某之印，結果發現李乃良吏，未摘印。後又追風三百里，取回呈文。篇中之魯亮儕真乃奇人、奇事、奇性、奇技，而作者之文章亦奇。尤其是魯亮儕在決定不摘印前後的一段言行神態描寫更是奇中之奇：「徑詣別室，且浴且思，意不能無動。良久，擊盆水。誓曰：『依人而行者，非夫也。』具衣冠辭李。李大驚曰：『公何之？』曰：『之省。』與之印，不受。強之，曰：『毋累公。』魯擲印鏗然，屬聲曰：『君非知魯亮儕者。』竟怒馬馳去。」

陸次雲《寶婺生傳》寫夫妻重逢一段，極善於人物情態描寫：「日未晡，生閒步溪頭，遙見一葉扁舟，半篙春水，中有翠袖雲鬟之人，掩袖而坐，雲載新婦至。生偶舉目視婦，儼然故妻也。婦偶舉目視生，儼然故夫也。於是生一慟而僵於碧草之上，婦一慟而伏於孤篷之中。舟及門，促婦起，不能起也。問其故，曰：『適見一人如故夫，故傷悼欲絕耳。』問其人何若，婦言其儀表衣冠，宛然生也。娶婦者急覓生，見生悲臥不能起，問其故，不肯言。固問之，曰：『適見一人……』語未畢，哽咽不能續。」情動於中而發於外，此情此景，真真催人淚下。

要欣賞王猷定《湯琵琶傳》中藝術家精妙絕倫的演奏，我們是能夠以「視覺」代替「聽覺」的：

> 所彈古調百十餘曲，大而風雨雷霆，與夫愁人思婦，百蟲之號，一草一木之吟，靡不於其聲中傳之，而尤得意於《楚漢》一曲。當其兩軍決戰時，聲動天地，瓦屋若飛墜。徐而察之，有金聲、鼓聲、劍弩聲、人馬辟易聲，俄而無聲。久之，有怨而難明者，為楚歌聲；淒而壯者，為項王悲歌慷慨之聲、別姬聲；陷大澤，有追騎聲；至烏江，有項王自刎聲、餘騎蹂踐爭項王聲。使聞者始而奮，既而恐，終而涕淚之無從也。

徐芳《奇女子傳》中的對比描寫，更是令人側目而視：「渡章江，去家數十里，止逆旅。以醇酒飲兩健兒，皆醉，夜潛起駢馘之。馳騎至里，以馬策撾家門大叫。夫從牖罅瞷視，見是少年將軍，不敢出。里老數輩，稍前謁問。婦曰：

『別有勾當，不關公等。』門啟，婦歇馬中堂，踞坐索故夫。呼叱甚厲。里中疑有他故，恐相累，共促夫出。夫傴僂前謁，伏地不敢起。婦曰：『頗識吾否？』夫對曰：『萬死不能識將軍。』婦曰：『試認之。』夫謝不敢，側目微睨，惘然失措。」兩相比較，奇女子真奇女子，懦丈夫真懦丈夫也。

何曰愈《甘瘋子傳》的場面描寫也精彩絕倫：「瘋子乃翳身叢薄間，凝神以俟。少焉，紅日銜山，杳無蹤兆。潛探首下視，遙見一人，緣溪而來。行且近，諦視之，僧也。熊腰虎體，軀幹修偉，背負一囊，步履如飛。及崖下，乃緊帶撩衣，聳身而上。瘋子出其不意，騰足踢其胸。僧顛，略一喘息，乃解其囊，復賈勇而登。立未定，瘋子又飛足蹴之。僧以手力格，僧顛，而瘋子亦僕。有頃，瘋子起，僧亦抖擻躍上。瘋子俟其甫登，竭力踹之，僧兩手握其足，二人遂俱墜崖下。僧傷已重，而互相挽結，猶獸斗山足。瘋子墜時，幸僧為之墊，傷稍輕，乃乘間擊其要害。僧瞋目曰：『某稱雄數十年，未逢其敵，今遇子，命也。』乃三躍而卒。」如此細膩生動的武功打鬥描寫，應該說是不亞於《水滸傳》而給《三俠五義》乃至後世武俠小說以極大影響的。

劍嘯《鏢師女》特善置懸念。一開始，作者是這樣描寫鏢師女上路的：「屆期，女跨黑衛來，不帶寸鐵，不攜童僕，亦未見其母來送。宦異之，前詢曰：『小姐欲用刀歟，槍歟？』曰：『無所用之。』曰：『然則備鏢乎？抑袖箭？』曰：『亦勿用。』曰：『然則赤手空拳而云保鏢，豈有神術乎？』曰：『余非仙，安能有術。請毋多言，行可也。』宦不得已行，心終惴惴也。」也難怪這位老爺惴惴不安，十歲的小姑娘長得「修眉星眼，杏臉桃腮，纖腰如柳絲，金蓮如鉤月，體態有弱不禁風之概」，並且任何武器都不帶，怎麼能夠保鏢呢？但是，當你看了下面這段文字之後，就知道這位小姑娘的厲害了：「女命眾睡，而自索茶壺及杯，獨歸上房闔門焉。宦驚心終不能釋，率眾執械守女室外。將近三鼓，微聞屋瓦鳴聲。宦急自庭際窺之，則上房屋頂盜已滿矣。宦益失色，急再窺室，見女秉燭觀書，屋上有人如未之知也。少頃，屋瓦塊塊移而為隙，盜皆以一目下窺。此時宦已急不能耐，幾狂呼脫口，眾止之。見女斟茶徐飲，飲盡覆杯碎之，成細塊一堆。一手仍執書而閱，一手則拈杯屑彈之如兒戲。又頃，杯屑盡，女擲書滅燭睡。盜仍張目下窺，不去亦不下。宦終夜不敢寐，守之天明。女起啟門，命車眾登屋收盜屍，群始大異。及一一置階前而驗之，又無傷可得；細驗之，則雙目中微有血點耳。方知群盜皆為杯屑彈入目，貫腦而死也。」

以上，通過對虞初體小說優秀之作的匆匆巡閱，我們可以認定兩個事實：其一，許許多多的「小說」珠玉仍深藏於「散文」櫃匣之中，有的佳作甚至被「小說」和「散文」的研究者們同時打入「非驢非馬」的行列。其二，明清文言小說之佼佼者絕不僅止於「三燈三話」、《聊齋誌異》、《子不語》、《夜譚隨錄》、《諧鐸》、《螢窗異草》、《閱微草堂筆記》、《淞濱瑣話》等優秀小說集，它還應該包括那些隱藏在文人別集中的優秀單篇作品。如果不搞清楚這兩方面的情況，對於虞初體小說的作者和讀者而言都是不公平的。

（原載《湖北師範學院學報》2009 年第三期）

我國古代白話小說的階段性變異

　　人們通常將我國古代小說以朝代劃階段，謂之六朝志怪志人、唐代傳奇、宋元話本、明清章回等等。但這樣將文言小說與白話小說不分彼此地連貫一氣而下，總令人有強加捏合之感。事實上，中國小說的發展是兩條線索：一條來自文人殘叢短語，一條源於民間說話藝術。二者雖有種種相互間的影響滲透，但文言、白話，各有其發展脈絡。這裡，僅就白話小說的階段性變異問題略述淺見。

一

　　首先，我們根據古代白話小說發展的實際情況，將其試分為如下幾個階段：

　　一、自宋至元。這是古代白話小說的形成階段。這時期的作品，即現在所能見到的那些宋元話本小說。

　　二、元末至明中葉。這是白話小說的成熟階段。作品主要指從《三國志通俗演義》到《金瓶梅》出現以前的那些長篇章回小說。

　　三、晚明至清初。這是古代白話小說的繁榮階段。作品包括從《金瓶梅》到《紅樓夢》的一批中長篇章回小說及短篇擬話本小說。

　　四、清中葉。這是古代白話小說的衰微階段。作品包括在《紅樓夢》以後出現的各種小說。近代小說本文不涉及。

　　當然，這是一個極粗略劃分。分階段，只是為了眉目清楚和論述方便。我們的目的，乃在於分析各階段之間所存在的變異問題，力圖從中找出某些規律性的東西。

二

　　古代白話小說的階段性變異最外在表現，是作者、被表現者、接受者這三者之間的關係。

　　由於話本小說是從以市民意識為中心的說話藝術中直接蛻變而來的，因此，上述三者之間的關係必然統一在「市民」這個基點上。作者大多數是市井中的書會才人；被表現者，或者是市民本身，或者是市民化的歷史人物、神話人物；而接受者也基本以市民為主。這種三者關係的一致性，決定了當時的白話小說是典型的市民文學。

　　第二階段，隨著《三國志通俗演義》、《水滸傳》、《三遂平妖傳》、《殘唐五代史演義傳》、《楊家府演義》、《英烈傳》、《西遊記》、《封神演義》、《兩宋志傳》等作品的出現，白話小說便基本上從說話藝術中獨立出來，成為一種成熟的文學樣式。於是，上述三者之間的一致性便在一定程度上被打破。作者已由書會才人逐步轉化為以下層文人為主。被表現也不再以市民為中心，許多歷史人物、神話人物身上那些市民化的外套亦被紛紛剝脫下來，而塗上了更多的歷史化、政治化的色彩。這一點，只要比較一下《三國志平話》與《三國志通俗演義》之間的劉、關、張形象，比較一下《大宋宣和遺事》與《水滸傳》中的宋江形象，就能得到頗為清晰的認識。至於接受者，除了市民之外，更有不少文人學士對白話小說產生了興趣，他們不僅閱讀，而且情不自禁的發表意見、參加評論。宋元時期那種由市民的意趣來統一作者、被表現者、接受者的情勢，遭到了強有力的衝擊。不過，在這一階段中，還明顯存在著一種文人遷就市民的現象。小說中的被表現者，那些帝王將相、江湖豪傑乃至神話英雄，還常常保留著某些市井小民的出身經歷、社會關係和精神氣質。這一點，作者們是不願、也不能完全拋棄的。因為在當時，相對古典詩文而言，白話小說的欣賞者仍以市民占多數，作者若將市民口味完全棄置不顧，將會失去廣泛的接受者。這種情勢，決定了第二階段的白話小說雖已出現變化，但仍然是一種不太純粹的市民文學。

　　第三階段，情況急劇變化，三者關係的一致性被完全打破了。各階層文人紛紛投入到白話小說的創作隊伍中來，相當多的作者已不太注意去遷就市民趣味，他們更願意表現自己的思想、觀念、意趣。各種不同的小說都擁有了自己的讀者，而不同的讀者又帶著各自的審美習慣去接受不同的作品。第一階段中那種作者通過被接受者與讀者直接交流，三者之間息息相通的情況

已不復存在。作者無意、也無法控制讀者,讀者無意、也無法規定作者,被表現者也遠非作為作者與讀者之間對話的中介物,而是帶有了更多的藝術形象本身的意義。《金瓶梅》、《西遊補》、《醒世姻緣傳》、《歧路燈》、《儒林外史》、《紅樓夢》以及一大批才子佳人小說,都是如此。這種三者之間完全紊亂的情勢,正是古代白話小說高度繁榮的標誌之一。

世俗意趣與文人意趣相互混雜、滲透、吸收、排斥的結果,最終又導致了第四階段白話小說雅與俗的兩極分化:文人學士們咬文嚼字,一味描繪著他們心中的「博學之士」、「才子佳人」,從而迎合文人的情趣,如《鏡花緣》、《野叟曝言》等;而市井才人們則重操舊業盡情表現著他們身旁的「市井細民」、「江湖俠士」,以期引起市民的共鳴,如《施公案》、《綠牡丹傳奇》等。這種三者之間向著兩個極端各自統一,恰恰把古代白話小說的創作逼上了鳥道羊腸的絕境。

三

古代白話小說階段性變異的又一表現,是創作目的變異。

毫無疑問,不同的作家寫作品都帶有各自的創作目的,不過有的顯明,有的隱晦罷了。這裡,無法一一條分縷析,只能就其總的傾向來進行討論。大體而言,有如下幾種情況。

一是「娛人」。亦即創作小說乃是為了使讀者得到精神上的愉悅和滿足。這種情形,以第一階段最為突出。書會才人、說話藝人的藝術活動是與個人的生計緊密相關的,講究一份耕耘就得有一份收穫,帶有明顯的功利性。他們必須時時站在的聽眾或讀者一面考慮問題,把娛樂他人作為第一目的。當然,話本小說並非沒有各自的思想傾向,但這些傾向多半只是一種不自覺的流露。當時多數的作者和接受者,也許還無暇考慮和探索作品的某些「深刻含義」,他們一面是迎合口味地輸出,另一面則是狼吞虎嚥地接收。因而,作品中某些可貴的精神食糧,只得由他們的兒孫後代在數十、百年後再去品味和消化了。

二是「微寓」。亦即作者一方面從民間藝術、兄弟藝術中接過足以「樂人」的材料,同時又在整理、加工、再創造的過程中,將自己的某種思想感情和認識有意識地滲透到作品之中去。如《三國志通俗演義》中那種「擁劉反曹」的傾向、明君賢相的理想,如《水滸傳》中那種「官逼民反」的認識,忠

君報國保境安民的思想，以及《西遊記》中那種「胸中磨損斬邪刀，欲起平之恨無力」的憤慨等等，無不是作者在「樂」的肌體中暗暗注入的「思」的血液。吳承恩在其《禹鼎志序》中說：「吾書名為志怪，蓋不專名鬼，時記人間變異，亦微有鑒戒寓焉。」既有鑒戒，又不明說，只是借怪異而寓之。《禹鼎志》若作如是觀，其《西遊記》更是如此。其實，當時的許多白話小說又何嘗不是這樣呢？有趣的是，最初領略到這種「微寓」並加以發明的，往往不是一般好奇的世俗讀者，而是那些文化修養較高並勤於思索的文人。他們在這些小說問世不久，便開始不斷地探索其中的寓義。因此，這時期的白話小說不再像宋元話本那樣，需要等待一個更長的時間，才有人去認真地討論其「思想性」。

三是「教化」。亦即通過小說創作來淑世、勸世、誡世、諷世。第三階段的一些作品，如《金瓶梅》、《醒世姻緣傳》、《西遊補》、《後西遊記》、《豆棚閒話》、《斬鬼傳》、「三言」、「二拍」、《照世杯》、《石點頭》、《醉醒石》等大體如此。這些作者已不滿足於「微寓」的做法，不滿足於將自己的意識觀念深藏在「樂」的肌體之中，而是從表現自己的某種思想出發而搜尋材料甚或杜撰故事。為了「教化」，有的甚至不顧文藝的自身規律，而直接投入到作品中去大發議論和感慨。這種由「借寓」到「直白」有一個漸變過程：起先作者還只是說：「崇儒之代，不廢二教，亦謂導愚適俗，或有藉焉。以二教為儒之輔可也。以《明言》、《通言》、《恒言》為六經國史之輔，不亦可乎！」（可一居士《醒世恒言序》）進而則有這樣的議論：「看官聽說，從來說的書不過談些風月，述些異聞，圖個好聽。最有益的，論些世情，說些因果，等聽了的觸著心裏，把平日邪路念頭化將轉來。這個就是說書的一片道學心腸。」（凌濛初《二刻拍案驚奇》卷12）進而更有人說：「子朱子曰：善者可以感發人之善心，惡者可以懲創人之逸志。友人皆謂於彝常倫類間煞有發明，蓋閱三十歲，以迄于今，而始成書。」（綠園老人《歧路燈序》）這些作者愈來愈強烈地希望讀者明白：欣賞故事倒在其次，接受教化才是主要的。在這裏，小說的娛樂作用被教化、宣傳作用所排斥。作者的主觀意志浮現在故事情節之上，並起著統帥全書的作用。

四是「自娛」。亦即為著表達作者對欲求而不得的某些事物的幻想、對自己或他人的豔遇的誇飾，並且力圖將自己的「滿腹才學」在幻想和誇飾之中展現出來。這種情況，主要發生在明末清初那一大批才子佳人小說中。《玉嬌

梨）、《平山冷燕》、《玉支磯》、《麟兒報》、《飛花詠》、《賽紅絲》、《春柳鶯》、《好俅傳》、《定情人》、《白圭志》等，均大略如此。「縱福薄時屯，不能羽儀廊廟，為鳳為麟，亦可詩酒江湖，為花為柳。」（天花藏主人《平山冷燕序》）「故娥眉皓齒，莫非美人也。雖未嘗不怡耳悅目，亦必至才高白雪，情重陽春，而後飛聲閨閣，頌美香奩，傾慕遍天下也。」（天花藏主人《飛花詠小傳序》）這些，就是作者們的創作心態和追求。說來說去，無非是「才」與「色」的關係：佳人有「色」，須借作者之才以渲染；作者有「才」，亦靠佳人之「色」而傳之。在對才色相兼的讚歎中，體現出作者們無盡的桃色遐思、風流豔想，也流露出作者們微微的落拓不平之氣和廉價的感情追求。這中間也有「教」，但冠冕堂皇的訓誡乃是用以裝點道學風流的門面；這中間也有「樂」，但作者所「樂」的，不過是一種海市蜃樓般的自我陶醉而已。

五是「求索」。亦即在作品中對社會、歷史和人生進行真正的、複雜的反芻與思考，由浮淺的訓世變而為深刻的探世。這種情況發生的第三階段的結末，以《儒林外史》、《紅樓夢》最為顯著。它們的作者，不想單純地取悅於人、娛樂讀者，不想將點點滴滴的「思」寄託在汪洋大海般的「樂」之中，也不是抓住社會中某些表面、枝節的問題進行訓導，更不去追求一份虛幻的自我滿足；而是把自己對社會、人生的認識理解通過真正藝術的、美的形象比較全面、系統、深入而又真實、誠摯、蘊藉地反映出來。他們既不遷就讀者，亦不圖讀者遷就自己，而是通過形象把自己思想和讀者的思想溝通起來，使作者的目的十分自然地成為讀者的目的。正因如此，這些小說的意旨，雖然自其問世之日起就有人探究，卻一直眾說紛紜、莫衷一是。後世的讀者們，只好自動疊成一架高高的人梯，各人都在自己的層次上進行著各自的探究。然而，誰能料到，這個探究的人梯的搭成，正是作者創作目的已然達到的標誌。

六是「消遣」。第四階段的情況大略如此。這裡有兩種截然不同的發展趨勢：一是使小說步入書齋斗室，成為高雅的文人學士的消遣品；一是使小說回到酒肆茶樓，成為粗俗市井細民的消遣品。這兩方面的小說雖然俗雅判然有別，但殊途同歸，實質是一樣的。他們除偶而略有一些思想的閃光之外，不過是造出了若干茶餘飯後的談資或話柄而已。

四

古代白話小說的階段性變異，還從題材的選擇與表現方式的取捨方面表

現出來。

關於題材，有所謂「歷史演義」、「英雄傳奇」、「神魔」、「世情」、「才子佳人」、「俠義公案」、「狹邪」等等的區分。在這裡，我們則願意更為抽象地將其歸納成如下兩大類：一是以間接傳聞、他人經歷、歷史幻化的事蹟為中心的題材，一是以直覺觀察、自身感受、現實存在的事件為中心的題材。這兩類題材上述四個階段中均能見到。但一、二、四階段的小說，以前一類題材為主；而第三階段的小說，則以後一類題材為主。前一類題材的小說，總使人有「我在說他人的故事給你聽」的感覺，作者常常喜歡跳到文學的圈子之外指指點點。後一類題材的小說則給人一種「我把我們的事情告訴你」的感覺，從書中某些人物身上，往往能找到作者的某些生活經歷或直觀感受。前者是歷史的、傳奇的，後者則是現實的、日常的。前者熱衷於在與讀者有時、空距離的生活裏去追求「事」之「奇」，後者則樂於在普通的人情物理中來展示「情」之「奇」。這種小說選材和著眼點的變異和反覆，正說明古代白話小說的創作始終是在依賴與自主、表面與內在、感知與理知的空間徘徊與抉擇。

表現方式乃是一個與題材選擇緊密相關的問題，而這個問題又直接受到作者的藝術造詣、作品的思想內容和接受者的興趣愛好的制約。結合這幾個方面來考察，我們發現，表現方式的變異與題材選擇的變異幾乎同步。面對歷史的、傳奇的題材，一、二、四階段的小說較多採用著「粗豪」的技巧與方法：如通過明朗的矛盾衝突塑造人物的形象，如大開大合的藝術結構，如轉換進展跌宕起伏的故事情節，如千變萬化的場景安排，如大膽的誇張，如定型化的、相互之間又對比鮮明強烈的人物描寫等等；面對現實的、日常的題材，第三階段的小說則更多地採用著「細膩」的技巧與方法：如通過潛在的矛盾衝突刻畫人物性格，如針線細密的藝術結構，如轉換進展不露痕跡的故事情節，如相對穩定的場景安排，如有限的誇張，如流動型的、相互之間又對比深入細微的人物描寫等等。總之，前者是表現「驚人」的事蹟，以滿足大部分讀者大口的吞咽，從而收到一種快暢的美感效果；後者則通過「動人」的情感，以引起部分讀者細心的咀嚼，從而收到一種雋永的美感效果。這些技巧、方法的變異過程，既是作者對小說藝術的認識和掌握的變異過程，也是讀者的欣賞習慣不斷調整、更新的過程。

五

我國古代白話小說階段性變異的表現是多方面的，限於篇幅，我們只能僅就其犖犖大者而言之。

我們認為，任何一部文藝作品，無論其自身所提供的美的信息，還是它所產生的藝術魅力、社會效用，都受其所處階段的變異性的支配。這種變異是絕對的。沒有這種變異，文學藝術就不可能融合、揚棄、突破、發展。另一方面，這種變異又具有相對的穩定性，亦即處於同一發展階段的作品，都有其相對的同一性和普遍性。如果無視這種同一性和普遍性，不從時、空兩方面對無限活躍的變異因子加以適當的規範，就無從探究文學藝術發展變化的規律。本文之所以要以「階段性變異」為題，正是試圖從我國古代白話小說的發展歷程中去尋找這種變異性與同一性、普遍性之間的關係。（本文與人合作）

（原載《古典文學新論》，武漢出版社，1990 年 6 月出版）

生生不息，流光暗換
——古代小說內在變遷述略

　　長江大河，讓人看到的是洶湧澎湃、蒼茫壯闊，沒有讓人看到的是暗湧潛流。但是，只有將洶湧澎湃、蒼茫壯闊和暗湧潛流有機結合在一起，才是真正的、全方位的、外在和內在相融合的長江大河。中國古代小說史亦如是，我們不能僅僅看到那些表面化的繼承和發展，而更應該去探討那些並非一目了然卻深刻存在的內在變遷。

　　上述這些，可以作為一個個專題展開討論。筆者在《閒書謎趣》《稗史迷蹤》《俗話潛流》這三部拙著以及幾十篇論文中對其間若干問題進行過探討，這裡，僅對那些不足以單列專題的問題，作「鳥瞰」式批發處理。並且，分六個部分漸次展開。

一、六朝小說

　　先看《搜神記》：《胡母班》寫凡人幫助泰山府君與河伯翁婿通信故事，對唐傳奇《柳毅傳》有啟發。《韓憑夫婦》篇末夫妻精靈化作鴛鴦的構想，《剪燈餘話・連理樹記》後半即仿此。《盧充》寫冥婚，為《聊齋誌異》多篇所本。《徐光種瓜》對《聊齋誌異・種梨》有影響，《韓友皮囊收狐》對《聊齋誌異・狐入瓶》有影響，《鼠婦》則影響了《廣異記・畢航》、《聊齋誌異・宅妖》。此外，在《劉晨阮肇》與《聊齋誌異・翩翩》之間，《弦超》與《聊齋誌異・蕙芳》之間，也有剪不斷的聯繫。

　　再看《神仙傳》：《欒巴》啟發了《宣室志・王先生》、《瀟湘錄・襄陽老

叟》、《神仙感遇傳‧王子芝》、《聊齋誌異‧勞山道士》。《焦先》在《聊齋誌異‧齙石》中痕跡宛然。《蘇仙公》對《大唐奇事記‧冉遂》、《聊齋誌異‧蘇仙》卓有影響。《呂文敬》對《原化記‧採藥民》、《集異記‧李清》、《聊齋誌異‧賈奉雉》等有示範意義。

《幽明錄》中，《楊林》篇影響甚大，從《枕中記》、《異聞集‧櫻桃青衣》到《聊齋誌異‧續黃粱》無不受其灌溉。《賈弼之》則垂範《集異記‧衛庭訓》、《原化記‧劉氏子妻》直到《聊齋誌異‧陸判》。《晉司空》與《聊齋誌異‧鴝鵒》之間，《賣胡粉女子》與《情史類略‧扇肆女》、《聊齋誌異‧阿繡》之間的關係，都是楊花飛過無痕。

《齊諧記》有云：「前後有失兒女者，零丁有數十。」「零丁」又叫「招子」，即尋人尋物啟事。此後小說中多有描寫，如《連城璧》第九回、《醉醒石》第三回、《善惡圖全傳》第三十七回、《玉燕姻緣全傳》第十九回、《孽海花》第二十五回等。其中，錢秀才尋妻啟事末尾說得明白：「倘有四方君子，訪得行蹤去跡，情願謝銀若干，所貼招子是實。」（《醉醒石》）

上述之外，還有《妒記‧妒婦泣羊》對「妒婦」的描寫直射《醋葫蘆》、《醒世姻緣傳》、《金雲翹傳》等書以及《聊齋誌異》中《江城》、《馬介甫》諸篇。《續齊諧志‧陽羨書生》影響了《玄怪錄‧居延部落主》。《異苑‧鄭襲》所寫「披皮」的故事延續成為《集異記‧崔韜》和《聊齋誌異‧畫皮》。

二、唐人傳奇

從《遊仙窟》到《一夢緣記》直至《浮生六記》，文言小說第一人稱一脈相承。《南遊記》第十二回華光與公主打賭勝負都不吃虧一段，來自《遊仙窟》中「下官」與十娘的戲謔。

《朝野僉載‧泉州客》載：「商州有人患大瘋，家人惡之，山中為起茅舍。有烏蛇墜酒罌中，病人不知，飲酒漸差。罌底見蛇骨，方知其由也。」（卷一）這個烏蛇死酒中而治好麻風病的故事，與麻風女的傳說結緣，成為清代文言小說的熱門話題。如《夜雨秋燈錄》《客窗閒話續集》《益智錄》等均涉及此事。此外，《聊齋誌異‧長清僧》也與《朝野僉載‧餘杭人》一脈相承。

《離魂記》之「離魂」描寫，對後世影響甚大。僅就小說而言，較為著名的就有《金鳳釵記》、《聊齋誌異‧葉生》、《歸蓮夢》第十二回等處。

　　《霍小玉傳》佳人是才子「粉絲」的寫法影響章回小說《章臺柳》第三回。霍小玉式的復仇，則在《娛目醒心編》卷十中愈演愈烈。

　　《柳毅傳》中人與龍的婚戀故事，影響了《傳奇·張無頗》以及《聊齋誌異》之《西湖主》與《織成》。到《躋雲樓》中，則乾脆寫柳毅娶了「龍虎」兩夫人——螭娘和虤兒。

　　《鶯鶯傳》中鶯鶯善歌而平時不唱，分離時清歌一曲的描寫，《嬌紅記》有意襲之。而《巫夢緣》第七回則反用《鶯鶯傳》言辭：「休將舊時意，憐取眼前人」。

　　《枕中記》之旨趣，唐代即有《南柯太守傳》《河東記·櫻桃青衣》廓而大之，《聊齋誌異·蓮花公主》等篇則更為絢麗多彩。

　　《馮燕傳》所造成的「姦夫為了本夫而殺害淫婦」的現象，在《洛陽縉紳舊聞記·向中令徙義》、《詳情公案》卷之四、《型世言》第五回、《歡喜冤家·鐵念三激怒誅淫婦》等作品中反覆演繹。且看《詳情公案·寬宥卜者陶訓》中的描寫：「陶訓曰：『未有人似你歹心。』遂手接其刀一舉斬之。」

　　《紀聞·蘇無名》是一篇非常優秀的推理小說，在《皇明諸司廉明公案》中被改編為《董巡城捉盜御寶》。

　　《廣異記》對後世小說影響甚巨，如《崔敏殼》影響了《聊齋誌異·席方平》。《朱敖》則通過《纂異記·劉景復》直射《聊齋誌異·畫壁》。《擔生》啟發《聊齋誌異·蛇人》。《冀州刺史子》啟發《聊齋誌異·黎氏》。《安南獵者》則與《紀聞·淮南獵者》、《聊齋誌異·象》衣缽相傳。

　　《河東記·申屠澄》對《瀟湘錄·焦封》、《三水小牘·游氏子》卓有影響，並直達《聊齋誌異·青鳳》。

　　《甘澤謠·陶峴》寫崑崙奴摩訶水下工夫了得，《嶺南逸史》第八回亦寫崑崙奴群體水下工夫。

　　《原化記》不少描寫垂範百代。《車中女子》中盜賊直入禁中盜物救人的寫法，不僅模範了《劇談錄·田膨郎》，而且對後世小說如《施公案》《彭公案》《三俠五義》等作品影響甚大。《崔尉子》通過悲歡離合而寫公案，《西遊記》唐僧出世是其翻版，《警世通言·蘇知縣羅衫再合》更據此加工改造。此外，《崔慎思》影響了《集異記·賈人妻》、《聊齋誌異·俠女》。《嘉興繩技》啟發了《聊齋誌異·偷桃》。

　　《續玄怪錄》多篇影響後世。《李靖》篇之李靖，除了《西遊記》中的托

塔李天王之外，在《禪真逸史》中成為林淡然的徒弟，《反唐演義傳》中亦顯身姿，《忠孝勇烈奇女傳》再現身影。另，《張逢》影響《原化記·南陽士人》到《聊齋誌異·向杲》。《張庾》與《聊齋誌異·狐嫁女》，《定婚店》與《聊齋誌異·柳生》之間也脫不了干係。

《河東記》對後世小說亦有影響。這只要看看《板橋三娘子》與《聊齋誌異·造畜》，《韋丹》與《聊齋誌異·八大王》之間的關係就一清二楚了。

《宣室志》對《聊齋誌異》的影響也不小，《俞叟》之於《小二》，《楊居士》之於《彭海秋》，《梁璟》之於《郭秀才》，都是很好的例證。

《虯髯客傳》中之紅拂女與虯髯客，被後代不斷改寫，如《忠孝勇烈奇女傳》第四回寫紅拂姓馮名紅絹；第五回寫虯髯客亦馮姓名冀，卻是「西洋人」。

三、話本與擬話本

《韓擒虎話本》寫韓擒虎吼五道將軍，著小霸王孫策之先鞭。

《葉淨能詩》百姓拋米麵而致乾旱三年事，為《西遊記》第八十七回鳳仙郡故事所模仿。

《五代史平話》亦有影響後書者，如黃巢卵生：「生下一物，似肉毬相似，中間卻是一個紫羅復裹得一個孩兒。」這種怪誕的出身方式，被後世小說家大力複製。如《封神演義》第十二回中之那吒，《繪圖三教源流搜神大全·太歲殷郊》中之殷郊，《南遊記》第八回中華光化身投胎的五子，《後三國石珠演義》第三回中的劉弘祖等。

《三國志平話》中之「三國因」構思，不僅直接影響了《喻世明言·鬧陰司司馬貌斷獄》，還間接影響了《姑妄言》第一回一個名叫「到聽」的人夢中見冥王判歷史人物投生的描寫。

《宣和遺事》中失體統的宋徽宗直射《西遊記》中失了體統的朱紫國王。而宋江怒殺閻婆惜之後：「就壁上寫了四句詩。道是，詩曰：『殺了閻婆惜，寰中顯姓名。要捉凶身者，梁山濼上尋。』」這種氣概，被《水滸傳》移植到鴛鴦樓的武松身上，孰知又在《續濟公傳》第十六回中被淫賊劉香妙所模仿。

《薛仁貴征遼事略》中秦懷玉掛孝退敵可作《三國志通俗演義》中關興、張苞掛孝出征榜樣，張士貴焚薛仁貴退路又啟發楊家將故事中的潘仁美。而

《大唐秦王詞話》單雄信被殺，一道青氣東飛，化為葛蘇文，則更是上承《薛仁貴征遼事略》，下啟《說唐薛家府傳》。

宋元小說話本亦有多篇影響後世：《萬秀娘仇報山亭兒》中三個強盜一通虛張聲勢的吶喊：「紫金山三百個好漢！」在《水滸傳》第六十二回變成石秀大喊：「梁山泊好漢全夥在此！」到《隋史遺文》第五十五回再變成秦瓊吶喊：「姑爹休慌，秦瓊帶領大唐兵來了。」在《嶺南逸史》第十三回中又變成梅映雪大叫：「天馬山全夥在此！」又有《龍圖耳錄》第五十回江樊喊道：「拿嚇！開封府的官役全來嚇！」最後，還在《繪芳錄》中迴蕩：「李大人全隊在此，降者免死。」又，《十五貫戲言成巧禍》影響了《海剛峰先生居官公案傳》第十七回，《宋四公大鬧禁魂張》小偷生活的描寫在《近報叢譚平虜傳》卷二第六則被複製。

《清平山堂話本》亦有影響，《海剛峰先生居官公案傳》第十六回明顯是《戒指兒記》《金瓶梅》《蔣興哥重會珍珠衫》的雜糅。而《雪川蕭琛貶霸王》則啟發了《螢窗清玩》第四卷《碧玉簫》的一個片段。

《解學士詩話》善於諷刺權貴的解縉式幽默，被《升仙傳演義》第二十五回中的濟小塘學來罵嚴嵩。

「三言」影響更大：《皇明諸司廉明公案》之《汪縣令燒毀淫寺》即為《汪大尹火焚寶蓮寺》之改寫。《滕同知斷庶子金》更是《滕大尹鬼斷家私》之翻版。《皇明諸司公案》之《顏尹判謀陷寡婦》略同於《況太守斷死孩兒》。《海剛峰先生居官公案傳》第五回有些接近《陸五漢硬留合色鞋》，第二十九回則乾脆扯入「玉堂春」的悲歡離合，第五十九回的前半又酷似《滕大尹鬼斷家私》，最後一回亦與《況太守斷死孩兒》極其相似。《綠野仙蹤》第二十二回寫沈襄故事基本照抄《沈小霞相會出師表》。《杏花天》第四回雪妙娘有百寶箱頗同於杜十娘。《鬧花叢》某些段落，如文英代妹作客以奸桂萼姑嫂，如王宗師斷姦情案，頗似《喬太守亂點鴛鴦譜》。《姑妄言》第三回引《賣油郎獨佔花魁》故事。《施公案》第二百五十七回寫施公裝神弄鬼，學的是「鬼斷家私」之滕大尹。《爭春園》第三十二回寫行奸誤殺人命案與《陸五漢硬留合色鞋》相近，第三十三回寫殺人兇手將人頭移禍他人以致造成連環殺人案又與《一文錢小隙造奇冤》相同。《風月鑒》第六回寫解元嫣娘為一丫鬟而賣身為奴則是「一笑姻緣」唐解元之徒弟。《熱血痕》第八回陳音千里送孫氏，是《趙太祖千里送京娘》的變種。《楊八老越國奇逢》中不犯法的「兩頭大」，在

《石點頭·郭挺之榜前認子》和《新上海》等小說中再三表現。《施潤澤灘闕遇友》中「好心人」牆壓不著的描寫直接影響了《二刻拍案驚奇》卷十五。《一文錢小隙造奇冤》以死人訛詐活人的描寫，在《雨花香·洲老虎》中惡性升級。

「二拍」影響亦自不小：《快心編》第十四、十五回寫煉丹一事，來自《拍案驚奇》卷十八，後又入於《儒林外史》第十五回。《施公案》第一百六十一回「一枝桃」謝虎，從「二拍」中「一枝梅」處學來。《升仙傳演義》第十回寫「五不偷」的一枝梅，可視為《二刻拍案驚奇》卷三十九同名人物的小小進步。《禪真逸史》第六回回目「說風情趙尼畫策，赴佛會賽玉中機」，酷似《拍案驚奇》卷六標題「酒下酒趙尼媼迷花，機中機賈秀才報怨」。

《型世言》第一回寫鐵小姐仗劍驚凶，《載花船》卷之三第十二回的尹若蘭，《玉支磯》第十二回的管彤秀也都有相似表現。《風箏配》第六回描寫更精彩：「二小姐道：『我今墮了奸人之計，幸有寶劍在此。』急急走到床邊，將寶劍拿在手中，照戚友先頭上亂砍。嚇的戚友先起來就跑。」更有甚者，自《型世言》第六回寫淫蕩的婆婆逼著兒媳婦與「老身」情人鬼混的描寫之後，在《清夜鍾》《娛目醒心編》《十尾龜》等小說中都有類似描寫。文言小說中亦有這樣的片段：「商人遂入氏室，姑隨局門，商遂逼氏，氏呼籲甚厲，聲達戶外。」（張漢《太湖王氏傳》）

《弁而釵·情烈紀》一篇，寫男風文生幫助雲生科考為官：「雲生審事，有不能斷者，文生悉為決之，舉郡號為神明。」從側面影響了《聊齋誌異·顏氏》。

《連城璧》第五回寫「闕不全」，直接影響了《施公案》之「施不全」。而此回中的「掉包計」也被後人不斷摹寫，《好逑傳》、《人中畫·風流配》、《人中畫·終有報》直至《紅樓夢》。《十二樓·萃雅樓》中市井奇人的骨氣的描寫直射《儒林外史》。《十二樓·生我樓》中的買婦女買來老母，影響了《聊齋誌異·亂離二則》。同篇中麻袋裝婦女販賣的情節卻在《躋春臺·巧姻緣》中重現。

《飛英聲·鬧青樓》中的王慧英，開書畫店自謀生路：「那兩京十三省的人不論為官作宰，大商小賈，但凡到了揚州，或詩或畫，無不求取一幅以為奇珍。」如此女子，豈非《儒林外史》中沈瓊枝之先聲？

《載花船》第七回展示的流民逃難圖，被《儒林外史》複寫。《豆棚閒話》

第六則《大和尚假意超昇》中的「活佛昇天」，被《野叟曝言》第五十二回以及《續兒女英雄傳》第十八回模仿。《珍珠舶》卷二第二回中一個赴考者朋友之間擬題相戲後果然以此而高高得中的情節，又被《雲仙笑‧拙書生》所仿造。《照世杯‧走安南玉馬換猩絨》中的衙內被婦人潑了一馬桶「雨露」，是《紅樓夢》中賈瑞之先聲。《雨花香‧旌烈妻》中程氏雖是自縊身亡，卻與《儒林外史》之王三姑娘絕食而亡意義一樣。《通天樂‧除魔魅》中對魔魅的描寫，在《紅樓夢》中被馬道婆「發揚光大」。

四、宋元明清文言小說

《睽車志》中《劉堯舉》一篇，洪邁將其編入《夷堅丁志》，然不及《豔異編‧投桃錄》中詳細，「二拍」中《喬兌換胡子宣淫，顯報施臥師入定》之入話即選此篇，《聊齋誌異‧王桂庵》乃至《紅樓夢》第六十四回均受其影響，直到《海上花列傳》第三十二回仍能見其影子：「淑人心慌，親自去拾，不料雙玉一腳踹住那猴兒，遮在褲腳管內。」

《雞肋編》有謀殺朋友而奪其妻的故事，後因「水泡」暴露真相，「鞫實其罪而行法焉」。此事經《杜騙新書‧青蛙露出謀娶情》改寫，又被《歡喜冤家》《生綃剪》等反覆演繹。

《嬌紅記》，《霞箋記》第三回提及《嬌紅傳》。

《天緣奇遇》，《巫夢緣》第二回寫某女子閱讀《天緣奇遇》。

《花影集‧心堅金石傳》心中小人的描寫影響甚大，《百家公案》第五回亦取材於此，《躋春臺‧心中人》仍仿之而作。

《覓燈因話‧桂遷夢感錄》中負心人全家變狗的故事，不僅被《警世通言‧桂員外途窮懺悔》改作白話，而且被《娛目醒心編》卷十二嫁接到另一故事。

《湯表背》中那位被後人詬罵：「今詬薦人者曰：『無若吳門湯表背也！』」想不到這「中山狼」卻在《紅樓夢》《紅樓夢影》中當典故使用。

葉楚傖《伴娘》寫才子見美麗伴娘而情不自禁地大聲呼喊，直射《聊齋誌異‧青鳳》中之耿去病。

《聊齋誌異》之巨大影響自不待言。《螢窗異草‧秦吉了》仿《阿英》。《小豆棚‧泗州城隍》反映科舉問題，置諸《聊齋》中，可與《王子安》《司文郎》《葉生》諸篇相較。《益智錄‧狐夫人》真假妻子交替出現，頗似《阿

繡》。《益智錄・顧道全》敘先生屢試不中而學生中之，乃《葉生》之餘意。《淞濱瑣話・因循島》乃《夢狼》之流亞。《風月鑒》第一回寫嫣娘愛笑，自然是嬰寧之流風餘韻。《瑤華傳》第三十二回寫一迷惑男子的白鱷魚，其趣味和結局卻與《白秋練》相反。《續鏡花緣》第三十八回寫一斷獄故事，除人名更改之外幾乎全抄《胭脂》。《蜜蜂計》第七回鄧鳳英換心如同陸判一樣，《風流悟》第七回亦有山儁夢中被換心的描寫。《小翠》中之癡公子娶美女的故事，又被《躋春臺・失新郎》所複製。

五、明代章回小說

　　《三國志通俗演義》對後代小說的影響罕有其匹：《三遂平妖傳》第二回引周郎夏口三江之典涉及《三國》，第十九回李遂之苦肉計讓人想起黃蓋。《殘唐五代史演義傳》第十一回李存孝溫酒擒二將稍遜關公，第十五回李存孝擒孟絕海特象孫策再世，第二十三回周德威激李存孝可與諸葛亮激關羽對看，第二十九回李存孝十八騎闖營是甘寧弟子。《隋唐兩朝志傳》第六回五英雄相遇酒店學劉關張，第二十一回李靖豹頭環眼學張飛，第五十二回敬德追李世民學馬超追曹操，同回秦王激秦瓊學孔明激關羽，第一百五回張巡草人借箭學諸葛亮。《南宋志傳》第十五回柴榮、趙匡胤、鄭恩三結義模仿桃園。《楊家府演義》第二回第楊繼業曰「宋主行兵，曹瞞無貳」，第五回繼業降宋要依三事學關羽，第十三回六郎三擒孟良只不過比孔明擒孟獲少了四次。《北宋志傳》第十四回太宗命武將射袍奪標學曹孟德。《英烈傳》第三十九回張定邊戰敗而大笑，則更有曹孟德風采。《隋史遺文》如第三十五回寫徐懋功、秦叔寶杯酒論英雄，源自青梅煮酒。《東西晉演義》西晉卷之一竇賓交代後事一段學孫策，卷之三王陽射敵之手於護梁之上一段亦乃孫策故事，卷之四晉愍帝與太子湛一段酷似蜀後主與北地王，東晉卷之三符堅聘王猛與「三顧茅廬」同，卷之四慕容垂戰桓溫與「火燒新野」同，卷之七劉裕斬徐赤特與「揮淚斬馬謖」同，卷之八長民欲殺劉裕與董承等欲殺曹操近似。《孫龐演義》第十一回孫臏擒袁達，源自「七擒孟獲」。《鎮海春秋》第十一回毛文龍行反間計來自蔣幹盜書，第十九回袁崇煥假惺惺祭奠毛文龍學臥龍弔孝。《錦香亭》第十回草人借箭分明從臥龍先生學來，第十五回僕固懷恩斬楊朝宗是關羽斬華雄翻版。《說唐前傳》第三十五回「二伍一雄」輪戰宇文成都，是「三英戰呂布」變格。《飛龍全傳》第六回寫柴榮、趙匡胤、張光遠、羅彥威四人結拜乃「桃園

結義」擴展版，第四十六回「死鵪子能病生雀兒」學的就是「死諸葛能走生仲達」。《雙鳳奇緣》第三十回奪錦袍一段描寫，也分明仿自曹孟德麾下。《後三國石珠演義》第四回劉弘祖等三人結拜全是桃園影響，第十八回城下借箭照抄孔明手段。《快心編》第十一回放水淹敵一段，無疑來自水淹七軍。《施公案》第二百零九回所寫「青虹劍」，卻是對曹操「青釭劍」的誤用。《天豹圖》第十五回，乾脆說曹天吉是「小呂布」。《嶺南逸史》第六回寫黃逢玉與人「約三事」分明學習關雲長，第十二回諸葛同完全摹擬乃祖諸葛亮。《忠孝勇烈奇女傳》第二十一回寫金沙谷一戰基本模仿上方谷，第二十四回獨手道人抓來木蘭父母以威脅又仿照曹操賺徐庶。《金臺全傳》第八回寫張其、鄭千、金臺三結義，當然是桃園後裔。《說唐》中三次用「空城計」，卻與諸葛亮用法相反。更有甚者，劉備與鄉中小兒戲於樹下自以為天子的做派，在《古今小說‧臨安里錢婆留發跡》和《麟兒報》中被反覆演繹。劉備「白帝城託孤」所說的「可輔則輔之」之類的話，竟然在《商界現形記》第四回被一商人活學活用。關羽身在曹營心在漢，在《合浦珠》中居然變成妓女勉從虎穴暫棲身。就連曹操刺董卓的言行舉止在《女媧石》第三回亦有刻意模仿者。

《水滸傳》對後世小說的影響堪與《三國》並駕齊驅：《殘唐五代史演義傳》第三十回「神機軍師」周德威和「跳澗虎」樊達分明來自梁山好漢。《三遂平妖傳》第三回「農夫背上添心號」等語分明抄自水泊梁山，第八回兩差人謀害卜吉亦與野豬林中相似，第九回左師戲任千一段與魯達戲鄭屠相近，第十五回王則招供一段與白勝大略相同。《南宋志傳》第十四回趙匡胤大鬧勾欄略似插翅虎雷橫。《楊家府通俗演義》第二十三回孟良搶親接近周通。《大唐秦王詞話》建成、元吉害尉遲恭之法，學的是高俅害林沖手段。《樵史通俗演義》第二十二回李自成殺妻事，分明又化自「二潘」。《皇明諸司公案‧陳巡按準殺姦夫》一篇，可與楊雄殺妻一段對讀。《近報叢譚平虜傳》卷一第九則細緻描寫了一個「會弄時遷勾當」的響馬。《說唐全傳》第三十二回的「藏頭詩」從盧俊義家中化出，第四十七回言商道的小路卻如同祝家莊。《說唐後傳》第二十一回薛仁貴借宿擊寇從魯智深借宿化來，第四十三回薛仁貴張士貴拍鬪分打二關酷似打東平東昌二府，第四十七回兩員小將旗分紅白打鬪學呂方、郭盛。《反唐演義傳》第二十八回王潮捉拿徐美祖一段從還道村化來，第七十五回直接模仿連環馬和鉤鐮槍。《飛龍全傳》第二十六回鄭子明見趙匡胤時的話語與武松見宋江時所說十分相近，第四十回陶三春諢名「母大蟲」亦如同

顧大嫂。《繡戈袍全傳》第三十三回「劫貢」一段，是「智取生辰綱」翻版。《後三國石珠演義》第一回吳禮授天書模仿九天玄女，第五回仙凡結合同構發鳩山仿梁山聚義，第十一回劉弘祖雲石珠推遜王位「冷了眾人的心」極像水滸英雄口吻。《醒名花》第四回公子逃難時道士教其「要訣」四句，即從魯智深師父處來，第十回眾強人綽號更是全仿梁山好漢，第十三回寫狗低頭好色被女將刺中咽喉落水更似扈三娘擒王矮虎。《新史奇觀》第二回謂李自成等人乃陰司積囚託胎，學《水滸》之「洪太尉誤走妖魔」。《增補紅樓夢》第三十一回，又將三個金陵十二釵與《水滸傳》三十六天罡相比。《施公案》第一百一十四回寫賀天寶極重名頭如同武松，第一百一十五回寫刁氏如同梁山女漢子，第三百四十八回曹德彪的兩個助手乾脆就叫徐寧、石勇。《飛跎全傳》第九回跎子遇盜一段，化自宋江遇盜。《天豹圖》第二十回施必顯為爭座頭而結識童孝貞，如同水滸英雄。《九雲記》第二十七回寫一響馬，大名居然也叫「牛二」。《嶺南逸史》第八回紅燈指向敵人的描寫，也來自三打祝家莊。《三分夢全傳》第四回乃恭打老強一段，分明從「拳打鎮關西」處學來。《金臺全傳》第三十三回「東京八百禁軍教頭」讓人想起林沖，第四十二回金臺是「天巧星」在石碣天文中亦可查到。《熱血痕》第三十三回「王法王法，把人氣殺」的絕妙呼喊，用在李逵身上也很合適。《升仙傳演義》第三十六回濟小塘松林救仲舉，酷似魯智深大鬧野豬林。《青樓夢》第五回眾妓女有雅號，如同梁山好漢有綽號。《水滸全傳》「謀墳地陰險產逆」寫王慶出生，直貫《古今小說‧木綿庵鄭虎臣報冤》中賈似道和《檮杌閒評》中的魏忠賢降世描寫。「野豬林」一段，又被《升仙傳》第三十六回所模仿。真假李逵的描寫被《彭公案》繼承，寫成真假竇二墩。穆家兄弟不准觀眾給外路賣藝人薛永銀錢的描寫，在《三門街全傳》第十一回惡霸馬鷥和賣藝人洪錦身上重演。就連林教頭、武二郎遭遇的「殺威棒」，也在後世小說中頻頻打出，《雙鳳奇緣》第八回有之，《說唐全傳》第七回有之，《金臺全傳》第四十回亦有之。「金雞消息」在《賽花鈴》第十回也有了回應。楊志校場比武一段學之者也不少，《南宋志傳》第十八回有趙匡胤，《快心編》第十一回有柳俊，《說唐前傳》第八回有秦瓊，《雪月梅傳》第四十四回有劉電。宋江忠義不能兩全的描寫影響了《金雲翹傳》第四回王翠翹和《繡球緣》第二十一回的胡雲光，到了《遊龍戲鳳》中曹玉英的孝義矛盾衝突更是糾結：「如此進退兩難，真乃令人無計。」還有《水滸傳》第七十三回描寫李逵長途奔跑後氣喘吁吁說話不暢，後世小說《昭陽

趣史》卷一所寫小妖精也是這樣：「『大王不好了，那夫人，那夫人』急喘喘的一時間說不出口。」

《殘唐五代史演義傳》第十四回寫李克用十三太保，《說唐前傳》第二十三回楊林手下亦有十三太保。《殘唐五代史演義傳》第十七回寫李存孝體如病夫更是直射《三俠五義》之翻江鼠蔣平。此外，《姑妄言》第三回魏如虎的妻子名叫李存孝也是因為李曾經「打虎」的惡謔。

《三遂平妖傳》第六回胡媚兒機關布置直啟《紅樓夢》鳳姐戲賈瑞，第十一回和尚吃酒食一段又為《西遊記》豬八戒所本。此外，《金臺全傳》第四回寫蛋子和尚三盜天書、聖姑姑等情節，與《平妖傳》近似。《升仙傳演義》第三回寫濟小塘坐板凳求仙，亦來自《三遂平妖傳》。更有甚者，《平妖傳》及其主人公蛋子和尚居然在《紅樓夢影》第十三回被當作故事講述。

《西遊記》當然也是影響較大的作品。《韓湘子全傳》第二十回唐突先賢，讓韓愈如同豬八戒一般因好色而被高掛樹上。《北遊記》寫當山聖母三次變化，依次為女、嫗、翁又與《西遊記》「三打白骨精」近似。《孫龐演義》第二回之「雲夢山水簾洞」顯係來自《西遊》。《五鼠鬧東京包公收妖傳》丞相、皇帝、國母均能真真假假，又學《西遊記》之真假猴王並影響《警世通言・皂角林大王假形》、《紅樓夢》、《龍圖耳錄》中許多真真假假的人物。《說唐後傳》第二十五回竇一虎被困飛鈸如同《西遊記》之孫行者，同回寫秦漢「紅孩兒」打扮亦來自《西遊記》。《混元盒五毒全傳》昂（昴）日星官收蜘蛛、蜈蚣二怪，簡直就是抄襲《西遊》。《姑妄言》第三回魏如豹的妻子名叫九靈母元聖是從獅子精故事中來。秦子忱《續紅樓夢》第二十卷寫陰間洗孫紹祖「黑心」，亦來自《西遊記》。《施公案》第九十七回求雨，如同孫悟空做過多次的善事。《慈雲走國》第二十八回寫孟強殺死敵方巡營小卒並剝其衣穿而冒充之，典型的孫行者伎倆。《飛跎全傳》第四回過渡後回頭見屍身的描寫，是西天路上的終點站得來。《聽月樓》第十九回出現「車遲國」，也是唐僧師徒經過的地方。《九雲記》第一回更是涉及《西遊記》紅孩兒、孫悟空故事。《雙鳳奇緣》第五十六回九天玄女賜給昭君保貞操的仙衣，「忽然如萬根銀針直刺，刺得番王十指鮮血淋漓」，分明來自朱紫國金聖宮娘娘。《升仙傳演義》第五十六回的「五仙受封」，與「五聖成真」幾無二致。《生綃剪》第一回中的「烏窠禪師」，不知是否「烏巢禪師」的師弟。《呂純陽三戲白牡丹》第二十九回鐵拐李戲呂洞賓顯然學自悟空戲八戒。最有趣的是孫猴子半夜三更被師父暗示

去「開小灶」的情節，《大馬扁》第七回卻在康有為、林魁身上得到了反諷襲用。

《封神演義》影響也不算小。《孫龐演義》第四回鬼谷子鏖鎮法，學自姜太公。《說唐後傳》第二十四回竇一虎娶薛金蓮一段，從土行孫處學來。《五虎平西前傳》第二十六回寫番邦王子被殺後「一靈往直殿去了」，學的是「一道靈魂往封神臺上去也」。《五虎平南後傳》第三十二回「君不正，則臣投外國」的口號亦曾出自殷商叛臣之口。《飛跎全傳》第十一回懸天上帝給跎子脫胎換骨又在脅下生雙翅，自然是哪吒和雷震子的雜合。更有甚者，《封神演義》第六回妲己發明的酷刑「炮烙」，對後世小說酷刑乃至非刑的描寫影響很大，如《生綃剪》第七回、《清風閘》第三十二回、《五美緣》第七十回、《狄公案》第十九回、《十尾龜》第八回等。

《楊家府通俗演義》卷一寫楊業七子二女，《繡戈袍全傳》第一回就寫唐尚傑七子一女。就連《楊家府通俗演義》卷四所寫荒誕不經的女子赤身陣，也被《繡球緣》第二十四回抄襲。

《北遊記》第十三回寫神雷山妖精新興王要新嫁娘的「初夜權」一事，《僧尼孽海》中楊漣真伽亦有仿造。

《金瓶梅》也是小說史上承前啟後的名作。《綠野仙蹤》第四十六回苗禿子學說「盜銀」一事，酷似應伯爵學說「打虎」。《東漢演義評》漢成帝的「死法」居然與西門慶相同。《歸蓮夢》第六回潘一百以「借票」說事，「黏在他門首，羞辱他一番」，與西門慶對付蔣竹山之法異曲同工。《姑妄言》第九回童自大談結拜順序亦受應二哥啟發，第二十回寫方器生與薄氏一段從「常時節得銀傲妻兒」處化來。《空空幻》第六回，則乾脆寫尼姑慧源「桌上放著一本《金瓶梅》在那裡觀玩」。《歧路燈》一書，則多有對《金瓶梅》的議論和評價。《綺樓重夢》第十二回「算命」一段即仿照冰鑒終身，至於第四十八回則乾脆明言：「是書之有淡如、瑞香、玉卿，猶金瓶梅之有潘金蓮、李瓶兒、林太太也。」《紅樓復夢》第四十一回有一個破落戶「韓搗鬼」當從《金瓶梅》中借來。《天豹圖》第二十七回寫花子能欲烝庶母時說：「什麼五倫？就是十倫也無要緊」，比西門慶還西門慶。同回寫梅氏為了遮羞，將丫鬟雙桃送給花子能姦污，亦從潘金蓮處學來。《蜃樓志全傳》第十四回寫素馨挨打酷似李瓶兒，第十九回佳人看燈一段，亦分明來自西門慶家門口。李瓶兒上弔自殺被丫鬟發現的描寫，也被《醒世恒言·張廷秀逃生救父》和《娛目醒心編》卷十

二所克隆。更有甚者，《金瓶梅》第九回寫吳月娘眼中的潘金蓮：「從頭看到腳，風流往下跑；從腳看到頭，風流往上流。」居然被後世小說反覆襲用，如《青樓夢》第六回、《蜃樓外史》第六回、《九尾龜》第十五回。而西門慶熱結十弟兄的做法，在《二十載繁華夢》第五回發展成為周庸祐熱結十二友，在《雅觀樓全傳》第十一回發展為錢世英十五人「大會安樂園」。

《隋史遺文》第十九回寫李淵給秦瓊設置長生牌位，被不少小說模仿。如《永慶升平後傳》第九回中的馬成龍，《濟公全傳》第六十八回中的陳亮、雷鳴，六回本《於公案》第三回中的于成龍等。

《禪真逸史》第二十一回之「雌雞市」，分明是《鏡花緣》中「女兒國」之先導。該書第三十三回張善相的「才德情色」四備之說，更是給明末清初才子佳人以直接的影響。

《繡榻野史》卷上金氏房間中充滿性誘惑的布置啟發了《紅樓夢》第五回寫秦可卿臥室。

《醋葫蘆》第十六回寫玉帝「特封介子推之妹於太原，為妒女神」，又可與《豆棚閒話‧介子推死封妒婦》對看。

《關帝歷代顯聖志傳》「福清縣神像斬山魈」影響了清代小說《七劍十三俠》，而「西昌告郭中丞平播」又可與《征播奏捷傳》對看。

《征播奏捷傳》單句作目，兩句連起來偶句作目，兩回算一回，直接影響了《于公案奇聞》。

《東西晉演義》卷之二中的晉惠帝戆騃得可以：「時天下飢饉，百姓饑死，左右奏知，惠帝曰：『何不食肉糜？』」而《白牡丹》中的正德皇帝如出一轍，當別人告知腹痛「乃是飢餓」時，他竟追問「怎麼為之飢餓？」富二代也深受糊塗君王影響，見人餓倒在地，竟說：「既不曾吃飯，因何不吃一盞人參湯出門，也飽得好大半日。」（石成金《笑得好‧人參湯》）

《皇明諸司廉明公案》之《洪大巡究淹死侍婢》與《歡喜冤家‧香菜根喬裝姦命婦》如出一轍，《衛縣丞打櫃辨爭》又給《躋春臺‧審煙槍》以啟迪。

《海剛峰先生居官公案傳》第二十六回直接影響了晚清文言小說《豁耳嫗傳》。

《續西遊記》第三十回：「八戒見了把自己臉一抹，即變了七情模樣。行者見八戒變了七情，便把七情噴了一口氣，隨變了八戒。」這種敵我之間互變的寫法，影響了《五虎平南》第二十五回、《升仙傳演義》第十四回。《海上

塵天影》第三十七章寫湘君與舜華，雖不是敵對雙方，卻也是兩人對變。

《皇明大儒王陽明先生出身靖難錄》寫王陽明先生的父親王華年輕時曾經拒絕非法的女色終得好報的故事，並留下「欲借人間種，恐驚天上神」的警句。此後，在《歡喜冤家》第十八回被豐富化，在《型世言》第三十一回、《西湖二集》第十八卷、《娛目醒心編》卷九中也有類似描寫。《濃情快史》第十一回和《反唐演義全傳》第一回，將此事移到狄仁傑身上，且看《濃情快史》：「美色人間至樂春，我淫人婦婦淫人。色心狂盛思亡婦，遍體蛆鑽滅色心。」此外，《合浦珠》第十回亦有描寫：「蕙姑又雜以諧謔，多方誘生，而生終不能動，乃雙臉暈紅，含慍而退。」直到晚清《檮杌萃編》的第一回和第二回，還有相似描寫。

《西遊補》：第四回寫那群看榜舉子的醜態，足以開啟《儒林外史》。

六、清代章回小說

《金雲翹傳》第十四回寫王翠翹被毒打露雪白屁股一段，《都是幻·梅魂幻》第四回、《熱血痕》第二十三回均亦有之。《筆梨園》的最後，則以數百字概述《金雲翹傳》。

《後西遊記》第三十回寫造化小兒「酒色財氣」等圈兒，在《升仙傳》第四十三回、《飛跎全傳》第二十回得以繼承乃至光大。《蜃樓志全傳》第八回隱喻性交的「小行者的金箍棒，終敵不過不老婆婆的玉火鉗」，亦乃《後西遊記》第三十二回話頭。

隋唐系列小說：《繡戈袍全傳》第十一回提及「三箭定天山」是「隋唐系列」故事。第三十四回的地名「九焰山」直接抄自《反唐演義傳》。《金臺全傳》第四十一回金臺當上火頭軍，湊巧是薛仁貴發跡之前的工作。《升仙傳演義》第十六回，居然提到「樊梨花還魂」。《說唐三傳》中秦漢、竇一虎之鑽天、徹地，在《三俠五義》中變為五鼠中盧方、韓彰綽號。

《飛龍全傳》第八回鄭恩拔大樹做兵器的描寫之後，又有《遊龍戲鳳》第十四回中的描寫：「周勇遂向山前拔其小樹一株，用斧頭削去枝幹；提起上前，擋住眾人。」還有《仙俠五花劍》中雷一鳴：「情急智生，即在道旁拔起一株大樹，當著軍器。」甚至還有陰陽人拔大樹，見《瑤華傳》。

《梁武帝演義》第三十四回達摩的「一葦渡江」，在《升仙傳演義》第十九回演變為濟小塘的「折蘆過江」。

《好逑傳》中的反面形象名叫過其祖，不料《續紅樓夢新編》第十回亦有名叫過其祖者。

《杏花天》第十三回寫十二金釵又與「金陵十二釵」產生聯繫。

《桃花影》第十一回有「含冤」者名韓淵，與死於薛蟠之手的馮淵諧音「逢冤」遙遙相對。

《春燈謎史》第一回寫男女主人公均以「西江月」為證，賈寶玉出場亦如是。該書第九回寫女人以頭撞人又啟發《白圭志》第十五回寫王夫人以頭衝巡撫胸前，最後到《紅樓夢》寫趙姨娘與眾丫鬟以頭相衝撞。

《續金瓶梅》第四十七回秀才潘子安，對司棋表弟兼情人潘又安有所啟發。

《姑妄言》第十四回鍾情中舉一段描寫是范進中舉之先聲，第十六回「親香」一詞酷似尤三姐口吻。

《快心編》二集第九回寫反面人物劉美並非醜陋不堪，而是「生得相貌亦有可觀，心地亦算聰慧」，影響了《白圭志》第一回「因其眉清目秀，遂取名美玉」；又影響《綠牡丹》第二回寫反面角色王倫：「生得面貌俊秀，體態斯文。」《紅樓夢》賈雨村「造像」也受其影響。

《空空幻》第一回，寫花春二童子名「詩囊」、「畫篋」，應該對《紅樓夢》奴婢命名有影響。

《兩交婚》中的「賈小姐」「賈才女」未必不影響《紅樓》諸賈。

《野叟曝言》寫文素臣子子孫孫數以百計，《九雲記》第三十五回寫少游「內外孫曾不啻百十人」。

《儒林外史》對後世小說亦有影響：《品花寶鑒》第十八回張仲雨「寶塔詩」，當從梅玖學來。《海公大紅袍全傳》第一回寫海瑞中秀才，其母海夫人說：「你得一衿，吾死瞑目矣。」酷似《儒林外史》之魯小姐，而魯小姐之淵源，又可追溯到《古今笑史·癖嗜部第九》中的「富貴癖」二則。范進中舉後受到各色人等的追捧，影響了《發財秘訣》第三回中區丙發財後受到眾人追捧的描寫。

《紅樓夢》更是灌溉了百草千花：《雪月梅傳》第二十二回寫從雪姐眼中看劉母及二媳，則與林黛玉眼中看賈府諸人相似；第三十四回鄭氏失二豎一段則從《紅樓夢》秦鍾之死化來。鳳姐戲賈瑞的方法，被後代小說所繼承，如《婆羅岸全傳》第八回、《蜃樓志》第十四回。《雅觀樓全傳》第九回寫錢世英

新修住宅，其中一處對聯：「門前陡長搖錢樹，堂上新添聚寶盆。」乃學習《紅樓夢》而化雅為俗。《聽月樓》第二回寫宣公子書童名叫「抱琴」當來自《紅樓》，第六回寫柯老爺打女兒寶珠較之賈政打寶玉有過之而無不及。《蜃樓志全傳》第二回寫笑官吃女兒殘茶實乃賈寶玉後輩，第三回寫笑官不願中進士的言論當然也是怡紅公子的混帳話。《九雲記》第五回「大仁大惡」的議論仿自《紅樓夢》，第六回連「周瑞家的」「鴛鴦」都用上了，第九回「神仙姐姐」的口吻來自寶玉，第十回寫眾人不同笑態一段亦乃曹雪芹遺風，第十五回的五言排律直抄《紅樓》，第二十五回寫「西園新第」一段幾乎全抄大觀園題匾額，第二十九回諸男子詠菊十二首竟全然抄自《紅樓》。《風月鑒》第四回嫣娘在女子面前自稱「濁物」，模仿的是寶二爺。《一層樓》模仿《紅樓夢》太多，第六回一段，學螃蟹宴王熙鳳與平兒的表現；第十回模仿「鴛鴦抗婚」，就連妙鸞的雀斑也和鴛鴦一樣；第十一回甚至連回目都生吞活剝《紅樓夢》：「情切切靜日花有語，樂悠悠清夜玉生香」；第十五回寫琴默審爐梅，從寶釵審黛玉處學來；第十七回就連璞玉「打了個焦雷」，也與寶玉一樣；第十九回議論「朱子」「姬子」一段，亦抄自寶釵、探春對話；第二十回寫真假璞玉，與真假寶玉幾無二致；第二十三回寫琴默聽下人私語而嫁禍於人，從寶釵撲蝶處化來；第二十四回回目則乾脆出現「琴寶釵」「爐黛玉」字樣；第二十九回德清的歌兒，基本抄自探春曲辭；第三十二回蘇己臨終的「半句話」，亦如同黛玉。《淚珠緣》第一回石時夢中所見女子，竟然如同林黛玉；第五回寶珠拿婉香比鴛鴦、比黛玉；第十二回居然拿《紅樓》人物與「四書」一起行酒令；第四十三回石漱芳借刀殺人，與鳳姐同中有異。《蘭花夢》也是大仿《紅樓》之作，第一回開篇即直言寶玉女清男濁論；第四回寶林打寶珠，是學「寶玉挨打」；第十三回描寫寶林相貌，從王熙鳳化出；第二十一回銀屏形象，儼然史湘雲；第五十七回「東風壓西風」「西風壓東風」之語，亦來自《紅樓夢》；第五十九回小丫鬟大喊「大少奶奶死了」，乃拾花襲人牙慧。《繪芳錄》亦有意無意模仿《紅樓》，如第八回寫一妓林小黛，字翠顰，蘇州人，分明是打造「後林黛玉」；第十八回所寫酒令學的就是「金鴛鴦三宣牙牌令」；第四十七回雲從龍建園名「繪芳」，基本仿照大觀園。《青樓夢》第七回居然以《紅樓》諸釵品《青樓》諸妓；第六十三回，乾脆請出薛寶釵和林黛玉現場演出。此外，劉姥姥進大觀園的醜態，被《海上繁華夢二集》第一回、第二十五回用來描寫錢守愚夫婦。寶玉極度同情婢女，而《海上塵天影》中的顧蘭生卻極度

尊重妓女。

秦子忱《續紅樓夢》中有一個十分有趣的酒令：「每骰六面，共十二個字。……行此令時，若擲出本色成語者，合席各飲一杯，公賀；若擲出參差綜錯名目時，即酌量其人其地其事之輕重，定以罰酒杯數之多寡。」（第九卷）這麼一個六詞錯位酒令，在此後的《一層樓》《繪芳錄》《海上塵天影》《蘭花夢奇傳》等小說中被反覆使用。

《萬花樓》第二十三回寫劉慶有「席雲帕」，《天豹圖》第二十一回陶天豹就有「集雲帕」。

《蜃樓志全傳》如第七回寫烏必元為巴結赫關差竟將女兒獻上，對《官場現形記》等卓有影響。該書第十二回對英雄們兵器重量實事求是的寫法，也在《永慶升平前傳》第六回和《彭公案》第三十五回得到了回應。

《施公案》中的施公與黃天霸的名頭居然被《中國現在記》第二回中的施中堂比擬為自身與下屬。

《升仙傳演義》第十四回狗變美女，為《濟公全傳》所學習：第二十四回的「織女星」故事則影響《牛郎織女》。

《狄公案》第二十三回中的「蛇滴毒」案件對《躋春臺》中的「審煙槍」案件有啟發。

《金蓮仙史》第二回寫崇寧真君關羽對宋徽宗說張飛「在唐時為張巡，今已為陛下社稷，生於相州岳家」。這種張飛一世轉張巡，再世轉岳飛的說法，實際上縐合了多部通俗小說。

以上，我們分六個部分對中國古代小說之間的傳承、影響做了走馬觀花式的巡閱，肯定還有不少美麗的苑囿被筆者所忽視。因篇幅太長，只能草草收場了。

（原載《湖北師範大學學報》2020 年第二期）

章回小說回目的來源演變及其文化意蘊

　　明清章回小說如《三國演義》《水滸傳》《西遊記》《金瓶梅》《儒林外史》《紅樓夢》等等，都有「回目」。所謂「回目」，就是每回書的題目，有的單句，有的偶句，有的較長，有的較短，有的對仗工整，有的則不太工整。總之，這是一種在小說創造過程中具有中國特色的藝術表現形式。

　　那麼，「回目」從何而來？它又經歷了哪些發展變化？區區「回目」又體現了什麼樣的文化意蘊？本文所涉及和討論的，就是這三個問題。

一、「回目」之來源

　　「回目」的直接來源可追溯到宋元話本。在宋元話本的幾大類中，有一類被稱之為講史話本，其基本特點之一是篇幅蔓長，說話藝人在講這些故事時，並非一、兩個單位時間可以講完，只好逐日分段演講，這就無形中將這些長篇故事分成了幾十乃至幾百個段落。為了便於說話藝人講述和聽書人的記憶，也為了使某些精彩的片斷更為引人注目，這些話本在出版的時候往往根據故事內容分節立目。這種分節立目的方式，就是回目的雛形。

　　現存的宋元講史話本共有十種左右，其分節立目的方式有兩種：一種是上圖下文，如元刊本《全相平話五種》每一頁上欄的圖中都有標題，而下欄的文字中亦有以黑地「陰文」標目者，覆蓋在相關處的「陽文」之上。例如《全相平話五種》之《三國志平話》中，就有「三戰呂布」、「關公刺顏良」、「三謁諸葛」、「趙雲抱太子」、「張飛拒水斷橋」、「黃忠斬夏侯淵」、「諸葛七擒孟獲」、「軍師六出歧山」等數十條「陰文」標目，表示精彩的故事段落。《樂毅圖齊平話》中亦有「孟子至齊」、「燕國立昭王」等數十條這樣的陰文

標目。另一種情況是在全書的卷首刊有目錄。如士禮居刻本《宣和遺事》書首就有從「歷代君王荒淫之失」到「秦檜定都臨安」共 293 條目錄。再如董康誦芬室影刻本《景宋殘本五代史平話》中除《梁史平話》目錄缺佚外，其他四種均書首有目。《唐史平話》有從「論沙陀本末」到「廢帝自焚死」計 107 條目錄，《晉史平話》有從「敬瑭割十六州賂契丹」到「契丹主監重貴還本國」計 62 條目錄，《漢史平話》有從「劉知遠本沙陀部屬」到「推戴郭威為帝」共 87 條目錄，《周史平話》有從「郭威家世業農」到「趙太祖改國號為宋」共 94 條目錄。

　　一般說來，上述兩種情況並不重複出現。也就是說，「陰文」標目者，只隨正文標出，在書首卻無目錄；反之，書首有目錄者，正文部分又無「陰文」覆壓「陽文」標目。但無論如何，這兩種「標目」的情況，正是後世章回小說「回目」之濫觴，我們可以將它們稱之為「準回目」。

　　除宋元話本而外，元代雜劇的「題目正名」也給章回小說「回目」的形成以極大的影響。以上所述的陰文標目或書首目錄，均為參差不齊的不規則單句作目，只是標明故事大概而已，並非「美文」。而元代雜劇的題目正名卻受到駢文和律詩的影響，全是兩兩相對的偶句，且讀起來鏗鏘作鳴、琅琅上口。如元刊本《看錢奴買冤家債主》題目正名云：「疏財漢典孝子順孫，看財奴買冤家債主。」再如元刊本《散家財天賜老生兒》題目正名云：「主家妻從夫別父母，臥冰兒祭祖發家私；指絕地死勸糟糠婦，散家財天賜老生兒。」無論是兩句還是四句，都對仗工穩，堪稱「美文」。像這樣的題目正名，還有元刊本《尉遲恭三奪槊》、《漢高皇濯足氣英布》、《風月紫雲亭》、《公孫汗衫記》、《薛仁貴衣錦還鄉》、《東窗事犯》、《霍光鬼諫》、《嚴子陵七里灘》、《輔成王周公攝政》、《陳季卿悟道竹葉舟》、《張千替殺妻》等。當然，也有少量對仗不太工穩者，如元刊本《詐妮子調風月》的題目正名：「雙鴛燕暗爭春，詐妮子調風月。」如元刊本《好酒趙元遇上皇》的題目正名：「丈人丈母狠心腸，司公倚勢要紅妝；雪裏公人大報冤，好酒趙元遇上皇。」但無論如何，這些題目正名較之宋元話本的陰文標目或書首目錄總要漂亮得多。這些對仗工穩的題目正名，給章回小說的「回目」所造成的影響是不可忽視的。

二、「回目」的演變

　　最早的章回小說的回目是什麼樣子，我們今天實際上是無從說清的。這

主要是因為目前學術界普遍認為成書最早的幾部章回小說，如《三國演義》
《水滸傳》《三遂平妖傳》《殘唐五代史演義傳》等，均無元末或明初的版本。
它們的最早出版時間，據目前所知，分別是在弘治、正德、嘉靖、萬曆間。因
此，我們無法知道它們最初刊本的「回目」是怎樣一個情況。即便是到了明
中葉，上述諸小說已有文本留到今天，但其中所體現的「回目」的撰寫水平
亦極端參差不齊。《三國志通俗演義》《殘唐五代史演義傳》均是單句回目標
題，只是簡單的人名、地名、事件的結合，非常實用，但很粗糙。《三遂平妖
傳》雖是偶句作目，但兩句之間多半並不對仗。如第七回「八角井卜吉遇聖
姑姑，獻金鼎刺配卜吉密州」，第十三回「永兒賣泥燭誘王則，聖姑姑教王則
造反」。這樣的「回目」，連最起碼的偶句對仗的常識都不具備，顯得十分幼
稚可笑。至於《水滸傳》的回目則十分特別，它不僅每回都用偶句作目，而且
每條回目都對仗工穩、平仄和諧。如此精美的回目，不要說上述幾部作品中
沒有出現，就是明代中後期的章回小說也未必全都達到這麼高的水平。例如
肯定產生於《水滸傳》之後的萬曆本《金瓶梅詞話》的回目，就如同《三遂平
妖傳》一樣雜亂不堪，甚至連上下兩句的字數都參差不齊。如其開卷第一回
的回目即為「景陽崗武松打虎，潘金蓮嫌夫賣風月」，誠可謂「七上八下」，大
不對稱。

　　根據以上情況，我們並不能簡單地認為早期章回小說回目的演變是沿著
一條「單句作目」——「不對稱的偶句作目」——「精美的對偶句作目」的道
路前進的，而只能說明從明初到明中葉，章回小說的回目是優劣有差、高
低不等的。這是根據現存文本給我們所提供的證據而後所得出的結論。但有
三點必須說明：其一，明中葉以前章回小說的回目已置於每回回首。其二，
它的主要功能是敘事，即用最精練的語言概括某回書的故事梗概。其三，它
的基本格式是人名、地名、事件的相加。總之，它們顯得十分樸素，即便
是《水滸傳》那樣精美的回目，也是樸素的精美。這時的章回小說回目，基
本上是一種客觀的「敘述」，並未體現作者的主觀感情，也較少「描寫」的
意味。

　　明末清初，隨著章回小說創作高潮的到來，它的回目也花樣翻新，愈來
愈追求形式美，甚至出現「唯美」傾向，走極端者則淪為文字遊戲。小說作者
們在撰寫回目時，除了注意到它的實用性（概括故事內容）而外，還注意到
它的藝術性、趣味性，從抒情、狀景、詼諧、諷刺、哲理等各個方面加以表

現，使讀者在未讀正文之前，一看回目，就能產生濃厚的閱讀興趣。這些小說回目已打破了單純敘事的常規，而具有新鮮趣味。大致而言，有如下幾種情況。

其一，抒情。如《春柳鶯》第五回回目：「先生羞認梅花扇，翰林淚讀楊柳詞。」一「羞認」，一「淚讀」，帶有強烈的感情色彩。再如《紅樓夢》第十九回回目：「情切切良宵花解語，意綿綿靜日玉生香。」同書第九十八回回目：「苦絳珠魂歸離恨天，病神瑛淚灑相思地。」像這樣一些回目，不僅能體現書中人物或作者的主觀感情，而且還能將這種感情與所敘之事緊密聯繫在一起，宛如抒情色彩特別濃厚的詩句，能將人帶入一種特定的境界。因而，它們本身就是藝術品，是真正意義上的「美文」。

其二，狀景。在回目中寫景，造成情景交融的妙境，從而為小說內容服務，這也是某些明末清初小說作者的得意之筆。如《人間樂》第八回回目：「雲破月來花弄影，春深雷震始知名。」如《紅樓夢》第四十九回回目：「琉璃世界白雪紅梅，脂粉香娃割腥啖膻。」這樣一些回目有意識地運用了諸如雲、月、花、影、雪、梅等自然界的美景來為書中的人物、故事服務，使人在讀小說時似乎看到了一幅又一幅美麗的圖畫，得到了賞心悅目的藝術享受。

其三，詼諧。通過幽默的語言，造成一種詼諧調侃的效果，明末清初某些小說的作者在這方面具有出奇制勝的本領。如《歸蓮夢》第五回回目：「無情爭似有情癡」，第六回回目：「有情偏被無情惱」。這些從古代詩詞中化來的句子，給人一種特別的幽默味兒。再如《麟兒報》第九回回目：「俏媒婆事急充做新人嫁」，以充滿生活反常的句子，產生一種調侃揶揄的作用，對書中那位屢屢「試新媒」的媒婆進行了嘲諷。

其四，諷刺。在幽默詼諧的前提下，進一步對社會中的假、醜、惡進行辛辣的嘲諷，在寥寥數字的回目中也能達到這種效果，真讓我們對這些作者刮目相看。如《平山冷燕》第五回回目：「山人臉一抹便轉」。再如《儒林外史》第三回回目：「胡屠戶行兇鬧捷報」。前者對那變化無常的「山人」的醜惡嘴臉用最經濟的筆墨進行了勾勒，後者卻將「行兇」與「報捷」這不可調和的矛盾統一在胡屠戶身上，讓人看清他那醜得「美妙絕倫」的身段與口吻。

其五，哲理。小小回目，有時甚至能表明生活中所蘊含的某些哲理。從作者那漫不經意的寥寥數語中，讀者可以領略到它背後隱藏著的千言萬語。

《駐春園》第十五回回目曰：「當局意如焚途窮守義，旁觀心獨醒打點從權。」當局者迷，旁觀者清，是一層哲理；途窮守義固然可貴，而從權計議則更是充滿無限活力與彈性的人生，是又一層哲理。再如《玉支磯》第九回回目：「無心羅雀羅得了一網全收，有意釣魚釣不著兩頭齊跳。」有意栽花花不發，無心育柳柳成蔭，是一層哲理；用情專一，終有好報，左右徘徊，結局不妙，是又一層哲理。在這裡，文字表達、心靈智慧、生活體驗，三者融為一體，成為一種警策而美妙的表現。

其六，奇巧。明末清初某些章回小說的作者，作意好奇，賣弄技巧，在回目問題上造成一些饒有趣味的遊戲筆墨。如《世無匹》第二回回目：「多情憐白面，千白虹潦倒醉鄉；賤價買黃金，金守溪浮沉利海。」既寫出了人名、故事，又巧妙地運用了嵌字法。再如《麟兒報》第十四回回目：「你為我走，我因你奔，同行不是伴；他把誰呼，誰將他喚，事急且相隨。」雖然長達十餘字一句，讀起來卻琅琅上口。還有《定情人》第八回回目：「癡公子癡的凶，認大姐做小姐；精光棍精得妙，以下人充上人。」既有嵌字，又有反義詞的超常組合，真是別有風味。當然，像這樣一些回目，弄得過頭了，便有文字遊戲之嫌，但這賣弄技巧本身，也恰巧說明了作者們對回目的重視，對回目精美的追求。

如果說，明末清初章回小說的回目是在敘事的基礎上追求精美的藝術效果的話，那麼，清中葉以後的小說回目卻向著「精巧」與「實用」兩極發展。

一種傾向是對偶句作目，且越拉越長，越來越追求形式美。作者們用盡心機，似乎立志要將回目弄成一種有特殊意味的形式。如《才子奇緣》第二十五回回目：「強諧花燭，水殿元如入籠中之鳥；立時召對，詹兵部難留天上之龍。」又如是書第二十八回回目：「三軍奏凱而還，武略與文才兼備；一疏朝天而奏，忠臣與奸黨立分。」儘管上下句之間在虛詞的運用上有重複之嫌，但每句長達十三字，且頗具韻味。而《自由結婚》一書則有長達十五字一句的標目，如第十五回回目：「一曲浩歌，看步伐止齊，愧殺天下男子；三雄執手，願隱帆匿楫，避他惡海狂濤。」晚清某些小說的回目，不僅每句長達十餘字，甚至能做到音調和諧而又具有詩情畫意。如真美善本《孽海花》第三十五回回目：「燕市揮金，豪公子無心結死士；遼天躍馬，老英雄仗義送孤臣。」再如《離恨天》第五回回目：「幽室羈囚，一曲悲歌心事寫；深宵晤對，兩人

絮語淚痕多。」此外，這時的小說回目亦有冷嘲熱諷的，如《瞎騙奇聞》第五回回目：「山窮水盡，洪士仁猶作補牢心；喝雉呼盧，趙桂森初試牧豬戲。」有的則在諷刺的同時具有文字遊戲意味，如《苦社會》第十八回回目：「種痘復種痘，大兒權做小兒；灑水又灑水，惡習斯為美習。」當然，這種將回目文字拉長並加以趣味性的做法，主要是從明末清初小說、尤其是某些才子佳人小說那兒學來的，尚談不上什麼變革，只不過更為極端化而已。

真正使章回小說的回目發生脫胎換骨的變化的，是清末某些小說中出現的一種由繁而返簡，由趣味性而回歸實用性的傾向。如《冤獄緣》一書，總共八回，其回目依次如下：「人命之關係，被冤之原因，中毒之奇異，偵探之影響，祖屋之緣由，相片之附卷，破案之離奇，設計之贅婿。」同時，有的作家乾脆採取了更簡明的兩字標目形式，有點像某些明清傳奇劇本，也有點像金聖歎評本《西廂記》或張竹坡評本《金瓶梅》的做法。如《宜興奇案雙壇記》《孽報緣》《女學生》《片帆影》《新意外緣》《革命鬼現形記》《秘密自由》《軍界風流案》《官場離婚案》等，均乃如此。兩字標目，本是一種極簡明而又實用的方式，但仍然有略顯呆板之不足，於是有的作家則乾脆採用更為方便的做法，完全根據情節需要而擬一回目標題，字數多少不限，長短不拘，純粹單句散文化，最長者可達十幾二十字，最短者僅一字，這就使回目的撰寫達到了一個極其自由的境地。如三十回本的《新西遊記》第四回用一「笑」字標目，第二十二回又以一「偷」字標目，真是省到了極點。此外，諸如《柳非煙》《飛行之怪物》《新癡婆子傳》《蘇空頭》《最近女界秘密史》《吳淑卿義俠傳》等作品，全都是單行散文、長短自由的回目標題。更有趣的是，《白雲塔》一書，不僅有以一字標目者，如第三：「塔」，第二十三：「火」，而且還有將兩個對立的事物放在一個標題裏的新奇做法，如第四十：「紅；綠」，第四十三：「冷；熱」。這的確是別開生面，令人耳目一新。還有《五日緣》一書，回目標題更是與眾不同。如第二章：「情絲之交點。」第四章：「託微波以通詞。」第十章：「咄！好事之魔。」第十二章：「如斯而已乎？」第十三章：「嗚呼大事去。」第十六章：「可憐哉晴天之霹靂。」第十八章：「生離歟？死別歟？」將大量的帶有文言虛詞的感歎句、疑問句列為標題，又夾以外來詞彙，真可謂古今結合、土洋並用，穿西裝而戴瓜皮帽，讓人如食怪味豆一般，其味也無窮。當然，也有的作品則純然借用古代詩詞曲中的句子、意象，從而將單句散文的回目寫得情味盎然。如《鴛鴦碑》共十章，目如次：「我潛身曲檻中」，

「好叫我左右做人難」,「猛聽得一聲去也」,「千種相思向誰說」,「治相思無藥餌」,「多管是擱著筆兒未寫淚先流」,「有情人成了眷屬」,「慘離情半林黃葉」,「這一番花殘月缺」,「生則同衾死同穴」。如此回目,真像一篇小小的《西廂》唱辭集錦。總之,章回小說的回目發展到清末,又出現了一個萬紫千紅、爭奇鬥豔的新局面。

三、小說「回目」的文化意蘊

綜上所述,我國古代章回小說的回目標題大致上經歷了一個由粗糙——工整——精緻——簡約——多元的發展演變過程,而這一過程中所體現的豐富的文化意蘊則尤其值得我們注意。

上面我們提到的那些宋元講史話本多半刊刻於金、元、明時期。對於《新編五代史平話》,「研究者認為本書應是金朝滅亡之前在北方編印的」。(程毅中《新編五代史平話·前言》見江蘇古籍出版社 1993 年版《中國話本大系·宣和遺事等兩種》)《三國志平話》《樂毅圖齊平話》等《全相平話五種》刊刻於元代至治(1321～1323)年間。而《宣和遺事》則為明刻本。從刊刻時間上講,宋元講史話本與元雜劇是基本同步的。(元雜劇不可能有金刊本,但元明間刊本頗多)但是,這兩種同時生並肩長的兄弟藝術形式的出版效果卻大不一樣,尤其是將宋元講史話本的「準回目」與元雜劇的「題目正名」作一比較,就可發現,前者比後者在藝術水平上低一個層次、在發展速度上慢一個節拍。形成這種狀況的根本原因,主要是因為其締造者的身份、心態不一樣之所致。從整體上講,宋元講史話本與元雜劇均乃「書會才人」之所為,但元雜劇的作者群中卻包含了一些「名公才人」,這些人中,有的就是去職或在職的朝廷官員。正如《錄鬼簿》所言:「右前輩公卿,居要路者,皆高才重名,亦於樂府留心。」當然,這些「前輩已死名公,有樂府行於世者」,主要寫的是散曲而非雜劇,但即便在元雜劇作家中,也有很多是有「銜頭」的。如庾吉甫曾任「中山府判」,馬致遠曾任「江浙省務官」,李文蔚曾任「瑞昌縣尹」,趙天錫曾任「鎮江府判」,就連關漢卿,也有人認為他擔任過「太醫院尹」。而宋元講史話本的作者,大概永遠只能是「無名氏」了。因為話本乃「說話人的底本」,話本的作者實際上就是說話人,如霍四究、尹常賣之類。他們與「名公」根本沾不上邊,只能是生活在下層社會的「書會才人」,有的甚至只能是「說書藝人」。再者,「說話」在當時只是一種訴諸聽覺的藝術形式,根據「說

話」整理成的「話本」也並非大量出售給廣大讀者閱讀的，它不像元雜劇的「題目正名」那樣是作為一種類似於今天的「海報」的形式貼給觀眾看的。因此，「準回目」的製作，尚未達到無論是作者、出版者還是讀者均追求「美文」的地步。這就是為什麼元雜劇的「題目正名」比較工整而宋元講史話本的「準回目」則顯得比較粗糙的根本原因。說到底，二者之間的差別，乃是由它們不同的商業作用、市場需求所決定的。

明代前中期章回小說回目，存在著參差不齊的現象，主要是因為小說作者的社會地位、文化修養的不同之所致。這時的章回小說，是從民間長期積累到文人整理加工的轉型期。有的小說的回目更多地帶有民間通俗文藝的遺留，因此，顯得比較粗糙，單句作目，即使是偶句也不對仗。另一方面，有些小說作品因為文人染指其間，不僅偶句作目，甚至對仗工穩，詞句妥帖。在這麼一個民眾創作與文人創作並存的時段，回目狀況的雜亂是必然的。但是，有兩點卻是不能忽視的：其一，將宋元講史話本正文中的「陰文」標目或書首標目統統置之於每回回首，成為真正的「回目」，這無疑是一大進步。其二，由單句作目變而成為偶句作目，這又是一個更大的進步。更有意義的是，這兩大進步又在不知不覺中提高了讀者對小說（包括回目）的欣賞水平。人們不僅要讀美妙的故事，而且還有看美妙的回目。同樣，讀者們對回目美文要求的不斷提高，又反過來刺激了小說作者注重回目的藝術性。不僅章回小說如此，甚至影響到擬話本小說，馮夢龍編撰「三言」時，一個饒有意味的做法就是：明明是兩個不相干的故事，僅僅因為是相鄰的兩篇，卻給它們編了對偶的兩句作目，讓人讀起來琅琅上口。如「錢秀才錯占鳳凰儔，喬太守亂點鴛鴦譜」；「張古老種瓜娶文女，李公子救蛇獲稱心」等等。而凌濛初撰寫「二拍」時，則乾脆每一個故事都模仿章回小說，來一個偶句作目，且極為工整。這種迎合讀者的做法，仍然是一種經濟利益驅動的表現。

明末清初章回小說回目愈趨精美，與明中葉的情況不同，它主要不是來自市場經濟利益的影響，而是體現了一種文人、尤其是不得志文人一種心靈或才情的寄託。這一類精美的回目多半出現在才子佳人小說或《儒林外史》《紅樓夢》這些純文人創作的小說之中，就足以說明這一點。天花藏主人在《平山冷燕序》中說得很清楚：「縱福薄時屯，不能羽儀廊廟，為鳳為麟，亦可詩酒江湖，為花為柳。」「不得已而借烏有先生以發洩其黃粱事業。」曹雪芹也說：「滿紙荒唐言，一把辛酸淚，都云作者癡，誰解其中味！」都將這種

心理表現得十分清楚。相比較而言，這些作者對思想寄託、才情展露比經濟收入看得更重，甚或有的人根本就沒想到經濟收入問題。這也是一種文化品格，一種中國傳統文人高雅脫俗的文化品格。而晚清某些章回小說回目越寫越長、越寫越巧的狀況，也正是這種文人追求的極端化表現。

至於清末一些章回小說回目由精美到簡約並且單句作目的變化，則並非是向著早期章回小說簡單的回歸，而是一種否定之否定的更高層次的表現。早期章回小說雖多為單句作目，卻零散無序，只是一種最低要求，能概括某段故事的大要就行了，並未曾注意到回目自身的藝術性。而清末某些小說的回目，雖不追求「精美」，但卻仍然保持著整體的一致性，且同時又體現了一種厭棄繁瑣、追求簡約的審美趣味。這種審美追求，恰恰又是對那種極端表露文人才情而將回目寫得「美麗」而「蔓長」的做法的一種反撥，最終形成了五彩繽紛的多元化的回目結構的局面。當然，正如同晚清小說的整體創作狀況一樣，晚清小說回目的變化也必然受到了外來文化的影響，尤其是西洋小說的影響。而當我國傳統的大眾化的通俗文學形式——章回小說最顯眼的一筆——回目的構成與西洋小說的形式相結合以後，便在新的歷史時期發射出新的奇光異彩，同時，也就意味著新的小說標目方式的即將到來。

（原載《明清小說研究》2004 年第一期）

明清章回小說類分之我見

　　對明清章回小說的分類研究，從本世紀 20 年代直到今天，人們都在有意或無意之間進行著。在魯迅《中國小說史略》、孫楷第《中國通俗小說書目》、郭箴一《中國小說史》、譚正璧譚尋《古本稀見小說匯考》等著作中，分別提出了諸如講史、神魔、人情、諷刺、狹邪、俠義、公案、才子佳人、英雄兒女、猥褻、靈怪、精察、諷諭、勸誡、志傳演義、武勇義俠、神魔妖異、世態人情、冶遊狹邪等類分的概念。而在一些《文學史》、《小說史》及許多關於章回小說的論著、文章中，也出現了一些具有分類性質的名詞術語，如歷史演義、英雄傳奇、神魔、世態人情、才子佳人、狹邪、俠義公案、豔情、譴責等等。

　　以上名詞概念，孤立起來看，雖各有一定的道理，但若聯繫在一起，便產生了兩個問題：概念的多層次和多角度。所謂多層次，即將不屬於同一層次的概念並列在一起。如「人情」與「英雄兒女」「才子佳人」之間，英雄兒女有英雄兒女之情、才子佳人有才子佳人之情，都是人、都有「人情」，如此概念，怎麼能並列？所謂多角度，即將從不同角度看問題的概念並列在一起，如「講史」「神魔」，是從作品題材出發；「諷諭」「勸誡」，又從作者意旨入手；至於「諷刺」「譴責」，則又從寫作方法著眼看問題了。如此概念，亦不能並列。

　　筆者認為，在給章回小說作類別劃分時，至少有以下幾點應予以注意：

　　其一，在給各類作品的類別命名時，概念必須出於同一層次、同一角度，必須一元化。

　　其二，對某些存在跨類現象的作品，應根據其主導面，歸入相應類別

之中。

其三，是類別之分，而非優劣之辨，只要符合同一標準，許多水平相距
甚遠的作品亦應劃歸一類。

根據以上標準，這裡，擬對明清章回小說作八類劃分，即：歷史志傳、
烈士英雄、神魔怪異、市井家庭、俠義公案、才子佳人、儒林官場、濃欲
豔情。

從表層看，以上分法似乎僅從題材問題著眼。其實不盡然。明清章回小
說給我們留下的一個饒有意味的啟示就在於：同類題材小說，在作品意趣、
藝術手法、社會功能、審美效應等方面，恰恰存在著各自相對獨立的同一
性。儘管同類作品中優劣有差，但各類之間的區別卻更加明顯。

一、歷史志傳小說

明清章回小說中的歷史志傳一類，乃直接由宋元講史話本發展而來。此
類作品，或寫一朝一代之興衰、或寫幾個朝代更迭、或寫割據勢力之對峙，
總之，是以某一特定的歷史階段所發生的重大事件為線索、以在歷史上起
過某種作用的著名人物為對象而展開敘寫的。其素材主要來自史料，或正
史、或雜記，同時也吸收了某些民間傳說，又兼以作者的部分創造，從而聯
綴成編。

此類作品是章回小說中最早出現的一類，由元末明初的《三國志通俗演
義》發端，其主要作品如：《開闢演義》、《有夏志傳》、《東周列國志》、《樂田
演義》、《西漢通俗演義》、《東漢通俗演義》、《東西晉演義》、《梁武帝全傳》、
《隋煬帝豔史》、《隋唐兩朝志傳》、《唐書志傳通俗演義》、《殘唐五代史演義
傳》、《痛史》、《英烈傳》、《樵史通俗演義》、《洪秀全演義》等。

在重視歷史真實的基礎上，將史料、傳說與想像結合在一起，適量的虛
構依附於作為主體的史實而存在，這是此類小說在題材處理方面的大致方
式。而輔翼正史、反思過去、影射現實、殷鑒後來，則是此類小說的根本目
標。此類作品大都歌頌明君賢相、良將功臣，批判暴君奸佞、亂臣賊子。在揭
露「暴政」「亂世」時，總能體察到作者對現實的某種感受；而在嚮往「仁政」
「治世」時，又能表達作者們對美好生活的渴望追求。有時候，作者們往往
陷於歷史循環論、英雄史觀的泥潭而不能自拔；有時候，作者們又能發出一
些衝破傳統思想的吶喊。如「天下者，乃天下人之天下也」一類的話，在《三

國志通俗演義》中至少重複了六次以上。這實際上是為那些洞察人心背向、順應歷史潮流起而取代舊王朝的歷史英雄的「不合法」行為製造「合理」的輿論。由於此類作品由宋元「講史」話本發展而來，又未能擺脫其羈絆，故而在藝術表現的各個方面都顯得粗而不精。就人物塑造而論，重在寫外部衝突，寫人與社會、人與人之間的衝突，而極少反映人物內心世界的衝突。同時，又往往對人物性格作表層的、靜止的描寫，這就使大部分人物流於概念化、類型化、單一化、凝固化。情節結構則多以時間順序為脈絡，呈縱向型單線結構，而且時間跨度太大，有時便不得不採取記流水帳的方式來敷衍塞責。敘事時，多用全知視角，作者連敘帶評，包攬一切。至於文學語言，則多以簡潔、樸實為主，不夠鮮明、生動。人物語言也大多雷同，千人一面。

此類小說諸作品之間的水平甚為懸殊，《三國志通俗演義》既是此類小說的奠基石，又是最高峰。明中後期此類作品數量雖多，但水平普遍不高，有的簡直只能算歷史通俗讀物。明末至清代，情況發生變化。愈是純粹意義上的歷史志傳小說，愈顯其笨拙；反之，若《隋煬帝豔史》、《樂田演義》、《樵史通俗演義》、《洪秀全演義》等一些藝術上頗有成績、可堪一讀的作品，卻已分別向著別類小說靠攏，只能算是歷史志傳小說的變種了。

二、烈士英雄小說

烈士英雄小說是宋元講史話本與某些類別的小說話本相結合的產物，它具有講史的框架，而中間絕大部分的片斷則是小說話本中的樸刀杆棒、發跡變泰等短篇的廓大，再加上與宋代特有的以民族戰爭中的英雄烈士為主體的「鐵騎兒」一類故事相結合，從而成為章回小說的又一類產品。此類小說雖也涉及某些歷史事實，但並不以一朝一代的興亡為主體，而是以某些英雄個人、英雄群體或英雄家族為描寫中心。某些歷史大事件，只作為背景或影子而已。

此類小說由產生於明代前期的《水滸傳》發端，其主要作品如：《楊家府演義》、《大宋中興通俗演義》、《于少保萃忠全傳》、《禪真逸史》、《水滸後傳》、《後水滸傳》、《隋唐演義》、《說唐前傳》、《說唐後傳》、《說唐三傳》、《飛龍全傳》、《說岳全傳》、《說呼全傳》、《萬花樓》、《五虎平西前傳》、《五虎平南後傳》、《粉妝樓》、《蕩寇志》等。

不太理會歷史的真實性，而強調故事的傳奇性，在民間傳說的基礎上大

量杜撰故事、虛構情節，是此類小說在取材方面的共同傾向。在歷史外衣掩抑下，真實描寫現實的悲慘世界，同時又充滿理想主義色彩，積極向上的高昂格調與抑鬱憤懣的悲劇意識相結合，是這類作品的總體精神。在書中形形色色的英雄烈士周圍，作者們安排了各種參照系：與懦弱者相比，正面人物具有硬漢作風；與邪惡者相比，正面人物具有俠義肝腸；與奸佞者相比，正面人物具有浩然正氣；與平庸者相比，正面人物具有遠大胸襟。總之，書中的烈士英雄們大都具有一種充滿正義力量的陽剛之氣，但與此同時，此類小說主人公又大多帶有濃厚的悲劇色彩。除了他們與黑暗現實衝突所形成的人生悲劇而外，更有一種傳統道德因襲的重負所導致的心理悲劇。尤其是「忠」「義」觀念，給英雄人物帶來了沉重的思想羈絆。在藝術方面，此類作品的總體特徵可謂「粗中有細」。此類小說固然講究「奇」，非奇不傳，通過奇人奇事的描寫來引起讀者的審美快感。但作者們都沒有忘記生活的邏輯，而是將傳奇化的英雄人物儘量還原到活生生的現實中，將離奇曲折的故事儘量納入生活真實的軌道。尤其是其中優秀之作中的某些人物形象，性格多層面且富於發展變化，堪稱藝術典型。情節結構雖仍以單線為主，但已注意插敘、倒敘、實寫、虛寫相結合，尤注重放長線、埋伏筆、置懸念、弔胃口。但所有作品都有一個共同的毛病，前佳而後惡。就語言而論，以明快、生動為基本特色，其中優秀之作的人物語言已頗具個性化。

此類小說以發軔之作《水滸傳》成就最高。明中後期如《楊家府演義》、《于少保萃忠全傳》等粗糙不佳。至明末清初大盛，若《禪真逸史》、《水滸後傳》、《說岳全傳》、《說唐前傳》等各有所長，終於壓倒歷史志傳小說而在民間最受歡迎。爾後，逐漸演變為俠義一路而失其本色，但在本世紀的新武俠小說中仍可見其流風餘響。

三、神魔怪異小說

神魔怪異小說集宋元講史、說經及小說話本中的靈怪一類而一體。它借助歷史上某些人物或事件為引線，大量吸收民間傳說、野史趣聞以及佛道書籍中的有關材料，再通過作者們豐富的想像、大膽的虛構，從而形成一種新的章回小說類型。

一開始，此類小說尚存在明顯依附於歷史志傳、烈士英雄二類小說的傾向，如《三遂平妖傳》。至歷史志傳極盛而衰、烈士英雄後來居上的明代後

期,神魔怪異小說亦自崛起,代表作便是《西遊記》。其他較有影響的此類作品如:《封神演義》、《三寶太監西洋記》、《四遊記》、《牛郎織女》、《韓湘子全傳》、《東渡記》、《西遊補》、《續西遊記》、《後西遊記》、《孫龐鬥智演義》、《女仙外史》、《綠野仙蹤》、《歸蓮夢》、《鏡花緣》、《濟公全傳》、《八仙得道》、《桃花女鬥法奇書》、《天女散花》等等。

此類小說中的主要人物,雖借助了歷史人物的姓名,但已全然不同於歷史。但是,那些由歷史真實飛昇到虛幻世界中的人物,卻又大都帶有現實的投影和折射。而且,他們幾乎全都是真善美或假醜惡的化身,都具有十足的鮮明的人性色彩。這種「神話」背面的「人話」,這種超現實的現實性,正是明清神魔怪異小說有別於上古神話和六朝志怪的一個顯著特徵。較之歷史志傳和烈士英雄二類小說,神魔怪異小說的作者借助於神奇荒誕的掩護,更能恣意諷刺時弊、揭露現實,更能直接而大膽的地表達各自的是非觀念、愛憎感情。從而,也能使讀者由那高懸於九重天上的魔鏡中反照出塵寰世界的本來面目,認識身邊的一切、包括自我,進而從中得到巨大的批判動力和精神鼓舞。此類小說如此獨特的審美效應,與其迥異於其他各類小說的表現手法有著密不可分的聯繫。它講究極度地超越時空限制,過去、現在、未來,天上、地下、人間,任憑作者縱橫馳騁。其中,某些成功的神話人物,既是人、神、物三者的合一體,又以人性為主導面。在讀者看來,這些神話人物老是處於熟悉與陌生之間、酷似與近似之間、直觀與聯想之間、真切與幻象之間,從而得到一種莫可名狀的審美享受。此類作品情節結構亦多為單線式,而語言則往往帶有調侃世情的諷刺性和具有象徵意味的哲理性。

神魔怪異小說之間的水平極為參差不齊。自明初《三遂平妖傳》初具端倪,到《西遊記》推向高峰,同時或稍後,若《封神演義》、《四遊記》、《三寶太監西洋記》等,大都水平低下。明末清初,佳作湧現,諸如《西遊補》、《女仙外史》、《綠野仙蹤》等,均有吸引力。清中葉以後,此類作品或左顧右盼、漸入他途,若《鏡花緣》之略帶儒林官場意味、《濟公全傳》之稍具市井家庭色彩;或荒誕不經、終歸末路,如《桃花女鬥法奇書》、《天女散花》等,並從此一蹶不振。

四、市井家庭小說

我國章回小說自元末到明中葉,近兩百年時間裏,主要在歷史化、傳奇

化、神異化這三方面做文章。人們還很少將審美目光直接投向日常生活。嘉靖以降，以《金瓶梅》為代表的一類新的作品，以其穩健而不可遏止的腳步，闖進了章回小說的園地。這便是市井家庭小說，此貌似突然的現象其實並不突然，在宋元的某些小說話本以及《水滸傳》等章回小說中，已經留下了不少描寫市井家庭生活的導夫先路的腳印。

《金瓶梅》以外，此類作品還有《警世陰陽夢》、《桃杌閒評》、《醒世姻緣傳》、《續金瓶梅》、《金雲翹傳》、《世無匹》、《快心編》、《林蘭香》、《歧路燈》、《紅樓夢》、《蜃樓志》、《兒女英雄傳》、《一層樓》、《泣紅亭》以及一大批《紅樓夢》的續書等。

此類小說均不同程度地擺脫了復述歷史、作意好奇、追獵神異的牢籠，而力圖直面那慘淡的人生、正視那齷齪的現實。作者們大多不滿於採寫那種間接的傳聞，而更願意以直接觀察乃至親身感受的現實存在為描寫對象。正因如此，此類作品便具有更為強烈的社會真實性。從書中所描寫的那些瑣碎而又平凡的故事中，讀者往往可以領略到作者所處時代的某些敏感的問題。以小見大、以個別見一般、以平凡見深刻，從那斑駁陸離的市井家庭生活的畫卷中，讀者可以看到社會運行的軌跡圖、聽到歷史前進的腳步聲。這種選材角度著眼點的轉變，恰恰體現著作家們在題材問題上由依賴性向著自主性的一種轉化，也標誌著章回小說的寫作由不自覺、半自覺向著自覺方向的轉化。市井家庭小說也講究「奇」，但也由小說傳統中的「事」之奇轉化為對「情」之奇的描寫。那種以事之奇為主要特色的小說，給讀者的乃是一種強烈的感官刺激，以及受這種刺激之後而產生的對社會、人生諸問題的直覺、片斷、局部、淺層的認識。而情之奇為主的小說，則通過某些人人都能體察到的生活，給讀者一種冷峻的心靈觸發，以及由這種觸發而導致的對社會、人生諸問題較為複雜、系統、全面、深刻的思考。這種由初級到高級、由表象到內質、由感知到理知、由被動到主動的審美活動的轉變，與市井家庭小說的許多作者對小說審美功能認識的提高是分不開的。正因如此，此類小說的藝術表現也較之其他幾類小說有很大進展。環境描寫由麤勾勒到細描繪；人物性格描寫由大不同進而小有異；敘事視角也屢屢轉換，有時出現一個或不止一個次敘述者；情節結構也由單純型向著繁複型轉化；語言風格已由壯美轉為優美，在生動、形象的基礎上，更帶有抒情意味，甚而文采斐然；人物語言也力求聲口畢肖。造成如此多重進步的原因自然是多方面的，但根本的一條，

乃是此類小說已不同程度地擺脫了講唱文學取悅讀者的束縛，而成為一種由文人精心撰作的書面文學，成為一種獨立的藝術品種。這是我國章回小說發展史上最有意義的一次轉變。

當然，此類小說的作者們思想狀況千差萬別、藝術水平高低不齊，使其作品優劣自現。大要而言，《金瓶梅》開其風氣，且已取得相當成績。明末清初，追隨者不絕如縷，如《醒世姻緣傳》、《金雲翹傳》、《林蘭香》等，但整體上均不及《金瓶梅》，然在某些方面已有所突破。至《紅樓夢》出，集諸作之優長而摒其拙劣，將此類小說推向高峰，亦將整個章回小說的創作推向頂點。《紅樓夢》之後，續書蜂起、仿作屢見，然每況愈下，不可收拾，乃至於清中葉以後此類作品鮮有傑出者。

五、俠義公案小說

俠義公案小說是「俠義」與「公案」兩類小說合流的產物。早在宋元話本中，就有「說公案」一類；明代後期，有《海剛峰先生居官公案傳》、《龍圖公案》等；清代前期，又有《警富新書》、《清風閘》等。至於俠義小說，在宋元時期的「樸刀杆棒」之類小說話本中亦可見其源頭；而由明及清的一些烈士英雄小說中，也包含著不少描寫「俠義」的片斷。至清中葉，以《施公案》為代表，二者合流，成為俠義公案小說。延至晚清，此類作品便大量湧現。其主要作品如：《施公案》及其續書、《三俠五義》、《小五義》、《續小五義》、《永慶升平》前後傳、《彭公案》及其續書、《七劍十三俠》、《李公案奇聞》等。另有偏重狹義的《綠牡丹》、偏重公案的《毛公案》、《于公案》等等。

清代中後期出現的一大批俠義公案小說，大體而言，乃是封建統治階級的意識形態侵蝕民眾意識的結果。民眾由於生活中的種種不平之事，希望有清官俠客來為之平反冤獄、剷除不平，因此，清中葉以前的公案、俠義兩類作品便成為廣大民眾某種願望的寄託。一開始，公案小說多寫清官精察斷案，一定程度上起到了調解或緩和社會矛盾的作用。後來，人民所盼望的清官逐漸演變成統治者所需要的能員。他們雖也斷獄如神，但最終目的已不是為百姓伸冤，而是維護和鞏固現存的封建秩序。與此同時，江湖豪俠們也在經歷著極大的變化，由打抱不平的好漢逐漸轉變為稱霸一方的豪強，甚至成為統治階級的鷹犬。當如此清官與俠客結合在一起時，就共同成為統治階級的工具了。他們的行為已不再代表人民群眾的「合理」願望，而體現著統治階級

的「合法」要求。清官替皇帝出力，俠客則為清官賣命。他們的對立面頗為複雜，有圖謀不軌的藩王、有無惡不作的奸宦、有雄踞一方的豪傑、有姦淫掠殺的罪犯。由於這種對立面的複雜化，使清官俠客的行為被蒙上一層迷霧。表面看來，他們也有「為民除害」的因素，但說到底確是十足的「為君除患」。當延續了幾千年的封建統治岌岌可危的末世，統治階級的正面宣傳已逐漸失去作用。於是，統治階級的意識形態便利用了人民大眾要求過太平日子的心理，十分巧妙地滲透到為民眾所喜聞樂見的通俗小說之中，起到一種蒙蔽或麻醉民眾的社會功用。然而，由於此類小說中所懲治的對象，畢竟有相當一部分是為民眾所切齒痛恨而又無力平之的貪官污吏、土豪惡霸、社會渣滓，這樣，至少可以使民眾在困惑、迷惘之中出一口惡氣。同時，又由於此類小說中的成功之作，一般具有較強的藝術魅力，那曲折生動的故事、性格鮮明的人物、通俗曉暢的語言，都能很快的為一般文化水平不高的讀者所接受、甚至喜愛。

此類小說，自乾嘉之際的《施公案》起，合俠義、公案為一體。道光以降，作品見多，以《三俠五義》成就最高。光緒間，更風行一時，尤以《施公案》、《彭公案》、《三俠五義》續書為多。然而，藝術上日趨拙劣，從而走上末路。倒是偏重寫俠義的《綠牡丹》一書，頗能繼承前代武俠小說的精神，從而，給新派武俠小說以某種啟示。

六、才子佳人小說

才子佳人小說是起步於明末、盛行於清代前期的章回小說的新品種。表面看來，它似乎從市井家庭小說中分化出來。但實際上，它的真正源頭乃是唐宋傳奇小說與明代傳奇劇中那些描寫貴族青年男女愛情的作品。此類小說既不依賴於歷史事蹟，也不大憑藉神異傳說，甚至與現實生活也有一定距離。它們大多是出自作者們的一種臆想，美言之，是理想；惡言之，則是十足的幻想。其主要作品如：《玉嬌梨》、《平山冷燕》、《吳江雪》、《飛花詠》、《兩交婚》、《麟兒報》、《玉支磯》、《畫圖緣》、《定情人》、《賽紅絲》、《宛如約》、《春柳鶯》、《好逑傳》、《醒風流》、《錦香亭》、《雪月梅傳》、《駐春園》、《白圭志》、《鐵花仙史》、《英雲夢》、《二度梅》等。

此類小說均在不同程度上肯定了青年男女之間「真情至性」的合理性，並不時迸發出某些與宋明理學相悖逆、與封建禮教相對抗的思想火花。此類

作品中的男女主人公，大多認準了一個「情」字，努力追求自身的幸福生活，而且往往不是為了片刻歡娛的苟合，而是根據一定標準，追求在容貌、性情、趣味、才華等方面的相互取悅，帶有比較明顯的「情愛」意味。同時，作者們對男尊女卑、女子無才便是德的傳統觀念也有所突破。大力弘揚女才，塑造出一大批具有詩才、文才、應對之才、乃至於齊家治國之才的女性。才、貌、情、智、膽、識的六位一體，乃是此類作品女主角的最佳典範。這些才子佳人的戀愛故事，其實是處於中下層地位的知識分子一種人身志趣的自我表現。許多在現實中得不到的東西，如地位、名氣、財富、美色等，他們希望在作品中那麼一個幻想的世界中得以實現。這裡，有著作者們無盡的桃色遐思、風流豔想，也有著他們一種難以名狀的落拓不平之氣。正因為此類作品多半是向壁虛構，故而大都重情節、輕人物。巧合法、誤會法一再運用，卻不太注重生活的邏輯。才子佳人們也大多千人一面，幾部作品之間的同類人物甚至可以互換。然此類小說的語言卻獨具特色，打破了那種傳統的說話人的口吻，卻又保留了白話語體式通俗曉暢的特點，並在此基礎上融入大量的知識分子語彙，既不過分典麗，又不過分粗俗，是章回小說文人化、書面化時頗為適用的一種語言方式。

此類作品之間，趣味、水平大體相近，但也有些作品呈現出向其他類小說轉化的跡象。如《好逑傳》摻雜義俠、《鐵花仙史》大寫神異、《錦香亭》借助歷史、《賽紅絲》移步市井，均有變異的意味。至其末流，則又轉入濃欲豔情一派。

七、儒林官場小說

儒林官場小說之出現於清代前期，帶有歷史的必然性。由於文人單獨寫作小說的情況日益增多，作者們不可能將目光永遠盯在別人的故事中，而勢必要反映文人自己的生活、亦即封建時代文人最熟悉的人生三部曲：讀書——應試——做官。在明末清初的一些小說如「三言」、《西遊補》、《聊齋誌異》、《歧路燈》中，已有不少關於儒林官場的描寫。然而，它們或是話本、或為片斷、或屬文言，均不能列為章回小說之一類。直到吳敬梓揮筆寫下《儒林外史》，才正式拉開儒林官場小說的帷幕。延至晚清，此類作品大量湧現，如《文明小史》、《官場現行記》、《二十年目睹之怪現狀》、《近十年之怪現狀》、《老殘遊記》、《孽海花》、《宦海》、《負曝閒談》等等。

此類小說所寫的故事，幾乎全是作者們耳聞目見乃至親身經歷的事情；而作品中的人物，十之八九又可從作者生活的時代裏找到原型。從這個意義上講，此類小說乃是貨真價實的現實生活寫照。作者筆鋒所至，雖也涉及許多社會問題，但筆墨最集中處，仍在儒林官場，即做官或未做官的知識分子、有知識或無知識的官吏們的生活。無論是朝廷大員、還是州縣佐雜，無論是皓首窮經的貧苦儒生、還是招搖撞騙的江湖術士，在作者們筆下，一個個醜態畢現或酸氣十足。作者們的批判鋒芒似乎不約而同地指向一個目標——封建末世的用人制度。從這個制度的基地——儒林、到這個制度的考核——科舉、直到它的終極——官場。到處是一團漆黑、一片混亂。甚至包括它的副產品：落第、賦閒、候補、捐納，也只能造就更多的社會廢物和蛀蟲。將以儒林官場為中心的種種醜惡現象暴露在光天化日之下，是此類小說所共有的寫作方法，暴露的目的是為了批判，但其間之高明者，常常是筆端飽含熱淚的諷刺；而其中之拙劣者，則往往是紙上充滿怨氣的譴責。又由於作者們均力圖比較廣泛地暴露社會弊端，故大多採取集錦式的結構方式。在一部作品中將許多生活片斷輪番寫來，顯得光怪陸離，但卻以作者思想意識貫串其中，許多小故事表達共同的大題目。雖云長篇、頗同短製，貌似短製、實則又長篇。至於語言，此類小說多以明快、尖銳、辛辣為基本特色。

此類小說，以其開山之作《儒林外史》成就最高。晚清諸作，大多得《儒林外史》之皮毛，均未有青藍之勝。惟《老殘遊記》文筆洗練、語言明淨，《孽海花》結構工巧、文采斐然，在同時諸作之上。

八、濃欲豔情小說

濃欲豔情小說以同性或異性之間的性關係為描寫中心。儘管在許多章回小說中都有一些這方面的描寫，但以絕大篇幅描寫性關係的章回小說卻起自明代後期，至晚清又掀高潮。其主要作品如：《浪史》、《繡榻野史》、《濃情快史》、《肉蒲團》、《品花寶鑒》、《花月痕》、《青樓夢》、《海上花列傳》、《九尾龜》、《海上塵天影》等等。

食色，性也，男女之間的性關係，本是人類生活中不可缺少的內容。在小說寫作中對此有所涉及，也是正常現象。問題在於，如對這方面內容進行誇大、變態的描寫，甚至長篇累牘、樂此不疲，那便使作品本身的審美價值大大貶低、乃至趨向於零了。出現於晚明清初的此類作品如《浪史》等，主要

是誇大描寫性關係。作者們甚至連風月、雲雨一類的象徵性詞語也不愛用，而把注意力都凝聚於那些不正常的性關係的發生過程，或寫時間長短，或寫頻率高低、或乾脆對性器官進行誇張描寫，而且多是機械重複。完全是一派淫慾，幾乎看不到什麼「情」的因素。在這裡，人多半被動物化了。這些作品，基本沒有什麼審美價值可言，是章回小說史上的一股濁流。而出現於清代後期的此類作品如《品花寶鑒》等，倒是在「欲」之外，強調了一些「情」的因素。文人與優伶的同性戀愛、嫖客與妓女的異性狎昵，雖然往往被蒙上一層溫情脈脈的面紗，但實際上多半仍是體現了一種變態心理，仍然是在張揚兩性和同性之間的不健康、非人道的一面。當然，後一階段的這些作品較之前一階段的同類作品而言，也有某些明顯的區別，如在濃欲豔情之外尚能反映若干社會問題、如有史以來傳達出被狎侮一方的痛苦心理、如語言的表達有時不那麼露骨而頗具抒情意味、如某些人物也具備各自的性格特點等等。這樣，就使後者較之前者多少具備一些審美價值或認識價值，但這價值畢竟又是有限的。

※　　　　　　　※　　　　　　　※

　　《中國通俗小說總目提要·編輯說明》中有一段話，中肯地分析了給通俗小說分類的困難。本文之未盡、未到之處，恰可借這段話聊以塞責、不了了之。

　　「分類之難，向為學者所稔知；區區宋人話本小說之四家屬何，迄今仍無定論，即係一證。況分類乃時代之產物，一分類法之合理性，將隨時代之推移而削弱乃至消失。……至於晚清小說之分類，因時代的變遷，創作之豐富，就更難措手了。」

（原載《湖北師範學院學報》1992 年第五期）

明清小說中「英雄」的正面、側面和對應面

在明清小說中，「英雄」是最為常見的形象和意象。然而，「英雄」這一概念的涵蓋面實在太過廣泛，而且還可分為很多類別，諸如民族英雄、愛國英雄、市井英雄、農民英雄、巾幗英雄等等，從各個不同的層面對「英雄」進行著限制和區分。更有意味的是，「英雄」還有派生物，如奸雄、梟雄，又從側面體現著「英雄」內涵的變異。而最令人出乎意料的則是，「女英雄」、「巾幗英雄」這類相沿習用的概念本身就是一個錯誤，或曰是一種從邏輯學的角度看來極不嚴謹的表述。其實，早在晚清就有人看到了這個問題，並且提出了與「英雄」相對應的概念——「英雌」。因此，以大量的小說作品描寫實際為例，來闡釋「英雄」正面、側面和對應面的概念，就成為一件對中國古代小說史研究十分有意義的事情。

一、「英雄」的正面解釋和表現

「英雄」這個詞，我們今天使用的頻率很高。但要是冷不丁地問那麼一句，什麼是「英雄」？恐怕要將不少人難住。是呀！英雄究竟是什麼意思呢？

筆者首先想到的是去查字典、辭典。然而，出乎意料的事情發生了。很多比較生僻的詞彙一查辭書馬上就弄清楚了，但對於那些自以為沒有問題的詞彙，卻往往越查越糊塗。「英雄」一詞就是典型例證。且看權威的《漢語大詞典》對「英雄」的三項釋義：

　　1.指才能勇武過人的人。2.指具有英雄品質的人。3.無私忘我，不辭艱險，為人民利益而英勇奮鬥，令人敬佩的人。

　　實在話，這三項釋義都不能令人滿意。第三項顯然是後起的現代義，古代的人肯定不這樣看。前兩項則主要是側重點不同，一個指「英雄之才」，一個指「英雄之德」。但第一項顯然以偏概全，第二項則更是循環論證。而且，更為嚴重的一個問題就是：這三項釋義都丟掉了「英雄」的一半——雄性。

　　其實，英雄乃是「英」與「雄」的搭配。「雄」指雄性亦即男性自不待言，那麼，何以謂之「英」呢？同樣是《漢語大詞典》，對「英」的釋義可就太多了。但看了半天，能與「雄」搭配的「英」只有其中第三項：德才超群的人。接下來，該辭書舉了三個例子。《禮記·禮運》：「孔子曰：『大道之行也，與三代之英，丘未之逮也。』」《文子·上禮》：「智過萬人者謂之英。」宋·劉過《六州歌頭·題岳鄂王廟》詞：「中興諸將，誰是萬人英。」以上三例，應該都與女人不沾邊。因此，所謂「英雄」也者，最簡明的解釋就是：德才超群的男性。

　　歷史上有很多這樣的英雄人物，古代小說中的英雄人物也不少，甚至還形成一類專寫英雄故事的章回小說——英雄傳奇。

　　如果從中國古代小說史的角度著眼，則可以說最古老的題材類別就是描寫英雄故事的作品。從《燕丹子》到《李寄斬蛇》，從《干將莫邪》到《補江總白猿傳》，再到中晚唐劍俠小說如《紅線》《聶隱娘》《崑崙奴》《僧俠》《車中女子》《賈人妻》等，直到五代的《虬髯客傳》，述說了男男女女老老少少各色各樣的英雄人物。而從元末明初開始出現的章回小說，更是寫盡千古英雄。《三國志通俗演義》為首的歷史演義小說歌頌的是在一朝一代的興衰成敗過程中建功立業的歷史英雄人物——帝王將相，《水滸傳》領銜的英雄傳奇小說則更多地歌頌了那些輾轉於廟堂與草澤之間的英雄個人、英雄家族、英雄群體，《西遊記》示範的神魔怪異小說又另闢蹊徑寫出了神遊八極、魂繫九天的神話英雄、仙話英雄，就連《金瓶梅》中的西門慶也是屬於他那個特殊的拜金時代的「英雄」人物。入清以後，描寫英雄的小說更是蔚為大觀，從楊家將、薛家將、羅家將到說唐、說岳、說呼，直到平西、平南的五虎，還有各種劍俠、盜俠、仙俠，最後一直影響到舊派、新派武俠小說。這種雲蒸霞蔚的局面說明了一個顯而易見的問題：中華民族崇拜英雄，中華民族的各階層人士

都有自己心目中的英雄偶像。於是，形形色色的英雄人物就通過在那個時代最為廣大民眾喜聞樂見的傳媒方式——小說、尤其是通俗小說頑強而形象地表現出來。說句大實話，成千上萬的中國古代小說作品表現得最多的題材實際上是兩大類：英雄氣和兒女情。進而，也就形成了中國古代小說兩大基本品格：陽剛之氣和陰柔之美。當然，最受廣大讀者歡迎的則是那種將兩者融為一體的作品——近現代武俠小說。

對此，先哲時賢研究甚多，我們且不去說它。這裡，筆者更感興趣的則是在英雄輩出的中國古代小說中，居然還出現了為數不少的英雄之另類——奸雄。

二、「英雄」的側面之一：奸雄

什麼是奸雄？

《荀子‧非相》有「奸人之雄」的說法：「聽其言則辭辯而無統，用其身則多詐而無功、上不足以順明王，下不足以和齊百姓；然而口舌之均，噡唯則節，足以為奇偉偃卻之屬；夫是之謂奸人之雄。」荀子的意思是指那些淆亂是非的辯士，由此引申，後世多以「奸雄」指弄權欺世、竊取高位的人。如《漢書‧司馬遷傳贊》：「論大道則先黃老而後『六經』，序遊俠則退處士而進奸雄。」

以上那些「奸雄」，所指都是某一類人、某一些人，而就目前所知，在中國歷史第一個榮膺「奸雄」稱號的個人應該是東漢末年的曹操。《三國志‧魏志‧武帝紀》裴松之注引晉‧孫盛著《異同雜語》云：「嘗問許子將：『我何如人？』子將不答。固問之，子將曰：『子治世之能臣，亂世之奸雄。』太祖大笑。」

這位許子將名劭，是當時最會「相人」者，正是他給曹孟德舉行了「奸雄」授衔儀式。對於這一精彩「話柄」，根據《三國志》及其裴松之注寫成的《三國志通俗演義》是絕對不會放過的：

> 汝南許劭有高名，操往見之，問曰：「我何如人耶？」劭不答。
> 又問，劭曰：「子治世之能臣，亂世之奸雄也。」操聞言大喜。（卷之一《劉玄德斬寇立功》）

但是，在《三國志通俗演義》中，榮獲「奸雄」稱號者又遠遠不止老瞞一人，而是前赴後繼的若干個。且看：

　　卻說漢獻帝駕還許都，歸宮室，至晚泣訴與伏皇后曰：「可憐朕自即位以來，奸雄並起，先受董卓之殃，後遭催、汜之亂。」（卷之四《曹孟德許田射鹿》）

　　朗曰：「天數有變，神器更易，而歸於有德之人，此鼎然之理也。曩自桓、靈以來，天下爭橫，人人稱霸。黃巾縱橫於鉅鹿，張邈問罪於陳留，袁術建號於壽春，袁紹稱王於鄴土，劉表佔據荊州，呂布虎吞徐郡：盜賊蜂起，奸雄鷹揚，社稷有累卵之危，生靈有倒懸之急。」（卷之十九《孔明祁山破曹真》）

　　維曰：「司馬昭奸雄過於曹操，既殺王經，夷其三族，安肯存親任於關外領兵也？故知其詐也。」（卷之二十三《姜伯約棄車大戰》）

你看，曹操以外，還有董卓、李催、郭汜、張邈、袁術、袁紹、劉表、呂布、司馬昭等等，甚至還有「泛指」的奸雄群體——黃巾軍領袖。

　　自《三國志通俗演義》以後，中國古代小說中的奸雄形象就像雨後春筍一般湧現出來。儘管其中某些人物的「歷史時代」比曹操要早，但因為塑造他們的「文學時代」都晚於《三國志通俗演義》，故而，從文學形象的角度來看，他們都是曹操的奸雄兒孫。

　　不過，這裡有一個問題需要辨明：明清小說中的「奸雄」形象是可分為泛指和專指兩類的。

　　先看「泛指」的奸雄：

　　如今再說一個義虎，知恩報恩，成就了人間義夫節婦，為千古佳話。正是：說時節婦生顏色，道破奸雄喪膽魂。（《醒世恒言·大樹坡義虎送親》）

　　社稷凌遲，宇宙傾覆，奸雄競逐，郡縣土崩。（《隋唐演義》第三回）

　　隋亡時，據地稱王者共有二三十處，總皆草澤奸雄。（《隋唐演義》第五十六回）

　　只見眼前一座大門，西邊站立無數猙獰惡鬼，門口有一副對聯，上聯是；「陽世奸雄，傷天害理皆由你。」下聯是：「陰曹地府，古往今來放過誰。」橫匾是：「你可來了」。（《濟公全傳》第一百五

十回）

當時釋、道二門輪迴的，皆為帝為王，歷世久遠；其魔道出世的，雖稱帝稱王，非草莽凶逆，即篡竊奸雄，多招殺報。(《女仙外史》第二十七回）

裴天雄傳令說道：「從今下山，只取金銀，不許害人性命。凡有忠良落難，前去相救；若有奸雄作惡，前去剿除。山上立起三關、城垣、宮殿，豎立義旗是『濟困扶危迎俊傑，除奸削佞保朝廷』。」(《粉妝樓》第二十九回）

少年道：「我上年到蘇州城裏北寺中閒耍，聽得和尚打著鐃鈸說道：天地開闢以來，一代一代的皇帝都是一尊羅漢下界主持。唐虞時揖讓，湯武時征誅；後來列國紛爭，秦漢吞併，有以仁義得國的，有以奸雄得國的，其間千態萬狀，不可計數，總是那冥冥中一位羅漢作主。」(《豆棚閒話》第八則）

由上可見，泛指的「奸雄」，一般來說都是那些位高權重或有所作為的人物，但專指的「奸雄」情況可就複雜多了。

首先是其他小說作品中的「曹操」形象或近似於曹操的人物，如：

又說了一本《諸葛亮大破曹營》，直說到曹操割了鬍鬚落荒而走，大家聽得都笑了。湘雲道：「曹孟德做了一世的奸雄，也有倒楣的時候。」(《紅樓真夢》第十回）

四方之盜賊蟻聚，六合之奸雄鷹揚。血浸郊原，骨填溝壑。孫仲謀襲父兄之勢，割據江東；曹孟德挾將相之權，跨存中夏。豫州奔逃江表，孔明奮起南陽。領兵於已敗之間，授任在危難之際。(《清平山堂話本‧夔關姚卞弔諸葛》)

袁紹、曹瞞、符堅皆以奸雄之才縱橫天下，而至敗亡，則皆以百萬。(《女仙外史》第六十一回）

正是：「莽因後父移劉祚，操納嬌兒覆漢家；自古奸雄同一轍，莫將邦國易如花。」楊堅即了帝位，稱為隋文帝，立長子楊勇為太子，次子楊廣為晉王。(《說唐全傳》第一回）

卻說越公乃朝廷元輔，文帝隆寵已極。當陳亡之時，將陳宮妃妾女官百名賜與越公為晚年娛景。越公雖是爵尊望重的大臣，也是

一個奸雄漢子。（《隋唐演義》第十六回）

引人注目的是，除了《三國志通俗演義》以外，寫這種「曹孟德式的」奸雄最多的小說作品是《東周列國志》，如書中的鄭突、崔杼、齊景公等等均是：「鄭突奸雄世所無，借人成事又行誅。傅瑕不愛須臾活，贏得忠名萬古呼。」（第十九回）「昔日同心起逆戎，今朝相軋便相攻。莫言崔杼家門慘，幾個奸雄得善終！」（第六十六回）「若侯犯能御叔孫，更分兵據郈，迎侯犯歸於齊國；若叔孫勝了侯犯，便說助攻郈城，臨時便宜行事。此是齊景公的奸雄處。」（第七十八回）而其中，尤以鄭莊公最具「奸雄」風範，且看馮夢龍的描寫和蔡元放的評點：

> 又有詩說莊公養成段惡，以塞姜氏之口，真千古奸雄也。詩曰：「子弟全憑教育功，養成稔惡陷災凶。一從京邑分封日，太叔先操掌握中。」（《東周列國志》第四回）

> 莊公奸雄多智，隱下宋、衛襲鄭之事，只云：「寡人奉命討宋，今仰仗上國兵威，割取二邑，已足當削地之刑矣。」（《東周列國志》第七回）

> 鄭莊公急齊之急，果是理之當然，然而畢竟是奸雄聲口。蓋臨鄰救災，君子之事；而開口便先將報施說來，便仍是奸雄身份。心本奸人之心，而所行卻是君子之事，此其所以為奸雄也。（蔡元放《東周列國志》第八回回前總批）

「心本奸人之心，而所行卻是君子之事，此其所以為奸雄也。」蔡元放的話從某種意義上正是給奸雄做了一個準確的定位，歷史上和小說中的奸雄大率如此，而「曹孟德式的」的奸雄更是如此。從歷史人物來看，鄭莊公是魏武帝的師傅；從文學人物看，「阿瞞」是「癗生」的楷模。更有意思的是，這兩位「奸雄」師父居然還影響了一位殺伐決斷的女性——《紅樓夢》中的王熙鳳。請看有正本第六十八回的一段回前評：「余讀《左傳》見鄭莊，讀《後漢》見魏武，謂古之大奸巨滑，惟此為最。今讀《石頭記》，又見鳳姐作威作福，用柔用剛，占步高，留步寬，殺得死，救得活。」在這位評點者看來，王熙鳳也是一位堪與鄭莊公、魏武帝比併的「奸雄」。

《紅樓夢》中還有一位奸雄，那就是賈雨村。在甲戌本《紅樓夢》的脂批中，對賈雨村是「奸雄」「英雄」夾雜而稱之的：「奸雄心事不覺露出。」「寫雨村真是個英雄。」（第一回）「此亦奸雄必有之理。」「此亦奸雄必有之事。」

「此亦奸雄必有之態。」（第二回）

　　其次是那些奸而不雄的「奸臣」，也在某些小說作品中被稱之為「奸雄」，例如：

　　　　四斗五方旗影揚，九宮八卦陣門開。奸雄童貫摧心膽，卻似當年大會垓。（《水滸傳》第七十七回）

　　　　黃生問道：「貴官是那個？」薛媼道：「是新罷職的呂相公。」黃生大怒道：「這個奸雄，敢以美人局戲我！若不看你舊時情分，就把你叱吒一場！」（《醒世恒言‧黃秀才徼靈玉馬墜》）

　　　　長腳邪臣長舌妻，忍將忠孝苦誅夷。愚生若得閻羅做，剝此奸雄萬劫皮！（《喻世明言‧遊酆都胡母迪吟詩》）

　　　　不戮大臣雖是忠厚之典，然奸雄誤國，一概姑容，使小人進有非望之福，退無不測之禍，終宋之世，朝政壞於奸相之手。乃致末年時窮勢敗，函侂冑於虜庭，剌似道於廁下，不亦晚乎！（《警世通言‧趙太祖千里送京娘》）

　　　　且說兩奸雄，是日退朝，孫秀與胡坤隨著龐洪回至相府。（《萬花樓》第十八回）

　　　　詩曰：丹心貫日老梅公，耿介天生傲晼衰。邪正從來難並立，空將俠氣委奸雄。話說盧杞將柬帖遞於內侍，獻於皇上，天子一見大怒。（《二度梅》第七回）

　　　　先時有許多不怕死的官兒，不但未將嚴嵩父子動著分毫，並連他的黨羽也沒弄倒半個。誰想教個新進書生，到成了大功。真是出人意外。只十數日，便遍傳天下皆知。正是：避雨無心逢內宦，片言杯酒殺奸雄，忠臣義士徒拼命，一紙功成屬應龍。（《綠野仙蹤》第九十一回）

　　　　可笑嵩賊居在一人之下，萬人之上，爵位至此，盡勾受用。畢竟要招權攬勢，饕餮無厭。看到他這下場頭，無論家業冰銷瓦解，並其一身亦不能保。回思前日氣焰，不過一朝春夢。古來奸雄那一個不是如此結局，而後之效尤者，猶代代不絕，豈不可歎！（《夢中緣》第十四回）

　　　　東樓是個奸雄，分外有些詭智，就曉得未到之先有人走漏消

息，預先打發開去了。(《十二樓‧萃雅樓》第一回)

刑部得旨，即刻行文各處巡撫，行文地方官，將魏忠賢開棺凌遲。崔呈秀開棺梟首。其時俱在寒天，屍尚未壞，都正了法。不獨見者撫掌稱快，即天下聞之，莫不慶奸雄之伏誅。(《檮杌閒評》第五十回)

再次，「奸雄」還可以用來指那種有賊智的或膽大妄為的英雄人物：

盧俊義引著軍兵，都趕到關上，一齊殺入文安縣來。把關的官員，那裡迎敵的住。這夥都到文安縣取齊。似此以偽亂真，有詩為證：偽計歸降妙莫窮，便開城郭縱奸雄。公明反謀無端罵，混殺腥膻頃刻中。(《水滸傳》第八十五回)

阮英同著老奸雄，去奔一座德勝營，黑夜之間往前走。兵營不遠面前迎。金亨領著阮英，由銀庫的窟窿鑽進屋內。(《小八義》第六十四回)

頃刻皆入，嘉靖遂將不見了張德龍的事體說與三大臣知悉，且著各大臣想他的原故。……劉俊道：「若逃回湖廣，主上何難興一旅的師擒回？諒奸雄未必如此淺呆。他見性命所關，非投往別國，則委身賊人。斷無面目江東再見。」(《繡戈袍全傳》第三十七回)

最後，「奸雄」中也有最為不堪者：坑蒙拐騙的社會渣滓或仗勢欺人的土豪劣紳乃至漢奸賣國賊：

兩道粗眉，明露奸詐。一雙刁眼，暗隱禍胎。耳小唇薄非人類，鼻歪項短是奸雄。逢錢急寫借帖，天下無不可用之錢。遇飯便充陪客，世上哪有難吃之飯。挑詞架訟為生理，坑崩拐騙是經營。此人姓史，名丹，字不得，外號人稱鐵公雞，素日專訛人為生。(《濟公全傳》第一百二十回)

負奇冤烈女罵奸雄，濺熱血公堂飛白刃。且說錢小姐在祁侍郎家廳上把祁觀察著實搶白了一番，祁觀察只氣得白瞪著兩隻眼睛，一句話都講不出來，只一迭連聲的叫道：「來來來來來！」(《九尾龜》第八十五回)

這奸雄見色昧心，用機關，使圈套，把花子虛的老婆偷瞧。勾引著上了梯，從牆上半夜裏成交。(《續金瓶梅》第四十五回)

　　話說梅心泉聽說魏企淵到了，霍地立起身來，把兩袖一抹，預
備一頓精拳頭結果他的殘生性命。看官，這樁事情倘使真能辦到，
世界上少了一個壞人，社會中除去一個民賊，爽爽快快、乾乾淨淨，
不要說看官們願意，就是在下編書的也快活不已。無奈，魏企淵這
奸雄惡貫尚未滿盈、賊運效不當盡。梅心泉等他，他這晚偏偏不到，
進來的光是錢瑟公一個子。梅心泉急問：「這奸賊不來麼？」瑟公茫
然道：「你問的是誰？」心泉道：「是漢奸，是賣國賊。」（《十尾龜》
第二十回）

經過以上巡閱，我們大致可以明確，古代小說中所描寫的「奸雄」，其實是
一類至為複雜的人物形象，其最低劣者，甚至可以解讀為「姦邪的男人」。
但是，問題還有更為複雜的一面，與「奸雄」幾乎成為同義詞的還有「梟
雄」。

三、「英雄」的側面之二：梟雄

　　要弄清梟雄是什麼，首先必須弄清什麼是「梟」。根據工具書的解釋：1.
鳥名。貓頭鷹一類的鳥。亦為鳥綱鷗鴉科各種鳥的泛稱。舊傳梟食母，故常
以喻惡人。《詩‧大雅‧瞻印》：「懿厥哲婦，為梟為鴟。」朱熹集注：「梟鴟，
惡聲之鳥也。」故此懿美之哲婦而反為梟鴟，蓋以其多言而能為禍亂之梯也」
2.驍勇，豪雄。常含有強橫悖逆的意思。《封神演義》第二十八回：「崇虎貪殘
氣更梟，剝民膏髓自肥饒。」3.魁首，傑出者。《淮南子‧原道訓》：「其魂不
躁，其神不嬈，漱滌寂寞，為天下梟。」高誘注：「梟，雄也。」

　　進而言之，對「梟雄」的解釋，也就建立在「梟」的以上幾項釋義的基礎
上。1.兇狠專橫。《文選‧陳孔璋為袁紹檄豫州》：「而操豺狼野心，潛包禍謀，
乃欲摧撓棟樑，孤弱漢室，除滅忠正，專為梟雄。」張銑注：「梟，惡鳥也；
雄，強也。言操如惡鳥之強也。」2.指強橫之徒。清‧侯方域《上三省督府剿
撫議》：「群盜就哺無術，豈能持久，將見梟雄日漸消沮。」3.驍勇雄豪。《三
國志‧吳志‧周瑜傳》：「劉備以梟雄之姿，而有關羽、張飛熊虎之將，必非久
屈為人用者。」4.雄豪傑出的人物。《三國志‧吳志‧魯肅傳》：「劉備天下梟
雄，與操有隙，寄寓於表，表惡其能而不能用也。」

　　以上工具書中引用的材料兩次提及劉備是梟雄，可見，三國歷史上的劉
玄德的的確確是位「梟雄」。有趣的是，在小說《三國志通俗演義》中，稱

劉備為「梟雄」的人就更多了：「梟雄玄德掣霜鋒，抖擻天威施勇烈。三人圍繞戰多時，遮攔架隔無休歇。」（卷之一《虎牢關三戰呂布》）「劉備世之梟雄，久必為荊州之患，可就令今日除之。」（卷之七《玄德躍馬跳檀溪》）「劉備以梟雄之姿，有關、張熊虎之將，更兼諸葛亮用謀，必非久屈在人之下者。」（卷之十一《錦囊計趙雲救主》）「況劉備世之梟雄，先事曹操，便思謀害；後從吳侯，便奪荊州。心術如此，安可同處乎？」（卷之十二《龐統獻策取西川》）

　　除《三國志通俗演義》中的劉備而外，在其他通俗小說作品中也出現了「梟雄」形象：

> 話說子牙看罷山，只見山腳下一股怪雲捲起。雲過處生風，風響處見一物，好生蹺蹊古怪。怎見得：頭似駝，猙獰兇惡；頂似鵝，挺折梟雄。（《封神演義》第三十八回）

此處梟雄，乃一怪獸。

> 有數十個梟雄，兀自苦戰。亦俱被素臣等刀剁劍斫，不留一個。
> （《野叟曝言》第八十一回）

此處梟雄，是與朝廷對抗的「賊將」。

> 忽被梁間一罐桐油打將下來，六人身上俱被濺著，各叫疼痛，驚起從人，亂成一片。正是：誰識梟雄多禁病，從知暗箭勝明槍。
> （《野叟曝言》卷一百零一）

此處梟雄「六人」，俱乃廣西峒苗首領。

> 二人攜手回到房中，謔浪一番。上床羅帶纔解，柳腰款擺。一個是能征慣戰的梟雄，一個是貪爭酸吃醋的怨婦。（《繡戈袍全傳》第六回）

此處梟雄，乃與他人妻子通姦的醫生王廷桂。

> 但雲卿係梟雄反賊，目無君上，陰謀不軌，恐其在外煽惑愚民糾黨為亂。故合行出示外，並繪雲卿形圖，頒行天下。不論文武軍民人等，捉獲解京，立封萬戶侯。（《繡戈袍全傳》第十九回）

此處梟雄，乃逃亡在外的忠良之後唐雲卿。

> 楊么方接飲而盡。因對郭凡道：「人言泥馬渡江，果有梟雄之度。偏業有餘，心中暢快。」（《後水滸傳》第四十一回）

此處梟雄，乃造反英雄楊么眼中的宋高宗。

由上可見，古代小說中的「梟雄」形象，如同「奸雄」形象一樣，成分尤其複雜。但在一般人心目中，「奸雄」的典範還是曹操，「梟雄」的楷模仍為劉備。二人相比，當然首先都是英雄人物，而且都善於偽裝自己，但在奸詐方面，劉備較之曹操畢竟稍遜一籌。

四、「英雄」的對應面：從「梟姬」到「英雌」

出人意料的是，因為劉備是千古第一「梟雄」，連帶他的一位夫人也「梟」了一把。明代唐文鳳有一首《梟磯》詩，根據詩中描寫，在宣城江邊有一「磯」，上有廟宇，乃為紀念孫權妹妹劉備妻子孫夫人所建，故詩人稱讚孫夫人為「女英雄」。（參見《梧岡集》卷三）如是，由「梟雄」劉備，引出一位紀念梟雄之妻的「梟磯」，這本來就有幾分傳奇色彩了。不料，「梟磯」後又演變為「梟姬」，再往後，「梟」字又加上「女」字旁，變成「嫋姬」，她的故事還被譜寫成京劇。

據陶君起《京劇劇目初探》載：「《孝義節》：孫夫人死後，天帝嘉其節烈，敕封為嫋姬；孫乃託兆於吳太后，乞建廟宇；母醒，如言建造嫋姬祠。」

終於，「梟雄」之妻得到了「嫋姬」的光榮稱號。但筆者實在難以保證，那位性格頗為強悍的孫夫人如果聽到後人送給自己這麼一個奇怪的稱號以後是否會感到由衷的高興或會心的一笑。愚以為，她可能更喜歡唐文鳳對她的稱謂——「女英雄」。

然而，就是這「女英雄」三字，卻是大有問題的。為什麼呢？如果按照本文一開始對「英雄」的正解——德才超群的男性來解釋「女英雄」的話，就會得出一個令人感到啼笑皆非的答案：女性的德才超群的男性。因此，從嚴格的意義上講，「女英雄」這個概念或這個詞語是不能存在的。但人們就這樣約定俗成了，你有什麼辦法？須知，世界上很多事都是這樣約「定」而俗「成」的。

但也有衝破約定俗成而標新立異者，請看下面這則資料：

1903 年，留日湖北學生辦的《湖北學生界》上發表了一篇文章，叫《支那女權憤言》，重提「子見南子」，則又關乎「女權」。作者署名叫「楚北英雌」。「英雌」的使用很有時代特點。這是一位女性，據說是《湖北學生界》編輯、留學生王璟芳的夫人王蓮。為什麼她要取「英雌」之名呢？她認為在中國的歷史上，從來都是稱讚「英雄」、「大丈夫」，從來沒人說「英雌」、「大女

子」。她自命「英雌」，就是想把歷史的污點清除掉。「英雌」在晚清曾流行一時，比如秋瑾的彈詞《精衛石》，其第一回名叫「覺天炯炯英雌齊下白雲鄉」。如果使用「女英雄」，「女」修飾「英雄」，顯然有矛盾之處，而「英雌」則是用「英」來修飾女性，女性處於一個中心位置。（參見夏曉虹《晚清女權思想溯源》，載《文史知識》2011年第三期。）

在晚清至民國初年的小說界，「英雌」形象更是大量出現，並形成一道特異的風景線：「『英雌』形象是晚清『新小說』所提供的一類獨特人物面相，並呈現出強烈的民族國家敘事話語特徵。從晚清到民元，在對『英雌』形象的『知識考古』中，不僅可以找尋出從性別『缺席』的『英雌』到性徵鮮明的『女人』形象的嬗變譜系，亦可以梳理出從晚清的『英雌』到民元前後《婦女時報》中『女俠』形象的嬗變圖譜，這一形象的嬗變必然牽動著其所隸屬的民族國家敘述話語的改變。」（魯毅《論清末民初小說中「英雌」形象嬗變的雙重維度》，載《明清小說研究》2013年第三期。）

好一個王蓮，好一個秋瑾，好一群英雌形象，好一個「英雌」概念！

只有真正的「英雌」才能提出「英雌」的概念。

生動、新穎而又毫無疑義的概念。（本文與人合作）

（原載《明清小說研究》2014年第一期）

明代四大奇書的歷史地位

　　《三國演義》《水滸傳》《西遊記》《金瓶梅》並稱為明代「四大奇書」，它們分別開創了明代章回小說的四種類型：歷史演義、英雄傳奇、神魔怪異、市井家庭，共同推動了明代章回小說的繁榮和中國小說史的發展。此外，在中國小說史上、尤其是中國古代通俗小說的發展進程中，它們又各自具有獨特的、不可替代的歷史地位和作用。

一、《三國演義》的歷史地位

　　《三國演義》是歷史演義小說的開山之作，也是中國古代章回小說的奠基之作，其歷史地位如下：

　　第一，《三國演義》奠定了章回小說的基本要素和主要特點，結束了長篇小說不過是說書人底本的時代，這在中國通俗小說史上具有劃時代的意義。

　　何謂「章回小說」？大體而言，章回小說具有以下特點：其一，它是由訴諸聽覺的說話伎藝轉化為訴諸視覺的書面文學定型化的產物；其二，在語言方面它以白話為主，兼有文言成分，力求通俗化、大眾化，但有不少習用的套語；其三，它一般篇幅較大，分章敘事、分回立目，每一回（或稱「章」「節」「段」「卷」）均有單句或偶句的標題。上述這些，《三國演義》除了在語言方面文言成分較濃以外，其他方面完全具備。因此，我們說它是章回小說的奠基之作。

　　第二，《三國演義》將歷史與現實、史實與理想、史傳與平話有機地鎔鑄為一體，將某一段歷史事實敷衍成為成功的歷史演義小說，創造了如後人所歸納的「七實三虛」的虛實比例關係，提供了一條歷史小說創作的最優途徑。

這就為歷史演義小說的創作開闢了一條嶄新的道路。

這裡所謂「七實三虛」，並不能死板地理解為歷史真實與藝術虛構的「三七開」，而是指的在大的問題上的真實性和作品大體框架的真實性。例如，在時間、地點、人物、事件等方面，《三國演義》都追求「大」實「小」虛。大的時間概念如某年某代「實」，小的時間概念如某日某時「虛」；大的地點如州郡、關隘「實」，小的地點如街道、宅第「虛」；主要人物甚或重要人物與大事件之間的關係「實」，而一些次要人物或者重要人物所幹的次要事件則均可張冠李戴甚或虛構。對於歷史演義小說而言，這是一種行之有效的創作模式。這樣進行歷史小說的寫作，既不會拘泥於歷史事實，成為歷史大事的流水帳，又不會遠離歷史事實，成為天馬行空的飛行物，而使小說與歷史之間保持一種不黏不脫、若即若離的辯證關係。

第三，《三國演義》中對歷史英雄人物的大力歌頌，為後世的英雄傳奇小說也提供了可堪借鑒的藝術經驗。從《水滸傳》的作者起，不少作家相繼從一個時代中擇取一個或幾個英雄人物而創作傳奇式的長篇小說。在這方面，《三國演義》也起到了一定的示範作用。

《三國演義》取材於歷史，深受史傳文學的影響，為人物立傳，尤其是為傑出的英雄人物立傳，是這部歷史演義小說的顯著特點之一。從《三國演義》中，我們不難看出其中許多英雄的故事具有「傳記化」的特點。例如，要想從《三國演義》中清理出諸如曹瞞傳、劉備傳、孔明傳乃至關、張、趙、馬、黃等英雄人物的傳記，的確不能算是什麼難事。而《水滸傳》等英雄傳奇小說也正是從這一點發揚開去，以某些歷史英雄人物作引線，進而寫出了各種英雄人物的生動故事，從而給章回小說的創作開拓了一個新天地。

第四，《三國演義》中的某些故事片斷，或被後世的文人或民間藝人所改造，成為新的藝術品，或被後世的小說創作所模仿，成為新的故事情節。因此，從「編故事」的角度看，《三國演義》也可算是後世文學作品、尤其是小說作品的藝術寶庫。

僅以京劇劇目為例，就足以說明這一問題。據陶君起《京劇劇目初探》一書統計，演八百年歷史的「周代故事戲」只有92種，演四百年歷史的「西漢故事戲」加「新莽及東漢故事戲」一共才有52種，「隋唐故事戲」頗多，有202種，但這段歷史卻長達三百多年，「宋代故事戲」最多，達283種，然而兩宋的歷史也是三百多年的長度，元代歷史九十七年，卻只有30種，而「三

國故事戲」，即使從東漢末年的漢靈帝中平元年（184）的黃巾起義算起，直到晉武帝太康元年（280）統一全國止，也不過九十六年，比元代還少一年，卻有 155 種，而且，這一百多種京劇劇目幾乎全部出自《三國演義》，可見《三國演義》對後世戲劇影響之大。在中國古代小說中，從「故事性」的角度出發看問題，對後世文學藝術的影響，沒有誰能超過《三國演義》。

第五，《三國演義》中的某些人物，被後世小說作家所定型化、類型化，作為各自筆下的楷模，並由此產生了某一類人物的系列形象。如張飛之後，有李逵（《水滸傳》）、牛皋（《說岳全傳》）、程咬金（《說唐全傳》）、鄭子明（《飛龍傳》）、焦贊（《楊家府演義》）等一系列「莽漢」形象。再如諸葛亮之後，又有吳用（《水滸傳》）、徐茂公（《說唐全傳》）、劉伯溫（《英烈傳》）、錢江（《洪秀全演義》）等一系列「軍師」形象。由此亦可見「三國演義模式」對後世的巨大影響。

總之，就我國古代通俗小說史而言，《三國演義》的出現，標誌著一個重大的轉折；就章回小說的發展而言，《三國演義》標誌著一個光輝的開端；就明代的歷史演義小說而言，《三國演義》打下了厚實的基礎。

二、《水滸傳》的歷史貢獻

《水滸傳》對中國古代通俗小說史所作出的貢獻，並不亞於《三國演義》，甚至在某些方面比《三國演義》的影響更大。

首先，《水滸傳》已基本擺脫歷史真人真事的圈束，作者放開筆來進行藝術創造，作品也不再兼有普及歷史知識的任務。因此，從文學的角度來看，它比《三國演義》更純。從這個意義上講，它是我國第一部純文學性的長篇通俗小說。

對於喜愛考證的學者而言，《水滸傳》這樣的作品是最令人傷腦筋的。它不像《三國演義》那樣，兼有普及歷史知識的效用。在一定意義上講，《三國演義》是能夠代替《三國志》而傳播歷史知識的。絕大多數的中國人之所以認識三國人物、瞭解三國故事，都是從《三國演義》開始的。而《水滸傳》卻不具備這種功能，誰要是真的將它當作「宣和」信史來讀，多半要犯低級錯誤。同樣的道理，誰要是去考察梁山 108 人的歷史真實性，大致上也只能事倍功半。因為除宋江之外，其他好漢多半是說話場中的產物，是民間流傳的英雄，你在正史中是難以找到他們的蹤跡的。由此可見，《水滸傳》比《三國

演義》離開歷史的距離要遠得多，同時，其文學意味也就要純粹得多。

其次，《水滸傳》所反映的社會生活面較之《三國演義》更為廣闊，同時，也更貼近廣大人民群眾的生活，使廣大讀者更容易產生一種親切感，從而，引起思想感情的共鳴。而這正是一部文學作品、尤其是小說作品賴以生存的主要因素。

《三國演義》最精彩的故事乃在於對軍國大事的描寫、對戰爭的描寫，至於那些歷史英雄、帝王將相的個人生活，作者根本不感興趣。《水滸傳》則不然，相對於軍國大事而言，作者更關心那些江湖好漢、草莽英雄的個人生活，並由此將筆觸指向現實社會的底層。《水滸傳》中最精彩的故事並非梁山好漢與封建王朝之間的軍事鬥爭的描寫，而是像「武松殺嫂」、「宋江殺惜」、「楊雄殺妻」這樣一些反映普通人的生活、反映一般性倫理觀念的片斷。這就從一個側面告訴我們，《水滸傳》的故事比《三國演義》的故事更加社會化、生活化，更加為一般讀者所喜聞樂見。

其三，《水滸傳》以人物為中心的「傳記式」的寫法，創建和確立了我國通俗小說創作的一個基本模式，並被此後許多長篇小說的作者所採用，直到《紅樓夢》出現以後才打破這種寫法。但在《紅樓夢》之後，直到今天，仍有人繼續用此方法，可見其實用性。

《水滸傳》前70回，尤其是前40回，基本上採取的是為英雄人物單獨立傳的寫法，從中我們不難清理出諸如「魯達傳」「林沖傳」「楊志傳」「宋江傳」「武松傳」等英雄傳記。因此，後世評話有所謂「武十回」、「魯十回」、「宋十回」、「石十回」、「盧十回」的說法。而後世小說則有更多的以「某某傳」為書名或者以人物傳記故事串集在一起而形成的一種單線連環結構方式。即便是《紅樓夢》以後的晚清小說，直到近代舊派、新派武俠小說，仍有不少作品採取這種結構方式。

其四，《水滸傳》是我國通俗小說史上第一部長篇英雄傳奇小說，在它的影響下，明清兩代數百年來「英雄傳奇」一類小說盛傳不衰，改編、模擬《水滸傳》之作不勝枚舉。通過事之奇而寫出人之奇，有奇人方有奇事，也成為後世英雄傳奇小說乃至俠義小說的作者們所共同遵守的準則。

追求故事情節的曲折性，是英雄傳奇小說的生命線，在這方面，《水滸傳》是楷模。英雄傳奇小說之所以最終戰勝歷史演義小說，這也是重要因素之一。如果從故事性的角度將《三國演義》與《水滸傳》作一比較，就會發

現，《三國演義》是將紛紜複雜的歷史事件壓縮清理而成之，而《水滸傳》則是將民間流傳的野史傳聞捕風捉影而成之。相比較而言，後者更注重故事的曲折性，是有意識地掀起波瀾，從而在曲曲折折的故事中塑造極富傳奇色彩的人物。《水滸傳》之後，幾乎所有的英雄傳奇小說都是這樣寫的，甚至有大量的俠義公案小說和武俠小說也是這樣寫的。

其五，由於《水滸傳》中已有相當篇幅描寫了世俗生活，因此，它對後世小說的影響已不限於英雄傳奇小說或俠義公案小說以及武俠小說，而對描寫市井家庭生活的作品也產生了較大的影響。我國第一部長篇的市井家庭小說《金瓶梅》，就是從《水滸傳》中武松、潘金蓮、西門慶等人的一段故事中節外生枝而蔚為大國的。而這一方面的描寫，在《三國演義》等歷史演義小說中是基本上看不見的。因此，中國古代章回小說中最大的一類——市井家庭小說的出現，離不開《水滸傳》中那些描寫市井家庭生活的片斷的滋潤。

總之，如果沒有一部《水滸傳》，中國通俗小說也許會走另一條發展道路，或者，會走許多彎路。《水滸傳》，將中國章回小說向真正「小說化」的道路上推進了一大步。

三、《西遊記》的歷史地位

在中國通俗小說發展史上，《西遊記》以嶄新的面目出現在人們面前，並具有不可替代的歷史地位。

第一，深邃的哲理意味的蘊涵是《西遊記》不易為人們所察覺的最有意義的地方。正因為這一點，使《西遊記》一不是佛教的「傳燈錄」，二不是道教的「證道書」，當然，也不是一般意義上的神話小說，更不是封建迷信的宣傳品，而是寓深刻的哲理於生動的故事中的名篇佳製。《西遊記》這一潛在的特色，對後世以神怪為題材的小說的寫作產生了無形而又巨大的影響。同類小說的作者們都在自覺不自覺之中向著這方面作出了努力。甚至可以說，是否具有哲理意味或哲理意味的多少，可以作為衡量一部神魔怪異小說是否成功的一條重要標準。

就作者的創作過程而言，反映現實題材的作品與表現神異題材的作品是有很大區別的。一般說來，前者的創作過程是：現實生活——作者頭腦反映——藝術化處理——文本；而後者的創作過程則是：現實生活——作者頭腦

反映──理念化過程──藝術化處理──文本。後者比前者多了一個「理念化」的過程。而這一理念化的過程，其實就是作者對現實生活的一種哲學思考。將生活現象哲理化、抽象化以後，再予以藝術化的加工，這是神魔怪異小說創作過程中的一個必須階段，也是一個必然階段。如果我們在考察一部神魔怪異小說的主題思想或現實意義的時候，忽視了這一階段，就很容易犯庸俗社會學的錯誤。例如，在相當長的一段時間裏，我們對《西遊記》這部神魔怪異小說代表作的思想意義的探討，就犯了這種不該犯的錯誤。這種錯誤的具體表現就是將神魔人物與現實社會中的人物對號入座，如玉皇大帝等於人間的皇帝，太白金星、托塔天王等於人間的文臣武將，孫悟空是造反英雄、甚至代表農民起義，而西天路上的妖魔則多半是地主階級的土圍子等等。之所以發生這種現象，主要是因為研究者忘記了《西遊記》這樣的神魔怪異小說並不是「直接」反映現實的，而是「間接」反映現實的；書中的故事不是現實生活的「直射」，而是現實生活的「折射」。這裡的「間接」與「折射」，實際上就是上面所說的「理念化」思考過程的結果。明乎此，我們就可以看到，《西遊記》在中國通俗小說發展過程中起到了多麼大的推動作用。從某種意義上講，它開創了一種新的創作思維模式，一種神魔怪異小說的創作必須遵循的新的創作思維模式。

第二，作為第一部長篇的神魔怪異小說，《西遊記》還給後世同類小說提供了許多可堪借鑒的藝術經驗，後世許多《西遊記》的續作、仿作、同類之作，基本上都是按照它的路子走下去的。

例如《西遊記》的作者在塑造自己筆下的神魔形象時，採用了一種十分高明而又十分實用的方法──人、神、物三者的結合。神魔怪異小說最忌把神、魔寫得沒有「人」氣，同樣，也忌諱把人寫得沒有「神」氣，同時，也還要照顧到某一神魔人物的本來面目──它究竟是什麼東西修煉而成的。《西遊記》在這一方面處理得十分妥當，在塑造神魔形象時，作者以「人」的一面表現其社會屬性，以「神」的一面表現其傳奇色彩，以「物」的一面表現其自然屬性。這種人、神、物三者的有機結合，能使讀者感覺到書中那些神魔形象永遠處於熟悉與陌生之間、逼肖與近似之間、直觀與聯想之間，從而達到了一種十分理想的審美效果，能自然而然地調動讀者閱讀的興趣。這種三結合的描寫神魔人物的方法，實際上已成為此後神魔怪異小說塑造人物的最佳方法。

第三，在超現實中反映現實，是《西遊記》之所以成功的奧秘。這中間，主要靠的是作家對生活的深刻洞察力和豐富的藝術想像力，而且，二者缺一不可、相輔相成。而這二者的結合，又體現了一個更為重要的問題，即：從《西遊記》的成書過程可以看出作家主觀能動性在文學創作過程中的重要作用。《西遊記》雖也借助了民間傳說和通俗文藝的力量，但由於作家本身的社會閱歷、文學素養、創造能力在中間起到了主導作用，我們總可以感覺到其中所反映出的作者主觀思想比《三國演義》《水滸傳》要濃厚一些。相比較而言，《三國演義》《水滸傳》所反映的主要是傳統思想或中華民族的共同思想，是一種集體思維的結晶，而《西遊記》卻更多地反映了作者的主觀意識形態，是一種個體思維的表現。如果我們承認這是一個事實的話，也就預示著一種新的文學創作的可能即將出現：中國長篇小說的創作將由集體創作向著個人創作轉化。而這一轉化的意義是無比重大的。

第四，通過輕鬆幽默的筆調來反映嚴肅的社會問題，以妙趣橫生的語言來表達作者心中的憤懣，這種寫法，在中國長篇小說中自《西遊記》始。同時，長篇小說中諷刺手法的運用，也在《西遊記》中初露端倪。

《三國演義》《水滸傳》在反映嚴肅的題材時，作者的態度是嚴肅的，作者的筆調也是嚴肅的。同樣，它們的作者在代表民眾表達心中的憤懣時，其語言也是嚴肅的。這兩部章回小說巨著，字裏行間甚至還帶有相當濃厚的悲劇意味。而《西遊記》則不然，它的作者不是以「正筆」寫「正劇」，而是以幽默之筆寫悲憤之情。喜劇色彩與悲壯情懷，在這裡達到了奇妙而和諧的統一。這種情調、這種意蘊、這種境界，較之那種以嚴肅之筆寫嚴肅之事的做法，應該說更高一個層次，也更深一個層次。就小說史的發展步調而言，這種新的表現方式的出現，也應該算是一個了不起的進步。

第五，《西遊記》雖然寫的是神魔故事，但卻極富人情味，使人感到很親切。唐僧師徒四眾這麼一個小集體，儼然就是一個人間社會的家庭。神與神、魔與魔、神與魔之間的關係，除了帶有一定程度的政治因素而外，更多的則是一種蘊涵在日常生活中的矛盾、鬥爭，帶有相當濃厚的生活氣息。這方面，又給後世的市井家庭小說以某種啟示。

如果把《三國演義》《水滸傳》和《西遊記》放在一起進行比較閱讀，就會發現一個很有趣的現象。《三國演義》《水滸傳》明明寫的是現實世界，或者說，這兩部小說是將現實世界作為它們描寫的主要對象，但是，書中所描

寫的生活，我們讀起來總感覺到與現實生活有一定的距離。反過來，《西遊記》明明描寫的是一個神魔怪異的世界，我們卻感覺到書中的人物離我們比較近。不僅孫悟空、豬八戒如此，就連那些妖魔鬼怪也遠比諸葛亮、曹孟德、關雲長、宋江、武松、李逵離我們更近。究其原因，乃是由於《三國演義》《水滸傳》是用理想化的方式寫現實生活中的人物，而《西遊記》則是用現實化的方式寫神魔世界中的精怪。正是這種或許從作家們的角度來看是一種不自覺的「錯位」的做法，導致了這些小說中現實人物的理想化和神魔人物的現實化。而對於《西遊記》而言，它也就在無意之中將小說作品這藝術世界中的人物塑造從理想化向著現實化的方向推動了一大步。

總之，《西遊記》的出現如異軍突起，使中國長篇通俗小說的創作別開生面，進入一種新的審美境地。

四、《金瓶梅》在通俗小說史上的地位

當《金瓶梅》出現在中國小說史上的時候，也就意味著通俗小說創作的一個新的歷史時期的到來。《金瓶梅》在通俗小說史上的地位和作用，是其他任何小說作品都無法取代的。

第一，從題材方面來看，《金瓶梅》是中國古代通俗小說史上第一部擺脫了取材於歷史傳說與神異傳說的傳統，而以現實生活中的平凡人物和市井家庭的日常生活為題材的長篇小說。

《金瓶梅》以前的小說，如《三國演義》《水滸傳》《西遊記》以及《封神演義》《新列國志》《楊家府演義》等作品，要麼取材於歷史故事，要麼取材於稗官野言，要麼取材於神話傳說，總之，都存在著一種對傳統題材的依賴性。而《金瓶梅》則是直接取材於人人得以經歷的現實生活、而且是布帛菽粟的日常生活。因此，它對傳統題材沒有上述作品所共有的那種依賴性以及由此而導致的侷限性，而具有相當的獨立性和自由度。這實際上為此後的小說創作開闢了一個新天地。

第二，從作者的角度看，《金瓶梅》是我國通俗小說史上第一部由文人單獨創作的長篇小說。儘管它的作者究竟是誰，直到今天仍然未弄清楚，但它不屬於那種「積累型」的作品卻應該是可以肯定的。因為到目前為止，除了能夠說明它從《水滸傳》中「節外生枝」這一點外，再也找不到關於《金瓶梅》中主要人物的任何傳說故事，更不用說歷史記載了。

　　《金瓶梅》以前的通俗小說，其成書過程一般都經歷了四個階段：①歷史真實，②民間流傳，③話本、戲劇的演述，④文人搜集、整理、加工、再創造。《三國演義》、《水滸傳》、《西遊記》均乃如此，《封神演義》《新列國志》《楊家府演義》概莫能外，其他作品亦大都符合這一規律。而《金瓶梅》則一無歷史事實作根據，二無民間流傳為基礎，三無話本、戲劇的演述可堪借鑒，它只是借助於《水滸傳》中武松兄弟與潘金蓮、西門慶之間的故事作引子，節外生枝，將次要人物變成主要人物，並以現實生活為依據，從而蔚為大國，衍成洋洋百回的鴻篇巨製。從這個意義上講，它並不存在一個由民眾創做到文人加工的過程，而是由文人單獨完成的作品。而這一點，恰恰標誌著中國古代通俗小說發展過程中在作者與題材關係問題上的一個根本轉變。

　　第三，從反映生活和人物塑造的真實性的角度來看，《金瓶梅》的作者已不再是簡單地用黑白兩色來觀察世界、反映世界，從而也就打破了它以前的通俗小說把人物塞進「正面」或「反面」的框子裏去的做法，而是力圖從眾多側面去觀察和反映多姿多彩的生活，尋求一種更為高級、更為複雜的方式去塑造活生生的「雜色」的人，這給以後的通俗小說創作以極大的啟示。

　　《金瓶梅》以前的通俗小說，大多忽視了人性的多層性和人生的複雜性，寫好人無一不好，壞人則無往而不壞；好事盡為正面人物所為，壞事則都是反面人物所幹。作者的同情心在正面人物一邊，讚美之筆也只用在英雄人物身上，而對於反面人物、奸佞之徒，則永遠是鞭撻有加、深惡痛絕。這種描寫其實是反現實主義的，是不符合生活實際的。《金瓶梅》第一次大面積地描寫了人的雜色、雜色的人，從更高的角度反映了生活的本來面目，從而，也能讓讀者從作品中領略到七彩人生，觀察到萬花筒般的世界。這樣，就使中國古代通俗小說的創作在現實主義的道路上實現了根本性的突破。

　　第四，就作者與作品之間的關係而言，《金瓶梅》的作者體現出一種比以前任何通俗小說都更為冷峻的態度和更為嚴肅的精神。他沒有將自己的觀點在作品中十分愚蠢地反覆宣揚，而多半是在生活畫屏的背後隱隱地透露出自己潛藏著的愛憎感情和情感世界。

　　《金瓶梅》對現實生活的描寫較之以前的諸多通俗小說作品更為細膩、逼真。作者慣用白描手法來寫世情，刻畫人物毫髮畢現、深入骨髓，頗能深入到人物的內心世界去追魂攝魄，爾後又不動聲色地讓人物通過各自的言行來表現其內心世界。作者極少出面直接對書中人物進行評判，而是給讀者留

下一個廣闊的審美空間，讓讀者自己去認識書中的人物。這種寫法，較之以前小說中多用誇張、渲染、粗線條勾勒或由作者出面大加評議的寫法，無疑是一個歷史性的進步，同時，也代表著通俗小說作者在如何反映生活這一問題的認識上的一個根本轉變。

第五，從創作方法的角度看問題，《金瓶梅》一方面最大能量地發揚了現實主義的光輝傳統，盡可能地反映著現實生活的本質和底蘊，並取得了極大的成功。這樣，就為現實主義小說的顛峰之作《紅樓夢》的出現作出了示範、打下了基礎。另一方面，它又無可避免地帶有它那一歷史階段的時代風氣的薰染，純客觀地描寫醜惡黴爛的兩性生活，有不少淫穢之筆。書中那些對男女性慾的赤裸裸的描寫，固然也反映了人類生活的一個層面和當時社會風氣的一個方面，有的地方或許還有利於人物塑造和情節推移；但過分地、毫無節制地展示性交生活，這種自然主義的筆墨，也對後世許多通俗小說產生了不良影響，容易造成一種在低級趣味的泥潭中的迷失與陷落。從這一角度看問題，《金瓶梅》的歷史作用和影響是正面、負面同時存在的。

總之，《金瓶梅》在通俗小說發展進程中具有特殊的地位和重大的作用，從小說史的角度來看，我們對這一問題的研究似乎比對《金瓶梅》文本或作者問題的研究更有意義。

五、餘論

研究明代四大奇書各自在中國古代通俗小說史上的地位和作用，無疑是一件有意義的事，但如果將這四大奇書予以綜合考察，進一步探討它們在中國小說史上的作用和它們之間的種種聯繫，也是一件饒有興味的事。然而，這是一個十分複雜的問題，筆者學識有限，只能擇其感受至深者而略談一二。

概而言之，明代四大奇書在長篇通俗小說形成之初，無形中組成了一個在諸多方面逐步轉移的「鏈」。

首先，越來越遠離歷史而靠近現實。《三國演義》離歷史事實最近，《水滸傳》已漸離歷史真實而注目於傳奇意味，《西遊記》則在更加追求傳奇化的同時悄然融入對現實生活的狀寫，至《金瓶梅》，則是純然的現實描寫，與歷史無甚干係了。

其二，由追求「事之奇」向追求「情之奇」的轉化。《三國演義》《水滸

傳》《西遊記》都追求故事情節的曲折性、奇特性，而且花樣翻新，愈寫愈奇，而《金瓶梅》卻比較注重「奇人奇情」的描寫，書中諸人均可謂「一代新人」，然他們的「新」，就「新」在與傳統道德觀念的不一致，「新」在顯示了當時時代的底蘊。這就是所謂「奇人奇情」，而《金瓶梅》也正是以這種「奇人奇情」使讀者一新耳目的，而不是以故事的曲折離奇征服讀者。

其三，表現技法越來越細膩，越來越注重在創作過程中體現作家自己的主觀情緒和審美觀照。從《三國演義》《水滸傳》到《西遊記》，再到《金瓶梅》，在反映矛盾衝突時，越來越由「外在化」向「內在化」轉移；在塑造人物形象時，越來越由「類型化」向「個性化」轉移；在描寫環境氣氛時，越來越由「粗勾勒」向「細描繪」轉移；在設置情節結構時，越來越由「單純型」向「繁複型」轉移；如此等等，不一而足。所有這些，都應視為小說創作的一種良性發展。

綜上所述，明代四大奇書這一種蜿蜒前進著的鏈狀形態，無不體現了作者與文本之間的關係越來越緊密，無不體現了作家本人對自己作品的有意「進入」和「投入」。而這一切，又無不體現了在中國古代長篇通俗小說發展過程中創作主體的逐步「覺悟」和「自主」，而這種「覺悟」和「自主」，又毫無疑問地指示著中國古代通俗小說健康發展的遠大方向。

（原載《廣西師範學院學報》2006 年第四期）

《三國》《水滸》「聽出來的場面」描寫及其來龍去脈

　　「林教頭風雪山神廟」是《水滸傳》中最精彩的片段之一。那麼，這一片段究竟妙在什麼地方呢？筆者認為至少有三點，第一，寫出了漫天大雪映照下的林沖英雄末路的悲涼，堪稱情境交融；第三，寫出了林沖得知高俅指使陸謙、富安勾結滄州管營、差撥陷害自己的陰謀之後，滿腔怒火無法遏制，終於在山神廟外手刃陸謙、富安、差撥的復仇行為，堪稱兔起鶻落、電石火花，極其解穢；然而，還有第二，筆者認為最佳的「第二」：林沖是怎樣瞭解仇人的陰謀的呢？而且瞭解得那麼詳細？答案出人意料，原來是隔牆有耳「聽」出來的。這真是令人歎為觀止的生花妙筆，不僅筆者這樣看，幾百年前的金聖歎早就領略其中妙趣了。且看這一段描寫及金聖歎的評點：

　　　　當時林沖便拿了花槍，卻待開門來救火，只聽得外面有人說將話來。林沖就伏門邊聽時，是三個人腳步響，直奔廟裏來，用手推門，卻被石頭靠住了，再也推不開。三人在廟簷下立地看火，數內一個道：（金聖歎夾批：一連九個一個道，如王積薪夜聽姑婦弈棋，著著分明，聲聲不漏。）「這條計好麼？」一個應道：「端的虧管營、差撥兩位用心！回到京師，稟過太尉，都保你二位做大官。這番張教頭沒的推故了。」那人道：「林沖今番直吃我們對付了，高衙內這病必然好了。」又一個道：「張教頭那廝，三回五次託人情去說：『你的女婿沒了。』張教頭越不肯應承，因此衙內病患看看重了。太尉特使俺兩個央浼二位幹這件事，不想而今完備了。」又一個道：「小

人直爬入牆裏去，四下草堆上，點了十來個火把，待走那裡去！」
那一個道：「這早晚燒個八分過了。」又聽一個道：「便逃得性命時，
燒了大軍草料場，也得個死罪。」又一個道：「我們回城裏去罷。」
一個道：「再看一看，拾得他一兩塊骨頭回京，府裏見太尉和衙內
時，也道我們也能會幹事。」林沖聽那三個人時，一個是差撥，一
個是陸虞候，一個是富安。（《水滸傳》第九回）

當時，林沖在山神廟裏面，陸謙等三人幹了壞事——火燒草料場之後準備到
山神廟避風雪，卻因為林沖用石頭抵住了廟門未能進去，故而，站在廟簷
下各發高見，卻被林沖聽了個明明白白。此段描寫最妙之處在於，作者通過
廟內林沖的聽覺，描寫了廟外三人的言行舉止。而且，一連九個「一個道」，
不僅書中人物林沖、就是書外的讀者也都可以從言語中分辨出說話的是誰，
甚至可以想像出某某人說話時的神情態度。「聽」出來的場面，「聽」出來
的人物形象，這真是臻於化境的寫作技法，並不是每一個小說家都會得心應
手地使用的。而施羅二公是寫人、敘事的一流高手，故而能達到這種境界。
同樣，金聖歎也是獨具隻眼的小說評點大家，故而能言簡意賅地指出這段
描寫的奧妙。接下來的問題是，金聖歎在那段夾批中還提到了施耐庵這種
「聽」出來的場面的寫法的文學淵源：「如王積薪夜聽姑婦弈棋，著著分明，
聲聲不漏。」那又是怎麼一回事呢？原來施羅二公的師傅在唐代，名叫薛用
弱，那個「王積薪夜聽姑婦弈棋」的故事，就出自薛用弱的小說集《集異
記》中。

　　玄宗南狩，百司奔赴行在。翰林善棋者王積薪從焉。蜀道隘
狹，每行旅止息，道中之郵亭人舍圍，多為尊官有力之所先。積薪
棲無所入，因沿溪深遠，寓宿於山中孤姥之家。但有婦姑，皆闔戶，
止給水火。才暝，婦姑皆闔戶而休。積薪棲於簷下，夜闌不寐。忽
聞堂內姑謂婦曰：「良宵無以適興，與子圍棋一賭可乎？」婦曰：
「諾。」積薪私心奇之。堂內素無燈燭，又婦姑各在東西室。積薪
乃附耳門扉，俄聞婦曰：「起東五南九置子矣。」姑應曰：「東五南
十二置子矣。」婦又曰：「起西八南十置子矣。」姑又應曰：「西九
南十置子矣。」每置一子，皆良久思唯，夜將盡四更。積薪一一密
記，其下止三十六。忽聞姑曰：「子已敗矣，吾止勝九枰耳。」婦亦
甘焉。（《集異記·王積薪》）

一代圍棋國手在逃難途中忽遇民間高手，而且比國手的棋藝不知要高了幾個層次。或許，這婆媳二人根本就不是凡間人物，而是上天派來人間傳藝的。薛用弱通過這個故事，無非是要表達兩層意思，其一，高手在民間；其二，藝無止境。但人煙稀少的山中婆媳夜下「盲棋」的場面，卻無意間造就了一種敘事寫人的新技法：「聽」出來的場面。這真有點「無心插柳柳成蔭」的意味了。更有甚者，他的這種技法又被後世的小說家所學習、效法。

首先來看《三國演義》對這種表現方式的運用。

> 童子便引玄德，行二里餘，到莊前下馬，入至中門，忽聞琴聲甚美。玄德教童子且休通報，側耳聽之。（毛宗崗夾批：既聞笛聲，又聽琴聲，與從前馬蹄聲、波濤聲大不同矣。）琴聲忽住而不彈。一人笑而出曰：「琴韻清幽，音中忽起高抗之調，必有英雄竊聽。」（毛宗崗夾批：前不必玄德通名而童子先知，今亦不必童子通報而先生先出，是童子眼中看出一玄德，先生耳中又聽出一玄德。）童子指謂玄德曰：「此即吾師水鏡先生也。」（《三國演義》第三十五回）

這段文字可以分為兩個層次，第一層次，劉備聽到了琴聲甚美，而琴聲的美又有兩點暗示：其一，琴聲的美意味著司馬德操的「德操」很美；其二，悠揚的琴聲將劉備從緊張的環境帶入鬆弛。故而，毛宗崗批語要說：「既聞笛聲，又聽琴聲，與從前馬蹄聲、波濤聲大不同矣。」第二層次是重點，寫司馬德操「耳中」聽出劉玄德，尤妙在這位水鏡先生並非是從中門外的響動「聽」出劉備風采的，而是從自己琴聲中的「高抗之調」而「聽」出必有英雄竊聽的。這樣，就形成了一種「聽」中「聽」的效果，司馬德操通過劉玄德的竊聽而聽出此人乃大英雄也。這樣迴旋反覆運用「聽」來寫人物的做法，真是高明之至。

當然，《水滸傳》是不會讓《三國演義》獨擅其美的，那部英雄小說中對「聽」出來的場面的描寫更為賣力，也取得了更好的效果。且看下面這段：

> 林沖見說，吃了一驚。也不顧女使錦兒，三步做一步，跑到陸虞侯家。搶到胡梯上，卻關著樓門。（金聖歎夾批：有此一句，便有下文兩個聽字。）只聽得娘子叫道：（金聖歎夾批：只聽得，妙妙，急殺。○此時奈是聽得，若不聽得，便一發急殺矣。）「清平世界，如何把我良人妻子關在這裡！」又聽得高衙內道：（金聖歎夾批：又

聽得，妙妙，急殺。）「娘子，可憐見救俺！便是鐵石人，也告的回轉！」林沖立在胡梯上，叫道：「大嫂開門！」那婦人聽的是丈夫聲音，只顧來開門。高衙內吃了一驚，幹開了樓窗，跳牆走了。（《水滸傳》第六回）

作者在這裡運用的是「急驚風偏遇慢郎中」的寫法，林沖聽說妻子遭人調戲，匆匆忙忙趕到現場，不料「卻關著樓門」。他不能進去，看不見裏面的情況，但耳朵卻可以聽到自己妻子憤怒的呼喊和歹徒放肆的調戲，林沖簡直快急瘋了。但林沖越急，作者卻偏要給他設置「知情」障礙。同時，林沖的急也導致了讀者的急，但讀者越急，作者卻越要設置閱讀障礙。而這一切，又都是聽覺惹的禍。不過幸虧林沖還能聽得到房子裏一鱗半爪的情況，否則，便要像金聖歎所說那樣：「若不聽得，便一發急殺矣。」如此一來，就在這種半知情的「聽」來的場面的刺激下，作者讓讀者得到了一次愉悅的審美享受。而金聖歎應該是較早的享受者之一，因為他將他的審美享受通過一連串的「妙妙，急殺」表現得淋漓盡致。

如果說對於上引這段《水滸》文字，金聖歎先生主要是比較被動欣賞的話，那麼，在下面這段文字中，金聖歎可就迫不及待地跳到書中去進行「審美修補」了。

那婦人那曾去切肉，只虛轉一遭，便出來拍手叫道：「倒也！倒也！」那兩個公人，只見天旋地轉，禁了口，望後撲地便倒。武松也雙眼緊閉，撲地仰倒在凳邊。只聽得笑道：（金聖歎夾批：只聽得妙絕。）「著了，由你奸似鬼，吃了老娘的洗腳水。」便叫：「小二、小三快出來！」只聽得飛奔出兩個蠢漢來，（金聖歎夾批：聽得妙絕。）聽他把兩個公人扛了進去，這婦人便來桌上提那包裹，並公人的纏袋，想是捏一捏，約莫裏面已是金銀。只聽得他大笑道：（金聖歎夾批：只聽得妙絕。金聖歎眉批：俗本無八個聽字，故知古本之妙。）「今日得這三頭行貨，倒有好兩日饅頭賣，又得這若干東西。」聽得把包裹纏袋提了入去了，（金聖歎夾批：聽得妙絕。）隨聽他出來，看這兩個漢子扛抬武松。（金聖歎夾批：聽他妙絕。），那裡扛得動，直挺挺在地下，卻似有千百斤重的。只聽得婦人喝道：（金聖歎夾批：只聽得妙絕。）「你這鳥男女，只會吃飯吃酒，全沒些用，直要老娘親自動手。這個鳥大漢，卻也會戲弄老娘。這等肥

胖，好做黃牛肉賣。那兩個瘦蠻子，只好做水牛肉賣。扛進去，先開剝這廝。」聽他一頭說，一頭想是先脫那綠紗衫兒，解下了紅絹裙子，（金聖歎夾批：聽他妙絕，想是妙絕。）赤膊著，便來把武松輕輕提將起來。武松就勢抱住那婦人，把兩隻手一拘拘將攏來，當胸前摟住；卻把兩隻腿望那婦人下半截隻一挾，壓在婦人身上，只見他殺豬也似叫將起來。（金聖歎夾批：上文許多事情，偏在耳中聽出，此處殺豬也似一聲，卻於眼中看見，奇文繡錯入妙。）（《水滸傳》第二十六回）

金本《水滸》中，這是改動原文較多的一個片段。而且，金聖歎還直截了當地說明自己主要改動處何在：「俗本無八個聽字，故知古本之妙。」金聖歎這裡所說的「俗本」，其實正是他賴以改造的底本，而所謂「古本」，乃是冒牌貨，其實就是經過他自己改造後的「金本」。明白了這一點，我們就可以進而清楚地看到，金聖歎是將原本中讀者「看」到的孫二娘的動作表情改由武松來「聽」，因為當時武松假裝被蒙汗藥麻翻而「雙眼緊閉」嘛！經過這麼一改，我們必須承認，金本比原著更加生動活潑了，尤其是對於「聽」出來的場面的描寫方法，簡直運用到出神入化的地步。而聖歎先生也免不了有些自鳴得意，故而一邊改，一邊批，自己給自己唱讚歌，一連寫下了好多個「聽得妙絕」。尤其在最後，當武松睜開眼睛與孫二娘正面衝突的時候，金聖歎更借助於經過自己修改的「只見他殺豬也似叫將起來」這句話，來了個通感修辭手法的錯位使用，並最大限度地表揚了自己一次：「上文許多事情，偏在耳中聽出，此處殺豬也似一聲，卻於眼中看見，奇文繡錯入妙。」其實，這句話在容與堂刻本中是這樣寫的：「那婦人殺豬也似叫將起來。」（第二十七回）金聖歎這種自改自評、自吹自擂的做法說明什麼呢？至少可以說明這位金人瑞先生對這種「聽」出來的場面的寫法的青睞，豈止是青睞？簡直有些推崇備至了。

《三國》《水滸》而外，《金瓶梅》中也有這種「聽」出來場面的寫作方法的運用。那是西門慶與李瓶兒如膠似漆的夜晚，他們的言行舉止，被丫鬟迎春聽了個不亦樂乎。

婦人道：「又好了，若不嫌奴有玷，奴就拜他五娘做個姐姐罷。到明日，討他大娘和五娘的鞋樣兒來，奴親自做兩雙鞋兒過去，以表奴情。」說著，又將頭上關頂的金簪兒拔下兩根來，替西門慶帶

在頭上，說道：（張竹坡夾批：一「說著」一「說道」俱是迎春耳中照出也。）「若在院裏，休要叫花子虛看見。」西門慶道：「這理會得。」當下二人如膠似漆，盤桓到五更時分。（《金瓶梅》第十三回）

這段描寫，相對於上引《三國》《水滸》中的那幾段，略顯隱晦，幸虧張竹坡先生的點醒，才讓我們領略到蘭陵笑笑生獨運的匠心。

小說名著而外，在晚清的一些二三流小說作品中，偶而也會用到這種頗為高妙的手法。而且，只要用得恰到好處，就一定會有明顯的「好處」。

約過了三四刻，忽然眼前一亮，原來那邊開了一塊板，送進八塊饅頭，又硬又黑。剛要問，那板又關上了，四人都氣得撺在半邊。約又過了三四刻，漸漸有罵人聲、有鞭子聲、有鐵索聲、有哭聲，拉拉雜雜，鬧了好一陣，才算安靜。漸漸有哭聲起，吉園側耳細聽，出自隔房，像是男聲，卻又像是女聲；還有一層稀奇，像是別省人，卻又帶些蘇州口氣，只是聲音低不過，聽不很真。吉園道：「明卿，聽見麼？隔房的好似我們那邊人呵！」明卿道：「我也聽見，不知是那個在那裡受罪？」築卿道：「我輩男子到此，已難忍受，隔房那人不更可憐麼！」說時，聽煙筒裏嗚嗚響過三次，水聲四沸，想是開輪了。（《苦社會》第十二回）

這一段中「聽」出來的場面是由於封閉性的船艙造成的，那些被抓的勞工，像牲口一般被關進伸手不見五指的黑艙中，什麼都看不見，要想瞭解外面的情況，只有充分發揮耳朵的功能。他們聽到了什麼呢？正是他們眼前處境的烘托，也是他們未來生活的預示，總之是一篇悲哀、嘈雜、痛苦、沉重的「交響樂」，最後，終於有了「主旋律」哭聲，不知是男是女的哭聲。但「聽」的主體已經斷定為「哭」的主體是女子，因此才發出源自內心的哀歎：「我輩男子到此，已難忍受，隔房那人不更可憐麼！」而最後的最後，卻是更大的「擬哭聲」——輪船「嗚嗚」地叫著，水聲響起，將他們帶向凶多吉少的遠方和未來。筆者認為，這段描寫雖然比前面幾段晚了兩三百年，但確乎有點兒後來居上的意味。因為它真正達到了情境交融的地步。

相比較而言，下面這兩段「聽」出來的場面可就不是情境交融之韻味，而是諷刺調侃之趣味了。

說完，又來對白盡忠道：「今日寺裏有事，諸位施主快到了。這

裡不便，請你廊下去坐坐罷。」白盡忠本待要走，後來想起和尚必有許多醜態，樂得看看他，便依著他的話，到廊下坐下。只見小和尚用一個托盤託了幾碗蓋碗茶，熱氣騰騰的端過來。和尚就趕緊上前，一碗一碗的送過去。又聽見那些人道：「大師父不必費事，咱們熟人，還要這樣客氣嗎？」和尚笑著道：「理當，理當。」正坐下寒暄了幾句，聽外面轎子進來的聲音，那班人早已迎將出去，和尚也就趕到前面院子裏。只隔著一道牆，已聽見婦女笑語的聲音，金鐲叮噹的聲音，木底咭咯咭咯的聲音，轎夫升轎放平的聲音，和尚阿彌陀佛的聲音，熱鬧的很。又鼻子裏聞得一陣粉麝的香味，和尚已是領著一班女客進來了。(《中國現在記》第十一回)

　　忽聽「蓬蓬蓬」打門聲響，阿翠道：「錢耕心又來了。」客堂裏娘姨答應：「來了，是那個？」門外回說：「是我。」聽聲音不像錢耕心。小泉知係別客，自然照例迴避，從床背後推進後房門，避向亭子間去了。外面客人已經進房，聽腳步聲是兩個人。阿翠含笑前迎，口稱：「胡少爺，多時不來了，今天甚麼風吹過來？」那人道：「劉小泉常在這裡走動，碰見了恐怕不方便，我們都是朋友呃。」那聲音不是別人，正是錢瑟公大馬夫叫胡阿福的。接著阿翠道：「劉少翁也不很來。」又聽一人道：「你也叫婆婆媽媽，這又礙什麼？堂子裏是大家走得的，又不是他的家眷。老弟，這兩個不是在你面上吹甚牛皮，朋友的相好除是不給我見面，一見面，可就要剪他的邊了，見一個剪一個，見兩個剪兩個，從沒有逃過一個。」阿福道：「朋友相好被你剪了邊去，不要同你吃醋麼？」……那人聽了，只呵呵的笑，並沒有一句話回答。隨後聽見他們坐下吃水煙聲音。阿翠叫他們煙榻上躺躺，接著便是燒煙聲、吸煙聲、呷茶聲、咳嗽聲，雜然並作。(《十尾龜》第二十回)

這兩段，一寫寺院，一寫妓院，所用的當然都是「聽」出來的場面的描摹方法，而且，都極具諷刺意味，也極具生活情味。例如，其中寫各種聲音的此起彼落、雜然並作，確實有異曲同工之妙：「婦女笑語的聲音，金鐲叮噹的聲音，木底咭咯咭咯的聲音，轎夫升轎放平的聲音，和尚阿彌陀佛的聲音」；「燒煙聲、吸煙聲、呷茶聲、咳嗽聲」。讀到這些，我們不得不佩服兩位作者觀察生活之仔細，狀物寫人之生動。但仔細讀來，二例還是有些許不同之處。第

一，前一例在寫「聽覺」的同時還伴以「嗅覺」：「鼻子裏聞得一陣粉麝的香味」，後一例缺少這方面的描寫，但開首處「象聲詞」的描寫卻很生動，聽到那種「蓬蓬蓬」打門聲響，不僅書中主人公嚇了一大跳，書外的讀者或許也要嚇一小跳。第二，前一例寫人物對話非常簡潔，而寫各種聲響稍嫌繁瑣；後一例寫人物對話頗為瑣碎，但寫各種聲音卻異常簡潔。總之，兩相比較，在寫「聽」出來的場面的時候，二書東岱西華，各有千秋。

想不到，一個似乎並不引人注目的「聽」出來的場面的寫法，卻被中國古代小說家們鼓搗得爭奇鬥豔、花樣翻新，讓人如行山陰道中，目不暇接。

中國古代小說，最有力度的地方，恰恰在這些細微末節處。

「合抱之木，生於毫末；九層之臺，起於累土；千里之行，始於足下。」（《老子》六十四章）

聖人之言，信不誣也！

（原載《羅學》第四輯，中州古籍出版社，2015 年 8 月出版）

署名羅貫中的三部小說及其源流芻議
——兼及它們與《三國》《水滸》之關係

現存與羅貫中相關的小說有五部:《三國志通俗演義》、《水滸傳》、《三遂平妖傳》、《殘唐五代史演義傳》、《隋唐兩朝志傳》。其中,《三國》《水滸》二書,前人所論甚夥,此不置喙,僅就其他三部署名羅貫中的小說及其源流略述鄙見如下。

一

《殘唐五代史演義傳》源自宋元話本《五代史平話》,因此,要想真正認識《殘唐五代史演義傳》,必須首先對《五代史平話》有所瞭解。

《五代史平話》可視為一部書,亦可視為五部書。合攏來,它是《五代史平話》,分開來,它又成為《梁史平話》《唐史平話》《晉史平話》《漢史平話》《周史平話》五本。現存的《新編五代史平話》其實是個殘本,《梁史》《漢史》均只有上卷,而《梁史》《晉史》上卷的目錄也缺佚。但無論如何,《五代史平話》正宗講史話本的地位是毫無疑問的。這部書的基本特點是各史平話均前佳而後惡,每一代講史的前小半,一般都寫得頗為充分。如《梁史平話》敘黃巢出身,《漢史平話》敘劉知遠出身,《周史平話》敘郭威出身,均具有傳奇意味。然每每敘到後來,便成流水帳,甚或近於抄襲史書。而且,每一代講史中均有奏章、敕令,甚或有篇幅較長者,不知當時藝人如何講演。當然,《五代史平話》中也偶然有些精彩片斷,如《梁史平話》中劉文蹻買刀不成而殺人一段,《唐史平話》中王彥章戰李從珂一段、敬新磨優語二段,《晉史

平話》敘契丹太后一段，《漢史平話》寫劉知遠大度性格一段，《周史平話》寫太祖遺言薄葬一段、世宗任賢不循資格一段等等，均為好章節。該書又有如同《史記》之互見法者，如《唐史平話》之朱溫降唐一段與《梁史平話》基本相同，《漢史平話》亦有一段與《晉史平話》重疊，《周史平話》又有與《漢史平話》重疊者。大要而言，從寫作的角度看，全書以《周史平話》最佳，《晉史平話》最劣，其他三史次之。

尤為引人注目的是《五代史平話》又有從前書學來又於後書有影響者，如《梁史平話》寫劉文躍買刀殺人，與《宣和遺事》相近，又影響到《水滸傳》中之「楊志賣刀」；《周史平話》寫郭威殺賣劍人，又可與「楊志賣刀」反讀。《梁史平話》中寫黃巢出生時乃是一個肉球，對《封神演義》之哪吒出身不無影響。《唐史平話》之王彥章自歎一段，又從《史記·項羽本紀》中學來。《周史平話》中郭威斗酒豚蹄，亦學「鴻門宴」；而郭威行苦肉計，卻對《三國志通俗演義》有直接影響。如此等等，不一而足。當然，《五代史平話》影響之最大者，無過於《殘唐五代史演義傳》，因為後者就是根據前者直接改寫的。

今所見之《殘唐五代史演義傳》第一回並無故事情節，只是「孫待詔史記世系」，第二回也極其簡單，只是交代了「唐天子開科取士」的背景，從而引出造成五代紛爭的關鍵人物黃巢。故事正文從第三回「赤牆村黃巢出身」寫起，梁、唐、晉、漢、周依次寫來，直至第六十回「周少主禪位宋祖」結束，幾分史實，幾分傳說，更主要的是繼承《五代史平話》一書。論其成書年代，筆者認為當在《水滸傳》之後，因為書中不僅模仿《三國志通俗演義》多多，而且模仿《水滸傳》之處亦自不少。

聊舉數例：第八回，李克用妃劉氏，是一有見識之正統女性，如此者《三國》中屢見不鮮。第十一回，李存孝溫酒擒二將，稍遜關公溫酒斬華雄。第十三回，二十八鎮諸侯均有八字判語則從討董卓之十八鎮諸侯中學來。第十五回，李存孝擒孟絕海之神通恰如同小霸王孫策。第二十三回，周德威激李存孝可與諸葛亮激關羽對看。第二十九回，李存孝率十八騎闖敵營又是甘寧的傚仿者。第三十回，周德威冠以「神機軍師」，樊達冠以「跳澗虎」又分明來自《水滸傳》。第十回，李存孝打虎過分誇張卻較武松打虎的「藝術真實性」相距不止千里。如此等等，不一而足。這或許可以說明三部書乃同一作者羅貫中所為，但也有後人以《五代史平話》為基礎、託名羅貫中而生吞活剝《三國》《水滸》寫成這部《殘唐五代史演義傳》的可能性。

當然,《殘唐五代史演義傳》也並非全然抄襲《三國》《水滸》二書,有的地方亦有自身特點。如第六回解釋「全忠」為「人王中心」,第三十四回描畫一奸臣卻生得一副「正面人物」的長相:「只見班部中閃出一臣,面如紅棗,突眼虯髯,威風凜凜,膽量過人,……此人是誰?乃丞相李英也。」這一個竭力保奏朱溫的奸臣,卻長得如同《三國》中的關羽加張飛一般,真是出人意料。但說到底,這其實是一種打破常規的寫法,是小說發展史上的一種進步。至於書中描寫精彩的片斷雖不太多,但亦有令人觸目驚心者,例如:

> 嗣源披掛上馬,往直北進發。但見途中三三兩兩互相啼哭,攜兒抱女,夫東婦西,各人顧命逃散。殺得那百姓家家門首弔著一個木牌,一邊寫個晉字,一邊寫個梁字。那軍一壁裏殺,一壁裏搶。搶到莊上,那百姓打聽得是晉兵,把那晉字調過來。那軍說是晉王的民,不要搶,就過去了。後兵又來搶,打聽得是梁兵,把那梁字調過來。那軍說是梁王的民,不要搶,也過去了。後來搶得滑了,不論梁、晉都搶了。因此人民朝屬梁而暮屬晉。嗣源見了百姓如此之苦,喟然歎曰:「只因這梁、晉交兵,殺得那軍士受塗炭之苦,百姓有倒懸之急,天下荒荒,人民死其大半。」(第三十八回)

《殘唐五代史演義傳》對後世小說創作的影響十分明顯,如書中第十四回寫李克用手下十三太保,這樣的名頭對後世武俠小說影響甚巨,而第十七回寫李存孝「身不滿七尺,骨瘦如柴,臉似病夫」而又武藝高強,更是直射《三俠五義》之翻江鼠蔣平。尤其是第二十三回寫奎英給李克用通風報信而李克用反而洩漏於朱溫,使奎英自縊身亡,寫得殘酷而真實,並影響了「三言」中之《白玉娘忍苦成夫》的相關描寫。

總之,《殘唐五代史演義傳》一書模擬痕跡太甚,藝術價值有限,然「承前啟後」,頗有功勞,未可完全磨滅。

二

《三遂平妖傳》據宋代王則造反事敷衍而成,其中所寫情節尤其是神異、技藝描寫的片斷,在宋元間一些筆記小說如周密《癸辛雜識》《齊東野語》《武林舊事》、張師正《倦遊雜錄》、孟元老《東京夢華錄》、沈俶《諧史》、佚名《西湖老人繁盛錄》中多有記載。其基本史實,則可參看《宋史》相關部分。

《三遂平妖傳》多神異因素，平話而雜以妖異之作也。同時，也是史傳、神異、英雄雜交之作。

整體而言，該書雜俗不堪，且多宋元人口吻。然書中某些人物的塑造相當不錯，尤其是女主人公胡永兒，若去其妖異因素，則儼然一生動活潑的市井小女子形象。書中某些片斷的敘寫，也頗為傳神。尤其是人物心理描寫、對話描寫、情態描寫更有出色處。

我們不妨先看胡永兒的父親胡員外看見女兒做法排陣，極度驚慌之中將她殺死以後的一段心理描寫：

> 胡員外提起刀，看著永兒只一刀，頭隨刀落，橫屍在地。員外看了，心中好悶，把刀丟在一邊，拖那屍首僻靜處蓋了，出那柴房門把鎖來鑠了，沒精沒彩走出彩帛鋪裏來坐地。心中思忖道：「罪過！我女兒措辦許多家緣家計，適來一時之間，我見他做作不好，把他來壞了。也怪不得我，若顧了他時，我須有分吃官司。寧可把他來壞了，我夫妻兩口兒倒得安蹟。他的娘若知時，如何不氣？終不成一日不見，到晚如何不問著甚麼道理殺了他？」胡員外坐立不安，走出走入有百十遭。到晚收了鋪，主管都去了，分付養娘：「安排酒來，我與媽媽對飲三杯。」員外與媽媽都不提起女兒，兩個吃了五七杯酒，只見員外歎了一口氣，簌簌地兩行淚下。（第四回）

這一段心理描寫，非常真實而貼切地反映了胡員外在殺害了女兒之後既後悔內疚又自我安慰的複雜心理。至於人物對話，同一回中兩位媒人替胡永兒說親一段，亦頗生動活潑：

> 只見張三嫂來見李四嫂道：「你有甚好親事麼？」李四嫂道：「我思量一夜，沒有好的。昨日說的張員外，門當戶對兀自不肯！」張三嫂道：「我有一頭好親在這裏，是金沙唐員外有個兒子，年方二十歲，幾番要說媳婦，只是不中他意。若說胡員外宅裏女兒必成。」李四嫂道：「好！好！我同你去走一遭。」兩個走到唐員外宅上來，只見唐員外在門前閒坐，見兩個媒人一逕地走來，員外交：「請裏面坐。」張三嫂道：「告員外，有一頭好親事，特地來與宅裏小官人說。」唐員外道：「是那一家？」張三嫂道：「是開彩帛鋪的胡員外的女兒，見年一十八歲。」唐員外聽得說，笑著道：「我知胡員外的女兒，且是生得好，又聰明伶俐。幾次央人去說，胡員外搖得頭落，不肯，

你卻如何來說？」張三嫂道：「昨日胡員外叫將我兩個去，一家與了
三兩銀子，又與了三杯酒吃，要說門當戶對的親，故此媳婦們特來
宅上說。」唐員外見說，十分歡喜，即時叫安排酒來，交兩個吃了，
把四兩銀子送與兩個道：「若親事成時，另有重謝。二位用心著力則
個。」兩個謝了唐員外出來，一路上說道：「這腳去錢是我們兩個撰
了，這親事必然成。」來到胡員外宅裏……。

此外，該書人物情態描寫亦有引人入勝處，如第五回憨哥對知府一段、第六
回永兒戲後生一段，均憨態可掬，令人忍俊不禁。此書最大的不足是極不善
寫戰爭，每遇爭鬥，輒以鬥法敷衍，這一方面，與《三國志通俗演義》天懸地
隔，萬不可同日而語。

說到此書之價值，其最為顯著者乃在從中可窺小說發展之脈絡也。聊舉
數端：第二回引周郎夏口三江之典，涉及《三國志通俗演義》。第三回「農夫
背上添心號，漁父船中插認旗」等語，又涉及《水滸傳》。第七回卜吉下井一
段，為後世許多小說之所本。第八回之董超、薛霸又與《水滸》等諸多小說相
同，二差人之謀害卜吉亦與野豬林中相似。第九回左師戲任千一段，與魯達
戲鄭屠相近。第十一回和尚吃酒食一段，又為《西遊記》豬八戒所本。第十五
回王則招供一段，又與《水滸》之白勝招供同。第十九回李遂苦肉計，亦與
《三國》黃蓋之苦肉計殊近。如此等等，不一而足。據此，可知此書當非羅貫
中原著，然為明初仿傚《三國》《水滸》而又對《西遊》《封神》產生影響之
作，則大致可定。

就其思想內涵而論，該書作者在造反爭天下與造反當誅的問題上頗有矛
盾，第十五回回前詩可證，第十六回、第二十二回回前詩亦可證。總之，此書
本身藝術價值並不大，但作為小說發展之線索，其作用則頗大矣！

又有《平妖傳》四十回，或謂馮夢龍據《三遂平妖傳》拓展而成，或謂四
十回本是羅貫中原著而書商妄改為二十回，愚意當以前說為妥。然因為涉及
「平妖」故事之源流演變，故稍作介紹如下。

四十回之《平妖傳》較二十回之《三遂平妖傳》篇幅擴大一倍，內容更
為豐富多彩，也更為遠離北宋王則起義的歷史事實，已是標準的神異小說。
然在神異之基礎上，又有不少日常生活的描寫，許多片斷頗具人情味。例如：
第一回，燈花婆婆原來是獼猴精，頗具幽默意味；白猿乃處女徒弟，是從《越
絕書》中化來；而處女是九天玄女，則是作者豐富想像；白猿有天書，其變化

一百零八樣，天罡三十六，地煞七十二，是老豬和老孫變化之和。第二回，袁公形象耿直可愛，然受「自在爐」香火管束，猶如「緊箍兒咒」之於孫行者；霧幕遮洞口，作者奇想；此回對「文字獄」有所諷刺。第三回，對聖姑姑一家的描寫頗具人情味，其子胡黜為獵戶射傷左腿，其女胡媚兒美豔異常，說「胡」「狐」姓氏，有趣。第四回，聖姑姑為子求醫而其子女盼其回家一段，特具生活氣息。第五回，由於左黜更名左瘸，全家乾脆改「胡」姓為「左」姓；聖姑姑時時管束兒子，捨棄妖氣，則是良好母親形象；賈道款待聖姑姑全家亦具生活情趣。第六回，賈道士單相思一段，從《西廂記》張生處學來，乜道人穿插其間，更妙！賈道士與乜道人互為「後庭」，均乃胡媚兒機關布置，此等描寫直啟《紅樓夢》鳳姐戲賈瑞；聖姑姑於武則天墓前失胡媚兒，夢中得知則天投胎王則，媚兒為其配，真乃奇想！第七回，聖姑姑乃道教中人，卻言是普賢徒弟，是典型中國民間的「三教合一」；蛋子和尚出世一段，近乎《封神演義》之哪吒。第八回，以《西江月》詞描寫蛋子和尚，直射《紅樓夢》描寫賈寶玉。第九回，在兩次盜天書之間插入「厭人術」一段恐怖描寫，作者好章法，乃「橫雲斷山」也。第十回，蛋子和尚除凶僧一段，大好武俠片斷。第二十六回，張鸞林中救卜吉，從《水滸傳》野豬林來；張鸞「剪紙為月」又啟《聊齋誌異‧嶗山道士》等篇。如此等等，不一而足。

《平妖傳》一書語言頗具特色，敘述語言有極為生動者，如：「只見絞得水出的一天烏雲。」（第三回）「怕什麼袁公袁婆，等什麼端午端六？」（第九回）「便跳入人的咽喉裏，也刺不殺人。」（第三十三回）人物對話亦有極佳者，如：武則天對老狐言曰：「卿勿以非人自嫌，卿乃狐中之人，朕乃人中之狐。」（第六回）蛋子和尚云：「這第二件聚財，不做官、不做盜，這千金從何而來？多管又是個畫餅充饑，望梅止渴了！」（第十二回）薛霸語：「你道沒有盤纏，便是李天王，也要留下甲仗，生薑也捏出汁來。在我們手裏的行貨，不輕輕地放了。」（第二十六回）

然而，該書寫至第三十四回，便不好看了，寫戰爭，必在《三國》之下。即便前面頗為精彩的地方，亦間有大不合理或曰破綻之處，如第八回，蛋子和尚明明是活物，長老卻將其活埋。再如具有歷史真實的主人公王則，卻直到第三十一回才出場，全書已過四分之三，真正是喧賓奪主！然書中描寫生動之片斷，實不在《西遊記》之下。而且，凡生動處，均在二十回《三遂平妖傳》之未及處。由此亦可見得，馮夢龍不愧寫生高手！

三

　　《隋唐兩朝志傳》這種頗為純粹的歷史演義小說，從根本上講當然是來源於《隋書》和新舊兩《唐書》。但從通俗文學自身發展的角度來看，在宋元講史話本中卻有一部《薛仁貴征遼事略》與之大有干係，此外，主要就是元代雜劇作家的某些劇作了。

　　《薛仁貴征遼事略》是一本不錯的講史話本，薛仁貴故事以及唐太宗征遼事，可查《唐書·東夷傳》《唐語林》等書。薛仁貴之對立面即蓋蘇文，篇中作葛蘇文。這位「番邦」首領所據者乃古之高麗今之朝鮮也，都城平壤。蓋蘇文殺其君而攘其國，故而，太宗征討之，以張士貴、薛仁貴為將帥，建大功。本篇即以此段史實撰寫而成，其結果處於「史傳」「英雄」兩類小說之間。該篇較之《五代史平話》等純粹講史話本敘事略為詳細，尤善寫戰陣、鬥將。薛仁貴、尉遲恭、張士貴、劉君昂等人物形象均頗生動。有些人物，如秦懷玉、尉遲寶林等出場次數雖不多，亦寫得光彩照人。該篇敘事亦頗知曲折之法，如薛仁貴多次被人冒功又不能見天子申辯，是故作頓挫以弔讀者胃口。另有幾處尤可注目：尉遲恭舉石獅子，啟發《水滸傳》之寫武松，莫離支用「青銅偃月刀」又與元雜劇三國戲中的關羽相近，秦懷玉掛孝退敵可作《三國演義》關興、張苞掛孝出征的榜樣，張士貴焚薛仁貴退路又啟發楊家將故事中的潘仁美罪惡行徑。書中尤為精彩之處，乃在薛仁貴兩次於軍中彈劍而歌，雖來自馮驩，然亦可謂情境交融之妙筆。

　　《薛仁貴征遼事略》對後世小說的影響不僅止於一部《隋唐兩朝志傳》，但《隋唐兩朝志傳》中的某些精彩片斷又確乎受到《薛仁貴征遼事略》的影響。

　　《隋唐兩朝志傳》又名《隋唐志傳通俗演義》，從隋煬帝敘起，至王仙芝被殺止，史傳為主，間涉「英雄」寫法。書中學《三國》處多多，如遊太和殺妻以饗李密學的獵戶殺妻以供劉備，五英雄相遇酒店學劉、關、張相遇之始，李靖豹頭環眼學張飛，秦叔寶投唐多用三國典故如桃園結義，敬德追李世民學馬超追曹操，秦王激秦瓊學孔明激關羽，美良川秦王跳澗學劉備馬躍檀溪，張巡草人借箭學諸葛亮草船借箭。是書寫英雄處往往頗具傳奇色彩，如徐、秦、魏三人放秦王，如秦王十計羞李密，如秦叔寶污尉遲恭畫像，如秦王、敬德、叔寶三跳澗，如叔寶、敬德三鞭換兩鐧，如尉遲恭單鞭奪槊，如薛仁貴征東，如張巡、許遠守睢陽，均委婉曲折、引人入勝，成為盛傳不衰之精彩段

落。且以「美良川秦王跳澗」為例：

> 卻說敬德看見秦王在高坡上觀戰，欲往擒之，恐叔寶乘勢趕來相拒，乃詐言謂瓊曰：「吾與你戰二百餘合，吾之氣力英元，只是此馬不濟，各於坡下，略將戰馬暫歇，再與你較勝負。我不乘勢來趕你。」叔寶聽言從之，各退回坡下而歇。未及半晌，只聽得高坡之上，喧鬧之聲不絕，再無人語。瓊暗想：「莫非敬德賺我在此，捉我主公去也？」慌持鐧上馬，直奔山坡上來，果見秦王前走，敬德後追，望西北一路而去。叔寶大驚，屬聲叫曰：「勿傷吾主，秦瓊在此！」時秦王已去得遠，只見敬德在後急追，大叫曰：「唐童李世民休走！」展過山坡，又趕一程，直至美良川地界之南，前有大澗攔截去路。此澗名曰虹霓澗，約闊三丈餘，水通黃河，其波甚急。秦王走到虹霓澗邊，無船可渡，心中大懼。見前有大澗攔截去路，後有敬德鐵騎急追，秦王曰：「吾休矣！」遂口告：「皇天后土，世民後若有天子之福，此馬一躍而過此澗；若無其福，今日連人帶馬，落澗而亡。」禱畢，將馬加打三鞭，大呼曰：「玉鬃，玉鬃！我命付你，可努力！」言未了，那馬一跳三丈，飛上東岸。（第五十三回）

這樣的片斷，在歷史演義中並不多見，通過一段過程和一個場面的描寫，成功地塑造了三個人物，秦叔寶的聰明一世、糊塗一時，尉遲恭的外表粗莽、內在狡黠，李世民常人心態、情急生智，全都展現出來。其實，《隋唐兩朝志傳》還有些很不錯的細節描寫，如寫張巡愛妾陸姑姑與許遠寵奴進喬之犧牲精神，如寫程咬金居然提醒秦叔寶謹慎行事，均寫得真實生動。且看陸姑姑與進喬捐軀以饗士卒一段：

> 巡與士卒同食茶紙，茶紙既盡，遂食騾馬。馬盡，羅雀掘鼠。雀鼠又盡，無計可施。巡乃謀於愛妾陸姑姑曰：「某來協守此城，連日軍士缺食，軍馬饑死大半。牛羊茶紙煮食已盡，羅雀掘鼠，濟得甚事？惟恐軍心有變，如何是好？吾有一言，要與汝說，只是說不出口。」姑姑曰：「夫妻之情，有何妨礙。」巡曰：「其實不好說得。」姑姑曰：「大丈夫當言不言，謂之訥。有甚言語，何如此之躊躇乎？」巡曰：「恐汝是貪生怕死之人，故難以啟齒。」姑姑曰：「我曉得了，今城中老弱，盡都烹飼軍士了。莫非欲烹賤妾，以飼軍士否？」巡曰：「果實如此，被汝猜著了。我亦只為國家大事，沒奈何

了。」姑姑曰：「夫君受朝廷大恩，任朝廷大事，妾之一身便死，猶恐報答不盡。既受制於夫，惟夫所命。不當死於他人之手，願請腰間寶劍，與妾自盡。」巡曰：「烈婦真吾妻也！」遂拔劍授之，陸氏持劍入內，良久從人慌來報曰：「小夫人已自刎而死矣。」眾皆大驚，淚流滿座。巡放聲哭曰：「夫婦恩情，怎肯割捨。為著朝廷大事，出乎不得已也。」隨令一老嫗至廚下，烹來餉軍。……當日，巡殺愛妾，聳動一人，乃許遠家奴進喬也。……進喬曰：「一個婦人尚知尊君從夫之義，吾為男子漢到不如他。小人亦願就烹。」遠曰：「諸軍餒甚，添得一二口食也好。只汝跟隨我來，苦處常多，樂處常少，我安忍汝死乎？」進喬曰：「吾主上為君下為民，兵圍日久，城空食盡，諸軍餓死大半，剩下三四百人。僕之一身雖小，不能遍濟諸軍之口，盡充得數十人之饑，延挨得一日半日，倘外援一至，卻不成了大事！張大人愛妾、尚且不惜，吾主何惜一僕乎？」遠曰：「吾每見人僕千般百計，哄誘主人。汝今盡力專心，未嘗半毫欺詐。今若殺死，到是我辜負你了。」遠言罷淚下如雨。進喬曰：「吾主拭淚勿憂，且自保重。小人微軀何足惜也，雖死九泉之下，魂靈只跟吾主左右。早請下手。」遠尚躊躇不忍，進喬遂自拔刀向頸一刎，倒於階下。許遠抱頭哭曰：「吾兒忠義之心，凜然可愛。一時之間，廢股肱矣。」遂命烹之。（第一百九回）

或許有人認為，這樣的描寫就是表彰「愚忠」的封建倫理道德。然而，在那樣一個環境之中，能夠這樣捐軀為國者，難道不值得表彰嗎？何況，這在中國古代絕大多數的民眾心目中，已經是一種「集體無意識」的道德認同，在韓愈的《張中丞傳後敘》和相關歷史典籍中，都記載並認可了這樣的表現，廣大民眾也覺得是可歌可泣的，作為文學作品，作為一部應該反映民族精神的歷史演義通俗小說，對這樣的感人至深的事蹟，作一些渲染、闡發，難道不應該嗎？不管怎麼說，這樣的描寫，理應被認作是《隋唐兩朝志傳》的精華而不應該是糟粕。當然，該書亦有謬誤糟糕處，如開篇說楊廣「號為煬帝」是不懂諡法，又如一百一十五回有特長露布亦讓人無以卒讀。書之最終二回，入王仙芝、黃巢事，已至晚唐，所寫內容，與《殘唐五代史演義傳》前三回在時間上重疊，是作書者之有意蟬聯也。

《隋唐兩朝志傳》而外，稍後又有熊鍾谷編集《唐書志傳通俗演義》八

卷九十節，存嘉靖二十三年（1553）刊本。全書敘事起自「隋煬帝大業十三年」，從李世民生平說起，終於「唐太宗貞觀十九年」，征東還朝止。目錄之首有《唐臣紀》，簡介自劉文靜至顏師古八十六人；又有《諸夷番將紀》，自史大奈至薛仁貴七人；還有《皇族紀》，列道宗、孝基二人；最後是《別傳》，自李密至劉季真二十人。此後，明季又有《隋唐演義》一百十四節，全稱《徐文長先生批評增補繡像隋唐演義》，開首八節及九十九節以後，基本採自《隋唐兩朝志傳》，自第九節至九十八節，又基本採自《唐書志傳通俗演義》。順便提及此二書，以明瞭「隋唐故事」在明代發展流變之一斑。

（原載《羅學》第二輯，社會科學文獻出版社，2013 年 8 月出版）

市井家庭小說的敘事結構與其他

　　中國古代小說創作的高潮在明清兩代，而明清小說的主流則是章回小說。據統計，從元末明初到清朝滅亡的五百多年時間裏，作家們創作的章回小說有一千多部，流傳至今者亦有近千部。

　　如此眾多的小說作品，自然會產生若干類別或流派，許多小說史論著或論文也對章回小說進行了分類研究。早在晚清的時候，某些章回小說的作者、編輯、出版商們在發表或出版作品的時候就標上了諸如歷史小說、政治小說、社會小說、寫情小說等種種類分的字樣。此後，小說史的研究者們也對小說的分類問題非常重視。自魯迅《中國小說史略》到今天，給章回小說分類的名目越來越多，如講史、神魔、人情、諷刺、狹邪、俠義、公案、猥褻、靈怪、精察、諷喻、勸誡、世情、豔情、譴責、家庭、才子佳人、英雄兒女、志傳演義、武勇義俠、神魔妖異、世態人情、冶遊狹邪、歷史演義、英雄傳奇、俠義公案等等，可謂五花八門，見仁見智。但一個嚴重的問題——章回小說類別概念的雜糅也隨之出現。對此，筆者曾經有所闡述：「以上這些名詞概念，孤立看起來，各有一定的準確性、概括性，但若聯繫在一起，便產生了兩個問題：概念的多層次和多角度。所謂多層次，即將不屬於同一層次的概念並列在一起。如『人情』與『英雄兒女』『才子佳人』之間，英雄兒女有英雄兒女之情，才子佳人有才子佳人之情，都是『人』，都有『情』，如此概念，怎能並列？所謂多角度，即將由不同角度看問題的概念並列在一起。如『講史』、『神魔』，是從作品題材著眼；『諷喻』、『勸誡』，又從作者意旨入手；至於『諷刺』、『譴責』，則又從作品的實際效果出發；如此概念，亦不能平列。」（《章回小說通論》）

　　有鑑於此，筆者曾對章回小說進行了十大類別的劃分：歷史演義、英雄傳奇、神魔怪異、市井家庭、濃欲豔情、俠義公案、才子佳人、時事新聞、社會現狀、政治理想。

　　表面看來，以上分法似乎僅從題材著眼，其實不盡然。明清章回小說給我們留下的一個饒有興味的啟示就在於：同類題材的小說，在作品意趣、藝術手法、社會功能、審美效應、尤其是敘事方式等方面，恰恰存在著比較大的同一性。換言之，不同類別的章回小說在諸多方面都有各自與眾不同的特性。

　　本文主要以「市井家庭」小說為例來談談這一問題。

一

　　市井家庭小說，顧名思義，其描寫對象是以市井家庭生活為核心的。這種取材角度可追溯到唐宋時期。

　　唐宋傳奇小說有《儀光禪師》（出牛肅《紀聞》）、《李氏》（出戴孚《廣異記》）、《唐儉》（出李復言《續玄怪錄》）、《李和子》《葉限》（出段成式《酉陽雜俎》）、《滎陽鄭又玄》（出張讀《宣室志》）、《李使君》（出康駢《劇談錄》）、《張祜》（出馮翊子《桂苑叢談》）、《卻要》（出皇甫枚《三水小牘》）、《張相夫人》（出張齊賢《洛陽縉紳舊聞記》）、《瓊奴記》（出劉斧《青瑣高議》）、《米張家》《董漢州孫女》（出洪邁《夷堅志》）、《莫氏別室子》（出周密《齊東野語》）等等。宋元話本小說則有《快嘴李翠蓮》（見《清平山堂話本》）、《崔待詔生死冤家》《計押番金鰻產禍》（見《警世通言》）、《張孝基陳留認舅》（見《醒世恆言》）等等。這些作品所寫的主要都是市井百態或家庭糾紛，涉及到人生最基本的問題，諸如衣食住行、財產繼承、婚姻後嗣、人際關係、民俗風情等等。

　　大要而言，市井家庭小說在題材選擇時有一個先「市井」後「家庭」的發展過程。上述唐宋傳奇和宋元話本中的那些作品，基本上是以市井為主而偶涉家庭；自晚明及清初，以《金瓶梅》為代表的一批作品已開始將描寫重心由市井向著家庭轉移；到清代中後期，如《紅樓夢》等作品，則更是將絕大部分筆墨用於家庭描寫之中了。

　　明清章回小說中的市井家庭一類完整保存至今者約有一百部左右，其中，較為著名的作品有《金瓶梅》、《醋葫蘆》、《春秋配》、《金雲翹傳》、《續金

瓶梅》、《閃電窗》、《醒名花》、《姑妄言》、《世無匹》、《炎涼岸》、《驚夢啼》、《快心編》、《隔簾花影》、《醒世姻緣傳》、《林蘭香》、《金石緣》、《紅樓夢》、《療妒緣》、《金蘭筏》、《雪月梅傳》、《歧路燈》、《後紅樓夢》、《合錦迴文傳》、《續紅樓夢》（秦續）、《蜃樓志》、《續紅樓夢》（海續）、《綺樓重夢》、《紅樓復夢》、《紅樓圓夢》、《補紅樓夢》、《清風閘》、《紅樓夢補》、《增補紅樓夢》、《小奇酸志》、《紅樓幻夢》、《兒女英雄傳》、《明月臺》、《紅樓夢影》、《一層樓》、《泣紅亭》、《繪芳錄》、《玉燕姻緣全傳》、《淚珠緣》、《劫餘灰》、《情變》等等。

這裡將《金瓶梅》列為章回小說中最早的市井家庭之作，乃是因為它是第一部以幾乎全部的篇幅描寫市井家庭生活的作品，但這並不意味著《金瓶梅》以前的章回小說作品中沒有市井家庭的描寫。其實，在《水滸傳》、《三遂平妖傳》、《西遊記》等其他類別的章回小說作品中就已經有了某些描寫市井家庭的片斷，只不過沒有佔據這些作品敘事的主導地位而已。

就章回小說的發展大要而言，明代有四大潮流此起彼伏。最早是以《三國志通俗演義》為代表的歷史演義小說，隨即是以《水滸傳》為代表的英雄傳奇小說，接著就是《西遊記》為代表的神魔怪異小說，最終才是以《金瓶梅》為代表的市井家庭小說。延至明末清初，歷史演義小說已成強弩之末，英雄傳奇小說則蔚為大國，神魔怪異小說堪稱異軍突起，而市井家庭小說則呈方興未艾之勢。

明清章回小說雖有四大潮流，但就敘事方式、作品意趣、藝術手法、社會功能、審美效應等各方面的大體情況而言，前三類比較接近，而市井家庭小說則體現了一種極大的轉折甚至是逆向的變異。

前三類小說都是一種「積累型」的作品，它們的成書過程大都經歷了四大階段：①歷史真實，②民間傳說，③話本、戲曲的演述，④文人搜集、整理、加工、再創造最後形成文本。《三國演義》、《水滸傳》、《西遊記》等均乃如此，《新列國志》、《楊家府演義》、《封神演義》等亦概莫能外。而市井家庭小說則屬於「原創型」的作品，大多呈現「三無」狀態：一無歷史事實作根據，二無民間傳說為基礎，三無通俗演唱可借鑒，它們只是以現實生活（甚至是作者親歷見聞）為依據，從而衍成數十百回的鴻篇巨製。從這個意義上講，這些作品並不存在一個由民眾創做到文人加工的過程，而是由文人單獨完成的作品。這樣一來，也就使得市井家庭小說能在創作上獲得更大的自由，

因為它逐步擺脫了前三類小說羽翼正史以顯身價、作意好奇以求生存、追獵神異以驚世俗的重重桎梏，而以布帛菽粟的日常生活和塵寰世界的芸芸眾生作為描寫對象。較之歷史演義小說，它消解了時間隔閡；較之英雄傳奇小說，它消解了空間隔閡；較之神魔怪異小說，它消解了虛幻隔閡。這樣一來，市井家庭小說的創作就達到了一種歷時與共時相結合、個別與一般相結合、平凡與深刻相結合、真實與虛構相結合的高級境界。

如果我們換一個角度看問題，則市井家庭小說的敘事者與此前各種類型的小說相比也有了很大的轉變。此類小說的敘事者再也不是如同歷史演義小說那種史官式的，或如同英雄傳奇小說那種傳奇式的，或如同話本小說那種說話式的，而是充分個性化的。

這種敘述對象和敘事者的雙重轉換，使得市井家庭小說在敘述角度和趣味方面也產生了巨大的變化。此前諸多類型小說所追求的乃是外在化的矛盾衝突——事之奇，而市井家庭小說則進一步追求內在化的矛盾衝突——情之奇。

所謂外在化的衝突，主要指的是人與自然、人與社會、人與人之間的衝突。這種衝突的結果是產生了許許多多的「奇事」：如金戈鐵馬的戰鬥故事，如血濺火燃的江湖糾紛，如變幻莫測的神仙手段等等。這些故事給人的乃是一種強烈的感官刺激、以及由此而產生的對歷史、社會、人生的直觀、局部、粗淺的認識。而所謂內在化的衝突，主要指的是書中人物靈魂深處的情緒變化、心理矛盾、思想鬥爭等方面的內容。這種衝突的結果是導致了形形色色的「奇情」：如《金瓶梅》中潘金蓮、李瓶兒、龐春梅等女性對「色慾」的各具特色的癡迷，如《金雲翹傳》中王翠翹「孝道」與「愛情」不能兩全的矛盾心理，如《醒世姻緣傳》中薛素姐的變態心理、童寄姐的冷酷心理和珍哥兒將恥辱當作光榮來炫耀的無恥心態等等。至於《紅樓夢》，對「奇情」種種表現形態的描寫就更加充分了。賈寶玉的「情不情」、林黛玉的「情情」、薛寶釵動人的「無情」、賈探春的「高情」、史湘雲的「豪情」、尤三姐的剛烈之情、柳湘蓮的冷漠之情、妙玉的矯情、香菱的癡情、晴雯的激情、襲人的柔情，還有鴛鴦、司棋、芳官、惜春、金釧兒、薛寶琴、尤二姐、邢岫煙……，在這些奇特的精靈身上，無時無刻不閃爍著奇情異趣的光芒。此類書中人物的種種表現，給讀者留下的乃是一種深層次的心靈觸動、以及由這種觸動所帶來的對歷史、社會、人生的更為理性、系統、深刻的思考。

　　總之，市井家庭小說中那些優秀之作的創作主體，是將一支又一支「內窺鏡」送進了那遠比自然、社會的大宇宙要複雜得多的人心小宇宙之中，從而探視、分析著筆下人物的心靈，由「內視角」來解讀著芸芸眾生的個體生命。

二

　　就敘事結構而言，市井家庭小說對以前的小說創作也是一個很大的突破和進步。

　　歷史演義、英雄傳奇、神魔怪異這三大類章回小說基本上都是單線結構，其中又以三大名著《三國志通俗演義》、《水滸傳》、《西遊記》代表了單線結構的幾種基本形態。

　　《三國志通俗演義》是繩辮式結構。一開始，作品寫軍閥混戰，猶如一團亂麻。隨後，又形成了曹、劉、孫三個政治軍事集團，又如三股繩辮。作者並沒有對三國的故事分別敘述，而是基本按照時間順序將它們紐結在一起展開描寫。魏、蜀、吳的故事如同繩辮一般絞在一起，寫甲往往離不開乙、寫乙又常常離不開丙，寫丙時又與甲脫不了干係，有時甚至將三國放在一起來寫，其中任何一國的故事都與其他兩國有著不可分割的聯繫。

　　《水滸傳》是扣環式結構。尤其是作品的主體部分前七十回，描寫的是一百零八條好漢通過不同的道路走向梁山的過程，更是如同故事接力賽一般。因為眾多英雄好漢的故事不好混在一起來寫，故而作者採取了人物故事連綴的方式，將一百零八人的事蹟，或一人獨傳，或三五成群，除「三打祝家莊」等少數片斷而外，基本按照時間順序先後次第寫來。一段故事將完，又引出下一段故事的主人公，環環相扣，最後齊聚梁山，成為一個整體。

　　《西遊記》是珠鏈式結構。其主體部分主要寫的是唐僧師徒在往西天取經路上所遇到的九九八十一難，一共四十多個故事。作者採用的情節線索是「五人一事」——唐僧師徒五眾（不要忘了白龍馬）和西天取經，而幾十個故事宛如一顆又一顆的珍珠被「五人一事」連成一串，顯得五光十色，絢爛多彩。同時，我們又必須看到，西天取經的故事是一個「歷時」的敘事，它是嚴格按照時間順序來展開的。

　　以上三大名著的敘事結構是同中有異的。《三國志通俗演義》的特點是扭合，《水滸傳》的特點是連綴，《西遊記》的特點是串接，這大概代表了中國古

代長篇小說單線結構的三種常見形態。它們的共同特點是「順敘」，即按照時間先後順序敘事，就整體而言，「平敘」（在某一時間段交叉敘事或幾條線索齊頭並進）用得不是太多，一般說來極少運用「倒敘」或「插敘」。

市井家庭小說則不然，此類作品更多採取複線乃至多線結構，在以順敘為主的前提下，較多地採用了平敘、倒敘、插敘等多種敘事方式。這裡，我們且以市井家庭小說中幾部名著為例稍作說明。

《金瓶梅》是雙軌式結構。全書的主體部分是圍繞著西門慶兩大方面的生活展開的，而西門慶死後對陳經濟的描寫，不過是一種「影子人物」的「補寫」而已。因此，該書的主要故事可分為兩條線索，一是西門慶的社會生活，以金錢、權勢為核心；一是西門慶的家庭生活，以色慾、爭寵為核心。兩條線索時而分開，時而交叉，主人公西門慶則穿梭往來於兩大線索之間。在敘事過程中，作者大量採用了平敘的方法，不時亦有插敘、倒敘等方法的運用。《金瓶梅》是市井家庭小說的奠基之作，這種雙線結構的敘事方式，較之於上述三大名著的敘事方式無疑是一個不小的進步。

《歧路燈》是羽毛式結構。較多地採用平敘方式，是該書的一大特點。該書故事的主體是孝廉之子譚紹聞的生活經歷，而這，正是羽毛式結構的羽軸。除了這根羽軸之外，書中還寫了若干個大大小小的故事。在這些故事中，主人公譚紹聞都沒有充當角色，但每個故事又都與他有著某種的聯繫。這些故事，就好比羽毛上的羽支，本身並不等於羽軸，但又附在羽軸之上，與羽軸有著直接的聯繫，離開了羽軸，它們就會零亂紛飛，不成為一個整體。另一方面，這些羽支反過來又豐富了羽軸。許多這樣的故事加在一起，就為譚紹聞的生活道路展開了一個龐大的、五光十色的社會背景，使讀者看到了主人公所生活的那個時代千奇百怪的社會狀況，使主人公的故事更為豐富，更為真實。

《紅樓夢》是羅網式結構。該書以寶、黛、釵愛情婚姻悲劇故事為其綱，以其他大大小小、形形色色的故事為其目，綱舉而目張，經緯分明，有條不紊，形象地再現了賈府這樣的封建世族大家由盛而衰的趨勢。在敘述過程中，作者廣泛地運用了多種敘事方式，僅就敘事時間而言，就交互運用了順敘、預敘、平敘、插敘、倒敘等多種方式。同時，敘事角度也多種多樣，敘述者也分成幾個層次。這樣，就使得《紅樓夢》的敘事結構呈現出紛繁複雜的狀態，是一種最為繁複的結構形式。《紅樓夢》這種多線條的敘事結構方式，較之於

《金瓶梅》的雙線結構又大大地邁進了一步，如果跟章回小說最早出現的前三類之代表作如《三國志通俗演義》、《水滸傳》、《西遊記》等單線結構的作品相比，則更是不可同日而語。

除了上述這些著名作品而外，就一般作品而言，市井家庭小說的敘事結構也大多比歷史演義、英雄傳奇、神魔怪異這三類作品要複雜一些。所有這些，我們都應該視為中國古代小說史不斷向前發展的標誌。

三

敘事結構而外，市井家庭小說還在其他很多方面打破了歷史演義、英雄傳奇、神魔怪異三類作品的模式，而實現了中國古代小說史上的一次重大轉變。

首先，就作者心態而論，是一個由「廓大」到「精深」的過程。這些小說名著從軍國大事寫到英雄傳奇，從險山惡水寫到市井百態，最終，落腳到作者們自己和他們的家庭。故事的場景是越來越小了，然而，作品的內涵卻越來越深。那些偉大的文學巨匠，他們在代表廣大讀者而用各自的「心」閱讀歷史和現實的時候，是經歷了一個由淺入深的過程的。一開始，他們用天真幼稚的心靈去解讀歷史，呼喚聖君賢臣，嚮往清明政治。繼而，他們改換了「救世主」，讓江湖義俠為大家發洩憤怨，主持公道。旋即，他們又將一片愁心寄託於那神遊八極的精靈，借助筋斗雲來做一番心靈的遠遊。孰知高處不勝寒，倒不如在塵寰的熱土上享受人生、翩翩起舞。他們夢醒了，同時也一步步成熟起來。他們終於明白，人生就是荊棘網羅，社會就是風刀霜劍。他們的心最終捧成了八瓣——痛苦、憂憤、無奈、感傷、反思、針砭、期待、絕望……。至市井家庭小說的出現，這些小說作品所負載的絕不僅止於那動人的故事，那裡面更有創作主體美麗而又破碎的方寸靈臺。

其次，就人物塑造而論，是一個「大異」到「小異」的過程。在前三類小說中，作者們著重描寫了不同出身、不同身份、不同閱歷、不同教養的人物之間的性格差異。描寫重點則在於肖像、服飾、坐騎、兵器等方面，並企圖以此來拉開書中人物性格的距離。這種方法比較簡易，且能十分迅速地取得效果，但容易形成「臉譜化」「類型化」的弊病，尤其不利於表現那些性格大體相同的人物之間在個性上的些微差異。市井家庭小說則不然，作者們除了能寫出性格「大異」的人物之外，還能寫出各方面情況基本相似的人物之

間性格的「小異」。甚至於能寫出社會環境完全相同的同胞兄弟姐妹之間的性格差異，如《紅樓夢》中的賈政與賈赦、王夫人與薛姨媽就是典型例證。這些作家們似乎明白了塑造人物的一個最基本的東西：人與人之間的差別，除了階級地位、家庭出身、個人經歷、社會教養等不同之外，還有內在秉性的不同。作為小說創作，要想寫出人與人之間性格的千差萬別，僅僅靠抓住人物的身份、地位、經歷、外形、服飾、肖像來寫是遠遠不夠的。還應該全面地考察他所生活的大環境、小環境，他在各種情勢下所處的位置，外界對他的作用力，他對外界的反作用力，甚至於先天與後天的結合，甚至於血緣關係的遺傳性和變異性等等，因為這些對於每一個人的個性形成起著至關緊要的作用。

第三，就環境描寫而論，是一個「勾勒」到「烘染」的過程。在前三類小說中，對於環境氣氛的描寫，往往採用粗筆勾勒的方法。即便是諸如「溫酒斬華雄」「景陽岡打虎」「風雪山神廟」等被後人稱道不已的絕妙之筆，也只是粗筆勾勒、點到為止。然而，在市井家庭小說中，對環境氣氛的描寫卻越來越趨於細膩。作者們已不滿足於點到為止，而更願意放筆揮灑，寫夠、寫滿、寫足。如《雪月梅傳》第五回到第七回寫雪姐被騙賣一段，隨著情節的發展，作者描寫了一連串的「幽靜」「冷靜」「僻靜」之處，通過這種環境氣氛的烘染，使讀者一步緊似一步地感覺到女主人公處境的危險。至於《紅樓夢》中的環境氣氛描寫，就更加細膩深入了，常常使人有親臨其境之感。例如書中七次寫到的瀟湘館的「竹」，每一次都能做到在描寫環境的同時為塑造人物服務、尤其是為深入描寫人物的內心世界服務。這樣一些環境描寫，都不是三言兩語的粗筆勾勒，而是逐步鋪墊、層層渲染而最終形成的。它們所感染的已不再侷限於讀者的視覺、聽覺、嗅覺、味覺等官能感受，而是逐漸深入到感染讀者的心理、情緒的境地。

第四，就語言風格而論，是一個「陽剛」到「陰柔」的過程。前三類小說，無論是作者的敘述語言還是作品中的人物語言，從整體風格上都帶有一層陽剛之氣。作者們在敘述語言的各個方面都力求壯偉與雄奇。環境是沙場雄關，人物是英勇好鬥，行為是馳騁縱橫，情緒是大起大落。……所有這些，勢必構成一種陽剛的氣格。至於人物語言，男性開口說話，自然是金石齊鳴、擲地有聲。即便是女性，也都或雄性化或帶有幾分陽剛之氣。我們只要看看《三國志通俗演義》中的貂蟬、孫夫人，《水滸傳》中的顧大嫂、孫二

娘、扈三娘，《西遊記》中的殷小姐以及若干女妖。她們的語言，全都染上幾分豪壯的色彩。市井家庭小說則與上述情況相反，在語言風格方面大多注意保持一種陰柔之美。就作品的敘述語言而論，寫環境多半是春花秋月，寫人物多半是俏麗風流，寫行為多半是溫柔婉轉，寫心境多半是暗怨私愁。至於人物語言，女性自然是鶯啼燕囀，就連書中偶而出現的豪俠之士，在這溫柔鄉中也往往變得英雄氣短、兒女情長。《金瓶梅》中的武松與《水滸傳》中的武松就有較大的差別，他殺了潘金蓮之後，在一旁的迎兒道：「叔叔，我害怕！」這位殺人不眨眼的英雄居然也對侄女說道：「孩兒，我顧不得你了！」（第八十七回）《紅樓夢》中的醉金剛倪二，路遇鄰人賈芸，居然也婆婆媽媽起來：「我還求你帶個信兒與舍下，叫他們早些關門睡罷，我不回家去了；倘或有要緊事兒，叫我們女兒明兒一早到馬販子王短腿家來找我。」（第二十四回）

最後，我們來看一個微不足道的問題——回目，也經歷了一種由「實用」向著「美文」的轉變過程。前三類小說的回目，只是簡單的人名、地名、事件的相加，這只要翻開《三國志通俗演義》、《水滸傳》、《西遊記》、《三遂平妖傳》、《殘唐五代史演義傳》、《封神演義》等作品一看就可明白。這些作品的回目，無論是單句還是偶句，無論是工整還是參差，大都是非常實用但很簡單的。市井家庭小說的出現，使得回目逐步精緻，除了實用性的敘事功能而外，還具有多項審美功能。這方面，《金瓶梅》是一個過渡，它不同的版本本身就體現了這種前進的足跡。早期的萬曆本雖是偶句，但卻參差不齊。後出的崇禎本、張評本等等，回目便逐步漂亮起來。如「見嬌娘敬濟銷魂」、「吳月娘春晝秋韆」、「潘金蓮雪夜弄琵琶」、「弄私情戲贈一枝桃」、「應伯爵隔花戲金釧」、「守孤靈半夜口脂香」這樣一些回目，便多少帶有了一些詩情畫意。此後，市井家庭小說的回目花樣翻新，愈來愈追求形式美。如《金雲翹傳》第二回回目：「王翠翹坐癡想夢題斷腸詩，金千里盼東牆遙定同心約。」如《醒名花》第十五回回目：「證錯箋花燭話前因，脫空門情郎完舊約。」如《姑妄言》第十回回目：「狂且乘狂興憶高官，美妓具美心譏俗客。」如《世無匹》第二回回目：「多情憐白面，干白虹潦倒醉鄉；賤價買黃金，金守溪浮沉利海。」如《炎涼岸》第七回回目「我昔凌他他今制我勢利徒滿面羞慚，親而不貴貴者為親反側兒竄身羅網。」如《隔簾花影》第十六回回目：「櫻桃女有義情戀主投江，千戶子無廉恥吹簫乞食。」至於《紅樓夢》，像這樣一些美文回目就

更多了。聊舉數例：「情切切良宵花解語，意綿綿靜日玉生香。」「琉璃世界白雪紅梅，脂粉香娃割腥啖膻。」「苦絳珠魂歸離恨天，病神瑛淚灑相思地。」如此回目標題，已打破了單純敘事的常規，而具有種種新鮮趣味，成為一種真正的美文。

<h1 style="text-align:center">四</h1>

以上，我們以敘事結構為主，又從作者心態、人物塑造、環境描寫、語言風格乃至回目標題這幾個方面對市井家庭小說與歷史演義、英雄傳奇、神魔怪異等幾類不同的章回小說作了比較分析。通過這些比較分析，可以得出如下層層遞進的結論：

市井家庭小說在敘事結構等藝術表現形式方面與歷史演義、英雄傳奇、神魔怪異等類小說相比有著明顯的不同。這種不同，基本上是由較低級的狀態向著更高級狀態的演進。這種演進的基本趨向是由粗轉細、精益求精。精益求精的必然結果，是進一步促進了章回小說的書面化和雅化。

（原載《明清小說研究》2009 年第二期）

《浪史》《肉蒲團》比論
——兼談豔情小說的若干問題

　　長期以來，以描寫男歡女愛為主要內容的「豔情小說」大都被視為禁書。對「豔情小說」的評價，人們大多吞吞吐吐。近十多年以來，有些出版社公開出版了一批豔情小說，不少歷來的「禁書」實際上已經流向社會。在這種情況下，小說評論界如果繼續「欲說還休」的話，恐怕是不行的。我們應當力爭給這些豔情小說以公正合理的評價，從而，在一定程度上幫助讀者尤其是青年讀者全面地理解這些作品，而不至於對這些作品產生神秘感或完全被作品中的某些不健康的內容所迷惑。正是出於這一目的，本文欲對此類小說中的代表作《浪史》、《肉蒲團》二書進行一些初步研究，並兼及「豔情小說」中的若干問題。

一

　　將那些描寫男女之情慾的小說稱之為「豔情小說」，其實有幾分片面和含糊。嚴格地說，這些小說應稱之為「濃欲豔情」小說。在描寫男女「情」與「欲」二者之間的關係時，這類小說與明末清初大量湧現的「才子佳人」小說大異其趣。「才子佳人」小說大多以寫男女之「情」為主，而「欲」次之；「濃欲豔情」小說則以「欲」為主，寫「情」次之。

　　本來，如同吃飯穿衣一樣，男歡女愛是人類生活的一個重要內容。誠如保加利亞倫理學家基里爾·瓦西列夫所言：「研究和觀察表明，愛情的動力和內在本質是男子和女子的性慾，是延續種屬的本能。這個結論得到科學的哲

學方法論和對社會生活的唯物史觀的證明。」性慾，作為男女愛情的動力和內在本質，作為人類生活的一個不可缺少的存在，理應被反映到文學作品中去。問題在於，作者是怎樣反映性慾的，是醜的張揚抑或是美的召喚，這是作品中對性愛的描寫是否能敏感地抓住了時代心理的脈搏，是否成為一種有意味的形式而值得後人研究、分析的一個重要標誌。此外，在對性慾進行大幅度描寫的同時，作品中間是否還包含有性生活以外的內容？以上這些，應當作為我們評論「豔情小說」的基本標準。

在我國古典小說中，對性愛的描寫，雖然在唐人傳奇中就已經出現，但真正能稱得上「濃欲豔情」小說的作品，則大量出現於明中葉，此後延至清中期，愈演愈烈。其中作品，有文言，有白話，亦有文白參半者；有長篇，有短篇，亦有半長不短者，總之是形形色色，光怪陸離。撇開像《金瓶梅》那樣一些含有一定篇幅的淫穢描寫的作品不算，即以通篇描寫男女性生活為主體的小說作品，就有數十部（篇）之多。其中，影響較大的如《尋芳雅集》、《花神三妙傳》、《天緣奇遇》、《傳奇雅集》、《癡婆子傳》、《如意君傳》、《弁而釵》、《宜春香質》、《一片情》、《浪史》、《繡榻野史》、《濃情快史》、《昭陽趣史》、《玉閨紅》、《肉蒲團》、《株林野史》、《巫山豔史》、《巫夢緣》、《杏花天》、《梧桐影》、《桃花影》、《春謎燈史》、《鬧花叢》、《碧玉樓》、《諧佳麗》、《載陽堂意外緣》、《風月鑒》等，均為歷代禁書，都是作為猥褻的代表作而不允許閱讀的。

以上小說，有的是文言中篇（《天緣奇遇》《如意君傳》等），有的是短篇合集（《弁而釵》《宜春香質》等），相比較而言，《浪史》和《肉蒲團》既為長篇，又是白話，而且產生在豔風高熾的晚明清初，更有代表性，影響面也更為廣泛一些。因此，本文就以這兩部小說為主要評論對象。

二

《浪史》又名《浪史奇觀》，關於它和《肉蒲團》二書的版本和異名情況，有關書籍都作了一些介紹，此不贅言。尤其是《肉蒲團》的作者問題，尚存在較大爭論，此處亦不糾纏。為討論方便，僅將二書的故事梗概略述如下：

《浪史》主人公姓梅，雙名素先，字彥卿，元朝至治年間人，家錢塘，秀才，年十八歲，因慣走風月場中，人稱「浪子」。其父曾官諫議大夫，因忤權貴，罷歸，而諫議夫人曾以姪女王俊卿作繼女。不幾年，諫議夫婦雙亡，浪子

與妹王俊卿在家度日。後來，浪子與王監生妻李文妃通姦，又與李家後門之寡婦趙大娘及其女妙娘通姦，又與文妃婢春嬌、文妃義姊素秋交好，而王俊卿亦與浪子男寵陸珠通姦，後嫁出。王監生死，浪子娶文妃為妻，仍寵陸珠，竟使與文妃相狎。後因浪子少時好友、淮西濠州司農鐵木朵魯以書相請，浪子行，文妃與陸珠宣淫，陸珠得色癆病而死。浪子至濠州，先後與鐵木妻安哥，二妾元如、櫻桃通姦。後鐵木欲辟穀入山修黃老之術，竟以安哥相託，浪子遂有安哥、文妃二妻。此後，浪子又登黃甲，賜進士出身，然不願聽選，告病在家，又娶七美人、十一侍妾，快活度日，人稱為地仙。忽一日，思歸隱，至深山遇一仙翁，正鐵木朵魯，鐵木功成行滿，即將飛昇，浪子即居是山，自號石湖山主，以二妻稱石湖山君，後亦登仙云云。

《肉蒲團》敘元代致和年間，括蒼山中有一高僧孤峰長老。一日，有未央生求見，自稱要「做天下第一才子」，「娶天下第一位佳人」。孤峰恐其墮落，以循環報應相告誡，未央生不聽，一意孤行。歸家後，聞聽道學先生號鐵扉道人者之女玉香美貌，因入贅其家。未央生因嫌玉香風情不足，乃導以春宮冊子，夫妻晝夜嬉戲，為鐵扉所不滿。後來，未央生因借遊藝而辭妻出走。一日，未央生與一俠盜賽崑崙邂逅，結為兄弟。在賽崑崙的幫助下，未央生勾搭上了賣絲人家權老實之妻豔芳，後又倚賽崑崙之力而娶豔芳。豔芳懷孕後，未央生又勾上了鄰居秀才繼室香雲，繼而又因香雲勾上瑞香、瑞玉，加上寡婦花晨，一男四女，肆意淫亂。而權老實欲報未央生占妻之恨，訪至鐵扉家賣工為奴，鐵扉以丫鬟如意妻之。權老實伺機與玉香勾搭成奸。玉香懷孕，乃攜如意偕權老實私奔。途次，玉香小產，權老實竟將主婢二人賣至京師為娼。玉香得老妓傳授風月場中絕技，豔動京師，終被在京預備科考的瑞香、瑞玉丈夫臥雲生、倚雲生包占，香雲之夫亦參與相狎。未央生聞京師有一名妓，遂進京造訪，玉香窺見嫖客為其故夫，懸樑自盡。由此，未央生幡然醒悟，往括蒼山尋孤峰長老拜其為師。而權老實、賽崑崙亦先後投在孤峰門下云云。

三

《浪史》、《肉蒲團》二書露骨的兩性關係描寫是不言而喻的。

《浪史》第一回算是楔子，第二回便寫浪子獵豔開始，第三回便漸次展開淫穢描寫。尤其是第五回寫浪子與文妃初會，第七回寫浪子與寡婦趙大娘

苟合，第八回寫浪子與趙大娘、妙娘母女同歡，第十回寫浪子與妙娘調情，第十三回寫浪子與文妃月下宣淫，第十五回寫陸珠與俊卿、紅葉主婢廝混，第二十一回寫浪子與素秋通姦，第二十三回寫陸珠與俊卿縱慾，第二十七回寫浪子與文妃戲耍，第三十四回寫浪子與文如、櫻桃偷情，第三十六回寫浪子與安哥成奸，第三十九回寫浪子與文妃、安哥二妻秘戲，都是連篇累牘的性慾描寫。

《肉蒲團》亦如是，第三回寫未央生與玉香模仿春宮圖，第四回寫賽崑崙向未央生介紹他人閨中秘事，第十回寫未央生與一醜婦及豔芳相次淫浪，第十二回寫未央生鑿牆偷會香雲，第十四回寫權老實偷窺玉香沐浴爾後私通，第十五回寫未央生與香雲、瑞玉、瑞珠輪流奸宿，第十七回寫未央生與花晨成其好事，第十七回寫未央生與四女子閨中嬉鬧、共枕而宿，第十八回寫玉香學得老妓風月豔技等等，均乃淫穢不堪的大幅章節。

總之，兩部作品的淫穢描寫有時是片斷的，有時甚至整回書都寫男女姦情。假若刪去這些性慾描寫的篇幅，這兩部小說將成為內容消失殆盡的空殼。

如此看來，此二書堪稱淫書之最。接下來的問題是，像這樣的誨淫之作，還有討論的必要嗎？

問題並非簡單的「然否」可以回答。因為《浪史》、《肉蒲團》在大量描寫男女穢事的同時，又常常體現出某些驚世駭俗、不同凡響的見解和認識。或者說，在某些地方，作者直截了當地表現了一種對於「人慾」的渴求，對於傳統觀念的沖決，許多在「正人君子」們看來大逆不道的話，許多平常人在腦子中盤桓而不敢公開道出的話，在以此二書為代表的濃欲豔情小說中倒是一吐為快了。

我們且看《浪史》中的一些片斷：

如第五回，文妃對浪子說：「吾那日見你解手，恨不得一碗水吞你肚裏去。……若當初與你做了夫妻，便是沒飯吃、沒衣穿，也拼得個快活受用。」

如第七回寡婦趙大娘對浪子說：「自幼嫁了丈夫，沒有這般快活。不想道守了幾年寡，遇著心肝。」後又勸自己的親生女兒妙娘與浪子幽合：「有甚差處？做了女子，便有這節。……不愛這個標緻書生，卻不錯過？」（第八回）

再如第十八回，浪子買囑錢婆以豬兒打雄引動素秋。素秋長歎了一聲

道：「禽獸尚然如此，況於人乎？」錢婆後來又進一步引誘說：「吾想寡婦人家，守什麼貞烈？……這便是有朝一日花容退，兩手招郎郎不來。」素秋道：「這的可不壞了心兒，可不忘了丈夫的情兒？」錢婆道：「娘子差矣！人生快活是便宜。守了一世的寡，只落個虛名，不曾實實受用，與丈夫又有何益？娘子說寡婦不守，便沒了丈夫的情，怎的任般恩愛夫妻，婦人死了，便又娶著一個婆娘，即將前妻丟卻？據老媳婦看起，可不是守寡的癡也？」素秋道：「據著婆婆說起，守寡的果是癡了。」

隨後，在第二十二回，作者又寫，「素秋正在快活難當處，道：『死也做一個風流鬼！』」又說：「世上女子，有得幾個當著這滋味？」

尤為突出的是第二十九回，浪子撮合妻子文妃與寵奴陸珠交合，文妃道：「今叫我如何做人？」「這不是婦人家規矩，你怎地卻不怪我？」浪子道：「你怎麼地容我放這個小老婆，我怎不容你尋一個小老公？」

諸如此類的描寫，《肉蒲團》雖不及《浪史》那樣隨處可見，然也有幾處，聊舉一例：

如第十一回，寫豔芳與未央生私通之後，被丈夫回來打斷好事，豔芳「心中思量」「既要淫，就要奔」的一段心理描寫，就充分體現了這個女人為情慾所迷而又敢作敢為的性格。且看：「我起先只說天下的男子，才貌與事實決不能相兼，我所以去了才貌單取實事。把這個蠢東西當寶貝一般，終日吃辛受苦的過活，那知男子中原有三樣俱全的，我若不遇著這個才子，真枉過了這一世佳人，與對面醜婦無異。如今過去的日子，雖然追悔不來，以後的光陰豈能虛度。自古道明人不做暗事，如女人不壞名節則已，既然壞了名節，索性造個決裂之人，棄了家跟野的走，省得身子姓張肚腸姓李。我常說從來的女人，有紅拂妓的眼，卓文君的膽，方才可以偷漢，生平只偷一個，要偷就偷到底，連那個偷字後面也改正過來。一般做到夫人受封誥，才是個女中豪傑；其餘那些濃色（包）女子，偷不上一兩遭搶（擔）擱了一生一世。甚至有不得見面，被相思病害死的，豈不可笑。從來偷漢的訣竅，淫奔二字原不分開，既要淫就要奔，若量著後來奔不得就不如省了那孽障，造守貞不二之人，何等不妙。為什麼把名節性命，換那頃刻的歡樂。」

《浪史》、《肉蒲團》中這些淫慾男女的語言和心理，自然談不上是什麼新的生活理想的追求，也不能代表著社會中的一種什麼進步力量，但對於那千百年來禁錮人們思想的傳統道德而言，它卻無疑是一個有力的挑戰和衝

擊。而這樣一種「人慾」觀念的赤裸裸的袒露，這樣一種對「人」的個體「享受」的熱烈追求，卻向我們透露著明中葉到清初這一特定歷史階段的時代氣息。它告訴我們，在那個張揚個性、人慾橫流的時代，對於兩性間生活的欲求究竟達到了何種地步。對於這一點，在許多討論晚明到清初戲曲小說作品的文章、論著中，先哲、時賢多有論述，此不贅言。

要之，《浪史》、《肉蒲團》的主要價值，當然不在於那些兩性關係描寫的本身，而在於通過這些描寫，我們可以看到個人的肉體的本能惡欲在怎樣衝擊和搖撼著封建大廈偽善的支柱。基於這一點，我們才認為這些性愛描寫是有一定價值的，是敏感地把握了時代心理的脈搏的，因而也是值得後人研究、分析的。而這一點，也正是這兩部小說的共同之處。

四

至於《浪史》、《肉蒲團》二書的不同之處，也是顯而易見的。

首先，在對於性慾的肯定方面，《浪史》比《肉蒲團》更為堅決。

《肉蒲團》中對性慾的肯定是「猶抱琵琶半遮面」的，書中第一回，作者先做了一番大大的訓誡，宣稱：「做這部小說的人，歷其一片苦心，要為世人說法，勸人息欲，不是勸人縱慾；勸人秘淫，不是勸人宣淫；讀者們不可以錯認他的意思。」第二回，又用了整整一回書的篇幅，讓孤峰長老與未央生展開論辯，無非是宣淫與果報的老話。全書的最後，又讓所有「色鬼奸雄」一齊攝入孤峰長老的布袋之中，全部「皈依空門懺悔一生罪惡」。「萬惡以淫為首，百行以孝為先，未央生淫權老實之妻，權老實乃淫未央生之婦，輪迴果報半點無差。」這樣，就把一部肯定性慾的小說納入果報不爽的框架。

《浪史》則不然，從頭至尾，作者並未強制書中人物對自己的「惡行」懺悔，反讓他們更多地講一些「性慾」合理的話。對書中人物種種淫浪之事，作者始終沒有貶抑和指責，甚至連他們亂倫滅理之事，作者也未作道德的批判。作者乃是一個情慾至上的鼓吹者，恰如他《自序》所言：「天下惟閨房兒女之事敘之簡策，人爭傳誦，千載不滅。何為乎？情也。……蓋忠臣孝子未必盡是真情，而兒女切切，十無一假。」正因如此，作者才可能在書末的《花案》中，對書中主要人物進行肯定和同情性的評價。如對趙大娘的評價：「大娘中年喪偶，一見才郎，遂喪名節，亦情之常也。」而浪子則被直呼為「千古情人」、「亦英雄人也」。從這一方面來看，《浪史》對傳統道德不顧一切的衝

擊，較之《肉蒲團》那羞羞答答的觸摸，要強烈得多，袒露得多。

其次，就兩性關係描寫本身而言，兩部書的方法也不盡相同。《浪史》的描寫更原始、更笨拙，更袒露，尤其重在描寫性器官本身以及性交的詳細過程，而且過於誇張渲染，不同人物的性生活描寫也多半重複、雷同，基本上是一種醜的張揚。因此，被人斥為「如老淫土娼，令人作嘔。」（張無咎《得月樓刻本（繡像）平妖全傳敘》）《肉蒲團》的性描寫則似乎有一種帶理論化的傾向。書中人物常常按春宮圖冊、春意酒牌行事，而且還一邊進行體驗總結。如花晨曾對未央生講過「極有趣」的「三件事九個字」，即所謂「看春意、講淫書、聽騷聲」。再如玉香被賣到妓院以後，曾從鴇母顧仙娘那裡學得風月場中「三種絕技」，對此，書中有解釋性的描寫。這些地方，如果摒棄其淫穢的一面，似乎可以從中看出與醫學養生之道的某種聯繫。較之《浪史》中那種拙劣的性器官和性交誇張的描寫，似乎要高出一籌。當然，《肉蒲團》中也有大量的性生活描寫與《浪史》相近或相同，同樣是一種醜的張揚，而非美的召喚。之所以形成這種局面，主要是由於《浪史》、《肉蒲團》以及絕大多數濃欲豔情小說在寫到性生活時不是用的暗示或象徵的手法，而是描寫得過於直接、過於刻露、過於細緻，過於動物化。這也正是此類小說長期以來被作為禁書的根本原因。

第三，在《浪史》中有一些對現實不滿的片斷，而《肉蒲團》則基本沒有。或者說，《肉蒲團》基本屬於集中全力專寫男女性慾的書，而《浪史》則偶而涉及其他社會問題。如書中第三十九回，浪子與文妃、安哥談到歸隱問題時，文妃先勸浪子：「還與朝廷建功立業，受享榮華，庶不枉了這一生。」浪子道：「咳，世味不過如此，天下事已知之矣！何必吾輩主持。」安哥則用以前鐵木朵魯的話補充說：「千古以來，未有今日不成世統！吾做甚官！」文妃后來也補充說：「不肖有勢而進，賢才無勢而退；不肖倖進而欺人，賢才偶屈而受辱。何不高蹈遠舉，省得在世味中走也。」這些議論，實際上是作者借書中人物之口表達了自己對現實社會的一種否定和不滿。再如第三十六回，浪子對安哥說：「叔嫂之分，怎的做得夫妻？」安哥笑道：「大元天子，尚收拾庶母、叔嬸、兄嫂為妻，習以為常，況其臣乎？」浪子笑道：「君不正則臣庶隨之，今日之謂也。」既指出當時社會中上行下效君臣一片荒淫的現實，又對「天子」進行了隱隱的指責和諷刺。而在《肉蒲團》中，反映現實之最尖銳者不過是未央生對某些假名士的諷刺：「當今這些名士，不過是勉強記誦，移

東補西耳，做幾篇窗稿，刻一部詩文，就要樹幟詞壇，縱橫一世了。」（第二回）此等地方，則又是《肉蒲團》不及《浪史》處。

五

由上可見，《浪史》、《肉蒲團》二書，對我們瞭解明中葉到清初的社會生活，尤其是當時對男女之性慾的認識方面有一定的作用。這一認識價值，僅僅通過官方和正統文人的記載，是難以實現的。而這兩部小說，甚至包括絕大多數的濃欲豔情小說，在這方面給我們提供了充分而又翔實的材料。

再者，這類小說屢禁而不止，這本身就是一種發人深思的文化現象。即使是其中某些所謂「壞人心術」的描寫，也要看從什麼樣的角度來觀察、認識。那些熱烈的性慾追求的描寫，在今天對青少年是具有相當嚴重的毒害性，但在當時，又無疑是對傳統封建道德的一種破壞。任何新的事物的形成，都是從對舊的事物的破壞開始的。而且破壞舊事物的力量，並不完全等同於滋生新事物的力量。新與舊的交替的完成，絕非一瞬間的事，社會道德觀念的變更也是如此。從這個意義上講，破壞舊道德正是促成新道德形成的一個過程。在新道德尚未最終形成之前，處於變更狀態中的過渡性道德觀念或許比舊道德更不「道德」。然而無論如何，我們對這一令人痛心疾首的過程卻絕不能無視它的存在，因為歷史發展需要這麼一個過程。而這，恰恰是這些在我們今天看來是那樣不堪卒讀的作品存在於當時的一種歷史的合理性。

最後，就《浪史》和《肉蒲團》本身而言，《浪史》產生較早，大約在明代晚期；而《肉蒲團》略遲，大約在明末清初。二部典型的描寫性慾的小說，對它們進行比較分析，也可以從中看到豔情小說本身經歷了何種發展演變，這對我們研究整個中國小說的發展，也有一定的作用。

（原載《廣東技術師範學院學報》2012 年第六期）

古代小說兩性關係的特異描寫

　　當今世界，人們普遍認為婚姻、愛情、性慾三者應該是密不可分的。但在封建時代，三者之間卻不一定水乳交融地存在。空有名義的婚姻而愛情缺位、婚姻內的夫妻間並不情願的性關係、婚外的情和欲乃至利用身邊的女人進行性賄賂的「色誘」等現象反倒屢見不鮮。有意味的是，古代小說卻對這些婚戀愛欲特異性的方方面面都有著生動而細膩的描寫，更有甚者，這些描寫還帶有廣泛而深刻的文化意蘊。本文就這些問題進行一個初步探討，以求教於學者方家。

一、夫妻間的婚後情和生死戀

　　有人說，婚姻是愛情的墳墓。這話肯定不對，但卻具有片面的真理性。就中國古代文學而言，歌頌未婚青年男女愛情追求的作品汗牛充棟，而歌頌夫妻之間婚後愛情生活的卻寥若晨星。這種現象至少說明一個問題：婚前愛情多，婚後愛情減。

　　正因如此，我們才對那些婚後堅持愛情常新的夫妻表示敬意，才對那些為數不多的描寫「婚後情」的作品表示頌揚。

　　婚後，夫妻之間的情感應該處於何種狀態？或者說，什麼樣的狀態才算夫妻加戀人的完美結合？對此，中國古代小說作家借筆下的人物形象早就做了明確的回答。清初有一部才子佳人小說《定情人》，其中男主人公雙星說過：「君臣父子之倫，出乎性者也，性中只一忠孝盡之矣。若夫妻和合，則性而兼情者也。性一兼情，則情生情滅，情淺情深，無所不至，而人皆不能自主。必遇魂消心醉之人，滿其所望，方一定而不移。」（第一回）

　　此處所謂「性」，指的是責任和義務；而所謂「情」，則指的是情感和欲求。只有這兩個方面完滿結合的夫妻才算完整意義上的夫妻。在古代小說中，兩方面結合得水乳交融的範例是《浮生六記》的作者沈復和他的妻子陳芸。且看沈三白先生在該書卷一《閨房記樂》中對夫妻之間婚後情的自白性描寫：

> 　　是年七夕，芸設香燭瓜果，同拜天孫於我取軒中。余鐫「願生生世世為夫婦」圖章二方；余執朱文，芸執白文，以為往來書信之用。是夜月色頗佳，俯視河中，波光如練，輕羅小扇，並坐水窗，仰見飛雲過天，變態萬狀。芸曰：「宇宙之大，同此一月，不知今日世間，亦有如我兩人之情與否？」余曰：「納涼玩月，到處有之。若品論雲霞，或求之幽閨繡闥，慧心默證者固亦不少；若夫婦同觀，所品論者恐不在此云霞耳。」未幾燭爐月沉，撤果歸臥。
>
> 　　余嘗曰：「惜卿雌而伏，苟能化女為男，相與訪名山，搜勝蹟，遨遊天下，不亦快哉！」芸曰：「此何難。俟妾鬢斑之後，雖不能遠遊五嶽，而近地之虎阜、靈巖，南至西湖，北至平山，盡可偕遊。」余曰：「恐卿鬢斑之日步履已艱。」芸曰：「今世不能，期以來世。」余曰：「來世卿當作男，我為女子相從。」芸曰：「必得不昧今生，方覺有情趣。」余笑回：「幼時一粥猶談不了；若來世不昧今生，合巹之夕，細談隔世，更無合眼時矣。」

這的確是一種極具境界的夫妻婚後情，純潔、寧靜、悠遠、甜蜜、真誠、執著。其實，沈復和陳芸也有很多生活中的煩惱，甚至還經常處於莫可名狀的矛盾漩渦之中，乃至於陳芸年輕的生命過早消逝。但是，既然來到這個世界，既然成就此段姻緣，既然兩情相悅、兩心相照地走到了一起，就要運用兩副手眼來對待生活。該油鹽柴米、倫理道德的時候就盡到責任、義務，該卿卿我我、春花秋月的時候就放任情感、欲求。沈復和陳芸就是這樣做的，至於成功與否，自會有相異的價值觀、人生觀做出不同的評價。或許他們在處理父子、婆媳關係方面並不成功，但在夫妻之間的「婚後情」方面卻取得了絕大的勝利，並成為力量無窮的榜樣。

　　然而，榜樣前面還有更早的榜樣，在清代的《浮生六記》以前，明代小說《雙卿筆記》中就寫了一位致仕家居的官員華袞的兒子華國文與兒媳張端的纏綿悱惻婚後情：

　　端與生伉儷之後，溺於私愛，小覷功名。居北有名園一所，乃衰宦遊憩之地，創有涼亭，雕欄畫棟，極其華麗。壁間懸大家名筆，几上列稀世奇珍，佳聯掇畫，耳目繁華，大額標題古今墳典，誠人間之蓬島，凡世之廣寒也。生每與端遊玩其間，或題詠，或琴棋，留連光景，取樂不一。一日，蓮花盛開，二人在亭，並肩行賞。忽見鴛鴦一對，戲於蓮池。端引生袂，謂曰：「昔人有謂『蓮花似六郎』，識者譏其阿譽太過，今觀此鳥雙雙，絕類妾與君也。不識稱謂之際，當日鴛鴦之似妾與君乎？妾與君似鴛鴦乎？」生曰：「予與君似鴛鴦也。」端曰：「何以辯之？反以人而不如鳥乎？」生即誦古詩一絕以答之，……端續題曰：「人傳夙世是韓憑，生也多情，死也多情。共君挽柳結同心，從此深盟，莫負深盟。」書成，二人交玩，如出一手，喜不自勝，相與款狎亭中。（《國色天香·雙卿筆記》）

相較於沈復、陳芸而言，華國文和張端更加沉溺於小夫妻「婚後情」之中。當然，張端夫妻的生活狀況較之陳芸夫妻要好得多，油鹽柴米一類的事距他們較為遙遠。這樣，就造成了他們婚後生活的略顯單調。然而，這種單調的夫妻婚後情對傳統的穿越更有力度、更為激烈。尤其是張端的詞句：「人傳夙世是韓憑，生也多情，死也多情。共君挽柳結同心，從此深盟，莫負深盟。」這簡直是激情噴溅的夫妻「婚誓」！在他們面前，婚姻絕不是愛情的墳墓，而是心靈給養的驛站、休憩的港灣，是情愛的溫床。

　　但是，她提到了韓憑，這就使得我們勢必轉入下一個相關的話題，從夫妻之間的「婚後情」言及夫妻之間的「生死戀」。六朝小說中韓憑夫婦，就是這方面的早期楷模：

　　宋時大夫韓憑，娶妻而美，康王奪之。憑怨，王囚之，論為城旦。妻密遺憑書，繆其辭曰：「其雨淫淫，河大水深，日出當心。」既而王得其書，以示左右，左右莫解其意。臣蘇賀對曰：「其雨淫淫，言愁且思也；河大水深，不得往來也；日出當心，心有死志也。」俄而憑乃自殺。其妻乃陰腐其衣。王與之登臺，妻遂自投臺下，左右攬之，衣不中手而死。遺書於帶曰：「王利其生，妾利其死，願以屍骨，賜憑合葬。」王怒，弗聽。使里人埋之，冢相望也。王曰：「爾夫婦相愛不已，若能使冢合，則吾弗阻也。」宿昔之間，

便有文梓木生於二冢之端，旬日而大盈抱，屈體以相就，根交於下，枝錯於上。又有鴛鴦，雌雄各一，恒棲樹上，晨夕不去，交頸悲鳴，音聲感人。宋人哀之，遂號其木曰「相思樹」。相思之名，起於此也。今睢陽有韓憑城，其歌謠至今猶存。（干寶《搜神記·韓憑夫婦》）

韓憑夫婦死了，但卻留下了韓憑城、相思樹，還有歌謠，還有那一雙千百年來飛翔在多情夫婦眼前和心上的苦命鴛鴦。韓憑夫婦的故事是一種範型，是一種模式，是人間最美麗的愛情悲歌。稍後，又有梁祝化蝶的故事，不過那是寫未婚兒女之間誠摯堅貞的愛，不在本節討論之列。但無論如何，鴛鴦蝴蝶卻成為通俗文化中的永恆意象，直到民國年間文學創作，直到現如今青年男女的潛意識中。

還是回到夫妻生死戀，韓憑夫婦的鴛鴦模式對後代白話小說影響尤大。《二刻拍案驚奇》中有一篇《李將軍錯認舅，劉氏女詭從夫》，講述的就是這麼一個令人盪氣迴腸的愛情悲劇故事。且看作者凌濛初開篇所言：

而今說一個做夫妻的被拆散了，死後精靈還歸一處，到底不磨滅的話本。可見世間的夫婦，原自有這般情種。有詩為證：生前不得同衾枕，死後圖他共穴藏。信是世間情不泯，韓憑冢上有鴛鴦。

這樣一段「入話」，已經將整篇小說的基本精神昭示無遺，而且直接點明該篇與《韓憑夫婦》之間的繼承關係。但是，這篇擬話本小說作品篇幅較長，引述頗為不便，只好忍痛割愛，讀者自可查閱原文。好在它是根據一篇文言小說改編的，而文言的表述較為精練。以下，撮其要者而言之：

翠翠，姓劉氏，淮安民家女也。生而穎悟，能通詩書，父母不奪其志，就令入學。同學有金氏子者，名定，與之同歲，亦聰明俊雅。諸生戲之曰：「同歲者當為夫婦。」二人亦私以此自許。……遂涓日結親，凡幣帛之類，羔雁之屬，皆女家自備。過門交拜，二人相見，喜可知矣！……二人相得之樂，雖孔翠之在赤霄，鴛鴦之遊綠水，未足喻也。……然生本為求妻而來，自廳前一見之後，不可再得。……終夜不寐，乃成一詩，……詩成，書於片紙，拆布袋之領而縫之，以百錢納於小豎而告曰：「天氣已寒，吾衣甚薄，乞持入付吾妹，令浣濯而縫紉之，將以禦寒耳。」小豎如言持入。翠翠解

其意，拆衣而詩見，大加傷感，吞聲而泣，別為一詩，亦縫於內以付生。詩曰：「一自鄉關動戰鋒，舊愁新恨幾重重！腸雖已斷情難斷，生不相從死亦從。長使德言藏破鏡，終教子建賦遊龍。綠珠碧玉心中事，今日誰知也到儂！」生得詩，知其以死許之，無復致望，愈加抑鬱，遂感沉痼。翠翠請於將軍，始得一至床前問候，而生病已亟矣。翠翠以臂扶生而起，生引首側視，凝淚滿眶，長籲一聲，奄然命盡。將軍憐之，葬於道場山麓。翠翠送殯而歸，是夜得疾，不復飲藥，展轉衾席，將及兩月。一旦，告於將軍曰：「妾棄家相從，已得八載；流離外境，舉目無親，止有一兄，今又死矣。妾病必不起，乞埋骨兄側，黃泉之下，庶有依託，免於作他鄉孤魂也！」言盡而卒。將軍不違其志，竟附葬於生墳左，宛然東西二丘焉。（瞿祐《剪燈新話‧翠翠傳》）

明初瞿祐，在這篇極力描寫夫妻生死戀的佳作中，成功塑造了金定、劉翠翠這對悲苦的夫妻情人形象。他們幼而同窗，青梅竹馬，情竇初開，私心相許，最終如願以償，成為夫妻。婚後，他們也如同張端夫妻、陳芸夫妻那樣，「二人相得之樂，雖孔翠之在赤霄，鴛鴦之遊綠水，未足喻也」。然而，由於戰亂，由於不可抗力，金定的妻子成為別人的愛寵，一入豪門，蕭郎陌路。而那悲情執著的丈夫跋山涉水，勞碌奔波，千里尋妻，八年漂泊，最終卻只能與妻子以兄妹相認。如此悲慘、如此痛苦、如此難堪、如此無奈！擺在他們面前的只有兩條路：要麼，丈夫悄然離去、妻子遺恨無窮；要麼，夫妻雙雙在無盡的思戀中耗盡生命，在黃泉路上再植連理！他們選擇了後者，悲情而又壯烈的後者。「腸雖已斷情難斷，生不相從死亦從」。結果，金定夫妻將韓憑夫婦的鴛鴦情結發展到極致並長存於永遠。

以上所講的幾個愛情悲劇故事是叩擊人心的，但是，必須指出，韓憑夫婦和金定夫妻的悲情故事只能算是夫妻之間生死戀的一種結局——死戀，還有一種夫妻生死戀的結局，活下去，破鏡重圓！其實，在劉翠翠回答金定詩中已經提到了「長使德言藏破鏡」的話頭。那麼，這又是一個什麼樣的故事呢？

陳太子舍人徐德言之妻，後主叔寶之妹，封樂昌公主，才色冠絕。德言為太子舍人，方屬時亂，恐不相保，謂其妻曰：「以君之才容，國亡必入權豪之家，斯永絕矣。倘情緣未斷，猶冀相見，宜有

以信之。」乃破一鏡，各執其半。約曰：「他日必以正月望賣於都市，
我當在，即以是日訪之。」及陳亡，其妻果入越公楊素之家，寵嬖
殊厚。德言流離辛苦，僅能至京。遂以正月望訪於都市。有蒼頭賣
半鏡者，大高其價，人皆笑之。德言直引至其居，予食，具言其故，
出半鏡以合之。乃題詩曰：「鏡與人俱去，鏡歸人不歸。無復嫦娥影，
空留明月輝。」陳氏得詩，涕泣不食。素知之，愴然改容。即召德
言，還其妻，仍厚遺之。（孟棨《本事詩·楊素》）

徐德言和樂昌公主，在所有悲情夫婦之中要算最幸運的一對，他們雖然歷盡
磨難，最終還是破鏡重圓。這要感謝他們自身的執著，也要感謝楊素的大度。
楊素這個人物，在不少文學作品中並非一個光輝形象，但在這一篇作品中卻
意外地輝煌。由此亦可見得人性的悲憫就是陽光，它照到哪裏，哪裏就會一
片燦爛！

　　在中國文學史上，樂昌公主破鏡重圓的故事是經常作為一個典故使用
的。其實，它正是恩愛夫妻生死戀的一種結果，一種人們所希望的結果。但
凡有戰亂，就極有可能會妻離子散，戰亂之後，人們當然會急切地企盼著失
散的親人能夠團聚。尤其是失散的夫妻，真正有感情的失散的夫妻，沒有不
盼望破鏡重圓的。文學作品對此亦多有反映，宋代文言小說《摭青雜說》中
就有一則這樣的故事。身陷賊群的范希周與被賊兵擄掠的呂順哥結為夫妻，
後來，朝廷大軍對這夥賊人進行圍剿。當戰亂情勢危急時，呂順哥決意自
殺，被范希周阻止，並相約即使夫妻分離，雙方均不嫁不娶，以報答對方的
恩愛。故事最後，夫妻歷盡流離顛沛終得團圓。且看其中兩個精彩的片斷：

呂氏……引刀將自刎，希周救之，曰：「我陷在賊中，雖非本
心，無以自明，死有餘責。汝衣冠宦族之女，虜劫在此，為大不幸。
大軍將士皆是北人，汝既是北人，或言語相合，宛轉尋著親戚骨肉，
又是再生也。」呂氏曰：「果然，妾亦終身不嫁人。但恐為軍士將校
所虜，吾誓再不辱，惟一死耳。」希周曰：「我萬一漏網，亦終身不
娶，以答汝今日之心。」……呂監又問曰：「令孺人何姓？初娶再娶
乎？」賀泣曰：「在賊中時，虜得一官員女為妻。是冬城破，夫妻各
分散走逃，且約苟存性命，彼此勿娶嫁。後來又在信州尋得老母。
見今不曾娶，只有母子二人、一個鬟妾而已。」語訖，悲泣失聲。
呂監感其恩義，亦為泣下。引入堂中，見其女。

該篇又被馮夢龍改寫成擬話本小說《范鰍兒雙鏡重圓》，收入《警世通言》中。改編後作品的最大特色是強調了「鴛鴦寶鏡」，這實際上是將「苦命鴛鴦」和「破鏡重圓」兩種模式結合在一起，用來表現夫妻間生生死死的戀情。當然，從本質上講，它還是屬於「破鏡重圓」模式的。且看與《掫青雜說》相對應的兩個片斷，尤其是對「鴛鴦寶鏡」的一再敘寫：

> 希周道：「承娘子志節自許，吾死亦瞑目。萬一為漏網之魚，苟延殘喘，亦誓願終身不娶，以答娘子今日之心！」順哥道：「鴛鴦寶鏡，乃是君家行聘之物，妾與君共分一面，牢藏在身。他日此鏡重圓，夫妻再合。」說罷相對而泣。……呂公又問道：「足下與先孺人相約時，有何為記？」承信道：「有鴛鴦寶鏡，合之為一，分之為二，夫婦各留一面。」呂公道：「此鏡尚在否？」承信道：「此鏡朝夕隨身，不忍少離。」呂公道：「可借一觀。」承信揭開衣袂，在錦裏肚繫帶上，解下一個繡囊，囊中藏著寶鏡。呂公取觀，遂於袖中亦取一鏡合之，儼如生成。承信見二鏡符合，不覺悲泣失聲。呂公感其情義，亦不覺淚下道：「足下所娶，即吾女也。吾女見在衙中。」遂引承信至中堂，與女兒相見，各各大哭。

此處賀承信，實乃范希周「反正」後所改的姓名，他成了朝廷軍官，而提轄呂忠翊正是他的岳父，亂軍中救了女兒。女兒誓死不改嫁，一日發現前來投遞公文的賀承信酷似丈夫范希周，請父親盤問之，於是便有了這段「范鰍兒雙鏡重圓」的故事。范鰍兒者，范希周之外號也。

本來還有《京本通俗小說》中的《馮玉梅團圓》一篇改寫這個「叫做『雙鏡重圓』」的故事，但筆者認為《京本通俗小說》是一本偽書，故棄置勿論。

總之，在中國文學史上，夫妻婚後愛情描寫的作品遠不及未婚男女的愛情生活那樣繁花似錦、星光燦爛，但卻自有其雋永與含蓄、熾烈與深沉。其間，又可分為夫妻間的「婚後情」和「生死戀」兩大類型，而後者又可細分為「苦命鴛鴦」和「破鏡重圓」兩種狀態。但無論是何種類型、何種狀態，這些作品的藝術感染力卻都是具有恆久的未來指向性的。

二、夫妻關係中最卑劣的狀態

什麼是「強姦」？工具書的解釋是「以暴力迫姦婦女」，亦即違背婦女的

意志而強行與之發生性行為。這樣的理解，對於非法的男女性關係來說是不言而喻的。但如果是夫妻之間呢？也存在強姦行為嗎？現代文明告訴我們，丈夫強行與妻子發生性關係也是違法的。其實，在清代早就有這種說法：

> 潘文勤公長刑部時，有婦人訴其夫強姦者，文勤曰：「是必有姦夫教之，欲以法死其夫也。」蓋清律，載夫與婦為非法交者，兩相情願以和姦論；若婦不肯而夫用強，則照強姦論。然有律而無案，誠以閨閫之中，事屬曖昧，孰知之而孰發之哉？故文勤一見即知有唆使之人，嚴鞫果然，遂並唆者而治罪焉。（《清代野記‧妻控夫強姦》）

不知這位坐觀老人所謂「清律」云云根據何在？筆者曾翻閱過《清史稿‧刑法志》，卻始終沒有看到這樣的法律條文。不過這不要緊，中國歷朝歷代的正史其實都是後一時代整理前一時代的資料編輯而成的，即便是民國年間產生的《清史稿》對此沒有記載也並不能否認這一情況的存在。有時候，野史雜記中的一些片斷往往更能反映歷史真實情況。而《清代野記》這本書的可信度還是比較高的，因為書中很多條目作者都交代了資料來源。譬如在以上這則記載的後面，坐觀老人就說：「此吳江范瑞軒比部為予言，潘文勤門生也。」資料直接來自審理此案官員的學生，應該是靠得住的。

當然，《清季野史》中記載的其實是一個假案，是妻子在姦夫的指點下誣陷丈夫「強姦」自己，因為碰到了潘公這樣的清官，最後真相大白，歹徒受到了懲罰。值得注目的是，作者在敘述過程中卻感歎「丈夫強姦妻子」這樣的事情是「有律而無案」，也就是說，作者認為這種事只有法律條文而缺乏具體案例。或許在當時官方的資料中確實缺乏這種案例，但在民間卻實實在在有這樣的事情，不過，那不是在史料記載之中，而是在野史雜記的後裔——章回小說中的描寫：

> 狄希陳假做睡著，漸漸的打起鼾睡來，其實眯縫了一雙眼看他。只見素姐只道狄希陳果真睡著，叫玉蘭拿過那尊燒酒，剝著雞子，喝茶鍾酒，吃個雞蛋，吃的甚是甜美。吃完了那一尊酒，方才和衣鑽進被去睡，不多時，鼾鼾的睡著去了。狄希陳又等了一會，見他睡得更濃，還恐怕他是假妝，揚說道：「這桌上冷，我待要床上睡去。」一谷碌坐起來，也不見他動彈，走下桌來，披了個小襖，跕了鞋，走到床邊，聞得滿床酒香，他把手伸進被去，在他身上，

渾身上下，無不摸到，就如那溫暖的香玉一般。他悄悄的上了床，
把被子輕輕的揭了，慢慢的撥他仰面睡著，與他……素姐夢中醒轉，
心裏曉得著了人手，那身子醉的那裡動得？……兩個睡在床上，都
如芒刺在背的一般，翻來覆去，再睡不熟。狄希陳仍來桌上睡了，
素姐就不曾穿衣，又復睡去。（《醒世姻緣傳》第四十五回）

故事中的狄希陳，是一個官二代，娶了位妻子薛素姐，不料卻是自己前世射
殺的仙狐投胎轉世，是專門找他尋仇來的。因此，這女人見了丈夫就覺得厭
惡，更不要說和他有什麼夫妻生活了。這一次，狄希陳用盡心機，引誘妻子
喝了大量的酒，最後終於強姦了薛素姐。這種事，放在今天，狄希陳是犯法
的，當然，前提必須是薛素姐作為受害人去報案。進而言之，按照《清代野
記》中的說法，在那個時候也是違法的，也要受到懲罰。因此，引用這一段描
寫，足以證明許多在官方檔案庫中缺乏記載的事物，很可能在民間這個社會
檔案中存在。由此看來，不僅治野史雜記者要治正史，相反，治正史的學者
們也要眼光向下，抽點時間瀏覽一下野史雜記。

狄希陳利用妻子醉酒而強行與之發生性關係，情節雖然惡劣，但社會危
害性卻不算太大。在清代，還有一種更為惡劣的行為：混帳丈夫故意讓別人
「強姦」自己的妻子！這種社會影響極其惡劣的行為，實際上已經成為「性
賄賂」了。清代小說、尤其是晚清小說對這種「性賄賂」行為多有描寫。當
然，這些自願充當「王八烏龜」的丈夫也不會平白無故地做這種賠本買賣，
他們自有其「苦衷」：某些身為下級的候補官員對上司進行色誘，是為了「補
缺」或「升職」，因為他們有太長的時間「沉淪下僚」甚至「不得其位」。小說
《傀儡記》第二回寫當時做官的口號甚為精闢：「烏龜肚量賊脾氣，牛馬精神
狗骨頭。」其中所說的「烏龜肚量」多半指的就是那些色誘上司間接「強姦」
妻子的混帳丈夫。

或許有人會說，色誘上司為什麼一定要自己的妻子，收買一個年輕漂亮
的女人不就行了嗎？尤其是妓女最合適。殊不知，那些具有「烏龜肚量」的
丈夫卻有自己的周密考慮。他們固執地認為，買一個妓女顯然是不行的。一
來，那有欺騙、玩弄上司之嫌；二來，那得花一大筆銀子；三來，妓女習慣於
那種公開的、坦誠的色誘，誰願意幹這種偷雞摸狗的事？於是，那些混帳丈
夫就開始思考一不花錢、二有檔次、第三能給上司絕對震撼的色誘工具！這
樣的「工具」，首選當然是自己的老婆，因為他們的夫人「三項全能」。

　　一位姓緒的太守就是這樣幹的。當他的上司撫臺大人犯了一種需要按摩的怪病之後，太守就讓自己家的緒太太「移岸就船」了，而且那過程甚為委婉曲折：

　　　　緒太太就寬去外衣，穿著一件玄色緊身湖縐小襖，一條出爐銀的湖縐夾褲，坐到床上，慢慢的解了鞋帶、褪了蓮鉤，拿那又尖又小又軟的金蓮，在那撫臺身上輕輕的踹來踹去。包容帥真有個貪近嬌姿、惟恐訖事的意思，讓他慢慢的踹踏。踹有半天，這緒太太粉汗淫淫，覺得有點吃力，就圍在裏床坐著歇息。包容帥此刻病已全除，假做搔癢，拿手去撚他蓮瓣。這緒太太並不著惱，微微一笑，反暗暗的把那兩隻金蓮伸入被底，任這位撫臺摩弄。這包容帥自然得隴望蜀，那緒太太也就移岸就船。並不是這位緒太太春心易動，實在因為這緒太守到省數年，未得一件好事，竟有支持不下之苦，又無門路可鑽，是以不惜呈身邀寵。昔人有兩句詩道：「君如有意應憐妾，奴豈無顏只為郎。」這真道著緒太太的苦衷了。自此，隔了兩三日，就請他來按摩一次。在撫臺呢，不過為治病衛生起見，所謂定然是神針法灸，難道是燕侶鶯儔？而外間傳說的，卻竟不堪入耳。這位緒太守，倒覺得心苟無瑕，人言何恤？笑罵由他笑罵，好官我自為之，但只盼這一份謝醫的厚禮。（《檮杌萃編》第十回）

看到這裡，不禁令人啞然失笑。原來今天某些帶色情意味的按摩女郎都是這位緒太太的徒子徒孫！但更有文化意味的卻是上則故事中的兩句詩：「君如有意應憐妾，奴豈無顏只為郎。」那可是有典故的，而且，典故就出在《檮杌萃編》「本朝」的太平盛世：

　　　　清乾隆朝，某翰林久不得試差，焦急殊甚。乃出其十鑽千拜之手段，以諂事豪貴。猶恐未能得力，令其妻某氏拜金壇于相國夫人為母，古所謂「乾阿奶」，即俗所謂「乾娘」也。既而相國勢衰，又往來錢塘梁尚書家，蹤跡甚昵。時值冬月嚴寒，尚書早朝，某妻輒先取朝珠溫諸胸次，良久，然後親為懸掛。時有人嘲以詩云：「昔年于府拜乾娘，今日乾爺又姓梁。赫奕門庭新吏部，淒涼池館舊中堂。郎如有貌何須妾，妾豈無顏只為郎？百八年尼親手掛，朝回猶帶乳花香。」（《清代官場百怪錄·耐羞顏掛胡珠百八》）

中國的文人真有本事，中國官場文人的本事真是大得無以復加！就這麼一件讓士流感到很「沒臉」的事，居然能寫出如此貼切生動的詩，居然還能留下「警句」。然而，更有意思的是，這故事還不止一個版本。另一個版本中的同一故事，一方面明確了男主人公的姓氏，另一方面也明確了詩作者的姓名職銜，而且，事件的影響也寫得更具有轟動效應：

> 有一個吏科繪事張佩香，素來最愛和人頑笑，便做了一首詩取笑他道：「昔年于府拜乾娘，今日乾爹又姓梁。赫耀門庭新甲第，淒涼池館舊中堂。郎如得意休忘妾，妾豈無顏只為郎。百八年尼親手掛，朝衣猶帶粉花香。」這首詩一傳出去，京城裏頭哄然一聲，茶坊酒店，到處張揚，竟沒有一個不曉得陸太史夫人的這椿笑柄。陸太史曉得了，也只好付之不聞不見，只當沒有這件事兒。正是：笑罵由他笑罵，乾爹我自拜之。（《傀儡記》第十一回）

更有趣的是，「朝珠帶香」故事居然還有第三個版本，這位陸太史忽然又姓了「汪」，而且是三代人以後的「後版本」故事：

> 有泰州王某，同治甲子舉人，以部曹而為軍機章京。一日入直，至半途，忽摸項下忘掛朝珠，遍索車中亦不得。時已入正陽門，勢不得回宅。蓋夜半開城，只許入不許出也。不得已，憶東城有好友浙人汪某，可往假之。驅車往叩門。汪已寢，聞王至，亟起。王告以故，即入取珠出，且曰：「吾較爾長大，吾珠恐不合用，茲以內子所用者假爾用之。」王致謝，且戲吟曰：「百八年尼珠一串，歸來猶帶粉花香。」此乾隆間京師譏某相義女詩也。汪聞立變色，返身入內。王亦不俟其送，即匆匆出。甫上車，見汪氣洶洶，手白刃出，大罵曰：「爾如此污蔑我，誓與爾不共戴天。」王亦不解，急驅車去。汪猶追，及斫車尾而返。次早汪復握刀至王所居巷口俟之，晝夜不懈，致王誤班數日。王後詢於人，始知所吟詩，即當時刺其祖母之詩也。嗣以汪尋仇不已，遂謝病歸，終身不入京。（《清代野記·謔吟召釁》）

這位王大人真是無聊，人家好心將妻子的朝珠借給你應急，你還要說什麼「粉花香」之類的話，占朋友的便宜，這就該打。更有甚者，這個玩笑開得太大。那個「粉花香」的風流典故的女主人公居然就是汪某人的祖母，那就不是朋友之間的戲謔了，那簡直是揭人家長輩的老底，相當於挖人家的祖墳！無怪

乎那位汪大人要白刃相見了。

但這個傳說不知真實性有多大，上一篇中不是明明說這「朝珠帶香」故事的女主角的丈夫姓陸嗎？怎麼又姓起汪來？其實，陸也罷，汪也罷，這一點並不重要，只要留下風流話柄就行。更重要的是，這位陸太史或者汪大人指導老婆色誘上司的做法畢竟只是「牆內開花」，更其嚴重的還有「牆外香」者：讓自己老婆去色誘洋大人，搞出點國際影響，那才叫新潮哩！有一部小說叫《官世界》，其中有一位兵部郎中鮑心愚，他在「七八國的聯軍就要進城」時，交代妻子去色誘洋大人：「你不要害羞，儘管照常搽脂抹粉的去迷那個洋總兵，他是最好色的。」（第一回）結果，當他引狼入室的「策劃」取得極大成功以後，這位五品郎中是怎樣「參見」那位「強姦」他妻子的洋總兵的呢？且看：「心愚便卑躬鞠膝，匍匐而進。看見那位洋總統，高坐在大床中間，他妻子眼泡紅腫得像個桃子一樣，帶的滿頭通草花，臉蛋子上胭脂，通紅透亮，穿了一件淡青衫子，站在旁邊，挽起袖子，與洋大人剝果子吃。心愚一進廳門，便雙膝跪下，磕頭如搗蒜。」（第三回）這樣的烏龜王八蛋，真正不知人間有羞恥二字。

三、滅絕人性的性賄賂

上述這些搞「色誘」巴結上司以謀求利益的混帳行為足以令千夫所指，然而，他們畢竟有一位美貌妻子作為色誘的資本。還有些更「可憐」的王八蛋，他們沒有「色誘」本錢，怎麼辦？換言之，晚清小說中這些下級官吏向上司實行「性賄賂」的工具除了美妻之外還有誰呢？當然是「近水樓臺先得月」——自己的女兒和兒媳！

有一個「冒得官」而又想升更大官的人，實在沒有什麼辦法來巴結上司羊統領了。本來，他也可以學習上面幾位，讓老婆出馬。可惜的是，他老婆是真正的「老婆」了。人老珠黃，有什麼用？估計送上去也是成事不足敗事有餘。於是，他想到了千嬌百媚的女兒，尚沒有出嫁的親生女兒！而且，這事還不能送貨上門，第一步得守株待兔，還得收買羊統領身邊的「小戈什」。經過一系列緊鑼密鼓的準備之後，這場滅絕人性的鬧劇終於達到了它的高潮：

> 約摸應酬到十一點多鐘，畢竟心上有事，便先吩咐打轎回去。
>
> 小戈什的心上明白，預先叮囑轎夫，叫他把轎子一直抬到冒得官的

公館跟前，打門進去。羊統領假充酒醉，跟了進來。此時冒家上下都是串通好的，當把他一領領到小姐房中，眾人一哄而出。統領等房中無人，才上前同小姐勾搭。聽說這一夜總共問了冒小姐不少的話，冒小姐只是不答，賽同啞子一樣。羊統領以為他是害羞，所以並不在意。良宵易過，便是天明。羊統領正在好睡的時候，忽聽得大門外有人敲門，打的震天價響。隨後接著有人出來開門。這進來的人分明是個男人聲氣。……朝外一望，只見一個男人直僵僵的朝著房門跪著不動；那人低著頭，亦看不出面貌。羊統領滿腹狐疑更是摸不著頭腦。正在兩難的時候，幸虧門外跪的人先開口道：「沐恩在這裡伺候老帥。難得老帥賞臉，沐恩感恩匪淺！」說完這兩句，抬起頭來聽統領吩咐話。羊統領仔細一看，認得他是冒得官，直弄得毫無主意。只聽得冒得官又說道：「丫頭還不過來幫著我求求統領！」一言未了，他女兒亦跪下了。羊統領至此方才恍然大悟。(《官場現形記》第三十一回)

從某種意義上說，冒得官的女兒也算得上是一個孝女，她畢竟為了父親的千秋大業貢獻了自己的亮麗青春。當然，她也可以怨憤、憂鬱，但如果她想到一點，可能就會盡快地釋然——皇家女兒還和親哩！那公主與自己還不就是五十步和一百步之間的關係，有什麼值得長籲短歎、淚眼愁眉的呢？換位思考，父母將女兒養這麼大，難道是白養的嗎？有一份耕耘就得有一份收穫呀！這不是中國人的共識嗎？不然，她爹憑什麼在關鍵深刻大聲呼喚：「丫頭還不過來幫著我求求統領！」這種喊聲似乎帶有點理所當然性。其實，現在的人大可不必過分嘲笑冒得官先生，他不過做得不夠委婉而已！現在婉約派的說法是：女兒是招商銀行。冒得官先生不過是將女兒特別地一用，當了「招官銀行」罷了！更有意思的是，在當時，或許還有人羨慕冒得官哩！因為她畢竟有這麼一個「招官」的女兒，而那豔羨者卻沒有。謂予不信，請看苟才先生的故事。

苟才是吳趼人筆下的人物，是「我佛山人」二十年目睹之「怪現狀」之一。苟才想當官，想當大官、有實權的大官，只有去巴結更大的官——制臺。制臺這個「東西」比省長還大，他管幾個省的軍隊哩，俗話稱之為「總督」或「大帥」。那麼，苟才對大帥的進攻從那個方位進行呢？色誘！因為大帥好色，而且剛死了姨太太，正處於如饑似渴的當口。但苟才雖然有好的方略卻

沒有好的武器呀？老婆太老，女兒沒有。怎麼辦？苟才被置於絕地而後生了！沒有女兒不是有兒媳嗎？況且兒子剛剛死去，兒媳變成寡媳，空閒著難道不是絕大浪費嗎？為什麼不物盡其用呢？但兒媳素性剛烈，對兒子的感情實在太深，還沒有從喪夫之痛中自拔出來。那麼，只有「他拔」了。苟才決計通過自己率領老婆的特異行動將兒媳從痛苦的深淵裏拔救出來，為自己派上大用場——色誘大帥。於是，中國小說史上最為滅絕人倫和慘絕人寰的一幕上演了：

> 苟才道：「我此刻明告訴了媳婦，望媳婦大發慈悲，救我一救！這件事除了媳婦，沒有第二個可做的。」少奶奶急道：「你兩位老人家怎樣啊？那怕要媳婦死，媳婦也去死，媳婦就遵命去死就是了！總得要起來好好的說啊。」苟才仍是跪著不動道：「這裡的大帥，前個月沒了個姨太太，心中十分不樂，常對人說，怎生再得一個佳人，方才快活。我想媳婦生就的沉魚落雁之容，閉月羞花之貌，大帥見了，一定歡喜的，所以我前兩天託人對大帥說定，將媳婦送去給他做了姨太太，大帥已經答應下來。務乞媳婦屈節順從，這便是救我一家性命了。」少奶奶聽了這幾句話，猶如天雷擊頂一般，頭上轟的響了一聲，兩眼頓時漆黑，身子冷了半截，四肢登時麻木起來。
>
> （《二十年目睹之怪現狀》第八十八回）

苟才這個兒媳與冒得官的女兒大不一樣，她是被公公「逼上梁山」的，而且，一開始，完全沒有心理準備。這也難怪，但凡是個人，但凡是個正常的女人，誰會有這樣的心理準備呢？但她最後還是屈從了公公，做了苟才最銳利的武器。但是，這位女子的內心卻是萬分悲慟的，當她離開污穢的家庭和豬狗不如的公婆準備去當「憲太太」的時候，她到底用她如同美色一樣銳利的言辭「回射」了苟才一箭：

> 苟才得了信，這一天下午，便備了極豐盛的筵席，餞送憲太太，先是苟才，次是苟太太和姨媽，挨次把盞。憲太太此時樂得開懷暢飲，以待新歡。等到筵席將散時，已將交二炮時候，苟才重新起來，把了一盞。憲太太接杯在手，往桌上一擱道：「從古用計，最利害的是『美人計』。你們要拿我去換差換缺，自然是一條妙計；但是你們知其一，不知其二，可知道古來禍水也是美人做的？我這回進去了，得了寵，哼！不是我說甚麼……」苟才連忙接著道：「總求憲太太栽

培！」憲太太道：「看著罷咧！碰了我高興的時候，把這件事的始
末，哭訴一遍，怕不斷送你們一輩子！」說著，拿芍才把的一盞酒，
一吸而盡。（《二十年目睹之怪現狀》第八十九回）

其實，在晚清那麼一個最為黑暗的時代，通過妻子、女兒、兒媳去色誘上司
的行為不僅不會得到官場同僚的恥笑，而且會還成為某些爬上去和沒有爬上
去的「官吏」的共識，因為這實在是陞官發財的最最「快捷方式」。甚至有人
對這種卑鄙齷齪的行為進行了理論總結。有一位老謀深算的資深官場通老叔
祖卜士仁（不是人）對其準備到官場去混一混的侄孫卜通（不通）傳授的官
經是：「第一個秘訣是要巴結：只要人家巴結不到的，你巴結得到；人家做不
出的，你做得出。我明給你說穿了，你此刻沒有娶親，沒有老婆；如果有了老
婆，上司叫你老婆進去當差，你送了進去，那是有缺的馬上可以過班，候補
的馬上可以得缺，不消說的了。」（《二十年目睹之怪現狀》第九十九回）

如此斬釘截鐵，如此毫無疑問，如此厚顏無恥！只是有一點讓人不太明
白，以上這些色誘上司的男人考慮過那些女人的感受沒有？應該說沒有考慮，
因為他們認為無須考慮。其實，他們的態度不無道理，在這些派去色誘上司
的女人中間，固然有芍才兒媳那種一開始並不願意者，卻也有不少心甘情願
者，更有甚者，還有驕傲自負者，甚至還以此作為資本來謾罵、擠兌、壓迫、
威脅那烏龜丈夫而「反戈一擊」者！請看下面這一位：

侍郎夫婦見鬧客已去，才敢爬起身來。侍郎埋怨夫人道：「你怎
麼這樣不濟事，連這兩隻畜生都服侍不下，使他們會打起架來，弄
的我幾乎丟臉。」他夫人本已嚇得花容失色、粉面含嗔，一股怨氣
沒處發洩，見侍郎再埋怨自己，遂把這口氣出在侍郎身上，伸出粉
嫩的一隻玉手，指著侍郎臉子罵道：「你這烏龜，這樣不知好歹，良
心究竟有沒有！你說我不濟事，你也摸摸頭上，你那血滴滴紅的頂
子哪裏來的？不有我陪著人家玩笑，恐怕候到頭髮白也不會有呢。
你翻開家譜瞧瞧，你家祖宗替你祖宗爭著紅頂子的有過沒有？現在
你頂子是紅了，官是大了，連你老子娘、太老子娘都得著了誥封。
你娶著我這麼一個老婆，不知你祖宗大人幾世的陰功積德！你倒不
曉得感激，倒反埋怨我，真是好心不得好報。」侍郎跺腳道：「我頂
子雖是紅了，帽子卻是綠了。」他夫人怒道：「你說什麼帽子綠了，
是放屁還是說話？」侍郎見夫人發怒，慌道：「夫人休怒·我說的是

轎子綠了。」他夫人不覺噗的笑了。侍郎暗暗歎道：慚愧慚愧！我
留學十年，不及她春風一度，從此後再不敢看輕婦女了。（《最近社
會秘密史》第十六回）

以上這則材料需要解釋的是：為什麼侍郎大人在遭到妻子辱罵之後，馬上改
口將「帽子綠了」說成是「轎子綠了」呢？因為當時官員乘坐的官轎顏色也
是有等級的。清代制度：三品以上官員坐綠呢大轎，四品以下官員則只能坐
藍呢大轎。道臺為正四品，知府為從四品，按理都只能坐藍呢大轎。但又有
規定，道臺可以捐二品頂戴，故而可以坐綠呢大轎。在《官場現形記》中就有
一位黃知府剛剛升為黃道臺，家人戴升就說：「綠呢轎子可巧今天飯後送來。
家人剛才看過曆本，明天上好的日子，老爺好坐著上院。」不料，綠呢大轎還
沒坐幾回，黃道臺又因一樁案件被降至知府，而「這位黃大人的太太最是知
書識禮的，一聽丈夫降了官，便同戴升說：『現在老爺出門，是坐不來綠呢大
轎的了。我們那頂舊藍呢的又被轎子店裏抬了去，你看向那位相好老爺家借
一頂來？』」（第三回）至於《最近社會秘密史》中的那位侍郎，相當於今天的
副部長，乃堂堂二品大員，當然坐綠呢大轎。故而，他就用「轎子綠了」糊弄
自己的嬌妻，解脫自己「帽子綠了」的失言和困窘。可見，晚清小說這些兩性
關係的特異描寫的隻言片語之中也是深含文化意蘊的。

　　綜上所述，中國古代小說的婚戀愛欲描寫除了歌頌男女愛情、鞭撻包辦
婚姻等「普通」描寫之外，還有諸如這種夫妻之間的「婚後情」和「生死戀」、
丈夫「強姦」妻子、下級通過妻子、女兒、兒媳色誘上司等「特異」描寫。這
些描寫，有的明淨晶瑩，充滿了情愛的理想；有的則卑鄙齷齪，揭示了倫理
的墮落。但無論如何，這些特異描寫所包孕的文化內涵以及它們所體現的文
化意義都是巨大而深刻的，其中，還有些描寫更涉及社會學、心理學、人類
學等多學科的複雜問題。然而，這些深刻的大道理並非這篇萬餘字的文章所
能包括，故只能另作他論了。

（原載《江蘇第二師範學院學報》2019 年第一期）

從弘揚女才到女權至上
——略論從明末到清末的章回小說對婦女問題的逐步重視

一

　　傳統中國，是一個女子無才便是德的漫長的黑暗時代。在這麼一個長達數千年的無垠時空之中，歌頌女性的文學作品雖有星星點點，但都不過是長長黑夜的流星一閃，不足以震撼人們的心扉。然而，在明末清初開始出現的數十部才子佳人題材的章回小說中，那些多半沒有留下姓名的作者，卻給我們展現了一陣讚美女性的「流星雨」，對女性的才華進行了全面而熱烈的展示。

　　這些女性的才華，首先當然是表現在寫作傳統文學方式的詩詞歌賦方面。《情夢柝》中的沈若素小姐，一首《春閨》詩，讓才子楚卿看了，大贊道：「好一個有才情的女子，果然蕙心蘭質，濃豔淒清。」（第五回）《春柳鶯》中的男主人公石池齋讀了梅姓「凌春女子題」的詩作後，「魂靈飄蕩，神思恍惚。暗自想道：『世間有如此女子，豈不令男子羞死。』」（第一回）《飛花詠》中的端容姑的義父，一個正直的幕府文人，碰到了一件難堪的事，本身不願意歌頌權閹，但又從主公那兒接受了給大太監曹吉祥寫壽詞的任務。正在左右危難之際，那十幾歲的小姐捉刀代寫一幅壽詞，卻能夠「句句稱揚，卻又句句不貼在曹吉祥身上」。（第九回）《麟兒報》中的幸昭華小姐十三歲時，「同著哥哥與廉清讀了這幾年書，出口便成章句」。（第四回）《兩交婚》中的辛古釵，

更是才貌雙全：「生得風流香豔，妖嬈嫵媚，是不必說的。只他這一支筆，要詩就詩，要詞就詞，要文就文，要賦就賦。做出來生香流豔，戛玉敲金，又遍揚州城裏城外，無一人及得他來。就是兄弟聰明出眾，又有明師益友朝夕切磋，而詩文妙處大半還是荊娘指點之功。故辛發雖是兄弟，而敬重姐姐更過於師友。」（第三回）《畫圖緣》中的柳煙，女扮男裝幫助弟弟作詩與未婚夫花天荷對壘，並諷言文武雙全的花公子「遊藝有妨舉業」，促使花天荷建功立業。後來，洞房花燭夜的花總戎得知真情後又驚又喜道：「原來那日聯吟者，即是夫人改妝遊戲。我就疑青雲，苦苦推辭不能詩詞。及至對做，又令我花天荷應接不暇，原來是夫人遊戲。我花天荷真被賢姐弟騙殺也。這等說起來，則好戴烏紗皆夫人之命也。」（第十五回）《蝴蝶緣》中的華柔玉小姐，讀了書生蔣青岩的詩作之後，一口氣和了四首，還對著詩稿低聲喚道：「蔣郎、蔣郎，天若使我是個男子，與你並驅中原，也不知鹿死誰手？」《引鳳簫》中的金鳳娘「天生穎悟，十歲上就會吟詩，長成得天姿國色。」（第五回）《巧聯珠》中胡茜雲小姐的詩，其表兄聞生看了，連聲稱讚道：「不唯字字生研，香奩佳句，亦且清新俊逸，直追右丞。一向不知妹妹有如此大才，直令男子愧死。」（第六回）如此等等，不一而足。

　　規模最大的還是《賽紅絲》中的一場詩歌比賽，兩對青年男女同做一個題目，現場比較高低。結果，裴芝、宋蘿這兩位才女，各自所做的《詠紅絲》詩，不僅分別壓倒了對方的兄弟、自己的未婚夫，而且得到了「家長輩」的兩位資深文人和「情人級」的兩位青年才俊的傾心欽佩：

> 　　賀知府看見二女之詩，別自幽情，愈出愈奇，喜得只是拍案。……宋古玉因接了，細細各看了一遍，因歎說道：「怎麼裴小姐一個小小閨娃，又無師無友，竟吐詞秀美如此，真是天生。小女強作解事，亦殊有可觀。由此看來，古之詠雪，又不足數矣。」說罷，又連飲了二觴。裴松與宋采，聽了賀知府與宋古玉極贊二女詩美，便急急要看，因同走到賀知府席前來請看。賀知府因笑道：「此二詩關係非輕，二賢任要看，再無白看之理，該飲三觴才好。恐量不及，只一巨觴吧。」二人不敢辭，忙飲幹了。賀知府方將二女之詩，遞與他二人交換而看。二人看完，只喜得眉目皆有笑色，因齊說道：「細看二詩，香溫玉軟，體貼入微，真是天孫機杼。再回視小侄之作，只覺粗枝大葉，不堪分香奩之座。」（第十一回）

這場「賽紅絲」詩寫作比賽的結果，當然是紅絲牽定兩對佳偶。這種直接通過詩詞歌賦的撰寫、比賽、續作、賡和、考試等多種方式使得才子佳人美滿結合的寫法，是此類小說最常見的模式。當然，也有在此基礎之上拓展一步的，那就是寫冰雪聰明的女子不僅具有詩賦之才、應對之才，而且還有丹青之才、琴瑟之才，亦即多重文化素養的綜合。這樣一些詩詞歌賦、琴棋書畫、吹拉彈唱、射覆藏鉤無不精通的女性，在當時的才子佳人小說中可謂不勝枚舉，而且一個比一個厲害。《吳江雪》中那「如花似玉、最聰明的小姐」吳媛「到了十三四歲，詩詞歌賦件件精通，宇兒又學就了衛夫人的筆法；春箋紅葉題詠來都是不經人道的」。（第四回）《定情人》中的雙星，擇偶眼界極高，但讀了江蕊珠小姐的詩以後，卻像中魔一般：「雙星拿便拿了，還只認作是籠中嬌鳥，彷彿人言而已，不期展開一看，尚未及細閱詩中之句，早看見蠅頭小楷，寫得如美女簪花，十分秀美，先吃了一驚。……及看了起句，早已欣欣動色，再看到中聯，再看到結句，直驚得吐出舌來。因放下詩稿，復朝著蕊珠小姐，深深一揖。」（第三回）《錦香亭》中的葛明霞，是「琴棋書畫，吟詩作賦般般都會」。（《第二回》）《孤山再夢》中的萬宵娘，也是「賦性聰明，女工之外，吟詩作對，書畫琴棋，無不通曉，且無一不妙。」（第二回）《鴛鴦配》中的龍圖閣學士崔信家，更是才女批發站，他的兩個女兒「長的叫做玉英，次的叫做玉瑞。日月如梭，光陰似箭，二小姐倏忽長成一十七歲了。性資敏慧，態貌娉婷。不獨描鸞刺鳳件件皆能，兼又詩畫琴棋無不通曉，真可比喬公二女，不數那趙家姊妹」。（第一回）

在這一批才子佳人小說中，不僅大家閨秀均如此優秀，就連青樓校書也滿腹詩書。《女開科傳》寫道：「卻說閶門外柳潭深處有個女娘，年方一十七歲，名叫倚妝，原是揚州人。說他風致如何？就是沉魚落雁，閉月羞花八個字兒還只形容得他三分五分，況且會得做幾句詩詞歌賦，又會得臨幾筆米蔡蘇黃。可憐倚妝他原是好人家兒女，只因連遭兵火，地方殘破了，父母各不相顧，逃竄東西，不知下落，卻被賊兵拐來，賣把販梢的客人，做了一個行首。」（第二回）《夢中緣》中的妓女燭堆瓊更高一籌，她一人與四大才子聯句，均是四人作開句，堆瓊續接，等眾人詩句聯完後，頭號才子吳瑞生禁不住離座攜妓女之手道：「美人具此仙才，即以金屋貯之，亦不為過。而乃墮落青樓，飄泊如此，亦天心之大不平也。前見卿為卿生愛，今見卿又不由不為卿生憐矣。」（第二回）《合浦珠》中的名妓不僅才藝驚人，而且品格更高：

「這趙友梅年方二八，巧慧絕倫，言不盡嫋娜娉婷，真乃是天姿國色。既嫻琴畫，又善詩詞，時人往往以薛濤相比。然在平康中較論，則友梅固是濤之流亞，若友梅心厭綺羅，性甘淡泊，譬如蓮花雖出於淤泥而纖埃不染，則又非薛濤之所能及也。」（第三回）

上述而外，明末清初才子佳人小說中的才華卓異的女子堪稱繁花似錦、星光燦爛。如《平山冷燕》中的山黛、冷絳雪，《玉嬌梨》中的白紅玉、盧夢梨，《玉樓春》中的黃玉娘、霍春暉、翠樓，《宛如約》中的趙如子、趙宛子，《賽花鈴》中的方素雲，《春柳鶯》中的畢臨鶯，《合浦珠》中的范夢珠、白瑤枝，《醒風流》中的馮閨英，《生花夢》中的貢小姐、馮玉如，《玉支磯》中的管彤秀，《人間樂》中的居掌珠、來小姐，《兩交婚》中的甘夢，《好逑傳》中的水冰心，《鳳凰池》中的文若霞、章湘蘭，《蝴蝶緣》中的華掌珠、華步蓮、袁秋蟾、柳碧煙、韓香，《駐春園》中的曾雲娥、吳綠筠，《巧聯珠》中的方芳芸，《飛花豔想》中的雪瑞雲、梅如玉，《夢中緣》中的金翠娟、木舜華、水蘭英、坦素煙，《桃花扇》中的李香君，《情夢柝》中的秦蕙卿，……實在是不勝枚舉，讓人如行山陰道中目不暇接。有趣的是，這些女性較之同書中的「才子」而言，其才皆有過之而無不及，都能使那些「才子」們相形遜色，甚至汗流浹背。誠如《平山冷燕》中才女自豪地宣稱的那樣：「一時才調一時憐，千古文章千古傳。漫道文章男子事，而今已屬女青蓮。」（第十六回）

更有意味的是，這些小說中的「女才」絕非僅僅表現在詩賦之才、應對之才、丹青之才、琴瑟之才這些「淑女」層面，而是將「才」的內涵擴大到治家之才、治國之才，將這些才女寫成了女中豪傑。這樣的具有社會能量的「才」，就不僅僅是「才華」，而是「才能」了。

《玉嬌梨》中白紅玉的父親「自從夫人死後，身邊並無姬妾，內中大小事俱是紅玉小姐主持，就是白公外面有甚事，也要與小姐商量」。（第一回）《宛如約》中十五歲的趙宛子父母雙亡之後，這個大學士舊家「家中事體唯小姐一人支持。幸得小姐才能出之天性，府中之事治得井井有條。又且恩威並濟，府中內外大小，無一人不感其德而畏其威」。（第七回）《好逑傳》中兵部侍郎水居一的女兒水冰心，「及至臨事作為，卻又有才有膽，賽過鬚眉男子。這水居一愛之如寶，因自在京中做官，就將冰心當做兒子一般，一應家事，都付她料理」。（第三回）

更有甚者，有的女子不僅有治理家庭的能力，甚至還有應付社會風險的

能力、分清政治是非的能力，甚至可以說是具有治國能力、具有政治家風度的廊廟之才。《飛花豔想》中的梅如玉小姐，當父親梅兵憲遭奸臣陷害，受命遠赴閩廣等地時，她預見到此行的兇險，勸說父親道：「爹爹暮年，且是文士，當此賊寇猖獗之際，爹爹深入虎口，恐禍生叵測。據孩兒看來，爹爹何不急上疏，告病還鄉，或者聖明憐念，另遣人去也未可知。」（第四回）《桃花扇》中的李香君，見如意郎君侯方域因為得了閹黨阮大鋮的資助而欲為之在復社文人面前打圓場時，竟有如下表現：「不料香君在旁聞侯生之言，拂然大怒曰：『郎君是何意思？阮大鋮趨赴權奸，廉恥喪盡，婦人女子無不唾罵，他人攻之，官人救之，吾不知官人自處於何等？官人之意，不過因他助俺妝奩，便要狗私廢公，這幾件釵釧、衣裙，卻放不到我香君眼裏！』說完，遂將頭上珠翠拔下，衣衫脫去，盡情丟在地下，向臥房而去。」（第三回）如此舉動，惹得楊龍友稱其「剛烈」，侯方域讚為「畏友」。這一段描寫雖然基本抄自孔尚任《桃花扇·卻奩》一齣，但能將這樣的女性匯入明末清初才子佳人小說傑出女性形象的滾滾洪流之中，小說作者仍然功不可沒。

李香君以一青樓女子的身份，能夠在眾多才女形象畫廊中卓然獨立，已經讓讀者大開眼界了，而《醒風流》中的馮閨英則更為奇特。按該書所寫，當時朝廷「為著敵人分道南侵，大張榜文，詔集天下賢士獻平敵、禦敵、和敵三策，孰可孰否，何去何從」，皇帝「急待有個奇策，平定海內」，而「諸生議論，各執一見，並無個萬全的奇策」，在此關鍵時刻，馮閨英女扮男裝，上了一策。「天子看罷，龍顏大喜」，及問知是一女子所為，不禁「驚疑半晌」，繼而由衷感歎：「若以男子中論，可當黼黻皇猷之任，豈非愧殺天下鬚眉。」（第十六回）

是呀，這樣的女子，豈非愧殺天下鬚眉！《紅樓夢》作者亦曾有言：「金紫萬千誰治國，裙釵一二可齊家。」（第十三回）確是知心之論！

還有更絕的！在不少才子佳人小說中，女主人公們不僅有吟詩作賦、治家治國之才，甚至還能夠將自己的聰明才幹運用於命運抗爭的過程之中。為了自己的愛情、婚姻，為了自己的心上人，她們願意奉獻一切，也敢於展現所有。她們堅信，自己的婚姻自己作主，而且還要自己爭取，她們絕不像崔鶯鶯、杜麗娘那樣，將自己一生的幸福都寄託在如意郎君身上，寄託於男人「大登科連小登科」這樣一個封建時代的慣常模式之上。而是在爭取愛情自由、婚姻自主的艱難過程中，去磨煉意志、勇敢追求，她們不靠父親、夫君，

不靠神仙、皇帝，總之是不靠那些男人，而靠女人自己！

《平山冷燕》中的冷絳雪對父親說得清清楚楚，自己的擇偶標準是：「人家總不論，城裏鄉間也不拘，只要他有才學，與孩兒或詩或文對做，若做得過我，我便嫁他。假饒做不過孩兒，便是舉人進士、國戚皇親，卻也休想！」（第六回）

《玉嬌梨》中的盧夢梨竟敢女扮男裝與意中人相會，還向對方一針見血地指出：「不知絕色佳人，或制於父母，或誤於媒妁，不能一當風流才婿，而飲恨深閨者不少。故文君既見相如，不辭越禮，良有以也！」並明確表示：「今一晤仁兄，不知情從何生。」（第十四回）

還有一些女性，面對強權，也敢於拼死一搏。

《駐春園》中的曾雲娥，為了替癡情書生申冤，竟然在公堂之上大筆一揮，書寫供狀：「正遇太守升堂，雲娥奮不顧身，高聲叫屈。太守堂上聽見呼冤，急命衙班帶見。不多時，帶到堂上。太守把雲娥一看，原來乃一位紅粉女娘，姿容傾世。太守問道：『這位女子何事呼冤？』雲娥乃乞取紙筆，自寫親供。太守遂命衙班取筆硯紙墨與雲娥。雲娥伏在地下，直筆寫完遞上。……太守看畢，不覺拍案驚奇。歎道：『好個奇才女子也，真乃不負一個癡腸書生。』」（第十八回）

《好逑傳》中的水冰心為了維護自身的尊嚴，更是在按院大人的公堂之上據理力爭，拿出上奏副本，令存心包庇惡霸公子的朝廷官員大吃一驚：「馮按院才看得頭一句『諂師媚權』，早驚出一身冷汗，再細細看去，忽不覺滿身都燥起來，急看完，又不覺勃然大怒。欲待發作，又見水小姐手持利刃，悻悻之聲，只要刺死。倘刺死了，一發沒解。再四躊躇，只得將一腔怒氣，按納下去，轉將好言勸諭。」（第十回）

幹得最大快人心的還是《玉支磯》中的管彤秀，面對威逼她成親的惡少卜成仁，她如何表現呢？且看：「管小姐看見外面掀倒卜成仁，方手提寶劍從簾裏走出簾外來，指著卜成仁大罵道：『賊畜生，你想成親麼？且快去閻王那裡另換一個人身來！』遂提起寶劍照著當頭劈來，嚇的那跟來的四個侍女魂都不在身上。……此時卜成仁已嚇倒在椅子上，連話也說不出，……竟往外跑。管小姐看見卜成仁下階走了，急得只是頓足，要趕來，又被侍女攔住。只得將寶劍隔著侍女，照定卜成仁虛擲將來。終是女子身弱，擲去不遠，早噹的一聲落在階下。卜成仁聽見，又吃一驚，早飛一般跑了出去。」

（第十二回）

這些女性的行為，印證了《宛如約》中趙如子大膽宣稱的誓言：「女子要煉成男子的氣骨，那裡怕得風霜！」（第七回）這樣一些女性，自信，堅韌、大膽、潑辣是其特徵。她們以自己果敢的行為，爭得了人格尊嚴，贏得了幸福美好。其實，她們不再是那種傳統淑女、才女形象，而是具有了在閨閣小姐的名分掩抑下的市井婦女的性格特徵。這是一批真正「社會化」的才能女子，是站在時代前列的新女性！

二

當然，才子佳人小說中這些女性的理想化色彩是過於濃烈了一些。這樣一批才、美、情、智、俠五方面都達到極高境界的女子在現實生活中是頗為罕見的。較之稍後出現的《紅樓夢》中的金陵十二釵而言，才子佳人小說中的女主人公肯定顯得「虛空」了一些，沒有那麼真切無疑的生活真實性。但有一點，《紅樓夢》卻是繼承和發展了才子佳人小說的，那就是在大力弘揚女才之後的一種對傳統文化的逆向思維——女尊男卑。

其實，在以上所列舉的才子佳人小說的例證中，已經萌發了女子勝過男兒的思想，出現了不少女尊男卑的言論。如：「敬重姐姐更過於師友。」（《兩交婚》）「天若使我是個男子，與你並驅中原，也不知鹿死誰手？」（《蝴蝶緣》）「直令男子愧死。」（《巧聯珠》）「豈不令男子羞死。」（《春柳鶯》）「賽過鬚眉男子。」（《好逑傳》）「豈非愧殺天下鬚眉。」（《醒風流》）如此等等，不一而足。當然，要想進一步提高女性的地位，還得根據中國人的習慣，來一點帶有「先驗」意味的鼓吹，於是，一些感天動地的說法就出現了。《平山冷燕》中的男主人公燕白頷在讀了一首女性的詩作之後，連聲歎息道：「天地既以山川秀氣盡付美人，卻又生我輩男子何用？」（第十六回）《玉嬌梨》中的女主人公白紅玉也被作者寫成「果然是山川秀氣所鍾，天地陰陽不爽，有百分姿色，自有百分聰明」。（第一回）《宛如約》寫佳人趙如子「生來將秀氣奪盡」，「最奇是生如子這一年，合村的桃李，並無一枝開花，蓋因秀氣都為如子奪了」。（第一回）《人間樂》中也寫居老爺家的「這掌珠小姐果乃秀氣所鍾」。（第一回）幾乎所有才子佳人小說中的女主人公，都是這種「奪山川草木之秀氣」的才女。這種言論，卻是被曹雪芹老老實實繼承並發展的。

《紅樓夢》中的賈寶玉有兩段石破天驚的名言，鼓吹「精秀所鍾」「女清

男濁」論：「女兒是水作的骨肉，男人是泥作的骨肉。我見了女兒，我便清爽；見了男子，便覺濁臭逼人。」（第二回）「凡山川日月之精秀，只鍾於女兒，鬚眉男子不過是些渣滓濁沫而已。」（第二十回）正是在這種思想的支配下，賈寶玉有許多同情、讚揚女性或者為女子鳴不平的言論，其中最典型的乃是《芙蓉誄》中高度讚美女性的排比句：「憶女兒曩生之昔，其為質則金玉不足喻其貴，其為性則冰雪不足喻其潔，其為神則星日不足喻其精，其為貌則花月不足喻其色。」（《紅樓夢》第七十八回）這段話，明誄晴雯，暗贊黛玉，廓而言之，甚至可以說讚美了一切清潔女兒。讀了這樣的詞句、這樣的文章、這樣的小說，讀者往往會情不自禁地受到作者的影響，從而得到一次靈魂的淨化，進而引發內心隱藏得很深的原始的女性崇拜情結，並將之演變為一種情緒，甚至是一種噴薄欲出的情感。這種噴薄欲出的情感一旦爆發出來，就會成為一聲號角、一陣鼙鼓，引導許許多多的女性和同情女性的男性沿著從「女尊男卑」到「爭取女權」的道路上奮勇向前。

然而，號角畢竟只是號召，鼙鼓也只能打造聲勢，它們本身都不具備殺傷力，更不具備從根本上解決問題的能量。在中國封建時代，僅僅只是敬仰、熱愛、讚揚、歌頌那些純潔女兒是遠遠不夠的，因為這遠不能改變千百萬女性的悲慘命運，也無法扭轉男尊女卑的根深蒂固的傳統觀念。於是，更多的小說作家開始嘗試著提出一些具體的措施，或勾畫一幅可操作藍圖，從而提高女性的社會地位和人身權利。

對《紅樓夢》女尊男卑思想最早鼓桴相應並勇敢前驅的是《鏡花緣》。作者李汝珍在這部至今人們難以給它準確定性的奇書中，表述了對中國封建時代後期三大社會痼疾的擔憂：一之曰科舉問題，二之曰婦女問題，三之曰世風問題。對這三大問題，作者都進行了十分生動而深刻的描寫和探索。其中，關於婦女問題，作者除了在很多地方發表自己的見解而外，又重筆寫下了兩個大的故事：海外的女兒國和大唐考試得中的一百名才女。通過這兩個故事，作者開始對女性的社會地位和人身權利問題進行了「藝術性」的探討。我們且看多九公對女兒國的介紹：

> 行了幾日，到了女兒國，船隻泊岸。多九公來約唐敖上去遊玩。
> 唐敖因聞得太宗命唐三藏西天取經，路過女兒國，幾乎被國王留住，
> 不得出來，所以不敢登岸。多九公笑道：「唐兄慮的固是。但這女兒
> 國非那女兒國可比。若是唐三藏所過女兒國，不獨唐兄不應上去，

就是林兄明知貨物得利，也不敢冒昧上去。此地女兒國卻另有不同：
歷來本有男子，也是男女配合，與我們一樣。其所異於人的，男子
反穿衣裙，作為婦人，以治內事；女子反穿靴帽，作為男人，以治
外事。男女雖亦配偶，內外之分，卻與別處不同。」（《鏡花緣》第
三十二回）

這個海外女兒國的一切都很正常，唯獨在男女之關係方面陰陽倒置，或者說，
這個帶有幻想意味的國度與大唐、實際上是與封建中國的現實恰恰相反，男
人下滑成脂粉裙釵，女人升級為國家棟樑，這樣一種陰陽倒置、男女換位的
描寫，實際上是對古老中國幾千年來根深蒂固的男尊女卑的一種矯枉過正的
反撥。這種反撥在當時雖然帶有理想化、甚至於調侃的意味，但它卻是前景
無量的，是代表著社會發展的未來走向的。而且，這樣一種初步設想，也給
後來提倡女權的若干小說創作提供了一幅藍圖、一個基礎。誠如宋玉所言：
「夫風，生於地，起於青蘋之末，侵淫溪谷，盛怒於土囊之口。」（《風賦》）
《鏡花緣》中對於女權的初步主張，就是起於青蘋之末的小風，到了晚晴小
說中，它就變成盛怒於土囊之口的女權至上的狂飆了。

三

晚清章回小說中鼓吹女權的主要有《女獄花》《黃繡球》《女子權》《俠義
佳人》《女媧石》等作品。

《女獄花》是一部狂熱鼓吹女權的小說，書中多次聲言要「殺盡男賊」。
書中所謂「女獄」，指的是二千多年的封建中國，而所謂「女獄花」，則是像主
人公沙雪梅這樣的「女豪傑」。作者借沙雪梅之口說：「我們女子雖皆醉生夢
死，住在女獄裏二千餘年，然其中豈無驚天動地的女豪傑麼？你想文章有班
婕妤、謝道韞，孝行有緹縈、曹娥，韜略有木蘭、梁紅玉、唐賽兒，劍俠有
紅線、聶隱娘、公孫大娘，此外有名豪傑，我也不能盡說。可見我們女子，並
非盡染陋習，一無振興氣象。一聲革命，恐有如銅山西崩，洛鐘東應，羅裙兒
為旗，紅粉兒為城。頃刻之間，盡是漫天蓋地的娘子軍了。」（第八回）而
這位沙雪梅革命的出手動作就是針對丈夫秦賜貴狠命踢來的一腳，「心靈手
快，閃在一邊，隨手將黑虎偷心的拳頭打去，則聽『啊呀』一聲，『秦賜貴』
正變了『尋死鬼』了」。（第四回）而此後，以沙雪梅為首的書中眾女子口口
聲聲咒罵的「男賊」云云，當然就是「夫權」的象徵了。作者對夫權是深惡痛

絕的，沙雪梅有一次與友人喝酒時的談話，正表達了當時某些女權主義者的
意見：

> 兩人談了好一會，丫環送上酒菜來，兩人且飲且談，雪梅忽說
> 道：「近來世界上普通男人，大抵當女人為灶婢，料理瑣屑事務，看
> 書會友是男人最恨的，不知姊姊修了幾世，得嫁文明夫婿，有如此
> 自在得很。」洞仁笑道：「世界上的男人那裡有一個文明的？就有幾
> 個號為文明的人，亦是外面裝著文明樣子，裏面愈覺得野蠻不堪。
> 我是從小立誓不嫁男人，才有這個地步。但我幼時亦受小腳的毒，
> 近來雖已竭力放開，終覺不大自然。且我們國中舊風俗，做女子的
> 專講嫋娜娉婷，嬌姿弱質。所謂體育之事，一些兒也不講究。我前
> 時亦染了這些陋習，以致今日身子很不強壯，不能為同胞上辦一點
> 兒事業。然嘗聞古人說，有能行之豪傑，有能言之豪傑，有能文之
> 豪傑，三個名雖不同，其實是一樣的。妹妹今日自己想來，只得學
> 那能文的豪傑，稍盡些女國民的責任罷了。」（第六回）

該書第八回又出現了另一個女傑許平權，命名的含義也就是「允許男女平等
權利」的意思。但這位許女士屬於「平和革命」派，與暴力革命派的沙雪梅基
本觀點相同但具體措施有異。且看二人的一次辯論：

> 雪梅道：「我聞天的生人，生命與自由同賦，故泰西人常說，自
> 由與麵包不可一日缺少。若缺了麵包，人要餓死。缺了自由，人亦
> 要困死的。據你說來，此刻不要革命，則重重束縛與牛馬無異，還
> 成一個人嗎？」平權道：「天的生物，原是各給他自由，但有自由的
> 資格，方能享受自由。沒有自由的資格，決不能享受自由。譬如牛
> 馬，天亦何嘗不與以自由，人何以要束縛他，只因他沒有自由的資
> 格，主人豢養他，非但不肯為主人盡力，有時且反噬主人呢。今日
> 普通女子，一無學問，愚蠢不亞於馬牛。若即把他自由，恐要鬧出
> 大學程氏一大的笑話來了。」雪梅聽到這裡，即跳起身來，說道：
> 「照你這樣講，今日我們二萬萬女子，應該做二萬萬男賊孝順奴隸
> 麼？」平權見他言詞激烈，知他宗旨已定，欲強勸他也無益。且革
> 命之事，無不先從猛烈，後歸平和，今日時勢，正宜賴他一棒一喝
> 的手段，喚醒女子癡夢，將來平和革命，亦很得其利益。即隨口說
> 道：「姊姊，時候已不早，明日再談罷。」雪梅也不回答，匆匆出房

而去。（第八回）

沙、許二人雖殊途同歸，但畢竟意見不合，只得分道揚鑣，各行其是。最後，激烈女權派六個女將沙雪梅、張柳娟、仇蘭芷、呂中傑、施如墨、岳月君終於血戰捐軀，以自己悲壯的失敗，做了女子革命的鋪路石。而許平權則在沙雪梅振聾發聵的吶喊和浴血奮戰的犧牲所開創的慘烈局面的基礎上進一步開女學，繼續教育女性為了文明、平等而鬥爭，最後，終於贏得了「講平等震旦文明」的大好局面。

《黃繡球》也是一部提倡女權，鼓吹女性解放的佳作，主人公黃繡秋自改其名為黃繡球是什麼意思呢？該書第二回、第二十三回、第三十回再三致意，就是要用文明去錦繡地球。故而，這個自小父母雙亡、給人做童養媳，連自己姓什麼都不知道的弱女子，在丈夫黃通理的支持下，勇敢地走出廚房，走出繡房，走出家門，投身社會，黃繡球，這位黃種人的女子要通過自己的努力去錦繡地球！涉及女權問題，這位勇敢的女性是這樣表達的：

> 沒有女人，怎麼生出男人？男人營中的英雄豪傑，任他是做皇帝，也是女人生下來的，所以女人應該比男人格外看重，怎反受男人的壓制？如今講男女平權平等的話，其中雖也要有些斟酌，不能偏信，卻古來已說二氣氤氳，那氤氳是個團結的意思，既然團結在一起，就沒有什麼輕重厚薄，高低大小，貴賤好壞的話，其中就有個平權平等的道理。不過要盡其道，合著理，才算是平。譬如男人可讀書，女人也可讀書，男人讀了書可以有用處，女人讀了書也可以想出用處來，這就算同男人有一樣的權，謂之平權。既然平權，自然就同他平等。若是自己不曾立了這個權，就女人還不能同女人平等，何況男人？男人若是不立他的權，也就比不上女人，女人還不屑同他平等呢！自從世界上認定了女不如男，凡做女人的也自己甘心情願事事退讓了男人，講到中饋，覺得女人應該煮飯給男人吃，講到操作，覺得女人應該做男人的奴僕，一言一動，都覺得女人應該受男人的拘束。最可笑的說兒子要歸老子管教，女兒才歸娘的事呢！無非看得男人個個貴重，女人只要學習梳頭裹腳、拈針動線、預備著給男人開心，充男人使役。大大小小的人家，都只說要個女人照管家事，有幾個或是獨當一面的，執管家政，或是店家做個女老闆，說起來就以為希罕，不是誇讚能幹，便是稱說利害，總覺得

女人能夠做點事的，是出乎意外。這種意見，也不知從幾千幾百年
前頭傳了下來，弄成了一個天生成的光景。（第二十二回）

由此看來，黃繡球對女子的現狀和遭遇是極為不滿的。因此，她就要反抗、
鬥爭，就要聯合更多的姐妹通過自己的行動來博取社會的尊重。後來，這位
奇女子又結識了另一位奇女子女醫生畢強字去柔者。「畢強」也者，必須強大
之意；「去柔」也者，當然就是去掉柔弱。黃繡球與畢去柔惺惺相惜，開展了
一系列有利於婦女解放的社會活動，放小腳，辦女學，破除迷信，開織造局，
並將爭取女權的道理編成彈詞宣傳演唱，有力地推動了當時婦女解放運動的
健康發展。

《女子權》也是鼓吹女權的小說，該書開卷第一回就以萬分激烈的口吻
表達了作者的主張：

中國人民屈伏於專制政體之下，已經歷數千年，沒有一毫自由
權。婦女尤為可憐。——原來男子雖然為政體所拘束，還有許多野
蠻自由；惟有婦女，一向制於三從之說，家庭裏面重重壓制。自從
襁褓以至白首，都是一切聽命於男子，不能一刻自由。其間婚姻一
事，必須父母之命，媒妁之言，尤為婦女終身說不出的苦楚。大凡
男子在外面交朋結友，還得性情相洽，聲氣相投，才沒有凶終隙末
的笑話；何況夫婦一倫，要他百年偕老，式好無尤，那有彼此未交
一言，未會一面，便可由父母媒妁強行作主，將兩人拉在一處，硬
要他成為夫婦的理？試思這男女兩人，彼此既未交一言，未會一面，
為父母媒妁的，那能曉得他性情是否相洽，聲氣是否相投？及至三
星在戶，六禮告成，那時已似生米煮成了熟飯，縱然伉儷之間有什
麼十二分不相得的地方，也只好委諸命運。更有一說：男子與妻房
不合，或是納妾，或是宿娼，還可以借作消遣地步；倘然妻房真個
不好，還可休還岳家，還可轉鬻他姓。雖然說是婚姻不自由，實則
可以自由的地方狠多。惟有女子，卻是嫁雞逐雞，嫁狗逐狗，一經
與這男子成了夫婦，便永生永世受這男子管束。自己有幾分姿色，
得能蒙男子寵愛，猶可將就度日；否則如居犴狴，如坐針氈，如墮
入九幽十八地獄，拚著嘔氣一生，冷淡一世，再休想有出頭的日子，
豈不可憐？豈不可痛？

該書分前後兩部分，後半寫貞娘與女同學創辦《女子國民報》，又到聖彼得堡

演講，是書中精彩的片斷。但前半卻將這一思想寄託在一個才子佳人般的青年男女戀愛的故事之中，寫袁貞娘與鄧述禹從一見鍾情到生死相戀，基本是老套寫法，無甚意義。而且，全書最後的結局也有點令人喪氣。轉了一圈，貞娘所爭得的一點點真正的女權則是與心愛的人完婚，自己又成為皇后身邊的女官，並賞三品銜。這些，又體現了作者等女權主張者在當時男權極其強大的社會環境中無所歸依的矛盾心態，表現了一種「無可奈何花落去」的惆悵與悲哀。

《俠義佳人》主要寫一些婦女的社會活動，時而借書中人物講述當時以女界為中心的怪現狀，時而借書中人物之口發表議論。如第十二回云「中國女界黑暗」，第二十九回云「女子生在黑暗時代」。尤其是書中寫一貴婦人得知兒媳婦打了兒子喜歡的丫鬟又和兒子對打以後，居然說出了這樣的話：

> 盧夫人道：「你也用不著叫你家小姐來磕頭陪禮。要說是彩兒不好，有錢大戶人家，哪個不是三妻四妾？就是姑爺看中了彩兒，也不算什麼奇事，你們小姐要是賢惠的，就該給姑爺收個房。」（《第十二回》）

看到這樣的話語，使我們不禁想起《紅樓夢》中當得知賈璉偷僕婦被鳳姐發現而大吵大鬧後，賈母奉勸鳳姐的「混帳話」：「什麼要緊的事！小孩子們年輕，饞嘴貓兒似的，那裡保得住不這麼著。從小兒世人都打這麼過的。」（第四十四回）想不到《紅樓夢》中的老祖宗在一百多年後居然找到了這麼一個曠世知音，盧夫人的話毫無疑問是從史太君那兒「化」過來的，但在封建時代，這可是男權至上的核心表現之一：男子可以三妻四妾乃至尋花問柳，而女子則只能從一而終並目不斜視。這樣兩部相隔百多年的小說，都寫到了這樣一種被男權社會「同化」的女性長輩心理，其實是暗寓若干批判意味於其中的。除此而外，《俠義佳人》對於新的女性及其家庭、事業，則大力表彰。如孟迪民、高劍臣這樣的優秀女性，熱心公益，敢做敢為。再如劍臣、飛白這樣的新型夫妻，超凡脫俗，領導潮流。總之，該書對舊派的柔弱女子灑了一掬同情的眼淚，而對立志變革社會、改變自我的新女性，則充滿了讚美之情。

《女媧石》是以英雄傳奇乃至俠義小說的筆調來描寫婦女生活、反映婦女問題的一部小說，在女權鼓吹方面也相當狂熱。該書通過金瑤瑟、鳳葵主僕二人的奇遇，在張揚女權的同時，還表達了對開明政治的嚮往和對科學時

代的企盼。書中幻化了一個花血黨，其實就是一個女性世界的激進黨。該黨的宗旨是要除內外上下「四賊」：內賊乃兒女之情，外賊是崇洋媚外，上賊指專制暴虐，下賊為濁穢雄物。她們還強調要堅持「三守」：一守女子天然權力，二守女子天然主人資格，三守女子天然先覺資格。除了具有英雄俠義的傳奇色彩之外，該書新名詞迭出，新概念屢現，新事物更是層出不窮，令人目不暇接。如天香院中的電器設備，如風馳電掣的電馬，如近似於導彈的神槍，如給人「洗腦」的高超技術。現代人讀過之後，定將佩服作者觀念的超前，當時人讀之，恐怕多半會瞠目結舌而驚歎不已。

　　巡閱了若干描寫女性的章回小說以後，讓我們再回到本文的開頭。歌頌女性的作品，自古有之。從「風詩」到「楚騷」，再到「唐歌」「宋調」「元曲」，但從來沒有任何一種文學樣式像明清小說那樣將婦女問題真正當一回事來寫，而且是滴血瀝髓地寫，是吶喊呼號地寫。從弘揚女才，到女尊男卑，直到女權至上，眾多的作者以他們辛勤的勞動，完成了中國古代文學中女性人物畫廊中最為輝煌奪目而又沁人心脾的一段，而且啟示著後代的作者永遠嘔心瀝血地寫下去！

　　文學是水，它們承載了女人。

　　女人是水，她們灌溉了文學。

（原載《荊楚理工學院學報》2014年第一期）

略談明末清初小說的婦女問題

　　明末清初，是我國歷史上一個天崩地坼的時代。許多舊的觀念逐步瓦解，許多新的觀念破土萌生。在這個新舊思想交織、鬥爭著的時代裏，作為社會最敏感的一根神經的小說創作，反映了這種鬥爭的尖銳性與複雜性。尤其是其中所反映的婦女問題，更深深打上了時代的印記，具有自身的特點和規律。從《金瓶梅》到《紅樓夢》之間一百多年的白話小說，對當時婦女的痛苦生活，較之從前有更深刻地反映；對婦女的地位、價值，也有某些新的認識；對婦女與傳統道德觀念之間的關係，更有不同角度的揭示。總之，婦女問題，可說是探討明末清初小說創作的一個不可忽視的問題。

一

　　白居易詩云：「人生莫作婦人身，百年苦樂由他人。」（《太行路》見《白氏長慶集》卷三「諷諭」）中國婦女的痛苦生活，是為我國古代文學，尤其是戲劇、小說所反映的一個重大課題。僅以小說而言，從六朝志怪、唐宋傳奇、宋元話本，直到元明長篇章回中，都有不少反映婦女悲慘命運的作品。明末清初的某些小說繼承了這一傳統，以更廣闊的畫面、更充實的內容、更感人的魅力反映了處於封建社會後期廣大中國婦女的悲傷與痛苦。從而，也更引起了人們對婦女問題的矚目。

　　據現有材料看來，《金瓶梅》恐怕是我國第一部最大篇幅地描寫婦女生活的文學作品了。這部小說中雖沒有出現什麼具有理想色彩的女性，卻給人們提供了一大群被封建男權所壓迫，被封建統治階級分子所玩弄的女性形象。通過這些婦女的生活，作者不僅批判了她們自身，更重要的是通過她們讓讀

者認識到當時的社會，認識到在那黑暗的王國裏某些婦女是怎樣在生活，認識到畸形的社會是怎樣擠、壓、雕、塑出那一些畸形的婦女。據統計，《金瓶梅》中僅被西門慶一人玩弄過的婦女，不下二十人。其中除西門慶的元配陳氏、續配吳氏屬正式封建婚姻外，其他的，有以各種手段納的妾，有家中的丫頭、僕婦，有朋友的妻子，有養的外室，有私通的情婦，當然，還有那封建制度法定的被人玩弄的妓女。在這些婦女中，有的是迎歡賣笑，有的是卑躬屈膝，有的是偷情送暖，也有的是被迫無奈。但無論她們自身的品性、心理如何，在西門慶面前，無一不是被玩弄、被折磨的對象。

明末清初不少小說，已不限於寫婦女在婚姻、愛情方面的痛苦，而是在此基礎上將婦女痛苦的生活面推向當時社會更多的角落，從而更廣泛、更深刻地反映了婦女的悲劇。

《檮杌閒評》是一部揭露權閹魏忠賢的小說。但它的前小半部分，卻通過魏忠賢之母侯一娘的遭遇，從一個側面反映了當時下層婦女顛沛流離的生活。侯一娘是個江湖藝妓，丈夫無能，靠她賣藝與賣笑度日。她雖然也有心中的情人，但身不由己，她一方面要應酬達官貴人的耍弄，另一方面卻又免不了受流氓無賴的調戲。侯一娘在一切都毫無保障的生活中度過了十幾個春秋。

《雲仙笑》中有一個秀才娘子裴氏。當她丈夫無錢完官糧，受追逼時，她只得答應賣掉自己，並沉痛地勸慰丈夫：「倘若你便死了，留我在此，官府追逼，還是教我去受辱好？還是官賣我好？」（第二冊）讀書人被迫賣老婆完官糧，這殘酷的封建剝削啊！在封建社會裏，最重的壓力落在了處在社會最底層的婦女身上。

從市井流氓到各級官吏，一直到整個封建的國家機器，就這樣以壓倒之勢兀立在苦難婦女的面前。這是看得見的人身的凌辱，還有那更可怕的看不見的人心的摧殘。

《儒林外史》中那位制藝迷魯小姐，她「課子到三四更鼓，或一天遇著那小兒子書背不熟，小姐就要督責他念到天亮」。（十三回）八股制藝的毒液，就這樣流向閨閣，腐蝕婦幼。還有《女才子書》中那可憐的馮小青，這個小妾，被大婦逼得神情恍惚。「臨池自照，對影絮絮如問答」（卷一）就是她精神的寄託。封建的一夫多妻制啃囓人心、逼人致死。翻開《紅樓夢》，慘景更歷歷在目：那心如「槁木死灰」的李紈，那滿嘴「仕途經濟」的薛寶釵，那「青

燈古佛人將老」的妙玉，那「揉碎桃花紅滿地」的尤三姐。⋯⋯是封建的倫理綱常、科舉制度、宗法思想、世俗觀念在烤炙、侵蝕、吞噬著這些婦女的心靈，迫使她們走向絕路、走向死路，走向一條靈與肉一齊毀滅的道路。

當然，最能腐蝕、毒害婦女心靈的，還是那罪惡的封建節烈觀。明末清初小說中出現的烈女、節婦比比皆是：《醒世姻緣傳》中的沈節婦、《歧路燈》中的韓節婦、《女才子書》中的王節婦、《西湖二集》中的朵那女、《連城璧》中的碧蓮、《二刻拍案驚奇》中的張福娘、《儒林外史》中的王三姑娘⋯⋯。她們都是犧牲了自己的幸福乃至生命，可悲地換得對封建節烈觀的忠誠。這些小說的作者對這些節烈婦女的看法雖各有不同，但從作品所描寫的這些婦女本身，我們卻可以看到一個可悲的事實：她們的心田上，比他們的父祖、夫君、兄弟、子侄更多了一道陰影、一道節烈牌坊投下的陰影。

這些血淋淋的事實，絕非小說家們的杜撰。方苞說過：「嘗考正史及天下郡縣志。婦人守節死義者，周秦以前可指記，自漢及唐亦寥寥焉，北宋以降，悉數之不可更僕矣。蓋夫婦之義，至程子然後大明。」（《嚴鎮曹氏婦貞烈傳序》）請看後果吧：「明興，著為規條，巡方督學，歲上其事，大者賜祠祀，次亦樹坊表。⋯⋯乃至僻壤下戶之女，亦能以貞白自砥。其著於實錄及郡縣志者，不下萬餘人。」（《明史・列女傳序》）這是並不完全的正史記載，正史之外，尚不知有多少婦女的青春、自由被那「明倫堂」的金匾壓得粉碎。

明末清初小說中還出現了專門描寫婦女悲慘生活的作品。

《金雲翹傳》以絕大部分的篇幅，寫了一個弱女子的流浪史、辛酸史、血淚史。

王翠翹當過妓女。那是一種什麼樣的生活呢？首先是毒刑逼迫，鴇母「將翠翹衣服盡剝了，連褌腳也去個乾淨，將繩子兜胸盤住，穿到兩邊臂膊，單縛住兩個大指頭，弔在梁上，離地三寸，止容腳尖落地。⋯⋯提起皮鞭，一氣就打二三十。⋯⋯打一鞭轉一轉，滴溜溜轉個不歇。⋯⋯又一氣打了二三十皮鞭，翠翹心膽俱碎。⋯⋯又是二三十皮鞭，這番翠翹氣都接不來了。」（第九回）接著是污染心靈，鴇母教導王翠翹如何勾引客人，共有七法，曰「哭」、「剪」、「刺」、「燒」、「嫁」、「走」、「死」，「無非欲勾引他春心，打動他欲念」。最終是身受荼毒，「人未眠時不敢睡，人如睡熟莫虛驚，既要留心怕他怪，又要留心防他行。⋯⋯牙黃口臭何處避，疾病瘡痍誰敢憎？若是微有推卻意，打打罵罵無已停。」（第十一回）無怪乎王翠翹要發出「人生最苦是女子，女

子最苦是妓身」的強烈控訴了。這才是真正的妓女生活，是未加粉飾的血淚凝成的中國封建社會的妓女生活。這樣細緻、深切地將妓女的痛苦與悲傷作為主要內容來描寫的作品，在此之前恐怕還難以找到。

王翠翹還當過奴婢，受過主子夫人在精神方面的折磨凌辱；王翠翹還曾是罪犯的女兒，差一點被公差剝去身上半舊的衣裳；還曾是天官府的逃奴，不得不以女尼的身份終日躲藏；還曾是一個無援的難女，被人一賣再賣；還曾是強盜的妻子，被朝廷大員當眾侮辱。……總之，她飽嘗了一個下層婦女在當時所必然遭遇到的一系列痛苦。這樣的小說的出現，本身就雄辯地證明著婦女問題已經成為一個重大的社會問題，成為一個連小說家都重視的社會問題。

要瞭解封建社會後期中國婦女的真實生活嗎？要數一數明末清初中國婦女身上的血痕和心上的傷痕嗎？與其去看那墨寫的正史，毋寧來讀一讀這血寫的小說。

二

在婦女的悲慘命運為明末清初小說家們所矚目的同時，婦女的地位、價值，也在某些小說中得到了提高。

這裡，首先是對才美女子的歌頌逐步取代了以前那種對貌美女子的讚揚。這對傳統的以男才女貌為標準的才子佳人之間的愛悅描寫，應該說是一個小小的進步。

在這些才女身上，最常見的是詩才、文才、應對之才。《飛花詠》中的端容姑不僅應對敏捷，且能替義父做一篇給權閹曹吉祥的頌文，妙在寫得「句句稱揚，卻又句句不貼在曹吉祥身上」。（第九回）解決了一個老幕僚都感到棘手的問題。他如《錦香亭》中的葛明霞，《春柳鶯》中的梅凌春、畢臨鶯，《麟兒報》中的幸昭華，《定情人》中的江蕊珠，《玉嬌梨》中的白紅玉、盧夢梨，莫不如此。而《平山冷燕》中的山黛所作的詩，竟能使朝廷百官「次第傳看，無不動容點首」。（第一回）可見，女子的才勝過男子這個觀念，已被當時小說家們普遍接受、共同體現。這種傾向甚至影響了曹雪芹，他寫大觀園中每次結詩社，奪魁的非林黛玉即薛寶釵，要麼也是史湘雲，那應對之才遠勝乃父的怡紅公子賈寶玉在這女兒國內卻一次又一次地落榜。

如果說，這些對才女的詩、文、應對之才的描寫，還可以從以前小說中

找到痕跡的話，那麼，對有些女性超乎詩、文、應對之才之外的才能描寫的作品，則明顯地摻入了新的思想意識，帶有一種使閨閣女子真正「社會化」的思想因素。

《玉嬌梨》中的白紅玉，不僅有詩才，而且有治家之才。她父親「白公自從夫人死後，身邊並無姬妾。內中大小事俱是紅玉小姐主持，就是白公外面有甚事，也要與小姐商量。」（第一回）《好逑傳》中的水冰心「及至臨事作為，卻又有才有膽，賽過鬚眉男子。」（第三回）有的女子，不僅有治家之才，甚至有治國之才，有政治家的才能和風度。《醒風流》中的馮閨英，在「聖上急待有個奇策，平定海內」，而諸生議論，各執一見，並無個萬全的奇策時，她女扮男裝上了一策，致使皇帝看了驚歎：「朕又何幸得此經濟之賢士。」後問明是女子，皇帝更是「驚疑半晌」，說道：「若以男子中論，可當黼黻皇猷之任。豈非愧殺天下鬚眉？」（第十六回）曹雪芹在《紅樓夢》中也曾慨歎：「金紫萬千誰治國，裙釵一二可齊家。」（第十三回）恐怕也受到這一種空氣的感染吧。

這些有才能、有膽識的女性的出現，對中國幾千年來男尊女卑的傳統觀念，無疑是一個沉重的打擊。然而，更其可貴還是在某些小說中所體現的女性的能力在自己的生活道路上所起到的重要作用，有時甚至是關鍵作用。這些女性，即不是在愛情中單純地為男性所追求的被動者，更不是聽憑命運安排、任人擺佈的被侮辱、被損害者，而是勇敢地站起來，面對社會、人生，面對邪惡勢力，憑著自己的智慧、力量、膽識去與強大的對手鬥爭，去爭取做人的尊嚴，去創造自己的幸福。

《好逑傳》中的水冰心面對黑心的叔父與惡霸公子的聯合勢力，不妥協、不順從，機智地與他們周旋。首先是俏膽移花，讓過公子娶了叔父之女，將一杯苦酒順手遞給釀酒者喝，使叔父「急得捶胸跌腳」，過公子「氣得發昏」。後來，又在公堂上告狀，並以自殺威脅官府，於公堂上「手持利刃，悻悻之聲，只要刺死」。（第十回）連巡撫大人也不得不折服。《平山冷燕》中的冷絳雪，以一農家女子的身份，沉著地對付著官府的迫害。幹得更大快人心的還是《玉支磯》中的管彤秀。面對著逼她成婚的惡少爺卜成仁，管彤秀「手提寶劍從簾裏走出簾外來，指著卜成仁大罵道：『賊畜生，你想成親麼？且快去閻王那裡另換一個人身來！』遂提起寶劍照著當頭劈來。」……我們從這樣一些女性身上，可以看到在閨閣小姐的名分掩抑下的市井婦女的性格

特徵。她們是那麼地潑辣，那麼地堅韌，她們正逐步甩開因襲的重擔，踐踏傳統的樊籬，勇敢地把自己當作一個人、一個毫不弱於男性的女人而生活在世界上。同時，我們還應看到，沒有呼吸到若干新鮮空氣的作者，是創造不出這樣一些女性形象的。

李贄說：「謂人有男女則可，謂見有男女豈可乎？謂見有長短則可，謂男子之見盡長，女子之見盡短，又豈可乎？」（《焚書·答以女人學道為見短書》）想不到一個鼓吹「異端邪說」的思想家剛剛認識到的真理，竟在百十年的時間內一次又一次地被一些離經叛道的小說家們形象地證實了。這中間的關係，難道能用偶然性來解釋嗎？

三

明末清初，又是封建道德尤為嚴重的時代。當時的小說中形形色色的婦女形象的出現，從某些方面反映了這一社會現實。

有一些婦女，受封建思想的毒害，恪守著封建道德，其結果只有在封建道德的囚牢裏死去。

還有一些婦女，情形比較複雜一些，就是那種以墮落的形式來破壞封建道德者。

這裡所說的墮落者，是指那種受封建道德的刺激而又向相反的極端走去的人性墮落者，是指那種外部糜爛的生活方式與內裏畸形的心理狀態相統一的女性。這些女性的思想仍屬於封建統治階級的思想體系，只不過她們從極端的利己主義、享樂主義的人生觀出發，狂熱地去追求某一種欲望，而封建的傳統道德觀念在表面上又制約著這種欲望，於是二者之間就發生了一定程度的衝突。這種衝突是由走向崩潰的封建制度自身造成的，是不可避免的。這些墮落的女性與當時產生的那些墮落的男性一樣，都是封建社會病軀內的寄生蟲，是封建道德這根血管中擴散著的癌細胞。從某種意義上講，他們也在破壞封建道德，也在催促著他們賴以生存的封建制度的滅亡。

具體而言，反映在男女問題上，就是放縱的淫慾；反映在財產、權力的問題上，就是無邊的貪欲；反映在人與人之間的關係上，就是殘忍的迫害欲，等等。

《金瓶梅》中的潘金蓮，為了滿足自己的淫慾，幹盡了壞事。她可以謀殺忠厚的丈夫，可以在西門慶的妻妾中拉一派打一派，可以將婢女奉獻給男

人以求多一個心腹幫手，可以用非人的手段殘害李瓶兒為西門慶所生的獨子，最令人髮指的還是她對僕婦宋蕙蓮的迫害。

當西門慶聽了宋蕙蓮的話，答應將其丈夫來旺兒放出監牢時，潘金蓮生怕如此，馬上在西門慶面前進行惡毒的挑唆，結果是潘金蓮如願以償，來旺兒充軍，宋蕙蓮自縊。但潘金蓮餘恨未消，事後竟對著宋氏的一隻鞋子大叫：「取刀來！等我把淫婦鞋剁作幾截子，掠到茅廁裏去，叫淫婦陰山背後永世不得超生！」（第二十八回）她的狠毒、殘忍，真是到了瘋狂的程度。

《醒世姻緣傳》中的薛素姐，也是一個虐待狂、迫害狂。為了滿足自己無止境的享樂，她迫害丈夫、迫害公婆、迫害一切不順眼的人。她故意當著婆婆面「將狄希陳東一鉗、西一鉗，一下一個紫泡。」致使婆婆氣得「直瞪了眼，焌青了嘴唇，呼呼的痰壅上來」，一命嗚呼。薛素姐「曉得婆婆這病最怕的是那氣惱，他愈要使那婆婆生氣」。（第五十九回）

《紅樓夢》中的王熙鳳，更是各種壞女人惡劣品質的集大成者，她的哲學就是一個字「貪」，為了滿足自己的貪欲，簡直是肆無忌憚。她可以設騙局去追逼垂涎於她的登徒子寫出一百兩銀子的借據；她可以勾結官府，害一對青年男女喪命，從而坐得白銀三千兩；她可以將丫頭們的月例錢拿去放高利貸；她可以在丈夫的身上擠油水，甚至連自己的情人也不放過。為了尤二姐的事，王熙鳳大鬧寧國府，迫使賈蓉拿出五百兩銀子來向她請罪。……她貪得連倫理綱常、天理報應這些封建統治的精神支柱都敢於推倒。她曾在鐵檻寺中對老尼說：「你是素日知道我的，從來不信什麼是陰司地獄報應的。憑是什麼事，我說要行就行。」（第十五回）這真是一個極端貪婪者將一切都踩在腳下的驕傲的自白。

像這樣一些墮落的女性，在明末清初小說中還有不少。這些女性，正如同那些墮落的男性一樣，或淫之至，或貪之極，或害人之最。總之，他們都是生活中的唯「我」主義者、排「他」主義者。他們都習慣於將自己的快樂建立在別人的痛苦之上。不錯，他們也觸犯乃至破壞了封建道德、封建秩序，但是，這種破壞絕非進步，而是墮落。他們的意識形態，並非新的萌生，而是舊的痼結。這些人，只能是墮落成性的封建主義者，而絕非舊制度的掘墓人。讀者憎恨這些社會的毒瘤，但更憎恨孳生這些毒瘤的病體——封建制度。因為這些人物「是他們的時代的五臟六腑中孕育出來的」。（巴爾扎克《人間喜劇序言》）中國封建制度的瀕於滅亡，與其自身孳生的這些毒素有一定的關係。

但是，當封建制度臨近墳墓時，又將這些毒素攜帶在一起，並且將它們散發出來，傳染給新的世界。這是封建制度以及一切舊制度最後的然而也是最大的罪惡。相對而言，人類要消除這些毒素比埋葬那墳墓邊的死屍更為困難一些。認識到這麼一個事實，我們就可以更深入地認識這些墮落型的人物形象之所以出現的階級的、社會的、時代的意義。

四

一切舊東西的滅亡，雖然免不了來自它們自身毒素的腐蝕。但是，更需要它們真正的毀滅性的破壞者，需要來自對立面的打擊。歷史畢竟是在舊的毀滅和新的萌芽同時發生的過程中才得以前進的。明末清初小說作品在為我們提供了一些墮落型的女性形象的同時，又給我們提供了為數更多的叛逆型女性形象。她們從對立面破壞著封建道德，真正充當著舊傳統觀念的掘墓人。在這一大批敢於反抗封建婚姻、追求人身自由的女性身上，我們可以看到文學作品中女性反抗精神的閃光，更可以看到一些新型的婦女觀、節烈觀在形成、在發展。

「三言」中的《喬太守亂點鴛鴦譜》，是一篇諷刺父母之命、媒妁之言的封建婚姻的佳作。書中的慧娘不顧父母之命、媒妁之言，勇於為自己擇偶，並借喬太守之口在宣揚自己的一種婚姻觀、節烈觀。這是當時的人們無法從理論上解釋正在萌生的人慾衝破禮教的事實，而從上古「有女懷春、吉士誘之」（《詩經·野有死麕》）的戀愛方式中尋求武器，用以抵制當時封建婚姻的一種試探。

「三言」中的《杜十娘怒沉百寶箱》和《賣油郎獨佔花魁》，是兩篇歌頌妓女爭取人格尊嚴、追求自由幸福的作品。前者以悲劇的形式，沉痛地描寫了這種爭取和追求的失敗，有力地鞭撻了重金錢、重等級的婚姻觀念的罪惡；後者則以讚揚的筆調，熱情地歌頌了這種爭取和追求的勝利，鮮明地指示出重知己、重感情的新婚姻觀念的前景。在杜十娘和莘瑤琴這兩個女性的身上，人們可以從正反兩方面領悟到婦女要爭取婚姻自由，首先必須爭取做人的權利、維護人格的尊嚴，只有人格平等了，婚姻的雙方才真正處於平等的地位。這正是一種新的婦女觀、婚姻觀在浸潤、取代舊的婦女觀、婚姻觀的一種表現。

隨著市民階層的婦女觀、婚姻觀的萌生、形成，隨著處於萌芽狀態的初

步民主思想的推動、影響，這時的擬話本小說中出現一大批像劉慧娘、杜十娘、莘瑤琴那種反抗型的破壞封建傳統觀念的女性。如「三言」中的賀秀娥、張淑兒、玉堂春、王嬌鸞；「二拍」中的劉翠翠、賈閏娘、羅惜惜；《西湖二集》中的黃杏春；《連城璧》中的劉藐姑；《十二樓》中的管玉娟等等。這些女性，雖不能說個個都是反封建的英雄，但都程度不同地觸動和破壞了傳統的封建道德觀念，都有著自我的愛，自我的追求。一批文人創作的言情小說，對這些反抗型女性亦有一定程度的描寫。

明末清初的小說家們，同他們筆下的婦女形象一道，就是在這樣的新舊思想交織著的領域中探索。終於，帶有這種探索的總結性的女性形象出現了。這就是《紅樓夢》中的林黛玉和《儒林外史》中的沈瓊枝。

似乎可以這樣說：林黛玉是背叛舊的傳統觀念的女性形象的總結，而沈瓊枝則是涉足新的生活道路的女性形象的開始。

林黛玉的性格，可以說是「一個多棱形的金剛石，每轉一個方向就出現一種不同的色彩」。(《歌德談話錄》)她的性格是多側面、多層次、有變化、有發展的。但她思想性格的基調，卻是對當時齷齪現實的懷疑、不滿和反抗；對純淨理想的憧憬、渴望和追求。一方面，她以高度的靈感來觀察、分析周圍的黑暗世界。她鄙視封建文化的庸劣，她詛咒八股功名的虛偽，她憎恨金玉良緣的封建婚姻，她厭惡諂上驕下的冷漠世情。另一方面，它又以滿腔的熱情來探索、追求理想的自由王國。她敢於從進步的文學作品中吸收思想養料，她樂於從非女兒本分的讀書寫詩中陶冶自己的情操，她混含熱血和苦淚追求著難以實現的木石前盟，她帶著驕傲和悲傷憧憬那不可企及的天涯淨土。林黛玉是處於最黑暗的時代中最執著的光明追求者。因此，污濁的社會容不得潔白的黛玉，而潔白的黛玉心中也容不得污濁的社會。正是這樣的互不相容，使活著的林黛玉死於當時；也正是這樣的互不相容，使死了的林黛玉活到今天。

林黛玉是一個林黛玉，又不是一個林黛玉。在以她那淚燭般的生命奏響的這一曲悲劇的樂章中，我們似乎聽到了許許多多反抗婦女靈魂的音符在跳躍和顫抖。林黛玉對傳統舊思想的背叛是多方面的，她是我國古典小說中以反抗、叛逆的形式破壞舊思想的婦女形象的一個階段性的總結。

過去的總結，本身就意味著將來的開始。林黛玉這一形象本身就孕育著新的思想因素。但由於種種原因，我們所看到的林黛玉，只是靈魂衝破了現

實，只是在追求一種潔淨的境界，她並未曾作為一個活靈靈的人走向生活的彼岸。而試圖將理想變為現實，嘗試著在新的生活道路上邁出了第一步的，則是與林黛玉同時出現的另一位女性——沈瓊枝。

沈瓊枝是一個新型的叛逆女性形象。在她身上，有的是生活的勇氣、自主的能力、尊嚴的人格、叛逆的精神。這個光輝的女性在《儒林外史》中雖只是星光一閃，但這是反抗舊的封建禮教的閃光，是追求新的生活方式的閃光，是代表著千百萬苦難的封建婦女真正覺醒的閃光。

從對封建道德某一方面的破壞，到比較全面地反抗傳統的舊思想；從一般地要求婚姻自主，到維護人格尊嚴，到憧憬美好的理想世界，一直到謀求一種自食其力的新生活，這中間雖不時地有某些舊的封建道德力量的侵蝕與干擾，但終究是向前發展了。明末清初小說中的反抗婦女們就是行進在這樣一條背對黑暗、面向光明的曲曲折折的小路上。

在明末清初那個黑暗、混亂，然而又是激蕩的時代裏，有的婦女深陷枯井呻吟，有的婦女渴飲鴆酒沉睡，有的婦女肩扛枷鎖彳亍，有的婦女翹首星光探索。她們用血和淚寫成她們的過去，但又必然以血和汗造就她們的將來。這，就是當時的小說創作在婦女問題上給我們留下的一個總體認識。

（原載《宜昌師專學報》1986 年第二期）

略談明末清初小說中的情慾問題

　　情與欲，人生在世誰也不能避免。就正常的男女相悅而言，「愛情既合乎理性又不合乎理性，既是出於本能又受到思想的鼓舞，既有生物性又有社會性，它把人的本性的許多方面結合起來。如果愛情僅僅出於本能，即僅僅具有生物性，而不合乎理性，那麼它就不會蘊含著精神文明的魅力，它就會僅僅表現為一時的激情。如果愛情僅僅是理性的，僅僅是來自於思想，那它就永遠無法振奮心靈，它的生命力也就枯竭了。」（基里爾‧瓦列夫《情愛論》第三部分）

　　那麼，在小說創作中，怎樣的情慾描寫才算是真實的和美好的呢？對這個問題，我國古典小說家們已作了長時間、多方面的探索和嘗試，有成功的也有失敗的，有經驗也有教訓，在這裡，本文無能力作全面的論述，僅想就明末清初從《金瓶梅》到《紅樓夢》這段時間的一些白話小說中的情慾問題略談一二。

一

　　十六世紀以來，整個中國封建制度正面臨極大的危機。當時的統治者們一方面自己盡情地享樂，放縱地淫慾；另一方面，又把程朱理學高高抬起，並加以極端化。在「存天理、滅人慾」的口號下，壓制、扼殺人民群眾正常的情慾要求。我們先看他們是如何的荒淫。

　　且看明武宗朱厚照。「正德十三年，駕幸昌平，民間婦女驚避」。（《明史‧毛思義傳》）「正德十五年，帝在南京，……少女充離宮」。（明史‧汪元錫傳》）還有一則雜記更是詳細：「武宗嘗在道中見一村婦，即命後車載之以歸。因賦

一詞曰：出得門來三五，偶逢村婦謳歌。紅裙高露足，挑水上南坡。俺這裡停鸞住彎，他那裡俊眼偷睃。縱然不及俺宮娥，野花偏豔目，村酒醉人多。」（曹春林《滇南雜誌》卷12）這位正德皇帝，就是如此的荒淫至極、無恥之尤。明世宗朱厚熜，在這方面也不弱：「嘉靖間，諸佞倖進方最多，其秘者不可知，相傳至今者，若邵、陶則用紅鉛，取童女初行月事煉之如辰砂以進。若顧、盛則用秋石，取童男小遺去頭尾煉之如解鹽以進。此二法盛行，士人亦多用之。然在世宗，中年始餌此及其他熱劑，以發陽氣，名曰長生，不過供秘戲耳。」（沈德符《萬曆野獲編》卷21《佞倖》）上有好者，下必甚焉。皇帝如此，臣子又何樂而不為？於是乎朝野上下，達官貴人，競談房中術，大煉春藥，不以為恥，反以為榮，搞得烏煙瘴氣。

統治者們這些縱慾的行為，被小說家們攝入自己的作品中。這就使得明後期許多小說中一些赤裸裸的性生活描寫泛濫成災。如《醒世恒言·金海陵縱慾亡身》中，寫金海陵「每當行幸，即令搬蔽去圍帳，教坊司近前奏樂。幸已方止，再幸再奏，一幸必及數婦」。再如《金瓶梅》中所謂「陳經濟畫樓雙美」等等，都是寫一個男人同時向兩個以上的婦女發洩獸慾。像這樣一些描寫，在明後期乃至清初的小說如《如意君傳》、《繡榻野史》、《弁而釵》、《宜春香質》、《肉蒲團》中可以說俯拾皆是。如此描寫，完全抽掉了對人的精神世界的揭示，剩下的只能是動物性的原始本能。除了在客觀上對統治階級的極度荒淫的生活有所揭露外，沒有更多的價值，尤其是沒有藝術價值、美學價值。

在這些描寫縱慾的作品產生的同時，還有一些鼓吹禁慾思想的作品出現。不過，這類作品的表現方式卻頗為奇特，往往是通過人慾的描寫進而來禁止人慾，用因果報應來解釋人慾，壓制人慾。這類作品，在「二拍」中占量頗多。如《喬兌換胡子宣淫、顯報施臥師入定》的入話，寫一秀才劉唐卿赴考途中與船戶女兒發生了兩性關係，其結果是毀掉了一科功名。作者宣揚：「看官，你看劉唐卿只為此一著之錯，罰他蹉跎了一科，後邊又不得團圓。蓋因不是他姻緣，所以陰騭越重了」。如果說，這對男女的私情還算有涉淫亂的話，那麼，再看作者對正常的寡婦改嫁是怎樣的態度吧：《滿少卿饑附飽揚、焦文姬生仇死報》的入話，寫鄭生之妻陸氏在丈夫死後改嫁，被前夫在冥府中寫來一封質問信活活嚇死。作者又鄭重宣稱：「眼見得是負了前夫，得此果報了」。作者的這些宣傳，無非表示：在人寰之外，有一個「天理」（借用一個名

詞）的存在，凡不合封建禮教的欲望，都是沒有好結果的。這些描寫。實際上只是一種說教，是「存天理、滅人慾」的理學思想的直接翻版。更有甚者，就連農民起義發生和失敗的直接動因，也被作者統統解釋為一個「奸」字。如《何道士因術成奸、周經歷因奸破賊》一篇，寫唐賽兒起事的直接動因是抗拒別人抓她的奸；而寫她失敗的直接動因則是被她所寵愛的美少年所殺。這就更是荒謬而反動了。

以上所說的這兩類作品，在情與欲的描寫方面有一個共同點，就是欲多於情、獸欲多於人情，甚至可說是無情可言。這些作品，要麼直接描寫那種脫離人性的欲；要麼強硬要求那種壓抑人性的「理」。一個反映的是統治階級的縱慾主義思想，一個反映的是統治階級的禁慾主義思想，但二者毀滅的卻是同一個東西——人性。這兩種思想意識看似矛盾，實則統一，不過是一個問題的兩個方面。它們或是畸形的，或是反動的，但都應被認作是我國小說發展史中的一股逆流。當然，這裡僅就情慾描寫而言，並無否定某些作品其他方面價值的意思。

二

明代，是我國市民文學空前發展的時代，尤其是市民小說更放出奇光異彩，而其中最奪目的又是那一束照人心扉的「真性情」的光柱。這裡面有真情的勝利，如《賣油郎獨佔花魁》；也有真情的悲劇，如《杜十娘怒沉百寶箱》。真情，可以打破傳統思想，如《單福郎全州佳偶》；真情，又可以體現新的婦女觀，如《蔣興哥重會珍珠衫》。如果要開列一份有關「真性情」描寫的篇目，那將是長長的一串。

這些作品中描寫了許多具有真性情的男女主人公。他們或執拗、或坦白、或誠懇、或熱情，都有不同的個性。但是，有一點卻是共同的，即：他們的言行與思想是基本一致的。他們將自己的欲望公開表現出來，將心中的情感公開表示出來，沒有什麼遮遮掩掩、矯揉造作。在他們身上，情與欲往往得到了和諧的統一。真情在人的欲望本能中產生，而欲望又通過真情的方式熱烈地向外擴散。這樣一些關於真性情的描寫，從其社會根源看，主要是由於當時社會中正在萌動著的個性解放要求的影響。真性情，實際上也就是當時人們生理的、精神的雙重要求的自然流露。另一方面，從一些作家的角度看問題，他們如此地注重真性情的描寫，在創作思想上顯然是受到了李贄、三袁、

湯顯祖等人的一些影響。換言之，真性情的描寫，也正是明中葉以來進步的文學創作思潮在通俗小說中的一種反映。

這類小說，與其所表現的真性情相聯繫的，在表現形式上的一個顯著特點就是「俗」。這裡面所寫的真性情，並非高不可攀的神仙心境，也不是難以企及的聖哲情操，而是那種人人都能體驗到的情感和欲望。這種真情實感，借助於通俗的大眾化語言、風俗畫般的場景、市井中開門相見的人物、布帛菽粟的日常生活以及那緊扣市民心弦的「無巧不成書」的故事情節等因素，活靈活現地奔流迸發出來，在廣大市民中引起強烈的共鳴，產生了強大的藝術魅力和美感效果。但是，我們同時又應看到，正因為它的「俗」，也必然帶有許多迎合市民思想意識中落後、庸俗因素的東西。僅就情慾方面而言，在市民小說中正是人的真摯、純潔的感情和人的動物性的性慾本能同時都得到了反映，也就是人的精神力量和生理力量是同時地、糾集在一起而得以宣洩的。這種糾集，如處理得好，便可成為一種情與欲的結合，化出動人的篇章；如果處理得不好，就形成情與欲的游離，拼成嘔人的雜燴。而後者又正是市民小說中還夾雜著那麼一些淫穢描寫的重要原因之一。當然，這中間也有社會風氣的影響和通俗小說作家個人的審美情趣在起作用。

三

在通俗小說家整理、創造大量市民小說的同時，一部分文人，主要是中下層文人也在進行關於情慾的小說創作，其結果就是明末清初出現的才子佳人小說。這類小說無論是思想傾向抑或是表現方式，都與市民小說有所不同。

大體而言，才子佳人小說，尤其是產生稍早一些的非純粹的才子佳人小說中，比較少對欲的描寫，而較多對情的追求，尤其是試圖追求一種帶禁慾意味的情的極境。如《金雲翹傳》第三回寫金重與王翠翹私會，王翠翹拒絕了金重的擁抱，並發了一通議論：「願郎以終身為圖，妾以正戒自守，兩兩吹簫度曲；玩月聯詩，極才子佳人情致，而不墮淫婦姦夫惡派」。不僅未婚的情人不能越雷池一步，就是已成為夫妻的男女雙方，由於要避某種嫌疑，（主要指婚前二人有過接觸）竟至婚後也不同床，必待驗明貞白，方成伉儷。《好逑傳》中的鐵中玉和水冰心，《醒風流》中的梅傲雪和馮閨英都是如此。這些作家，是在試圖進行著所謂情的極境的追求，但他們的世界觀、情慾觀又缺乏

新的精神作為支柱，畢竟還是攔腰摧折，重新跌入封建名教的窠臼中去。反而形成一種守舊思想與市民小說中那些新鮮氣息相對抗，反而形成一種封建禮教思想的返照回光。

然而，任何事物都不是鐵板一塊，某些才子佳人小說在情慾問題上也有點新的意思。如《定情人》中的才子雙星，對家長之命、媒妁之言，對高門、美色的誘惑一概拒之，並發了一通妙論：「吾之情，自有吾情之生滅深淺，吾情若見桃花之紅而動，得桃花之紅而即定，則吾以桃花為海，而終身願與偕老矣。吾情若見梨花之白而不動，則得梨花之白而亦不定，則吾以梨花為水，雖一時亦不願與之同心矣。今蒙眾媒引見，諸女子雖盡是二八佳人，翠眉蟬鬢，然覿面相親，奈吾情不動何？吾情既不為其人而動，則其人必非吾定情之人。」（第一回）這裡，我們且不論雙星的定情標準是什麼，僅就其要求按自己的標準去追求定情人這一點而言，那確實是對舊的傳統觀念的一個大突破。在此，可以說是把情提到了極高的地位，它高於門楣、金錢、美貌、性慾。雖然有點兒高得飄忽渺茫，但畢竟比那鼓吹門第的婚姻要進步，比那只貪美色的結合要高級，比那淫穢不堪的獸欲要求，就更是不可同日而語了。

雙星所追求的是才美女子，這也是許多才子主人公的共同追求。不錯，在那些才子佳人小說中，女主人公大多是貌美女子，但更多的地方卻是她們的才能——詩才、文才、應對之才，甚至政治家的才能的體現。

《玉嬌梨》中的白紅玉，《平山冷燕》中的山黛、冷絳雪，《飛花詠》中的端容姑，《春柳鶯》中的梅凌春、畢臨鶯，《麟兒報》中的幸昭華，《玉支磯》中的管彤秀等，都是具有驚人才華的女子。她們不僅會吟詩作賦、應對敏捷，甚至敢於蔑視權貴、捉弄豪強。甚至如《醒風流》中的馮閨英，竟然女扮男裝，御前獻策，儼然政治家風度。並且，這樣一批女子的諸種才能都與她們的愛情、婚姻生活發生了緊密的聯繫。她們的出現，對「女子無才便是德」的封建教義無疑是一個批判。這裡強調女子之才，對以前的愛情題材的作品只強調男才女貌的寫法，無疑也是一個進步，至少是把佳人提到了與才子並肩共同爭取婚姻自主的地位。

但另一方面，有的作品過分強調才子佳人詩才文才的作用，有時反而削弱了這些形象的鬥爭性，而使他們成為作者任意支使的工具。像《賽紅絲》中，寫裴、宋二姓兩對青年男女在父輩的監督之下以賽詩而締結婚姻，這便

是將才子佳人之才與他們對撥亂其間的小人的鬥爭分裂了。更有甚者，在《女開科傳》中，寫幾個才子給妓女們搞什麼女開科花案，這更是開清代狹邪小說之先河，竟至達到了荒唐無聊的地步。實際上，這些東西，大多不過是一些不得意的文人自逞有才，希冀以文才博得美女的一種窮措大的幻夢而已。這些帶著濃厚酸腐氣的文人，在情與欲的問題上，隔霧看花、隔靴搔癢，卻又偏偏大談其高雅的調子，使「雅」成為這類小說區別於市民小說之俗的一個顯著特點。在表現形式上，就是大量的詩詞歌賦充斥於小說作品之中，更加以長篇累牘的高談闊論，甚至敘述語言竟有用駢文寫的。（如《女開科傳》）這樣，就使人物性格被淹沒了，故事情節被沖淡了。即便是有些故事，並且作者也力圖追求「奇」，但由於缺乏對生活的體驗，缺乏對人的思想感情的深入理解，大都不過是作者的想像，給人以海市蜃樓之感。因而這些小說也就不同程度地脫離了廣大讀者，大多成為文人們自我欣賞、自我陶醉的案頭小擺設了。

在這類小說中，寫得較好的人物倒是那些不僅有詩文之才，而且更有自主、自救能力的女性。如《好逑傳》中的水小姐俏膽移花，《玉支磯》中的管小姐仗劍驚凶，《玉嬌梨》中的盧小姐男妝會友，《醒風流》中的馮小姐金殿對策等。在這些女性身上，都具有一種不讓鬚眉的氣質。她們以自己的力量、才能，採取各種方式來捍衛自己的尊嚴和愛情。從她們身上，我們可以體味到在佳人外殼包藏下的市井婦女的內涵。「情」的描寫，在這些女性身上，方顯示一些可喜的活力與生氣。

由上所述，這類才子佳人小說對於情慾的描寫，是從群眾要求之「俗」而走向了文人要求之「雅」。在這裡，較少有淫穢的描寫，（稍後的才子佳人小說也開始向淫慾描寫轉化）更多的則是那種高情與雅調的統一。這種高情，雖不無理想的追求，但更帶有禁慾的成分。這禁慾的成分是符合統治階級的道德規範的，是對市民小說真性情的一個逆向運動；但其中情以至上的追求，卻與封建禮教有著深刻的矛盾，這又給後世小說如《紅樓夢》等以某種程度的啟示。這，就是才子佳人小說中禁慾與雅情的兩面性在明末清初小說發展中的正、反作用。

四

在當時，要想看到情慾描寫的高級狀態，那只好到不朽的《紅樓夢》中

去找。

《紅樓夢》中，對欲的描寫有兩種情況。一是對那些紈綺子弟玩弄女性的獸欲的揭露和批判。這裡有父子聚麀的賈珍、賈蓉，有覬覦母婢的賈赦，有姦淫僕婦的賈璉，……在這些披著人皮的獸類身上，作者讓人們看到了處於崩潰前夜的中國封建貴族分子是怎樣地狂舞於薄冰之上的。作者這枝解剖刀般的筆是無情的，就是對於主人公賈寶玉，只要他身上還保留著封建享受樂主義的遺傳因子，作者也給挑出來，寫他如何與侍女苟合，與變童鬼混，同樣進行著揭露和批判。作者在寫這些男女之間淫穢之事時，極少有欣賞的態度，絕大部分是鄙夷、嘲諷、憤恨之情。不難看出，同樣是對於統治階級的獸欲的描寫，《紅樓夢》在境界上也比《金瓶梅》等作品要高一個層次。

第二方面是對於正常的人慾的描寫。如司棋與潘又安、焙茗與卍兒等這些下人中青年男女的自由結合就是如此。這些丫頭小子，在主人的眼中，只是牲口，可以隨意發賣、凌辱。他們連人身自由都沒有，更談不上什麼婚姻、愛情的選擇了。但是，他們畢竟是人，是具有七情六欲的活生生的人。他們也需要男女間的愛悅，需要滿足作為一個人所具有的本能的欲望。因而，在當時社會不允許他們通過正常的途徑達到目的時，他們就只有採取非常的措施，那就是私會幽合。他們的這種滿足欲望的要求與統治者們的縱慾是完全不同的兩回事。一個在封建社會中是不合法的，但從要求的本質上講卻是合理的；另一個在封建社會中是合法的，但就要求的本質而言卻恰恰是不合理的。《紅樓夢》中對於這些丫頭小子們合理不合法的欲望的肯定與對那些貴族們合法不合理的淫慾的批判一樣，都是具有深刻的社會意義的。

至於情，那更是《紅樓夢》所描寫的核心內容之一。首先我們來看寶黛這一對貴族青年的愛情。我國小說史上描寫貴族青年愛情的作品，大體上經歷了這麼三個階段：明代以前，多講究男才女貌，愛情的對立面多半是封建家長。而結局，要麼是悲劇性的，其中由男方負心而引起的悲劇又占很大的比例；要麼是大團圓的，也多半是得力於男方的金榜題名，總之都是以男方的變化為中心。明後期以來稍有變化，由男才女貌逐漸變成男女雙方才能的比肩。對立面也由家庭內部的封建家長而逐步轉換為社會上的權貴或小人，多少帶一點社會性。其結局，大團圓居多，而造成團圓結局的動力，除了男方的金榜題名外又加之女方各種方式的努力和鬥爭。到《紅樓夢》又發生了很大的變化。寶黛愛情的基礎已遠遠不止於貌或才，而是追求一種心靈的

共鳴。他們的對立面已不僅是家長或惡人，而是整個封建婚姻制度和禮教。其結局，不是大團圓，也不停留在綿綿無期的惆悵，而是抗爭中的痛苦，痛苦中的抗爭。從這樣的角度看問題，我們就能得出如下結論：《紅樓夢》中對青年男女（尤其是貴族青年）的愛情描寫作出了劃時代的貢獻。寶黛愛情，是對舊的宗法制度的控訴，也是對新的情愛觀念的啟迪。他們的這種愛情，正趨向於那些才子佳人小說中欲求而不達的情的極境，是在當時達到最高境界的一種天地間的至情。

除對寶黛愛情作大篇幅的描寫之外，《紅樓夢》中還眾星捧月般地寫了許多情癡、情種之間的愛情。如秦鍾與智慧兒之間那含混著「欲」的偷情，如馮淵對英蓮那種突發而又帶神秘色彩的鍾情，如小紅與賈芸那種夢思神交之情，如齡官對賈薔那種專一的癡情，如尤三姐對柳湘蓮那種血濺火燃的烈情，如檻外人妙玉對怡紅公子那種潛流般的摯情，甚至如彩雲對濁物賈環那種旁人不解的戀情等等，都各具特色，陪襯和豐富著寶黛愛情的描寫。正如書中所言：「厚地高天，堪歎古今情不盡」。

《紅樓夢》中，情與欲的描寫，達到了相當和諧的統一。作者在寫那些有情人的時候，並不掩蓋他們身上正常的欲望；而在寫追求本能欲望的人身上，作者又善於發掘「情」的因素在中間的感召作用。如寶玉看見寶釵一段雪白酥臂，不覺動了羨慕之心，暗想：「這個膀子要長在林妹妹身上，或者還得摸一摸，偏生長在他身上。」這種發自青春少年的本能欲念，本是極正常的。作者這樣寫了，不僅不影響寶玉對黛玉愛情的專一，相反，倒使得寶玉的形象更加豐滿、真實。而且寶玉的欲念還有一個前提，就是這膀子要長在林妹妹身上，他才得一摸。由此又可見在寶玉心中，無時無刻不有一個林妹妹在，同時又透露了寶黛二人平時親昵的程度。這就在明寫寶玉之「欲」時，又暗寫了他的「情」，寶玉的這種欲和情是交織在一起而得到體現的。這種描寫，比那單寫世俗之「欲」或單寫縹緲之「情」的做法要高明得多、真實得多。

《紅樓夢》中的情慾描寫，複雜又有意義。並非短短一節可以談清說透。這裡不過是藉以上所談的一些內容，來證實《紅樓夢》中的情慾描寫的確是達到了一個新的高度，是明末清初小說中情慾描寫在最高層次的總結。

（原載《說部閒談》，中國文聯出版社，2000 年 10 月出版）

理想的才女和才女的理想

一

　　「女子無才便是德」，這是中國封建社會的一句老古話。追根溯源，女子不僅不必有才，且不必有教：「無非無儀，惟酒食是議、無父母治罹」，是《詩·小雅·斯干》中的話。漢代的班昭在《女誡》中，更對女子提出了「德、言、容、功」四大要求：「幽閒貞靜，守節整齊，行己有恥，動靜有法，是謂婦德」；「擇詞而說，不道惡語，時然後言，不厭於人，是謂婦言」；「盥浣塵穢，服飾鮮潔，沐浴以時，身不垢辱，是謂婦容」；「專心紡績，不好戲笑，潔齊酒食，以奉賓客，是謂婦功」；而偏偏不必「才明絕異」、不必「辯口利辭」。這是對所有婦女的要求，即便是貴族之家的婦女也是如此。司馬彪《續漢書》載：「鄧皇后，六歲能史書，十二通詩論語。諸兄每讀經傳，輒下意難問，……母常非之曰：『汝不習女工，以供衣服。乃更務學，寧當舉博士邪？』」歷朝歷代，「才」對於女性而言，不是光榮的標誌，而是恥辱的象徵。由於才能的顯露而遭誹謗乃至唾棄的女性，在封建社會中實在是不勝枚舉。孫光憲《北夢瑣言》卷六記載：「台州盤山敍村有一婦人蕭惟香，有才思，未嫁。於所居窗下與進士王玄宴相對，因奔琅琊。復淫冶不禁，王舍於逆旅而去。遂私接行客，託身無所，自經而死。店有數百首詩；所謂才思非婦人之事，誠然也哉！」宋代女詞人李清照，才華橫溢，使鬚眉男兒相形遜色，但在當時就遭到詆毀。王灼《碧雞漫志》說：「自古縉紳之家，能文婦女，未見如此無顧藉也」。清代袁枚，收了一些女弟子，並搞了一本才女詩的選集，當即就遭到章實齋的破口大罵：「近有無恥妄人，以風流自命，蠱惑士女。……此等閨娃，好學不修，

豈有真才可取？而為邪人播弄，浸成風俗，人心世道，大可憂也。」（《丁巳劄記》）似乎女子顯露才能，便危及自身，危及社會，危及人心世道。這些封建主義的大男子們，真是一談「女才」，便勃然變色了。

然而，不管封建統治階級及其正統文人們如何反對，中國古代的才女畢竟是不斷湧現，並且越來越多。到了明末清初時，竟至出現了一個高潮，有記載的女詩人就數以百計：「陳維崧所撰《婦人集》，凡九十七條，記的都是明末清初婦女能詩詞者的逸事。後來冒丹書又有《婦人集補》，補記十條。嘉慶初，許夔臣選輯《香咳集》，錄各家婦女詩，少則一首，多則三五首，前綴小傳，計凡三百七十五家」（陳東原《中國婦女生活史》第八章）這是當時的實際情形。再看這方面的一些輿論，當時的一些目光敏銳的文人就對女子的見識、才能給予相當的重視。李贄說：「謂人有男女則可，謂見有男女豈可乎？謂見有長短則可，謂男子之見盡長，女子之見盡短，又豈可乎？」（《焚書·答以女人學道為見短書》）馮夢龍說：「語有之，男子有德便是才，婦女無才便是德，其然，豈其然乎？……成周聖善，首推邑姜，孔子稱其才與九臣埒，不聞以才貶德也。」（《智囊補》卷二十五）袁枚說：「目論之人，動謂詩文非女子所宜。殊不知易卦之中，兌為少女，而聖人繫之曰：友朋講習，離為中女，而聖人繫之曰：重明以麗乎正。其他，三百篇中，《葛覃》、《卷耳》，孰非女子所作？迂儒穴坯之見，誠不然也。」（《小倉山房集》卷三十二《金纖纖墓誌》）這種輿論，在當時的才女們中也時有所現。有一位才女詩中寫道：「人生德與才，兼備方為善。獨至評閨材，持論桓相反。有德才可貶，有才德反損。無非亦無儀，動援古訓典。我意頗不然，此論殊褊淺。不見三百篇，婦作傳非鮮？……」（夏伊蘭《偶成》）另一位才女寫道：「風雨恣搜羅，得意必抄錄。自笑女子身，乃如書生篤。學問百無能，探討性所欲。」（王璊《讀史》）一個對扼殺女才的憤憤不平之氣溢於言表，另一個對歷史文化的強烈探求欲望發自內心。在這裡，「女子無才便是德」的封建信條，受到了猛烈的衝擊。無論是從實際，抑或是從輿論來看，「才女」問題，已成為明末清初之際中上層婦女生活中的一個重大問題。

在明末清初之際，「才女」問題如此突出，並不是偶然的，而是當時社會急劇變化的結果。明中葉以降，我國根深蒂固的封建社會形態已開始走向末路。由多方面因素所決定，一種新的、帶有資本主義色彩的生產關係正處於萌發狀態之中。「機戶出資，機工出力，相依為命久矣。」（《明萬曆實錄》卷

361）這種經濟關係的變化又帶來了政治、哲學、文化、藝術等各個領域的一系列變化，在學術界，從左派王學開始，不少進步的思想家先後提出了「自然之性」、「童心」、「真」、「情」等一系列接觸到個性解放的主張。這些主張對於打破千百年來傳統思想給女性的束縛、對於提高女性的社會地位、對於幫助中國封建婦女如何正視自我的價值，無疑都具有一定的啟示和推動作用。這樣一個天崩地坼的時代，為一大批才女的出現提供了殷實的土壤。這些才女，是她們的時代的必然產物，而與她們同時代的許多小說作者們，又及時地反映了這一現實。不過，在反映的過程中卻有兩種截然不同的傾向：一種是竭盡全力寫理想的才女，充分體現了才女眾多的社會現象；而另一種則是衝破傳統寫才女的理想，開始接觸到才女眾多這一社會現象背後所掩抑著的某些實質性的內容。

二

首先，來看那些描寫理想的才女的作品，最突出的就是明末清初的才子佳人小說。

在這些小說中，佳人無一不是才女。《平山冷燕》中十歲才女山黛的《白燕詩》，使百官「次第傳看，無不動容點首，嘖嘖道好。」（第一回）同書中另一才女冷絳雪的詩，使進士、孝廉看了又看、讀了又讀，喜不自勝道：「這般敏捷奇才，莫說女子中從不聞不見，即是有名詩人，亦千百中沒有一個，真令人敬服：」（第六回）《玉嬌梨》中的才女白紅玉寫的詩，使兩位御使驚歎道：「不獨閨閫所無，即天下所稱詩人韻士，亦未有也」。（第一回）《玉支磯》中的才女管彤秀被人稱讚：「只言其才，若朝廷開女科，會、狀兩元是不消說了」。（第二回）《飛花詠》中的才女端容姑，隨口對一對句，被人稱讚：「是誰人之女，怎具此敏捷之才？令人愛殺！」（第一回）其他的，如《麟兒報》中的幸昭華，《定情人》中的江蕊珠，《好逑傳》中的水冰心，《醒風流》中的馮閨英，《春柳鶯》中的梅凌春、畢臨鶯，《錦香亭》中的葛明霞等等，無不是這種才華出眾的女子。

僅從突出表現女性之「才」這一點出發看問題，出現於明末清初的這些才子佳人小說無疑具有一定的積極意義。在這裡，雖然說不上男女之間的真正平等，但起碼在「才」這個問題上，把女子提高到與男子並立的地位。眾所周知，我國明中葉以前的大多數戲曲、小說作品，寫到貴族青年男女愛情問

題時，多是以「郎才女貌」四字作為準則的。按照這種模式來體現他們對婚姻自主的追求；雖然對父母之命、媒妁之言的封建婚姻制度是一個突破，但就愛情的雙方而言，女方總是站在被動地位的。最後的大團圓結局，無非都是由於「郎才」的結果。中狀元，是郎才得以充分發揮的一致性結局，而女子則歸根結底只能在五花封誥的輝映下戴上新嫁娘的紅蓋頭。誠然，在愛情道路上，她們也作出過種種鬥爭和努力，但更多的卻是停留在對自我的封建意識的鬥爭上，對於來自外界的種種壓力，她們的掙扎往往並不起決定性的作用。其結果，仍只有依靠郎才方能取得勝利。這其實是一種十分可悲而又可卑的勝利。這些等待封誥的小姐們與淪落風塵的妓女僅一牆之隔：妓女是為了活命而把自己的色貌出賣給眾多的狎客，而這些小姐們不過也只是為了美滿的婚姻而把自己的命運寄託於某一個才郎而已。二者所缺乏的，都是一種生活道路上的獨立性。而在明末清初的某些才子佳人小說中，從客觀上對女性本身所具有的社會地位、社會價值無疑是有所提高的。在爭取婚姻自主的鬥爭中，她們所貢獻的力量，乃至所取得的效果，絲毫不比男方差，甚至超過男方。絕大多數的才子佳人小說寫到女性對封建家長的反抗時，一個最有力的辦法就是出走。勇敢地離開封建家庭，到社會中去，到人群中去，甚至到朝堂上去，施展自己的各種才能，表現自己的聰明智慧。同樣，她們面對社會上邪惡勢力的迫害之時，又往往是展開獨立的、面對面的鬥爭，在鬥爭中施展自己的各種才能，表現自己的聰明智慧。更應指出的是：她們身上所具有的這種「才」已不限於詩才、文才、琴瑟之才、丹青之才，而是應變之才、生活之才、鬥爭之才，甚至政治之才。

這方面的例子太多了。如《玉嬌梨》中的白紅玉能預料到身為朝廷命官的父親所面臨的政治危險。如《醒風流》中的馮閨英女扮男裝所上的治國之策，竟超過所有的廷臣。如《平山冷燕》中的冷絳雪「辯口利詞」，把一個府尊大人駁得啞口無言、低頭沉思。如《飛花詠》中的端容姑可以從試卷中看出抄襲之弊，而身為試官的義父卻不能相信。再如《玉嬌梨》中盧夢梨的男裝會友，《好逑傳》中水冰心的俏膽移花，《玉支磯》中管彤秀的仗劍驚凶等等。所有這些描寫，都是為女性揚眉吐氣的筆墨。這些，「才明絕異」的女子所具有的眼光、才能、膽識，已不僅僅強似一般的讀書郎，甚至高於朝廷中大大小小的由科舉出身的在職官員，高於書中所描寫的所有男性。她們以自己蓋世的才華、驚人的膽識，使讀者產生一個感覺：讓這些初出深閨的裙釵

之輩來治理朝綱，絕不亞於那些久踞朝堂的鬚眉大臣。這是一股潮流，一股正視婦女的才能、見識，正視她們的社會價值的潮流。這股潮流本身，雖然並不意味著婦女的解放，但如果沒有這樣一股重視女才的潮流的衝擊，就更談不上婦女解放的狂瀾的掀起。因為這股潮流所衝擊的，乃是我國封建社會中最頑固、最落後、也是最沒有人性的一種觀念——「女子無才便是德」。但是，與此同時，也應指出：這樣一股小說創作中的潮流，實際上只不過是現實生活中一股表象相同的潮流的立竿見影的反映而已。而影子和竿子畢竟是不相同的，影子永遠只能反映竿子的形狀，而不能體現其質體。

三

如上所述，許多明末清初才子佳人小說大力高揚著對女性之才的讚美，從而也就體現著對「女子無才便是德」的陳腐而頑固的封建觀念的衝擊。但是，這種讚美、這種衝擊都是有限度的。在高揚女性之才這匹野馬正準備揚蹄疾飛時，一粗一細兩根韁繩同時套了上來。這粗的一根便是根深蒂固的封建道德，這細的一根就是庸俗的文人意識對女性之色的傾倒。這兩種限制的力量與那一種突破的力量緊緊地膠合在一起，相互產生作用。其結果，勢必將那些有膽識、有才能的女性造就成為一種德、才、色三位一體的完美無缺的新的淑女形象——理想的才女。

這裡，無須一一舉例說明。因為這些被作者們用定身法凝固在封建傳統思想的陰影覆蓋面以內的理想的才女們，在本質上都是一致的。我們只要拿出其中最有代表性的一個稍加分析，就能窺見她們全體。

就以《好逑傳》中的水冰心為例吧。這小姐「生得雙眉春柳，一貌秋花」（第三回）美貌自不待言。「及至臨事作為，卻又有才有膽，賽過鬚眉男子」。（第三回）才能、膽識也是首屈一指。而當她的恩人加戀人鐵中玉在她家中養病、她設酒相待時，卻出現了一種奇特的場面：二人「飲了有一個更次，說了有千言萬語，彼此相親相愛，不啻至交密友，就吃到酣然之際，也並無一字及於私情」。（第七回）真真是守身如玉，德莫甚焉。在水冰心身上，正是一種德、才、色三者缺一不可的完美結合。她的美貌，招來了紈綺子弟的垂涎；而她的才能、膽識，又幫助她一次又一次化險為夷，保衛了自己的貞節，挫敗了惡少的捕獵；她的才與色，引起了文武雙全的鐵中玉的傾慕；而她那溶化於周身血液中的封建之「德」又使她一次又一次地抗拒著愛的親昵，她

「水」一樣的「冰心」，一次又一次地澆滅了青春的火焰。最後，竟至弄到名義上與丈夫洞房花燭而不「苟且」，只好由母儀天下的皇后出面驗明她純潔的童身，方才效於飛之樂。水冰心們，就是這樣以披枷戴鎖的舞姿被她們的作者用雙手託上玫瑰色的雲霞之中。

然而，只需要一句冷冰冰的大實話，水冰心們就會從五彩的雲端而跌入冰涼的大地。她們什麼都好，恰恰意味著她們什麼都不好；她們的完美無缺，正是她們最大的缺陷！她們雖然憑藉賽過鬚眉男子的「才」而向過去的姐妹告別，以相當大的離心力掙脫著封建傳統的束縛。但，與此同時，她們又以其不弱於禮儀之士的「德」而重演著她們自以為幸福的封建婦女的悲劇，以同樣大的向心力順沿著以封建傳統為圓心的圓圈運行。她們並沒有掙脫誘人的「德」的吸力而飛向自由的太空，而只是一顆顆新升起的封建傳統觀念的衛星而已，儘管這些衛星本身也可能放射出璀璨奪目的光芒。

這些女性形象，作者自以為是完美的。但稍有頭腦的讀者卻總感到她們身上缺少點什麼東西。被「理想」化的她們，所缺少的，正是同一個字眼的另一個含義——理想，衝出傳統道德陰影覆蓋的「理想」，把自己真正當作一個人來生活著的「理想」。

四

如果說，這一批理想的才女形象的出現，在某種程度上比較真實地反映出當時社會中才女眾多這一表面現象的話，那麼，由於她們自身缺乏理想，就造成了一個重大的損失：即女性之才的充分顯露及其被人們所重視是婦女解放的一個先兆——這個在表象背後的實質性的東西沒有得到應有的反映。由於這些理想的才女們沒有從根本上認識到她們自己作為一個「人」所具有的價值，其結果，她們幾乎全部都給封建主義的傳統觀念同化了。這樣的形象，就很難給讀者留下思索、想像的餘地，不可能對讀者產生無窮的啟示力。更加上這些作者們雖然嚮往這些「才女」，但他們自身仍然受著相當沉重的封建枷鎖的桎梏。因此，他們往往自覺不自覺地將封建主義的灰塵抹在他們心愛的才女們身上，他們所賦予筆下才女們身上的「理想化」，不過是帶有濃厚的封建主義色彩的理想化，他們所希望筆下才女們的完美無缺，不過是封建淑女們在新的情勢下的極致。這麼一來，讀者就更難從才女們完美無缺的身上去尋找未來希望的缺口。作者對她們所施予的全面的規定性，只能將讀者

引向當時，而不是未來；引向現存，而不是希望。那麼，時過境遷，她們就必然會失去永恆的生命力，而終究成為歷史博物館中的陳列品。反過來，具有不朽的藝術魅力的形象，其價值必然是能夠通過社會現象的表層而指向其實質，通過當時存在而指向未來。必然是既受來自作者方面的種種規定，又不全受這些規定。準乎此，那些理想的才女們只能算是一束束插在金瓶中的絹花，儘管也萬紫千紅、精緻萬分，令人無從挑剔，卻缺少那植根於泥土之中的鮮花所給人的一種活躍生機的啟示力。這大概也算是死文學與活文學，板滯的形象與不朽的形象之間的一個重大區別吧。

歷史是延續的，也是發展的，小說史也是如此。在緊跟著這一批才子佳人小說之後的《儒林外史》和《紅樓夢》中，我們可以清晰地尋繹出這種對「才女」形象的描寫的延續與發展。

《儒林外史》中有一位魯小姐，《紅樓夢》中有一位寶姑娘。首先，我們必須承認：這兩個形象就是對才子佳人小說中理想的才女的一種延續性的描寫。魯小姐、寶姑娘都是德、才、貌兼備的女性。魯小姐「德性溫良，才貌出眾」。（第十回）寶姑娘「唇不點而紅，眉不畫而翠，臉若銀盆，眼如水杏。罕言寡語，人謂藏愚；安分隨時，自云守拙」。（第六回）兩人最大的共同之處還在於：都醉心於八股舉業、仕途經濟。但當時的社會又不允許她們以自己的才華去博取「一舉首登龍虎榜，十年身到鳳凰池」的榮譽。於是，只得將全部希望寄託於夫君。一個由對丈夫的失望轉而寄希望於幾歲的兒子，每晚「課子到三四更鼓，或一天遇著那小兒子書背不熟，小姐就要督責他念到天亮」（第十三回）。一個則常在「金玉良緣」的另一方跟前，不厭其煩地絮聒著仕途經濟的混帳話。她們不僅用傳統之德來限定自己的才，甚至推己及人，也用這種東西來限定自己的丈夫、準丈夫，來規勸自己身邊的至愛親朋。在德、才、色三者一體這一基點上，她們與那些才子佳人小說中的理想的才女們如出一轍，甚至比水冰心們更「理想」。因為在魯小組、寶姑娘看來，「才」這個東西並沒有本身的價值，僅僅只能作為傳統道德的擴散劑而已，作為仕途之路的敲門磚而已。魯小姐說：「自古及今，幾曾看見不會中進士的人可以叫做名士的？」（第十一回）寶姑娘教訓林妹妹：「所以咱們女孩兒家不認得字的倒好。男人們讀書不明理，尚且不如不讀書的好，何況你我？」（第四十二回）但是，她們的結局，魯小組與寶姑娘的結局，卻與那些理想的才女們大不相同。迎接她們二位的，並不是無以復加的幸福和滿足，而是無窮無盡的失望

與痛苦。吳敬梓、曹雪芹也像那些才子佳人小說的作者們一樣，把她們二位寫成了理想的才女。但，這裡有一個本質性的區別：吳、曹二位，對這種「理想」而「完美」的才女，不是讚揚，而是痛惜；不是頂禮膜拜再加以謳歌，而是高屋建瓴而施予同情；不是在她們身上寄以目迷五色的廉價憧憬，而是在她們身上發出痛自肺腑的深沉歎息；不是讓她們驕傲地遨遊在光燦燦的雲天，而是讓她們仍默默地窒息於本階級的懷抱。這兩位偉大的藝術家，以無情的利筆斬釘截鐵地宣告了她們的死亡，不是肉體的、而是靈魂的死亡，那種沒有理想、沒有活力、沒有自我的靈魂的死亡。魯小姐、寶姑娘，她們本身是可悲的，但她們的出現卻是可喜的。她們更真實地反映了當時的現實，反映了她們所處的那個悲劇的時代，那個時代的悲劇。從這個意義上講，魯小姐，尤其是寶姑娘，遠比水冰心們更為成功，更帶有時代氣息，更能體現當時社會的實質。

在吳敬梓、曹雪芹這兩位文學巨匠面前，封建理想化的、但本身並無理想的才女們倒了下去，倒入漫長的歷史行程的蓬蒿之中；而與此同時，不符合封建理想化的、而有著自己的人生理想的才女卻在那荊棘叢中爬了出來，站了起來，並且試探著邁開她們那艱難的步履，走向未來，走向她們以及她們的作者都難以明晰確認的、但卻堅定嚮往的未來。

五

突破屬於過去的、舊的東西，已十分不容易，但探尋屬於未來的、新的東西卻更加困難。可以看出：吳敬梓、曹雪芹在總結的基礎上批判那些舊的、理想化的才女的時候，他們是清醒的，並且還能夠控制住他們筆下的魯小姐、寶姑娘們。但是，在開創性地謳歌那些有理想的才女們的時候，他們卻是朦朧的，並且不能完全控制住他們筆下的沈瓊枝、林黛玉這樣的既屬於現實、更屬於未來的新型女性。

然而，朦朧之中，正含著很大程度的清醒。作者倘無朦朧之感，便無須遠眺，倘不遠眺，便很難達到真正的清醒。而自認為十分清醒地操縱著自己筆下人物的作者，大概與不朽的藝術典型的創造是沒有多大緣分的。吳敬梓、曹雪芹之所以比那些才子佳人小說的作者們高明，最起碼就高明在這種朦朧中的遠眺，就高明在及時收回可能已經遞給筆下人物的拐杖，讓她們走自己的路、自己走路，就高明在不寫理想化的她們，而寫了她們的理想。

　　如果按照封建主義的傳統標準來衡量，林黛玉、沈瓊技無疑都是最不理想、最不完美、最有缺陷性，從而也是最不能容忍的女性。她們不僅打破了「女子無才便是德」的框框，處處呈露著各自才見與膽識的鋒芒，而且還以各自的行為從根本上對封建之「德」提出疑問、給予否定、表示反叛。

　　林黛玉的特色，就在於不合時宜。「孤高自許、目無下塵」是她生命的主旋律。她驕傲，在她所處的那個時代、那個階級、那個環境中的每一個人面前驕傲；她尖刻，對她周圍一切看不慣的事物都抱著尖刻嘲諷的態度；她執拗，在強大的封建傳統勢力面前執拗地堅持著自己的主見；她乖僻，乖僻到使她永遠也不能博得如同寶姑娘那樣的一片喝彩之聲；她孤獨，在臨死前的孤獨的怨恨聲中呼喊著、同時也失望於唯一的知己。驕傲、尖刻、執拗、乖僻、孤獨。……多麼可怕的字眼！然而，這就是那個時代所賦予的林黛玉的生命的字典，這就是那個社會所反照的林黛玉的心靈的折光。林黛玉的缺陷何其之多，林黛玉是何等的不完美啊！然而，正是這缺陷的、不完美的一面，構成了林黛玉耀眼的光輝。這種光輝所照耀的，主要不是她的過去，也不僅僅是她的現實，而是久遠的未來，屬於林黛玉，也屬於作者，更屬於讀者的久遠的未來。而林黛玉的理想卻正包含在這些可怕的字眼之中。這個處於封建末世的深閨才女，是在覺醒，但只是在朦朧中的覺醒，因此，也擺不脫覺醒中的朦朧。她的理想、她的企望、她的渴求，是難以用幾句話來明晰概括的。因為它給讀者的乃是一種破土而出的、模糊不清的、但又是無垠而深刻的啟示力。

　　如果一定要探求黛玉的理想究竟包含了一些什麼樣的內容的話，那麼，看看與林黛玉同時出現的另一位女性形象沈瓊枝的行動，也許可以得到某種啟發。吳敬梓寫沈瓊枝，筆墨並不太多，也沒有像曹雪芹寫林黛玉那樣去深入地開掘她的思想和靈魂，而只是寫下了她的一些舉動，一些異乎尋常的舉動。但是，從這些舉動中，我們卻可以看出她的理想，看出她對那種與林黛玉本質上相同的理想的實踐性的探尋。她從鹽商家中跑了出來，沒有風流才子的彈琴挑心，沒有印心郎君的愛情召喚，而是主動地跑了出來。當然，促使沈瓊枝勇敢出走的，並非沒有吸引力。但這是一種無形的吸引力，一種由無形的吸引力而帶來的無形的動力。那就是飛向理想的動力，希望自食其力地生活在世界上的理想的動力，將自己擺在一切人的平等地位上的生活理想的動力。平等，是建立在自食其力的基礎之上的。在中國封建社會裏，不擺

脫女性對男性的依賴性，就永遠談不上真正的男女平等，女人就永遠不是一個「人」，即便是「才明絕異」的女人，也不過是男人們一件漂亮的衣服而已。而女人要想真正做一個「人」，首先必須認識到自己是一個「人」，必須認識到自己的人格、自己的尊嚴、自己的價值。如果每一個女性都沒有這種認識，婦女的解放就無從談起。而所謂女性之「才」，只不過是這種價值觀中的某一個側面罷了。因此，作為一個「才女」，一個生活在封建末世的「才女」，不僅要認識到自己的「才」，而且還要認識到在自我之才以外所缺少的許多東西、還沒有得到的更寶貴的東西。同樣，作為一個「才女」，一個生活在封建末世的「才女」，如果永遠只是按照過去的姐妹們的生活道路去顯露自己的才華，最終只能成為封建的傳統思想所不得不收容的新的淑女。所幸林黛玉、沈瓊枝並不是這樣的才女，而是認識到自我價值的才女，是要把自己首先當作一個「人」來生活的才女。她們的痛苦、她們的希望、她們的追求、她們的掙扎，全都是圍繞著做一個自由的、平等的、獨立的「人」這一目標而產生、而進行的。在這個問題上，就認識而言，林黛玉比沈瓊枝更為深刻；從行動上看，沈瓊枝又比林黛玉更加勇敢。林黛玉最終對封建主義的那一套是完全絕望了，絕望之餘，她悲憤地用自己的眼淚將草木之身漂向那沒有風刀霜劍的天盡頭；而沈瓊枝，對封建主義的那一套則有一種出於感性的憤慨，憤慨之餘，又果敢地以自己的赤手空拳奮身投入刀叢劍樹之中。林黛玉，冷峻地向著舊的告別，朦朧地向著新的憧憬；而沈瓊枝，卻更直接、更勇敢，從而也更單純地要求嘗試一下這新的開始。儘管從她們個人來說，這種企望的結果必然是破滅，這種對抗的結果必然是失敗。但是，從社會發展的明天來看，從婦女解放的前景來看，這種企望、這種抗爭卻是一個永久性的勝利！林黛玉死了，沈瓊枝走了；但死去的仍然活著，走了的仍然存在；活著的是靈魂，存在的是精神；這是一抔淨土掩不了的，這是一根鐵鍊鎖不住的。

六

曹雪芹、吳敬梓給他們筆下的新型女性身上賦予了理想之光，這在當時已是夠偉大的了。但是，他們對這種理想之光的指向處的認識卻是朦朧的，他們不可能清晰地知道這種理想實現之時究竟是怎麼一個樣子。他們以最大的熱情為讀者留下了林黛玉、沈瓊枝這樣的不朽的形象，但他們卻不能完全規定這兩個藝術的生命所具有的全部意義和價值。這兩個形象同樣是不完美

的，這倒不是從封建主義者的眼中看來的缺陷，（因為在他們看來，不是什麼缺陷問題，而是根本的不像話。）就是在後世的讀者眼中，她們也都是不完美的，也都是有缺陷的。她們不是瑰麗的晚霞，只能讓人景仰、讚歎，而很快又失卻餘暉；她們最終只能是無人把握的、毫無遮蔽的、微弱而又光明的油燈，但總有人不讓它熄滅。任何一個在她們身上感受到靈魂震動的讀者，都不會在她們面前匆匆走過、停止思索，而只會在她們所發出的理想之光中加進自己的一份理想之光。這就是一種啟示力，一種永久的、無窮的啟示力，一種足以彌補她本身的所有缺陷的啟示力。從這個意義上講，她們的缺陷是完美無缺的缺陷，她們的「不完美」，正是她們真正的完美！

結果呢？是這樣的：在藝術的長廊中，在聰明的讀者面前，完美而沒有理想的才女形象，永遠只能是缺陷的形象；缺陷而有理想的才女形象，終究是完美的。

（原載《湖北師範學院學報》1987 年第三期）

「三言」「二拍」和其他

　　「三言」120 篇，編撰者馮夢龍。何以謂之「編撰者」，乃有「編」有「撰」者也。「編」即編輯，「撰」即撰寫。「編」是一種改造，「撰」是一種創作。「三言」中所謂「編」者，乃馮夢龍根據宋、元、明小說話本和明代他人擬話本改造而成。「三言」中所謂「撰」者，乃馮夢龍自己創作。

　　「二拍」共計 80 篇作品，中間有《大姊魂遊完宿願，小姨病起續前緣》一篇在《拍案驚奇》和《二刻拍案驚奇》中重複收入，又有《宋公明鬧元宵》乃雜劇劇本，故而「二拍」只有小說作品 78 篇。然而，這 78 篇作品全部都是擬話本小說，而且都是凌濛初的創作。

　　「三言」「二拍」以後，擬話本創作蔚然成風，保留到今天的擬話本小說集就有 40 多種，堪稱萬紫千紅。

　　本文所要評介的，就是上述這些作品。

一

　　馮夢龍毫無疑問是中國文學史上無與倫比的通俗文學大師。戲曲方面，他曾經取古今傳奇劇十五種刪改之，題曰《墨憨齋定本》。小說方面，他對章回小說《三遂平妖傳》《列國志傳》進行了脫胎換骨的改造，並因此而形成了《平妖傳》《新列國志》（即《東周列國志》）兩部作品；他還編撰了「三言」，收有白話短篇小說 120 篇。此外，他還編纂了《古今譚概》《笑府》《廣笑府》《智囊補》《情史》《山歌》《掛枝兒》等一大批通俗讀物或半通俗讀物。馮夢龍在中國通俗文學史、通俗文化史上堪稱前無古人、後無來者。然而，他最引人注目的成果還是「三言」。

　　「三言」雖然並非馮夢龍一人單獨創作，但每一篇作品都經過馮夢龍不同程度的改造，都凝聚著馮夢龍的心血。而且，「三言」一百多篇作品雖然產生於不同的時代，出自不同作家之手，反映了不同的題材，體現了不同的主題，但卻有一個基調在其間鳴奏——市民趣味。市民趣味，是「三言」百餘篇作品的共同特色，也是幾乎所有擬話本小說的共同特色。

　　「三言」的市民趣味主要體現在以下幾個方面。

（一）市民意識形態的張揚

　　我們不妨以兩性關係為例來談談這一問題。

　　兩性關係至少涉及三個層次——愛情、婚姻、家庭。對此，「三言」是怎樣展開描寫的呢？又是怎樣體現市民階層的意識形態和道德觀念的呢？

　　「三言」中描寫男女兩性關係的作品主要有：《蔣興哥重會珍珠衫》《新橋市韓五賣春情》《閒雲庵阮三償冤債》《眾名姬春風弔柳七》《張舜美燈宵得麗女》《金玉奴棒打薄情郎》《小夫人金錢贈年少》《宋小官團圓破氈笠》《樂小捨拼身覓偶》《玉堂春落難逢夫》《唐解元一笑姻緣》《白娘子永鎮雷峰塔》《宿香亭張浩遇鶯鶯》《金明池吳清逢愛愛》《杜十娘怒沉百寶箱》《王嬌鸞百年長恨》《萬秀娘仇報山亭兒》《蔣淑真刎頸鴛鴦會》《賣油郎獨佔花魁》《錢秀才錯占鳳凰儔》《喬太守亂點鴛鴦譜》《陳多壽生死夫妻》《劉小官雌雄兄弟》《鬧樊樓多情周勝仙》《赫大卿遺恨鴛鴦絛》《吳衙內鄰舟赴約》《蔡瑞虹忍辱報仇》等等。

　　在上述作品中，《杜十娘怒沉百寶箱》與《賣油郎獨佔花魁》應該被視為「三言」中寫男女愛情的名篇，尤其是當我們將這兩篇作品放在一起加以比較研究時，必然會引起更多、更深的思考。杜十娘與莘瑤琴均為色藝俱佳的名妓，均想跳出妓院過正常的夫妻生活，均為從良作了長期的思想準備和物質準備，但在選擇「從良」的對象時，卻出現了二人命運之分野。杜十娘選擇了布政使的公子李甲，莘瑤琴則在幾經曲折後選定了賣油郎秦重，一個是貴介公子，一個是市井細民，結果如何呢？杜十娘所遇非人，怒沉江底，月缺花飛，紅顏薄命；莘瑤琴喜得佳偶，自食其力，月圓花好，白首永恆。透過杜十娘的悲劇結局和莘瑤琴的美滿姻緣，我們彷彿可以聽到市井底層的人物對著絕代佳人發出了源自心底的吶喊：真情在民間，真情在市井細民之間！進而言之，我們從中還可以感覺到通俗小說最廣泛的讀者——市民階層那種希望在文學苑囿中展現自身風采的強烈要求和高度自信。

像李甲這樣的負心漢絕非個別，講求門第而出賣愛情或躋身新貴而拋棄貧賤之妻的士人在封建時代也決不鮮見。對這樣一些薄情郎，廣大市民是深惡痛絕的，而追隨市民趣味而為小說的馮夢龍也必然會對之口誅筆伐。在《金玉奴棒打薄情郎》《王嬌鸞百年長恨》等篇章中，都充分體現了這種憤怒和批判。背叛愛情者在這裡受到譴責，那些在婚姻問題上玩弄手段者也在這裡遭到嘲笑。《錢秀才錯占鳳凰儔》《喬太守亂點鴛鴦譜》這兩個輕喜劇型的諷刺之作，讓讀者在笑過之後會不由自主地感到：婚姻是嚴肅的，那些損人利己、弄虛作假、強人所難、坑蒙詐騙者必然會自食其果。

反之，對於那些真正懂得什麼是愛情、婚姻、家庭的多情男子、癡心婦人，市民讀者和遷就市民的作家則竭盡歌頌褒揚之能事。這裡有富而更念妻室的宋小官，這裡有貴而不忘舊情的王公子；疾病擋不住陳多壽生死夫妻，天條管不了白娘子人妖佳偶；解元賣身為僕是為了美姻緣，衙內涉險江濤是鍾情好女子；眾名姬與柳七郎乃誠摯感情，小夫人對張主管是越格愛慕；錢塘江潮翻滾著樂小捨拼生拼死的追求，樊樓酒肆目睹了周勝仙做人做鬼的苦戀。馮夢龍無疑將自己與市民的愛情觀、婚姻觀、婦女觀融為一體，因為他也曾作為一介寒儒有過與青樓女子的瀝血滴髓的真誠愛戀，因為他也曾編過《情史》、寫過《情偶》。他懂得什麼是「愛情」，也能夠尊重那些為了愛情而不顧一切的癡男怨女。

更有甚者，不僅傳統的婚姻觀在這裡動搖，而且傳統的貞節觀也在這裡崩潰。如花似玉的女子蔡瑞虹、萬秀娘均遭強盜玷辱，且均被轉賣，按照傳統觀念，擺在她們面前的只有一條路：死亡，盡快地死亡！但作者不，不讓她們含羞自殺，而讓她們忍辱報仇。這便是一種突破，一種對舊的貞節觀的突破。當然，馮夢龍和廣大市民並非絲毫不講貞節觀念，在「三言」中也的確有一些歌頌節烈的片斷，但即使節烈而死，也要死有所值、死得其所，而不是盲目地以身殉節、死得糊塗。這便是文人與市民相結合的市井小說與純文人創作的小說最本質的區別之一。況且，對失節的女人便一定要讓她死麼？且看「三言」中《蔣興哥重會珍珠衫》一篇中的回答。商人蔣興哥在得知妻子王三巧不慎失節的消息之後，並未把所有的罪責一古腦兒推向女方，而是在痛苦之餘進行自責：「當初夫妻何等恩愛，只為我貪著蠅頭微利，撇他少年守寡，弄出這場醜來，如今悔之何及！」這一被傳統道德認為窩囊不堪的戴綠頭巾的男兒，在這裡卻具有如此慈善的胸懷。在離異的妻子王三巧重新嫁人

的時候，「興哥顧了人夫，將樓上十六個箱籠，原封不動，連匙鑰送到吳知縣船上，交割與三巧兒，當個賠嫁」。這是懦弱無能嗎？這是不知羞恥嗎？不！這是一種廣博而善良的人道情懷，因為他把女人當作「人」來看待，而不是當作發洩性慾和生兒育女的工具。而這種人道主義精神，正是「三言」中許許多多反映兩性生活的傑出篇章的情感源泉，也正是馮夢龍以及許多不知名的市井作者用以衝越封建禮教藩籬的思想武器和精神支柱。

（二）市井百態的廣角鏡頭拍攝

從以上的敘述中我們已經看到了這樣一個問題：「三言」中的愛情婚姻題材的作品無疑是最多也是最優秀的，但這並不等於說「三言」只是反映這一種題材。「三言」是一個百花盛開的園囿，也是一個星光燦爛的夜空，它的作者們用斑斕彩筆描寫了人間社會，用廣角鏡頭拍攝了市井生活。

「三言」中直接描寫市井生活的篇章有：《施潤澤灘闕遇友》《呂大郎還金完骨肉》《蔣興哥重會珍珠衫》《單符郎全州佳偶》《楊八老越國奇逢》《崔待詔生死冤家》《蘇知縣羅衫再合》《范鰍兒雙鏡重圓》《計押番金鰻產禍》《宋小官團圓破氈笠》《灌園叟晚逢仙女》《錢秀才錯占鳳凰儔》《陳多壽生死夫妻》《劉小官雌雄兄弟》《張孝基陳留認舅》《白玉娘忍苦成夫》《張廷秀逃身救父》《李玉英獄中訟冤》《一文錢小隙造奇冤》《汪大尹火燒寶蓮寺》等等。這裡所描寫的人物形形色色，有商人、玉工、船戶、花農、木匠、秀才、和尚、市井婦女、下層官吏等等。

尤為可貴的是，「三言」不僅體現了這些市井人物的思想性格、道德觀念，而且還通過他們的故事，展示了那風俗畫一般的市井生活，更令人目不暇接、眼花繚亂。諸如婚喪嫁娶、衣食住行、市賣行情、口角糾紛，這一切的一切，無不帶有時代氣息，無不留下民族烙印。一女贅婿，離異，再贅一婿，再離異，如此反覆再三，計押番的行為，似乎也無人指責和非議。十二歲的女孩被賣，得錢十七千，這是便是單符郎所處的時代所開的時價。停妻再娶，叫做「兩頭大」，卻是「本分之事」，這是《楊八老越國奇逢》中所透露的消息。張廷秀家的木匠招牌，是在白粉牆上寫兩行大字：「江西張仰亭精造堅固小木家火，不誤主顧。」十幾歲的小兒攔錢賭博是這樣玩法：「一文錢也好耍，我也把一文與你賭個背字，兩背的便都贏去，兩字便輸，一字一背不算。」蔣興哥給王三巧的休書是這樣寫的：「立休書人蔣德，係襄陽府棗陽縣人。從幼憑媒聘定王氏為妻，豈期過門之後，本婦多有過失，正合七出之條。因念夫

妻之情，不忍明言，情願退還本宗，聽憑改嫁，並無異言，休書是實。」

「三言」不僅生動地再現了市井百態，而且還通過那五彩繽紛的市井生活反映了以市民階層思想為基礎的道德觀念。不管是對哪一階層的人物的描寫，也無論故事是否發生在市井之中，其間所反映的道德準則卻鮮有例外，大都是屬於市民的。通過對社會公德的表彰，來體現市民趣味，這正是「三言」的基本特色之一。這裡有拾金不昧的優良品質（《施潤澤灘闕遇友》），這裡有成人之美的仁義舉動（《裴晉公義還原配》）；說話算數方為真君子（《范巨卿雞黍生死交》），危難援手才是好交情（《吳保安棄家贖友》）；還有那好德不好色的大英雄（《趙太祖千里送京娘》），還有那有仁又有義的父母官（《兩縣令競義婚孤女》），克己的小女子是為了拯救夫君（《白玉娘忍苦成夫》），辛勞的老僕人是為了扶助主母（《徐老僕義憤成家》）；受人滴水之恩自當湧泉相報（《老門生三世報恩》），知音高山流水人生不必他求（《俞伯牙摔琴謝知音》）。……這許許多多的人生準則，並非全都是統治階級的規定，他們更多的來自於民眾意識，是千百年來的歷史積澱。

（三）符合市民趣味的表現形式

「三言」在人物塑造、敘事方式、語言風格等方面都體現了道道地地的市民趣味。

就人物塑造而言，「三言」除了對人物肖像、服飾、語言、動作、心理各方面的生動描寫之外，尤其擅長將人物的內在思想感情與人物所處的環境融為一體來進行簡潔、明快而又生動的表現。這方面的例子極多，如《薛錄事魚服證仙》《施潤澤灘闕遇友》《白玉娘忍苦成夫》《李玉英獄中訟冤》《吳衙內鄰舟赴約》《蔡瑞虹忍辱報仇》《金令史美婢酬秀童》《賣油郎獨佔花魁》等篇中都有精彩的片斷可以為證。

就敘事方式而言，「三言」有順敘、倒敘、插敘，還做到前有伏筆、後有照應。另外，對於巧合法、誤會法的運用，對於懸念的設置，「三言」的作者們均爛熟於胸、得心應手。這些，在《盧太學詩酒傲王侯》《李玉英獄底訟冤》《宋小官團圓破氈笠》《吳衙內鄰舟赴約》《黃秀才徼靈玉馬墜》《十五貫戲言成巧禍》《蘇知縣羅衫再合》《小水灣天狐詒書》《杜子春三入長安》等篇章中都有體現。

「三言」諸篇，大都語言簡潔、筆調輕鬆。無論是人物肖像描寫、服飾描寫還是人物對話描寫、心理描寫，均恰如其分且符合生活邏輯。有時，還

帶有幾分幽默、俏皮乃至諷刺意味。這些，都是廣大市民所能接受並且願意接受的。其中，比較優秀的作品有：《張舜美燈宵得麗女》《唐解元一笑姻緣》《簡帖僧巧騙皇甫妻》《白娘子永鎮雷峰塔》《崔待詔生死冤家》《俞仲舉題詩遇上皇》《汪信之一死救全家》《陸五漢硬留合色鞋》《任孝子烈性為神》《拗相公飲恨半山堂》《蔣興哥重會珍珠衫》《老門生三世報恩》等等。

以上所談，正是「三言」能取悅於廣大市民的根本原因，也是「三言」能成為市民小說代表作的主要標誌。由此可見，「市民趣味」乃是「三言」這類通俗小說的生命線。

二

凌濛初也是通俗文學大家，只不過較之馮夢龍稍遜一籌而已。凌濛初著有《紅拂三傳》《劉伯倫》《禰正平》《穴地報仇》《顛倒姻緣》《鶩忽姻緣》《宋公明鬧元宵》等雜劇以及《合劍記》《雪荷記》《喬合衫襟記》等傳奇共十餘篇戲曲作品，再加上「二拍」中的七十八個白話短篇小說作品，也算得上在通俗文學的寫作方面成就斐然了。

與「三言」相比，「二拍」有三大特點：其一，凡「三言」所寫之題材，「二拍」基本都寫到。其二，整體不如「三言」，但在某些方面卻有拓展。其三，議論化的傾向更加嚴重。下面分而述之。

首先看第一點，「二拍」雖然是由凌濛初個人創作的，但題材卻非常豐富，個中原因，主要是由於作者取材的範圍比較廣闊。「二拍」中涉及兩性關係的篇章有：《宣徽院仕女秋韆會，清安寺夫婦笑啼緣》《西山觀設籙度亡魂，開封府備棺追活命》《大姊魂遊完宿願，小姨病起續前緣》《通閨闥堅心燈火，鬧囹圄捷報旗鈴》《喬兌換胡子宣淫，顯報施臥師入定》《聞人生野戰翠浮庵，靜觀尼晝錦黃沙弄》《李將軍錯認舅，劉氏女詭從夫》《莽兒郎驚散新鶯燕，㑋梅香認合玉蟾蜍》《同窗友認假作真，女秀才移花接木》《任君用恣樂深閨，楊太尉戲宮館客》《錯調情賈母罵女，誤告狀孫郎得妻》《兩錯認莫大姐私奔，再成交楊二郎正本》等等。反映市井百態的則有：《轉運漢遇巧洞庭紅，波斯胡指破鼉龍殼》《姚滴珠避羞惹羞，鄭月娥將錯就錯》《酒下酒趙尼媼迷花，機中機賈秀才報怨》《韓秀才乘亂聘嬌妻，吳太守憐才主姻簿》《陶家翁大雨留賓，蔣震卿片言得婦》《衛朝奉狠心盤貴產，陳秀才巧計賺原房》《張溜兒熟布迷魂局，陸蕙娘立決到頭緣》《丹客半黍九還，富翁千金一笑》

《錢多處白丁橫帶，運退時刺史當艄》《顧阿秀喜捨檀那物，崔俊臣巧會芙蓉屏》《張員外義撫螟蛉子，包龍圖智賺合同文》《訴窮漢暫掌別人錢，看財奴刁買冤家主》《權學士權認遠鄉姑，白孺人白嫁親生女》《呂使君情媾宦家妻，吳太守義配儒門女》《沈將仕三千買笑錢，王朝議一夜迷魂陣》《趙縣君喬送黃柑，吳宣教乾償白鏹》《韓侍郎婢作夫人，顧提控掾居郎署》《甄監生浪吞秘藥，春花婢誤泄風情》《賈廉訪贗行府牒，商功父陰攝江巡》《癡公子狠使噪脾錢，賢丈人巧賺回頭婿》《懵教官愛女不受報，窮庠生助師得令終》《張福娘一心貞守，朱萬錫萬里符名》《疊居奇程客得助，三救厄海神顯靈》等等。此外，還有公案、神異、歷史、豪俠等各類作品，例多不舉。

在上述兩大類寫得最多最好的作品中，「二拍」與「三言」亦微有差異。在兩性關係的描寫方面，凌濛初較之馮夢龍更多地傾向於對「人」的本能欲望的描寫，而馮夢龍在比較重視「情」的張揚。如《西山觀設籙度亡魂，開封府備棺追活命》《喬兌換胡子宣淫，顯報施臥師入定》《聞人生野戰翠浮庵，靜觀尼晝錦黃沙弄》《任君用恣樂深閨，楊太尉戲宮館客》等篇中均有較大篇幅的露骨的色情描寫。在對市井百態的描寫過程中，凌濛初更看重那人心不古的一面，「詐騙」的描寫比「三言」要多。如《酒下酒趙尼媼迷花，機中機賈秀才報怨》《沈將仕三千買笑錢，王朝議一夜迷魂陣》《趙縣君喬送黃柑，吳宣教乾償白鏹》《張溜兒熟布迷魂局，陸蕙娘立決到頭緣》等篇中均有令人瞠乎其後的種種騙局描寫。

其二，無論是從思想內涵還是審美趣味，「二拍」均應較「三言」稍遜一籌。但是，在某些方面「二拍」也有後來居上的態勢。

像《轉運漢遇巧洞庭紅，波斯胡指破鼉龍殼》《疊居奇程客得助，三救厄海神顯靈》這樣的作品，在「三言」中是很難看到的。「三言」中雖然也有對商人生活的描寫，那主要是商人的日常生活，如愛情、婚姻、家庭生活，最多是拾金不昧、相互幫助之類。「三言」中唯一一篇正面描寫商人行業生活的作品《徐老僕義憤成家》卻是低層次的，徐老僕出於義憤而經商，屬於半路出家，其手段不過是賺點地區差價而已。而「二拍」中的描寫卻深入到商人行業生活的內部，反映了商人的經商過程、經商經驗、經商心理乃至經商過程中的神靈崇拜。文若虛一百斤橘子竟在海外換來上千的銀幣，除了利用貨幣上差距之外，更重要的是反映了商人的暴發心理。其後，這位由「倒運漢」變成「轉運漢」的文先生更將撿到的「鼉龍殼」賣了五萬白銀，那更是浸透著商

人暴富心理的天方夜談。至於程宰在遼陽海神指導下一連數次的囤積居奇、牟取暴利，如果揭去神仙的外衣，不過是商人在經商過程中積累的生意經的得意表現。同樣，海神娘娘對程宰的三次拯救，又毫無疑問是商人們在經商過程中對諸於火災、兵災、水災等種種天災人禍的恐懼感的一種形象化表現。這些，都是在「三言」中沒有充分表現的。

在思想觀念上，「二拍」對「三言」也有某些突破。如《張溜兒熟布迷魂局，陸蕙娘立決到頭緣》中的陸蕙娘，本是被前夫作為「魚餌」來釣那些好色的大老官的。但是，這位有個性的女子再也不願意過那種受人驅使而害他人的生活，再也不願意成為丈夫賺錢的工具。於是，她在看中了一個對象之後，毅然決然地讓「魚兒」吃掉了「魚餌」，跟著那人私奔了。這種「私奔」，毫無疑義是封建時代那樣的弱女子最明智、最剛強、同時也是最偉大的私奔。作者能夠讚揚這樣的私奔，也證明了作者的偉大。另一個例子是《酒下酒趙尼媼迷花，機中機賈秀才報怨》，當一個秀才的妻子被歹徒誘姦了以後，這位讀聖賢書的知識分子並沒有像他的某些同儕那樣一味地埋怨妻子，甚至虐待妻子，而是好言相勸，並與妻子定下計謀，即以其人之道還治其人之身，讓歹徒和幫兇收到了應有的懲罰。儘管這位秀才報仇的手段毒辣了一點，但他對待妻子的態度卻是十分可取的。從某種程度上講，這位秀才是「蔣興哥」人道情懷的發揚光大者。所有這些，都體現了凌濛初在「二拍」寫作時的一種思想突破。

復次，看看「二拍」對「三言」的不足處進一步發展。其表現有三：第一，色情描寫，這影響了此後擬話本的一支。第二，因果報應，這在後來成為大多數擬話本小說的通病。第三，議論化傾向，這在擬話本中幾乎泛濫成災。這裡，先將後兩點綜合予以舉例說明。至於第一點，在下一節再論。

凌濛初在《拍案驚奇序》中曾說：「宋元時，有小說家一種，多採閭巷新事，為宮闈承應談資。語多俚近，意存勸諷；雖非博雅之派，要亦小道可觀。」他又在《拍案驚奇凡例》中說：「是編主於勸誠，故每回之中，三致意焉。觀者自得之，不能一一標出。」在《二刻拍案驚奇》卷十二中，凌濛初說得更為清楚：「看官聽說：從來說的書，不過談些風月，述些異聞，圖個好聽；最有益的，論些世情，說些因果，等聽了的，觸著心裏，把平日邪路念頭，化將轉來。這個就是說書的一片道學心腸。」正是基於這種認識，凌氏在「二拍」中多有說教，多談因果。這方面的例子不勝枚舉，如議論較多的有《轉運漢

遇巧洞庭紅，波斯胡指破鼉龍殼》《程元玉店肆代償錢，十一娘雲崗縱談俠》
《趙五虎合計挑家釁，莫大郎立地散神奸》《硬勘案大儒爭閒氣，甘受刑俠女
著芳名》等等，而大力鼓吹因果報應思想的則有《東廊僧怠招魔，黑衣盜奸
生殺》《庵內看惡鬼善神，井中譚前因後果》《程朝奉單遇無頭婦，王通判雙
雪不明冤》《賈廉訪贋行府牒，商功父陰攝江巡》《感神媒張德容遇虎，湊
吉日裴越客乘龍》等篇。具體情況，「二拍」原書現在，讀者不妨自檢，此不
贅言。

總之，「二拍」既是「三言」的後勁，又是眾多擬話本小說的前驅，無論
是優長還是缺失，它都起了一個承前啟後的作用。

<h2 style="text-align:center">三</h2>

在「三言」「二拍」的影響下，明末至清末的擬話本創作取得了極大的收
穫，保留至今的擬話本集大致也有 40 多種。下面，我們對這些作品擇其要者
而評介之。

明末的擬話本集今存者有：西湖逸史撰、羅浮散客鑒定《天湊巧》（殘），
羅浮散客鑒定《貪欣誤》，古吳金木散人編《鼓掌絕塵》，陸人龍著《型世言》，
醉西湖心月主人著《宜春香質》，醉西湖心月主人著《弁而釵》，西湖漁隱編
《歡喜冤家》，天然癡叟著《石點頭》，周清源著《西湖二集》，佚名撰《一片
情》，華陽散人編輯《鴛鴦針》，東魯古狂生編輯《醉醒石》，薇園主人述《清
夜鍾》（殘），佚名撰《壺中天》（殘），西泠狂者撰《載花船》（殘），醒世居士
編集《八段錦》。

清代的擬話本今存者有：佚名撰《人中畫》，李漁著《連城璧》，李漁著
《十二樓》，聖水艾衲居士編《豆棚閒話》，五一居主人編《五更風》（殘），古
吳憨憨生編撰《飛英聲》（殘），鶯林斗山學者初編《跨天紅》（殘），鴛湖煙水
散人著《珍珠舶》，瀟湘迷津渡者輯《都是幻》，瀟湘迷津渡者編次《錦繡衣》，
瀟湘迷津渡者編輯《筆梨園》（殘），酌元亭主人編次《照世杯》，天花主人編
次《雲仙笑》，坐花主人編輯《風流悟》，古吳墨浪子搜輯《西湖佳話》，墨憨
齋主人新編《十二笑》（殘），多人撰寫《生綃剪》，筆煉閣主人編述《五色石》，
筆煉閣編述《八洞天》，雲陽嗤嗤道人編著《警悟鍾》，焚香閣逸史搜輯《金粉
惜》，桃源醉花主人編《別有香》（殘），蒲崖主人偶輯《醒夢駢言》，墨憨齋遺
稿《二刻醒世恒言》，石成金撰《雨花香》，石成金撰《通天樂》，杜綱撰《娛

目醒心編》，佚名撰《鬼神傳終須報》，佚名撰《陰陽顯報水鬼升城隍傳》，邵彬儒《俗話傾談》，劉省三撰《躋春臺》。

以上作品，雖然如同「三言」「二拍」，仍然以「市民趣味」為其核心，但由於文人意識的不斷加強，故也滲透了不少「異趣」。這樣，就形成了各部擬話本集自身的特點，而若干部集子若共有某些特點，便可視為一個類別。大致上可作如下概括分析。

其一，宣揚傳統倫理道德、進行勸誡的，如《型世言》《石點頭》《醉醒石》《清夜鐘》《五色石》《八洞天》《警悟鐘》《雨花香》《通天樂》《娛目醒心編》《鬼神傳終須報》《陰陽顯報水鬼升城隍傳》等。我們只要看一下這些小說集中某些篇名，就能知道那些擬話本小說的作者是在怎樣鼓吹封建倫理道德，進行揚善懲惡的教化了。《烈士不背君，貞女不辱父》《千金不易父仇，一死曲伸國法》《悍婦計去孀姑，孝子生還老母》《寸心遠格神明，片肝頓蘇祖母》《淫婦背夫遭誅，俠士蒙恩得宥》《完令節冰心獨抱，全姑醜冷韻千秋》《烈婦忍死殉夫，賢嫗割愛成女》《寶釵歸仕女，奇藥起忠臣》《內江縣三節婦守貞，成都郡兩孤兒連捷》《凶徒失妻失財，善士得婦得貨》《陰功吏位登二品，薄倖夫空有千金》（以上《型世言》）；《王立本天涯求父》《感恩鬼三古傳題旨》《都江市孝婦屠身》《侯官縣烈女殲仇》（以上《石點頭》）；《恃孤忠乘危血戰，仗俠孝結友除凶》《假淑女憶夫失節，獸同袍冒姓誆妻》《秉松筠烈女流芳，圖麗質癡兒受禍》《矢熱血世勳報國，全孤祀烈婦捐軀》《高材生傲世失原形，義氣友念孤分半俸》（以上《醉醒石》）；《貞臣慷慨殺身，烈婦從容就以》《群賢力扶弱主，良宦術制強奴》《挺刃終除鴟悍，皇綸特鑒孝衷》《陰德獲占巍科，險腸頓失高第》（以上《清夜鐘》）。

好了，無須再羅列下去，僅以上所列，忠、孝、節、義、信，已經樣樣俱全了，而善惡到時均有報，也演繹得頗為充分。為了說明問題，我們再舉兩個最典型的例子。一個14歲的小姑娘，居然割下自己的肝臟給祖母治病：

> 妙珍道：「神既教我，祖母可以更生。」便起焚香在庭中，向天
> 叩道：「妙珍蒙神分付，割肝救我祖母，願神天保祐，使祖母得生。」
> 遂解衣，看左脅下紅紅一縷如線，妙珍就紅處用刀割之，皮破肉
> 裂，了不疼痛，血不出，卻不見肝。妙珍又向天再拜道：「妙珍忱孝
> 不至，不能得肝，還祈神明指示，願終身為尼，焚修以報天恩。」
> 正拜下去，一俯一仰，忽然肝突出來。妙珍連忙將來割下一塊。正

是：割股人皆見，剖肝古未聞。孝心真持異，應自感明神。把脅下來拴了，把肝細細切了，去放在藥內煎好了，將來奉與祖母吃。(《型世言》第四回)

再看一例。一個女人唐長姑，當她的丈夫和兒子都死於瘟疫之後，家中只有自己這個寡婦和70歲的老公公。為了不讓夫家斷了香煙，她居然想出了讓公公續弦生子的「好主意」。我們先來看唐長姑的內心活動：「有了！有了！吾家妹子幼姑，為人謹慎，性氣和平。平日吾說的話，百依百順。娶得他來做吾婆婆，既得生子傳代，又與吾同心合意，方是萬全無失。」結果，就出現了以下這段長姑求親妹為婆婆的「絕妙」文字：「要知幼姑初時原在堂中，聽見長姑看看說到自己身上來，便避進房中去了。及長姑同父母進來，便揣知父母推我不允，長姑親來求告的意思了。長姑一見妹子，即欲跪下。幼姑以手扶定道：『姊不必跪，姊之意，吾已盡知，竟從姊命便了。』長姑道：『然則妹無悔乎？』幼姑搖頭道：『無悔。』」最後，再看婆媳兼姐妹的長姑、幼姑如何相見一段：「明日，闔家見禮，長姑盡子婦之禮，在下四雙八拜。幼姑公然上受，絕不遜避，此卻是幼姑能達大體處。及房中相見，則敘姊妹之情。」(《娛目醒心編》卷二《馬元美為兒求淑女，唐長姑聘妹配衰翁》)

這些，就是中國封建社會的五倫關係的極端愚昧的表現，而這些擬話本作者們居然對這種荒唐無稽的東西大加讚揚，此類作品應該說代表了擬話本的糟粕。

其二，以性愛色情描寫來取悅讀者的，如《宜春香質》《弁而釵》《歡喜冤家》《一片情》《載花船》《八段錦》等。這裡，有那種屬於「婚外戀」而偷人養漢一類的故事。《一片情》中，此類作品甚多。如《鑽雲眼暗藏箱底》一篇，寫一嫁與老丈夫的少婦與青年男子偷情。再如《邵瞎子近聽淫聲》一篇，寫一盲人的美妻與心上人來往。還有《多情子漸得佳境》一篇，寫三個寡婦與一男子私通。更有甚者，在《老婆子救牝詭擇婿》一篇中，居然有一半老徐娘利用自己美貌而又有性生理缺陷的女兒做誘餌去勾引青年男性，以滿足自己的性慾要求。這裡，還有那種畸形的同性戀描寫，如《宜春香質》分為風、花、雪、月4集，《弁而釵》分為情貞、情俠、情烈、情奇4紀，篇篇寫斷袖之寵、兩雄相悅，令人讀後大倒胃口。以上兩類作品在上述集子中還有不少，不一一列舉。並且，無論是女色還是男風，這些作品的描寫都是很露骨的。這就體現了某些作者(或書商)企圖利用這些東西作為調料品取悅讀者的不

良心態，也體現了小說創作的一種墮落。

其三，帶有文人創作個性或地域特色的，如《連城璧》《十二樓》《豆棚閒話》《西湖二集》《西湖佳話》《俗話傾談》《躋春臺》等。

據上所述，擬話本小說的創作有兩大不良慣性——連篇累牘的勸誡議論和泛濫成災的色情描寫，這實際上是「天理」和「人慾」的畸形結合。如果所有的擬話本小說都採取這種「結合」或取其一端而惡性發展，明清的擬話本小說將不值一提。令人欣慰的是，有一些擬話本小說的作者卻能不同程度地擺脫這種不良慣性，而顯示出自己的創作風格。這樣的作家，毫無疑問是擬話本之佼佼者。

李漁就是這麼一位佼佼者，他的擬話本寫作雖然也有勸誡議論和色情描寫，但他卻用一種東西使之雅化、美化。這種東西就是「趣」，具體而言，就是一種喜劇意味，而且多半是輕喜劇。再具體而言，李漁作品的喜劇意味主要體現在以下幾點：其一，善於將事物推向極端，然後以兩端的極點進行對比，通過強烈的反差來達到諧趣效果。如《連城璧》之《說鬼話計賺生人，顯神通智恢舊業》《乞兒行好事，皇帝做媒人》以及《十二樓》之《生我樓》《夏宜樓》等篇均用此法。其二，通過誇張、渲染、變形、錯位等手法來達到諧趣效果。若《連城璧》之《妒妻守有夫之寡，懦夫還不死之魂》《寡婦設計贅新郎，眾美齊心奪才子》《譚楚玉戲裏傳情，劉藐姑曲終死節》以及《十二樓》之《萃雅樓》等篇均乃如此。其三，通過連珠妙語、特別是戲謔語言來達到諧趣效果。在《連城璧》之《美婦同遭花燭冤，村郎偏享溫柔福》《吃新醋正室蒙冤，續舊歡家堂和慶》《落禍坑智完節操，借仇口巧播聲名》以及《十二樓》之《合影樓》《拂雲樓》等篇中均有極多的例證。總之，拔俗為雅的諧趣，正是李漁擬話本創作的個性之所在。

與李漁相比，艾衲居士則具有另一種風度。他所作之《豆棚閒話》諸篇或直刺現實，或借歷史人物、神異故事以諷刺現實，憤懣之情溢於言表。作者愛做翻案文章，見解亦不同凡響。整部作品結構新奇，敘事方式別致，堪稱擬話本之變體。如《朝奉郎揮金倡霸》與《藩伯子散宅興家》二篇均以亂世為背景，反映了清初那麼一個天崩地裂的時代。王朝的更迭，使得民族矛盾、階級矛盾融合在一起，社會的動盪，人心的浮動。而《首陽山叔齊變節》一篇，更可視為是具有很深的政治寓意的作品。在這裡，作者對那些變節的貳臣二山居的假隱士極盡諷刺之能事。作者不僅借「叔齊變節」的故事罵盡降

清的所謂明朝「遺老」，而且對於現實生活中的種種卑污齷齪的人和事也大張撻伐。如《空青石蔚子開盲》一篇，嬉笑怒罵，皆成文章，罵盡人心不古的險惡世風。而《虎丘山賈清客聯盟》一篇，又以漫畫式曲手法勾勒出當時一些清客篾片的醜惡嘴臉。這位艾衲居士似乎有一肚皮牢騷不平之氣，要借助那「豆棚」下的「閒話」一一發洩出來。此外，作者的歷史翻案文章也做得不錯，如《介子推火封妒婦》《范少伯水葬西施》諸篇均有新意。

《西湖二集》《西湖佳話》《俗話傾談》《躋春臺》諸集均具地方特色，但前二集是題材的地方化，後二集是語言的地方化。

周清源《西湖二集》是地域色彩相當濃厚的擬話本集。當然，由於地域所限，兼之杭州一帶乃歷史名區，故書中多歷史題材而兼以傳說趣聞一類的作品，甚至有回頭向講史話本滲透的跡象。作者好抖露才華，亦時發憤慨，這正反映了周清源雖有「曠世奇才」卻「懷才不遇、蹭蹬厄窮」的心靈痛苦和用世之心。然書中內容豐富，結構奇巧，語言潑辣，又可見作者「才情浩瀚、博物洽聞」之一斑，同時，也增添了作品的審美價值。《西湖佳話》亦乃地域性擬話本小說集，16篇作品均以與西湖有關的人物、故事為核心組成。其中，歷史、神異的題材較多，多採取以人物帶故事的傳記式寫法。

《俗話傾談》雖是擬話本末流之作，但亦有若干片斷可讀，它最大的特色乃是用廣東方言寫成。同樣用方言寫成的擬話本還有擬話本的殿後之作《躋春臺》。是書取材廣泛，以市井、公案故事居多，有現實題材，亦有藉以前小說而改造的作品，然均以勸誡為宗旨。全書大體上呈重情節、輕人物的傾向，以四川方言寫成，頗多唱詞一類的順口溜，亦為擬話本之變體。

其四，情況比較複雜，可以稱之為綜合型的，如《鼓掌絕塵》《鴛鴦針》《人中畫》《五更風》《飛英聲》《照世杯》《雲仙笑》《生綃剪》《二刻醒世恒言》等。

以上作品集的共同特點是故事來源廣泛、題材多樣、思想複雜、手法多端，而且它們之間的優劣亦相差甚遠，此處僅擇其優者而簡論之。

《鼓掌絕塵》分「風」、「花」、「雪」、「月」四集，每集十回演一故事，是擬話本小說中之巨製，可視為介乎小說話本與章回小說之間的過渡性產物。該書多寫士林生活，涉及科場、世情、神怪、婚姻等多方面的內容，充滿世俗氣息，時有諷刺意味。其中，《風集》、《雪集》主要寫書生小姐之情，可作為明末清初最早的才子佳人小說的代表。四篇之中，以《月集》最佳，直面現

實，諷刺揭露，堪稱一部袖珍《金瓶梅》，亦乃《儒林外史》《官場現形記》《二十年目睹之怪現狀》等小說之先聲。且看幾個片斷：第一回寫一鴇兒李媽媽自白：「我們開門面的人家，要的是錢，喜的是鈔。你若有錢有鈔，便是乞丐偷兒，也與他朝朝寒食，夜夜元宵；你若無錢無鈔，就是公子王孫，怎生得入我門？那裡管得什麼新相知舊相知！」第二回寫一知縣：「原來那知縣是個納貢出身，自到任來不曾行得一件好事，只要剝虐下民。看他接過這錠銀子，就如見血的蒼蠅，兩眼通紅，那裡坐得穩？」第八回寫一驛丞的一番怒罵：「這囚養的，好不知世事！你曉得管山吃山，管水吃水？我老爺管著你們這些囚犯，也就要靠著你們身上食用。都似你這樣拜見禮兒也沒一些，終不然教我老爺在這驛裏哈著西北風過日子？」真真是用生花妙筆勾畫市井百態。

　　《人中畫》十六卷十六回，共五篇作品，曰《風流配》《自作孽》《狹路逢》《終有報》《寒徹骨》，均以三字標目。各篇分別為二至四回不等，每回有偶句作目，亦屬擬話本體制之特例。是書以寫士林生活為主，兼及市井。士林生活又多寫風流事體，與當時章回小說中一大批才子佳人小說情趣相同。該書情節曲折多致，語言亦明快暢達，作者常寓勸誡於娛樂之中，有時又流露理想色彩。大體而言，五篇作品水平相當，唯第一篇《風流配》略高一籌。這篇作品，就其內容而言，並無十分重大的意義，無非是一風流才子得到兩個美貌佳人的故事，是典型的才子佳人寫法，但其中歌頌女子才華這一點卻值得稱道。這篇作品妙在遊戲筆墨，觸處生春。作者極會編織故事，巧合法、誤會法的運用得心應手。這樣一種輕喜劇的寫法，酷肖李笠翁風格。這篇作品產生於才子佳人小說盛行的清初，也產生於李漁同一時代，看來不是偶然現象。它非常生動而真實地反映了當時一批懷才不遇而又不甘寂寞的文人對功名、富貴、地位、金錢，尤其是對於美色的一種羨豔心理。其他諸篇，亦各有特色。《自作孽》寫科場黑暗、士人辛酸十分真切，描寫市井小人的態度、心理如畫。《狹路逢》則運用巧合法敘一帶有偶然性的奇事，妙在對負心漢的心理進行了較深層次的開掘。《終有報》則運用誤會法寫了一個諷刺型的輕喜劇，讓奸佞之徒作繭自縛。《寒徹骨》則表現了科舉制度對人們家庭生活的重大影響，亦寫得細膩深入。均可算得上擬話本中較好的作品。

　　《照世杯》四卷，每卷演一故事。其體制亦有獨特之處，每卷有七字或八字的單句作目，各卷標目下又分別有七至十對的偶句排列，勾畫該卷故事

大要，如提綱一般，然各卷正文又未按此提綱分回立目，此乃短篇擬話本向中篇轉變的標誌；該書四卷均寫市井生活，卷一涉及士林。全書故事新奇、文風潑辣、語言靈動，且時露冷嘲熱諷。其中四篇作品，各有千秋、難分軒輊。《七松園弄假成真》寫一風魔才子對一富室妖姬的苦苦追求，不同於一般的才子佳人小說，寫得別開生面。其中多用誤會法，尤具反諷意味。全篇實乃作者的風流美夢，然頗具戲劇化特色，故事曲折多變。《百和坊將無作有》堪與《聊齋誌異》中的《念殃》篇媲美。全篇寫一騙局，卻騙得高雅、騙得高明，可謂雲遮霧鎖而又滴水不漏。尤妙在騙人者假作名士風流，被騙者亦自謂風流名士，對當時那些文化騙子、假名士的揭露與諷刺可謂入骨三分。整個故事充滿喜劇意味，語言亦詼諧幽默，結尾收煞得十分乾淨利落。作者寫行騙的手段，實不亞於馮夢龍與凌濛初。《走安南玉馬換猩絨》故事情節曲折、語言幽默詼諧、人物性格鮮明，真實反映了當時的社會狀況，具有高度的趣味性和可讀性。更有甚者，此篇寫異國風情、他鄉貿易，更具傳奇色彩和新鮮感。其中對安南景象的描寫，令人耳目一新；寫猩猩狒狒幾段，亦別有趣味；至於寫當時邊口互市的情況，更可作為史料來讀。《掘新坑慳鬼成財主》是一篇典型的諷刺小說，作者不僅諷刺了吝嗇鬼，而且諷刺了敗家子，諷刺了當時形形色色的市井百態。故事寫得頭緒紛繁，近似「生活流」的寫法，然客觀上卻深刻地反映了當時社會的混亂。

《生綃剪》十九回十八篇，一、二兩回為一篇，是多人集體創作的擬話本集。書中十八篇作品由十五位作家分別撰寫，其中有三位作家各寫了兩篇，由十幾位作家分工合作，撰成一集出版，在小說話本發展史上亦屬鮮見。當然，這也造成了各篇在敘述思路是否嚴謹清晰、故事情節是否曲折跌宕等方面，均有高下優劣之分，然各篇中的勸誡思想卻大體一致。十八篇中，多寫市井故事，兼及士林、公案內容，間有神異描寫。其中，《勢利先生三落巧，樸誠箱保倍酬恩》一篇寫庸醫騙人、人騙庸醫，社會中的吹牛撒謊、投機鑽營、陰謀暗算、伺機報復等各色醜惡人物，均各盡其貌。在作者筆下，市井百態、昭然若揭，世道人心、纖毫畢露，誠為佳作。然而，更妙的還是《七條河蘆花小艇，雙片金藕葉空祠》一篇。該篇寫一凡人遇仙姑的故事，妙在寫仙凡之間不黏不脫、若即若離。這篇作品，既不像《聊齋誌異》中的《畫壁》那樣帶有厚重的宗教意味，又不像民間傳說中的白娘子故事那樣有著濃烈的世俗色彩，而是處於兩者之間，寫得一派空靈、淒豔動人。開篇處七娘子招青

霞一段，寫得影影綽綽、饒有意味；中間二人相會一段，豔絕；又被上帝打
斷，苦絕；結尾處更寫得餘音嫋嫋、煙波無限。是大手筆，說部中極為罕見。
從中亦可見得文人情調與民間趣味的水乳交融般的結合，而這，又正是擬話
本小說最本質的特點。

（原載《野乘瑣言——小說名著與小說史》，

延邊大學出版社，2005 年 5 月出版）

春之萌發，秋之收成
——才子佳人小說與《紅樓夢》

　　一提起明末清初的才子佳人小說與《紅樓夢》的關係，人們會很自然地想到曹雪芹對才子佳人小說的批判。這種批判集中在兩個地方，其一是在《紅樓夢》第一回，作者借「石頭」之口說：「歷來野史，或訕謗君相，或貶人妻女，姦淫兇惡，不可勝數。更有一種風月筆墨，其淫穢污臭，屠毒筆墨，壞人子弟，又不可勝數。至若佳人才子等書；則又千部共出一套，且其中終不能不涉於淫濫，以致滿紙潘安、子建、西子、文君，不過作者要寫出自己的那兩首情詩豔賦來，故假擬出男女二人名姓，又必旁出一小人其間撥亂，亦如劇中之小丑然。且鬟婢開口即者也之乎，非文即理。故逐一看去，悉皆自相矛盾、大不近情理之話。」其二是在第五十四回，作者通過賈母之口又說：「這些書都是一個套子，左不過是些佳人才子，最沒趣兒。把人家女兒說的那樣壞，還說是佳人，編的連影兒也沒有了。開口都是書香門第，父母不是尚書就是宰相，生一個小姐必是愛如珍寶。這小姐必是通文知禮，無所不曉，竟是個絕代佳人。只一見了一個清俊的男人，不管是親是友，便想起終身大事來，父母也忘了，書禮也忘了，鬼不成鬼，賊不成賊，那一點兒是佳人？便是滿腹文章，做出這些事來，也算不得是佳人了。」

　　無庸諱言，在不少才子佳人小說中，的確存在著以上所說的某些問題，甚至比這裡提到的問題更多；同時，從以上那些話中，也可以看出曹雪芹對才子佳人小說的某種不滿乃至批判的態度。但這只是事情的一個方面。如果換一個角度看問題，對以上的兩段話，我們似乎又可作另一種理解和

分析。

首先，曹雪芹對才子佳人小說的批評是籠統的、原則的，而這種整體認識必須建立在閱讀了相當數量的才子佳人小說作品的基礎之上。既然他讀了許多這類作品，可以說明他在一定程度上是重視、甚或喜愛這些作品的，不然，何以如此熟悉？他總不會僅僅因為要口誅筆伐才去讀它們吧！必須明確，曹雪芹並不是起了創作《紅樓夢》的念頭之後為找「反面教材」而去讀才子佳人小說的；而只能是像《紅樓夢》中的賈寶玉一樣，是出於一種青少年時期的好奇心理去欣賞這些作品。至於所謂「批判」，實在是思想成熟後對這類作品反芻的結果。然而，當曹雪芹對這類作品發表批評時，我們是否要注意到事情的另一面，即這些才子佳人小說的某些思想資料已不知不覺地在曹雪芹的頭腦中「積澱」下來了呢？須知這種「積澱」是並不以人的主觀意願為轉移的。

其次，就曹雪芹對這類作品的批判而言，實質上也含有繼承的因素。大千世界，但凡兩件有聯繫的事物，後者對前者既不可能全面繼承，也不可能全面批判；而只能是批判中有繼承、繼承中有批判。文學史上的大量事實可以證明這一點：盛唐詩人之於齊梁詩，江湖詩人之於江西派，唐人傳奇之於六朝小說，明清傳奇之於宋元南戲，……都是一邊毫不客氣地批判，一邊不知不覺地繼承。繼承正潛藏於批判之中，批判恰包含著繼承在內。有趣的是：如果曹雪芹沒有在其作品中發表對才子佳人小說的批評，我們要找到其中的繼承關係或許更困難一些；經他這麼一批評，二者之間的批判繼承關係反倒明朗化了。

其三，就「石兄」的那段話而言，也並非單指才子佳人小說，而是三類作品。一類是所謂「訕謗君相」的，這恐怕要包括《水滸傳》、《封神演義》等作品。二類是「風月筆墨」的，自然也少不了《金瓶梅》及某些「擬話本」小說；第三類，才是專指「佳人才子」小說。以此而論，曹雪芹豈不是要將《紅樓夢》以前的許多小說作品、甚至包括某些優秀之作一筆抹殺？曹雪芹是這個意思嗎？大概不是。曹雪芹借「石頭」之口貶低上述幾類作品，實際上是為了隆重推出其「石頭記」，「令世人換新眼目」而已。與其把這段話看作是作者的「藝術理論」，倒不如把它看成是作者施了障眼法的「藝術廣告」。

其四，至於「老祖宗」的那段話，雖是針對才子佳人小說而言，但那只

是書中人物的話，並非作者自己的論述語言。書中人物的言論雖然有時也能部分代表作者的思想，但是，我們必須同時考慮到這個「人物」本身的具體情況。賈母是什麼人？一個封建世家的「老祖宗」，一個極端的享樂主義者。她對才子佳人小說的議論，儘管「有破陳腐舊套」的可取的一面，但又不可能不帶有維護封建世家體面的特質。前者說明了她不僅會享受物質生活，而且會享受精神生活，或者說有一定的藝術鑒賞能力；後者則說明她畢竟是一位「富貴」而又「正經」的封建大家的尊者。請看她接下去所說的話：「編這樣書的，有一等妒人家富貴，或有求不遂心，所以編出來污穢人家。再一等，他自己看了這些書看魔了，他也想一個佳人，所以編了出來取樂。何嘗他知道那世宦讀書家的道理！別說他那書上那些世宦書禮大家，如今眼下真的，拿我們這中等人家說起，也沒有這樣的事。」這樣的事也許「沒有」，但賈府中比這更「夠使」的事也多。當賈母的孫子賈璉與僕婦通姦，鳳姐吃醋大鬧時，這位老祖宗竟迴護說：「什麼要緊的事！小孩子們年輕，饞嘴貓兒似的，那裡保得住不這麼著。從小兒世人都打這麼過的。」（四十四回）這就怪了，作為貴族公子，淫污了僕人之妻，可以得到保護、找到理由；而作為大家閨秀，見美男子而思終身，反倒被認為「鬼不成鬼、賊不成賊」，這種莫名其妙的宏談高論從一個世家老祖宗的嘴裏傳出，能代表曹雪芹嗎？

實際上，客觀地、不帶偏愛地看問題，不少才子佳人小說在婦女觀、戀愛觀、婚姻觀方面所體現的思想境界並不一定就低於《紅樓夢》，而曹雪芹在創作《紅樓夢》時也並非全然未受某些才子佳人小說的啟發和影響。甚至可以說，在某些問題上，《紅樓夢》中的異端思想並沒有某些才子佳人小說所表現的那麼激烈、充分。我們在推崇、熱愛曹雪芹及其《紅樓夢》的同時，也應該看到曹雪芹個人的生活視野畢竟是有限的，《紅樓夢》所反映的畢竟也只是以圈束在高牆大院內的貴族之家為主的生活，在那個時代能呼吸到一絲半點新鮮空氣的也決不僅止於曹雪芹一人。曹雪芹的偉大，不僅僅在於他與某些才子佳人小說作者們一樣的對生活的「感受」，而在於對這種種感受的集中、概括和理性的思索，然後又將其整體化地藝術再現。

為了說明問題，我們不妨先就婦女觀、戀愛觀、婚姻觀等方面，將才子佳人小說與《紅樓夢》作一點比較。

眾所周知，《紅樓夢》是非常重視對女性之「才」的描寫的。而所謂「才」，最外在的層次便是指的文學才華。大觀園中屢結詩社，然每奪冠亞者

均為女子。海棠社以史湘雲壓倒群芳，菊花詩被林黛玉奪為魁首，螃蟹詠唯薛寶釵堪稱絕唱。而那較之賈政及眾清客而言顯得神采飄逸、才氣縱橫的賈寶玉卻總是在姐妹們面前倒了旗槍、自歎不如。這位怡紅公子甚至還總結說：「凡山川日月之精秀，只鍾於女兒，鬚眉男子不過是些渣滓濁沫而已。」（二十回）這種褒揚女才的描寫，這種女尊男卑論，實在是對幾千年來「女子無才便是德」、「男尊女卑」的封建思想的一種反撥。然而，這些描寫和言論是否為曹雪芹所獨創？是否為《紅樓夢》之專利？不是的。如此言行，在才子佳人小說中早已前轍宛然、屢見不鮮了。《平山冷燕》中的男主人公燕白頷說過：「天地既以山川秀氣盡付美人，卻又生我輩男子何用？」（十六回）《宛如約》寫一才女趙如子「生來將秀氣奪盡」，「最奇是生如子這一年，合村的桃李並無一枝開花，蓋因秀氣都為如子奪了」。（第一回）《玉嬌梨》中的白紅玉也「果然是山川秀氣所鍾，天地陰陽不爽，有百分姿色，自有百分聰明」。（第一回）幾乎所有才子佳人小說中的女主人公，都是這種「奪山川草木之秀氣」的才女。《飛花詠》中的端容姑，《平山冷燕》中的山黛、冷絳雪，《玉嬌梨》中的白紅玉、盧夢梨，《春柳鶯》中的梅凌春、畢臨鶯，《麟兒報》中的幸昭華，《定情人》中的江蕊珠，《好逑傳》中的水冰心，《錦香亭》中的葛明霞，《白圭志》中的楊菊英，《英雲夢》中的吳夢雲，《醒風流》中的馮閨英，《畫圖緣》中的柳煙，《賽紅絲》中的裴芝、宋蘿，《玉支磯》中的管彤秀，《兩交婚》中的甘夢、辛古釵，《宛如約》中的趙如子、趙宛子，……她們的詩賦之才、應對之才、丹青之才、琴瑟之才，比起同書中的「才子」而言，皆有過之而無不及，都使這些「才子」們相形遜色。「漫道文章男子事，而今已屬女青蓮。」（《平山冷燕》第十六回）當我們讚美黛玉、寶釵、湘雲的文學才華時，似乎不應忘記她們這些才華橫溢的「老前輩」。

《紅樓夢》中除了表現某些女性的文學才華之外，還生動地描寫了幾位脂粉英雄的治家之才。這裡有「敏探春興利除宿弊」，還有「時寶釵小惠全大體」，而最突出的乃是那位璉二奶奶，她不僅在榮國府手握大權，甚至還協理寧國府，堪稱當時的一位「女強人」。然而，這種具有治家之才的女性，在才子佳人小說中也早已風行紙上了。《玉嬌梨》中的白紅玉，她父親「白公自從夫人死後，身邊並無姬妾，內中大小事俱是紅玉小姐主持，就是白公外面有甚事，也要與小姐商量」。（第一回）《好逑傳》中的水冰心「及至臨事作為，卻又有才有膽，賽過鬚眉男子」。其父在京為官，「一應家事，都付她料理」。

（第三回）《宛如約》中的趙宛子在父母雙亡之後，將一個宰相舊家「府中之事治得井井有條。又且恩威並濟，府中內外大小，無一人不感其德而畏其威」。（第七回）有的女子不僅有治家之才，甚至有治國之才，有政治家的風度。《醒風流》中的馮閨英當朝廷「急待有個奇策，平定海內」，而「諸生議論，各執一見，並無個萬全的奇策」時，她女扮男裝，上了一策。皇帝看後大喜，及問知是一女子所為，不禁「驚疑半晌」、由衷感歎：「若以男子中論，可當黼黻皇猷之任，豈非愧殺天下鬚眉。」（十六回）《紅樓夢》中有言歎曰：「金紫萬千誰治國，裙釵一二可齊家。」正是這一種時代空氣的感染。

《紅樓夢》生動地展示出寶、黛、釵之間的愛情悲劇和婚姻悲劇，就這兩方面的悲劇所表現的社會意義而言，無疑是十分深刻而震憾人心的。然而，無論是林黛玉之於自己的愛情，抑或是薛寶釵之於自己的婚姻，她們二人所採取的態度卻都是一致的，那就是在一定程度上的被動等待。當黛玉得到「木石前盟」的印證之後，尚寄希望於外婆、舅母的慈心、恩賜；當寶釵具有「金玉良緣」的庇護之時，更聽命於門第、家世的擺佈、安排。她們都在等待，等待著明天的幸福、幸福的明天。她們並不缺少智慧、才能，但卻沒有充分運用自己的力量去爭取自己心目中最想得到的東西，或去拒絕那可能得到而並不寶貴的東西。她們並不曾去擁抱那艱難困苦的生活，並沒有在現實生活的矛盾中去檢驗一下自己能量的大小。她們一個多愁善感，另一個冷若冰霜，但歸根結底都沒有試圖去主宰自己的命運。其結果，她們生命的航船全都在生活的驚濤駭浪中擱淺、沉沒。一個雖得到心心相印的愛情，卻不能得到花好月圓的婚姻，因而淚盡身亡、魂歸離恨天；一個雖得到洞房花燭的婚姻，卻沒有得到瀝血滴髓的愛情，因而獨守空閨、遺恨東流水。等待，等待，未能在等待中爆發，而恰恰在等待中滅亡，她們悲劇的深刻性正在於此，她們深刻的悲劇性也在於此。釵、黛的行為，也許更符合封建時代大家閨秀的心理狀態，也許更帶有她們所屬階級固有的劣根性；曹雪芹寫了這震憾人心的悲劇，也許對當時的社會更具有批判力。然而，慘酷的社會現實絕非僅僅教育出這些在眼淚中的期待者和絕望者，它還會孕育出一批擦乾眼淚，憑著自己的勇氣、膽力、智慧、才能去拼搏、衝刺的奮鬥者。《紅樓夢》中不是也有幽會的司棋、抗婚的鴛鴦、喋血的三姐、怒叱的晴雯嗎？她們不都是等待不下去了而終於以各自的方式「爆發」了嗎？其實，這類敢於直面人生並敢於抗爭命運的女性，在才子佳人小說中已大量湧現。《宛如約》中的趙如子曾

大膽宣稱：「女子要煉成男子的氣骨，那裡怕得風霜！」（第七回）《好逑傳》中的水冰心更在公堂之上以自殺威脅官府：「手持利刃，悻悻之聲，只要刺死。」（第十回）《玉嬌梨》中的盧夢梨竟女扮男裝與意中人結為兄弟，並咄咄逼人地說：「今一晤仁兄，不知情從何生。」（十四回）幹得最大快人心的還是《玉支磯》中的管彤秀，面對威逼她成親的惡少卜成仁，她「手提寶劍從簾裏走出簾外來，指著卜成仁大罵道：『賊畜生，你想成親麼？且快去閻王那裡另換一個人身來！』遂提起寶劍照著當頭劈來」。（十二回）在這樣一些女性的身上，我們可以看到她們在閨閣小姐的名分掩抑下的市井婦女的性格特徵。她們是那樣自信，堅韌、大膽、潑辣。她們正逐步甩開因襲的重負、踐踏傳統的藩籬，勇敢地把自己當作一個人、一個毫不弱於鬚眉男子的堂堂正正的女人而生活在世界上。她們以自己果斷的行為，為自己爭得了人格的尊嚴，為自己贏得了幸福的明天。沒有呼吸到若干新鮮空氣的作者，不可能寫出這麼一種真正「社會化」的閨閣女子，也不可能揮灑出這一段段令人精神為之一振的解穢文字。讀《紅樓夢》，聯繫到釵、黛等人的悲劇命運，人們自會悲慟、惋惜，感受到一重深沉的悲劇意味，從而激發起對那扼殺人性的黑暗社會的詛咒和憎惡；讀某些才子佳人小說，聯繫到上述女性的鬥爭精神，人們又可以感到振奮、激昂，蒸騰起一份高亢的樂觀精神，從而更增添將傳統道德和觀念踩在腳下的勇氣和毅力。「千紅一哭」、「萬豔同悲」自有其不朽的審美價值，然而，千紅一怒、萬豔同囂就沒有審美價值可言？「薄命司」的另一面應大書「抗命司」三個字，無論這匾額是用血寫、用淚寫，還是用淋漓汗水寫成。

「癡情」，是《紅樓夢》所描寫的重要內容之一。以寶黛愛情為中心，曹雪芹眾星拱月般地寫出了一系列的情癡情種，誠可謂「厚地高天，堪歎古今情不盡；癡男怨女，可憐風月債難償」。而那絳洞花主賈寶玉，又是首當其衝地「把邪魔招入膏肓」的情種之最。尤其是他那驚世駭俗的「戀愛觀」，更與傳統的思想相悖逆而放射出奇光異彩。然而，在那禮教扼殺愛情的沉沉黑夜中，刺破長天的絕不僅止於《紅樓夢》這一束光柱。某些才子佳人小說中所體現的戀愛觀，雖只是流星一閃，其光芒亦足以奪人睛目。這些小說中的情癡情種，也早已以各自的言行，顯示著他們對待愛情的態度是如何的迥異流俗、不同凡響。《定情人》中的雙星，為尋找堪可定情之人，從家鄉四川出發，尋訪到江浙一帶，數千里長行，只為一個「情」字。《春柳鶯》中的石池齋，

為尋訪文心相通卻又未曾識面的意中人，毅然放棄了束脩豐厚的佳館，暫時拋卻那指日可待的功名，同樣只為一「情」字。《玉嬌梨》中的蘇友白進一趟京城，卻對人說：「小弟此行，實不為名，亦不為利。然而情之所鍾，必不容緩。」（十四回）真可謂「情」毒攻心。《平山冷燕》中的燕白頷與平如衡，為了求得各自心目中的情侶，幾乎都達到似傻如狂的地步，也算是「情」魔作祟了。《英雲夢》中的王雲正值大考之時，誤聞戀人凶耗，竟至心煩意亂而名落孫山，「情」的力量，可謂大矣！這些癡男怨女們之所以在「情」的面前神魂顛倒，置一切於不顧，主要是因為他們具有一種進步的愛情觀、婚姻觀。他們有許多關於婚姻愛情的「怪」論，足以證明他們已然站到了時代的前列。《玉嬌梨》中的盧夢梨說：「不知絕色佳人，或制於父母，或誤於媒妁，不能一當風流才婿，而飲恨深閨者不少。故文君既見相如，不辭越禮，良有以也！」蘇友白隨即答道：「禮制其常耳，豈為真正才子佳人而設？」（十四回）《定情人》中的江蕊珠受到迫害，準備以死相抗時，心中想的是：「只願後世與雙郎，做一對平等夫妻，永偕到老，方不負我志。」（十二回）《平山冷燕》中的冷絳雪對父母雙親表達自己的擇偶標準是：「人家總不論，城裏鄉間也不拘，只要他有才學，與孩兒或詩或文對做，若做得過我，我便嫁他。假饒做不過孩兒，便是舉人進士、國戚皇親，卻也休想！」（第六回）《兩交婚》中的甘不朵說：「死亦死於河洲之上，斷不向呆脂癡粉中求生活。」（十六回）《英雲夢》中的王雲說：「若不遇佳人，不得其配，情願終身不娶。」（第二回）《畫圖緣》中的花天荷說：「我花天荷何幸，獲此佳偶，真過於萬戶侯矣！」（十五回）當然，在眾多才子佳人中，對愛情婚姻問題說得最全面、最透徹的還要算《定情人》中的雙星，他說：「君臣父子之倫，出乎性者也，性中只一忠孝盡之矣。若夫妻和合，則性而兼情者也。性一兼情，則情生情滅，情淺情深，無所不至，而人皆不能自主。必遇魂消心醉之人，滿其所望，方一定而不移。」「吾之情，自有吾情之生滅淺深，吾情若見桃花之紅而動，得桃花之紅而即定，則吾以桃紅為海，而終身願與偕老矣。吾情若見梨花之白而不動，即得梨花之白而亦不定，則吾以梨花為水，雖一時亦不願與之同心矣。」（第一回）更有甚者，《兩交婚》中的一青樓女子黎青居然對男主角進行「情教」：「我說的是真至誠。只要恩是恩，情是情，初如此，終如此，不要熱一陣又冷一陣，不要密些時又疏些時，不要有了花兒就棄了葉兒，不要吃著甜的便吐去苦的，這便是真至誠了。」「妾聞深情人，鐵也磨穿，石也抱暖，神也叫靈，魂也呼

轉。豈有異術，不過心堅，不改不悔耳。」（第六回）正是從這樣一種進步的
戀愛婚姻觀出發，這些才子佳人所企望的已不是片刻的歡娛而是持之以恆的
鍾情，不是門戶家世的聯姻而是平等自願的結合。這些才子佳人小說在不同
程度上肯定了青年男女之間「真情至性」的合理性，在兩性關係問題上已開
始接觸到雙方志趣、情感、精神生活的契合。《紅樓夢》中所體現的愛情婚姻
觀，雖然在某些方面是發展、完備了這些觀點，但首先應該是受了這些觀點
的影響。難道寶黛等人沒有從這些「先知先覺」的戀愛者們身上吸取一份營
養？難道從寶玉的言論中找不到這些關於婚姻戀愛問題的「奇談怪論」的回
聲？更何況這些才子佳人們所吐出的肺腑之言，寶黛們並不一定能全都喊將
出來。說句大實話：《紅樓夢》中所體現的愛情婚姻觀，較之某些才子佳人小
說而言，只怕是雖有過之、亦有不及哩！

　　《紅樓夢》是「秋」的文學，她深沉、豐滿、老成、厚實，但又蒙上一層
悲涼色彩，曹雪芹在嘔心瀝血地創作《紅樓夢》時，有一份對秦淮煙月的痛
苦回憶，也有一份對西郊黃葉的感歎憂愁，他滿懷著「舊恨新愁」，譜寫出了
一支由衷的哀曲；而才子佳人小說則是「春」的文學，她開朗、爛漫、幼稚、
單純，但又露出一種樂觀情調，那些作者們在心花怒放地創造他們的作品時，
有一份對薛荔荊棘的本能厭惡，也有一份對金線丹霞的迷離憧憬，他們積聚
著「遐思豔想」，疊奏出了一派率意的歡歌。才子佳人小說和《紅樓夢》給人
的美感效應是不相同的，朦朧秋月、爛漫春花，各有所長、各盡其美。對此，
人們盡可各取所需、各得所好。然而，我們總不能忽視那種春的幼稚對於秋
的老成、春的萌發對於秋的收穫之間的內在聯繫吧。這也正是才子佳人小說
與《紅樓夢》之間的一種影響、接受、批判、繼承的關係。

（原載《紅學新潮》，中國社會科學出版社，1991 年 12 月出版）

古代小說的史鑒功能和勸誡功能
——中國古代小說評點派研究二題

　　作為在封建時代的中國最受廣大人民群眾所喜聞樂見的文學樣式——小說，當然具有多方面、多層次的社會功能。同時，因為古代小說批評擔負著對這些作品進行原始評價的重任，因此，評點者們有責任也有義務對這些古代小說的多種功能進行揭示和分析。可惜的是，要想全面探討這些「揭示」和「分析」是很困難的，因為它將受到筆者的能力、所掌握的資料和本文篇幅的限制。因此，我們在這裡只好僅就古代小說的史鑒功能和勸誡功能這兩個問題作一些初步的探討。

一

　　文學是歷史的一面鏡子，歷史又是現實的一面鏡子。但這兩個「鏡子」的含義是不盡相同的。前者是說文學能反映歷史，後者則是說人們可以從歷史中吸取教訓。將兩者結合在一起，我們可以得出這麼一個結論：人們也可以從文學作品、尤其是小說作品中吸取教訓，從而對現實中的行為進行指導和修正，這就是文學的史鑒功能。進而論之，在諸多文學樣式中，尤以小說最具史鑒功能，其中的道理很簡單、也很明白，因為中國古代小說本身就是由歷史的附庸而蔚為大國的，直到它獨立以後，還具有很強烈和重大的殷鑒歷史的使命和責任。

　　對於上述這一問題，我們的小說評點者們早已發表了各自的意見。他們有的從整體上論證了小說的史鑒功能，有的則從不同的角度分析了這種史鑒

功能的具體表現。

（一）「稗官固亦史之支流」

中國古代小說，歷來被視作正史的附庸，是「史」之餘物，或者被逕稱為「稗官野史」。對此，小說批評家們怎麼看呢？《嶺南逸史》的幾位《序言》作者談出了各自的看法。西園老人云：「有國史，有野史。國史載累朝實錄，贍而不穢，詳而有體，尚矣。野史記委巷賢奸，山林伏莽，自漢唐以來未有其書，大抵皆朽腐之談，荒唐之說居多。」醉園狂客云：「夫史者，所以補經之所未及也，而逸史者，又所以補正史之所未及也。」張器也則認為野史「可以少補麟經漢史者」，而野史的作者「抑亦聖人之徒也，又何必印累綬若，而始成其不朽之良史哉！」他們都對野史評價甚高，認為野史可以補充正史、羽翼正史，甚至發明正史。

蔡元放則從普及歷史知識的角度指出了野史的作用，他說：「自制舉藝出，而經學遂湮。然帖括家以場屋功令故，猶知誦其章句。至於史學，其書既浩瀚，文復簡奧，又無與於進取之途，故專門名家者，代不數人。學士大夫則多廢焉置之，偶一展卷，率為睡魔所引耳。至於後進初學之士，若強以讀史，則不免頭岑岑，目森森，直苦海視之矣。《春秋》三《傳》，《左氏》最為明備，專經者，猶或不能舉其詞，況其他乎！顧人多不能讀史，而無人不能讀稗官。稗官固亦史之支流，特更演繹其詞耳。善讀稗官者，亦可進於讀史，故古人不廢。」（《東周列國志序》）

蔡氏真是可人，他深知對於一般讀者、尤其是青少年讀者而言，要他們去認真閱讀那長篇累牘的史書，該是一件多麼痛苦的事情。如果一定要讓他們瞭解歷史，最好的辦法是先讓他們讀稗官野史。由稗官野史入手，然後再讀正史，效果就好多了。蔡氏所總結的這種狀況，一直到今天依然存在。即以三國歷史為例，現在很多人的那一些關於三國的知識，絕大多數是來自《三國演義》而不是《三國志》，這是顯而易見的。從這個角度講，稗官野史是正史之支流，也是正史的普及讀物。

（二）「使無野史，則歷代之非孰從而知之」

作為稗官野史的小說，不僅可以作為正史之支流，補充和羽翼正史，更重要的還在於它能揭露歷史的本來面目。因為正史多半是官修的，必然以統治者的是非為是非，至少帶有非常濃厚的統治者的意識觀念。有些歷史事

實，由於不利於統治者，被史官悄悄地刪掉。這種情況，越是接近封建社會後期，就越發顯得嚴重。而稗官野史則不然，它主要是人民群眾或下層文人創造的，儘管不能說它完全離開了統治者的思想意識形態，但更多的時候，它敢於反映民眾的思想，敢於揭示歷史的本來面貌，甚至敢於對封建統治者提出非議乃至進行批判。正如《浪史》一書的批評者在第三十六回的評語中所言：「代有國史，有野史，使無野史，則歷代之非孰從而知之。」沒有野史，後人怎麼能知道歷史上某些有權有勢者的混帳事！

那麼，稗官野史究竟揭發了歷史上的哪些混帳事呢？

毛宗崗認為，以權臣而兼國戚，是國家之大忌、政治之大忌。他說：「王莽以國戚而為權臣，操與丕則又以權臣而為國戚矣。國戚不足懼，以權臣為之則可懼；權臣已足懼，權臣而又使之為國戚則更可懼。」（《三國演義》第六十六回回前總批）眾所周知，國戚、權臣、宦官，是中國古代政治的三大毒瘤。尤其是當這三者交相為用的時候，政治肯定會是一片黑暗。毛宗崗的話，在一定程度上涉及中國古代封建政治弊端的重大問題之一。

張竹坡則對由於賣官鬻爵所造成的小人得勢的封建弊端更痛恨一些，他說：「提刑所，朝廷設此以平天下之不平，所以重民命也。看他朝廷以之為人事送太師，太師又以之為人事，送百千奔走之市井小人，而百千市井小人之中，有一市井小人之西門慶，實太師特以一提刑送之者也。今看到任以來，未行一事，先以伯爵一幫閒之情、道國一夥計之分，將直作曲，妄入人罪，後即於我所欲入之人，又因一龍陽之情，混入內室之面，隨出人罪，是西門慶又以所提之刑為幫閒、淫婦，幸童之人事，天下事至此尚忍言哉？作者提筆著此回時，必放聲大哭也。」（《金瓶梅》第三十四回回前總批）

批評者由自己痛恨這種賣官鬻爵而危害民眾的事，想到作者之所以這樣寫，一定也痛恨此事，進而在客觀上引起所有有良心的讀者都痛恨此事。這正是小說之史鑒功能的一種最好表現。

《儒林外史》「臥評」的看法則又是另一個角度：「自科舉之法行，天下人無不銳意求取科名。其實千百人求之，其得手者不過一二人。不得手者，不稼不穡，既不能力田，又不能商賈，坐食山空，不至於賣兒鬻女者幾希矣！倪霜峰云：『可恨當年誤讀了幾句死書。』『死書』二字，奇妙得未曾有，不但可為救世之良藥，亦可為醒世之晨鐘也。」（第二十五回回末總評）

這種科舉誤事的評價，不僅與《儒林外史》一書的題旨相合，而且也是

明末清初某些清醒文人的共同看法。有一則歷史趣談可資佐證：「及明之亡，有紅紙大書，榜於大明門上者曰：『奉送大明江山一座。』下書八股朋友同具。」（蔡爾康《紀聞類編》卷四。轉引自陳登原《國史舊聞》卷四十八）

在小說作品揭發歷史弊端這一問題上，《隋史遺文》的批評者則發表了頗為執於一端的看法：「科克是武官，得利是文官；戰爭是武官，敘功先文官，此最不平之事。強者自不受制，弱者方聽穿鼻，安得有將？安能為國平賊？國事每壞於文臣。」（第四十六回回末總評）這種說法，或許並不能完全符合整個封建時代的普遍規律，但針對一定的歷史時期而言，還是具有揭露意義的。如宋代，大概就是如此。再如批評者生活的明末，大概更是如此。「崇禎五十相」的事實，大概是可以部分證明「國事每壞於文臣」這一論斷的正確性的。

生活於晚明的屠赤水（屠隆）對之所以造成歷史之非的看法又有不同，他在評點《高力士外傳》的一段夾批中說：「祿山之孽方平，輔國之奸又出。妖歟？抑亦用人者之過也。」（《虞初志》卷六）所謂「用人者」，在這裡實際上就是指的封建時代的最高統治者——皇帝。這樣的分析，指出造成許多歷史弊端和現實問題的關鍵是最高統治者，庶幾接觸到了問題的本質。

相比較而言，林鈍翁的話語似乎更為尖銳一些：「（魏）忠賢之肆毒，若非天啟主意安敢大膽乃爾？後人但歸罪忠賢而不責天啟，是舍本而求末矣。即如秦檜之殺岳飛，若無高宗之意，彼亦敢下手？凡看書者，當於言外會意方妙。」（《姑妄言》第八卷夾批）這真是快人快語，寥寥數句，道破了千古玄機，澄清了百世迷霧。如此一針見血的語言出現在二百多年前的小說批評者筆下，實在令人歎服不已。

（三）「有國有家者當奉為座右銘」

小說評點家們不僅從不同角度指出了稗官野史對歷史弊端的揭示，而且還進一步明確闡述了小說作品的史鑒功能。《聊齋誌異·嫦娥》有云：「凡哀者屬陰，樂者屬陽。陽極陰生，此循環之定數。」在「陽極陰生」後面，但明倫批曰：「陽極陰生四字，有國有家者當奉為座右銘。」這其實就是點明了小說作品的鑒戒作用。

有時候，評點者往往是通過對一些具體事件的分析來作為他闡發的起點的。例如《紅樓夢》有一段脂批：「大抵事之不理，法之不行，多因偏於愛惡，幽柔不斷。請看鳳姐無私，猶能整齊喪事，況丈夫輩受職於廟堂之上？倘能

奉公守法，一毫不苟，承上率下，何有不行？」（有正本第十五回回末總批）
從鳳姐協理寧國府而聯想到士大夫供職於朝廷，以巾幗女傑作為鬚眉丈夫的
一面鏡子，通過借題發揮的方式闡明了小說作品的鑒戒功能，真可以說是小
題目做出了大文章。

　　如果說，上述那段脂批是從正面立論的話，那我們再來看一個從反面講
過來的例子。袁石公（袁宏道）評點《東城老父傳》時有一段夾批云：「天子
好鬥雞，則雞之諸勝畢集。尤而傚之者，遂至破產市雞。識者以為，亂階自此
始也。」（《虞初志》卷六）與此有異曲同工之妙的是《聊齋誌異·促織》篇中
但明倫的一段夾批：「微蟲耳，而竟使民傾產喪生者此哉！豈果愛民不如一促
織？特以上既有所好，有司逢迎恐後，遂流毒無已，致民命不如一蟲耳。故
為人上者，無論物之貴賤，皆不可有所好也。」前者從鬥雞的小事，闡發了天
下治亂的大道理。後者從小小的促織，揭示了封建時代普遍存在的大問題。
「上有好者，下必甚焉」，這便是歷史的鑒戒。明清兩代的評點者們均能從沙
礫之中窺見大千世界，這種眼光是犀利的，這種膽識是過人的，這種批評則
毫無疑問是切中肯綮的。

　　當然，也有從大處著眼來分析問題的。如鐵崖熱腸評《遼海丹忠錄》中
的一段話：「以夷攻夷，古亦嘗用之。顧唐用回紇攻安史，究亦受回紇之禍。
遼以阿骨打攻阿速，究起阿骨打之戒心。且為我用，故有石砫司之效忠；不
為我，又有水藺之隱禍。而廣寧之倚西虜，竟亦為充饑之畫餅，則亦非長策
也。謀國恃於人，而毋恃人。」（第一回回末總評）通過大量的、正反兩方面
的事例，充分說明了「謀國恃於人，而毋恃人」的道理。同樣從大處著眼的例
子還有家臥園對《女仙外史》的一段評點文字：「亂臣賊子，王法之所必誅，
乃後世人君，反多寵而用之者，所以施耐庵借百八魔君出而討之。《外史》於
建文、永樂之際，借一女子以彰天討，輔以曼尼、鬼母、剎魔主，余謂事蹟殊
而意旨則有同然。嗟乎！魔者興亂之物，今以之戡亂，用心良苦。」（第三十
一回回末總評）這段評語可謂深得施耐庵和呂熊（《女仙外史》作者）之良苦
用心，同時，也總結了自古天下大亂而亂自上作的普遍規律。

　　中國是個具有十分頑固的「官本位」觀念的國家，千百年來，千百萬老
百姓的命運就掌握在少數官僚的手中。正因如此，小說作品的鑒戒功能首先
指向的必然是各級官吏直至最高統治者——皇帝。上述諸條批評文字中，已
有不少涉及到皇帝和官員，還有更為直截了當地將鏡子照到統治者的臉上的

例子。《聊齋誌異·夢狼》中有一段但明倫的評語是這樣寫的：「生死之權，在百姓不在上臺。百姓怨，便是死期；媚上臺，何術能解百姓怨也？」這裡，評點者是在警告那些巴結上司而魚肉百姓的貪官污吏，如果人民憤怒了，你是沒有好下場的，就像《夢狼》中的白甲一樣，定會被民眾去掉腦袋。這實際上是「水能載舟亦能覆舟」的通俗化說法，是千古不變的真理。

同樣的道理，在蘭岩評《夜譚隨錄·鄧縣尹》的一段話中，卻是正反兩方面都說透了：「真心為民，細心辦事，不辭勞苦，不憚繁冗，魑魅情弊，焉能逃秦鑒哉？倘草草了事，以為明決不究，其不為奸吏欺誑也幾希。為民父母者，尚其加意哉！」這些評點者真是熱心腸，他們甚至在評點文字中教誨各級官吏怎樣當好人民的父母官。還有的評點者更是高屋建瓴地對那些歷史上著名的君王作出評判，並表示自己心頭的遺憾：「煬帝以風流自任，其沉酣酒色固宜，奈何唐高祖為一代創業之君，亦墮此術中，為千古所不齒。」（不經先生《隋煬帝豔史》第三十回回末總評）

在這方面說得更為透徹和沉痛的還是金聖歎和張竹坡的一些言論。

金聖歎評點《水滸傳》云：「嗟乎！吾觀高廉倚仗哥哥高俅勢要，在地方無所不為，殷直閣又仗姐夫高廉勢要，在地方無所不為，而不禁愀然出涕也。曰：豈不甚哉！夫高俅勢要，則豈獨一高廉倚仗之而已乎？如高廉者，僅其一也。若高俅之勢要，其倚仗之以無所不為者，方且百高廉正未已也。乃是百高廉，又當莫不各有殷直閣其人；而每一高廉，豈僅僅於一殷直閣而已乎？如殷直閣者，又其一也。若高廉之勢要，其倚仗之以無所不為者，又將百殷直閣正未已也。夫一高俅，乃有百高廉；而一高廉，各有百殷直閣，然則少亦不下千殷直閣矣！是千殷直閣也者，每一人又各自養其狐群狗黨二三百人，然則普天之下，其又復有寧宇乎哉？（第五十一回回前總批）「嗟乎！天下者，朝廷之天下也，百姓者朝廷之赤子也。今也縱不可限之虎狼，張不可限之讒吻，奪不可限之兒肉，填不可限之雞鶩，而欲民之不畔，國之不亡，胡可得也！」（第五十一回批語）

張竹坡則在對《金瓶梅》的評點中說：「寫陳三、翁八之惡，襯起苗青；寫苗青之惡，又襯起西門慶也。然則寫王六兒、夏提刑等，無非襯西門慶也。西門慶之惡十分滿足，則蔡太師之惡不言而喻矣。一路寫樂三嫂、王六兒、玳安兒、樂三、西門慶、夏提刑、平安、書童、琴童各色人等，一時忙忙碌碌，俱為一死囚之苗青呼來喚去地使喚，甚矣，財之可畏如此。」（第四十七

回回評）「平插曾公一人，特為後文宋巡撫對照，且見西門之惡，純是太師之惡也。夫太師之下何止百千萬西門，而一西門之惡已如此，其一太師之惡為何如也？」（第四十八回回評）

由上可見，小說評點者們對小說作品的史鑒功能是相當重視的。尤其是通過小說中的某些描寫，為各級統治者提供歷史殷鑒，使之能勤政愛民，創造天下大治的局面，這樣的事情，更為評點者們所津津樂道。同時，對於暴虐的統治者的罪惡，評點者們也願意通過各自的評點文字予以揭發和批判。總之，在那些評點家們看來，小說與歷史有著千絲萬縷的聯繫。通過對小說作品的評點來表達各自的歷史觀照，對於他們而言，是一件十分愜意的事。

二

其實，在上面我們講到小說史鑒功能的時候，其間就包含了部分「勸誡」的意味。不過，那主要是講給統治者們聽的，而決定歷史發展走向的又主要是統治者。故而，小說的史鑒功能在某種程度上也可以看作是對統治者的「勸誡」。而本節所講的勸誡功能，則是對所有人的，包括統治者，更包括被統治者。總之，在評點者們看來，他們的勸誡，是涉及到生活的方方面面的，也是對每一個人都有效用的。

（一）「使看官再四思之慎之，戒之戒之」

我們先來看那些對生活中具體行為的勸誡。當《紅樓夢》第二十五回寫到馬道婆幫助趙姨娘暗害王熙鳳和賈寶玉時，庚辰本有一段眉批云：「寶玉繫馬道婆寄名乾兒，一樣下此毒手，況阿鳳乎？三姑六婆之為害如此，即賈母之神明在所不免，其他只知吃齋念佛之夫人太君豈能防懍得來。此係老太君一大病。作者一片婆心，不避嫌疑特為寫出，使看官再四思之慎之，戒之戒之。」三姑六婆，是舊中國特殊的產物，或者說，竟是一種社會的大贅瘤。作者寫出了這些人鬼鬼祟祟的行為以引起人們的注意，是作者的一片婆心。而批評者又由馬道婆對鳳姐、寶玉的迫害推廣到對所有三姑六婆的防範，喚醒世人思之慎之，戒之戒之，則又是批評者的一片婆心了。

只要有人性惡的一面存在，生活中就會到處充滿陷阱。三姑六婆是可怕的，那些又貪又淫的和尚之惡行則更令人髮指。請看佚名批評家寫在《歡喜冤家·蔡玉奴避雨遇淫僧》後面的一段批語：「天下事，人做不出，是和尚做

出。人不敢為，是和尚敢為。最毒最狠的無如和尚。今縉紳富豪，刻剝小民。大斗小稱，心滿意足。指望禮佛，時來普施和尚。殊不知窮和尚雖要肆毒，力量不加，或做不來。惟得施主錢財，則飽暖思淫慾矣。又不知，姦淫殺命之事，又都從燒香、拜佛而起。婦道人家，原是求福，實最種禍根。最好笑，當世縉紳，所讀何書，所為何事，殊不知白蓮、無為、天主等教，是亂天下之禍根也。戒之，戒之。」這段話的後半部分雖然有些偏激，只能代表批評者個人的觀點。但前面那些批判和尚的話，卻是帶有深刻的社會意義的。而且，從批評者最後反覆叮囑「戒之戒之」的口氣來看，他也是苦口婆心一片。

還有比三姑六婆、貪淫之僧更可怕的，那就是人們身邊的小人。對此，亦有批評者對讀者提出勸誡：「從來亂臣賊子，多被手下勸其成惡。都飆當日若無成華，其惡或猶未極。所以用小人更不可不慎。」（《醋葫蘆》第十四回回末總評）

除了來自社會上的許多危險要引起人們足夠的重視之外，還有來自於人們自身的許多惡習也必須「思之慎之，戒之戒之」。如酒色財氣，如貪嗔癡愛，如機心，如妄言，如妒忌等等，都必須引起人們的警惕，都有必要對大家實行勸誡。請看：

「甚矣，酒之為物也。張博因之以喪命，庭瑞因之以失言，美玉又因之以見囚。好飲者，可不畏哉？」（《白圭志》第三回總批）「戒酒文也。將無為伯倫輩笑。」（《聊齋誌異‧酒狂》稿本無名氏評語）以上均為戒酒。

「俗云：『水性楊花。』此語令人下手不得。詩云：『最毒婦人心。』此語令人護短不得。如花二姐輩，不知世界上坑陷了多少乖巧伶俐漢子，不止一錢鶴舉作榜樣也。看過錢鶴舉榜樣，大眾定醒然、覺然，始知世界上坑陷乖巧伶俐漢子者，皆花二姐輩。」（《閃電窗》第五回諧道人評語）「不知淫辟之罪天之施報也恒不爽。淫人妻者，妻淫人」（梧岡主人《空空幻序》）「天下最易動者莫如色，然敗人德行，損己福命者，亦莫如色。奈世人見色迷心，日逐貪淫，而是自不知省，孰知禍淫福善，天神共鑒。……古云：『諸惡淫為首，百行孝為先。』觀者宜自警焉！」（《歡喜冤家‧王有道疑心棄妻子》總評）以上乃戒色。

還有警戒貧者與富者的評語：「寫貧賤輩低首豪門，凌辱不計，誠可悲夫。此故作者以警貧賤，而富室貴豪亦當於其間著意。」（《紅樓夢》有正本第四十回回末總批）還有戒賭的批語：「這一段不但是一篇勸誡賭的婆心，且更

勸好賭人知此中的大害。」(《姑妄言》第一回回末總批) 對於那種多口多舌、說話不負責任的人,批評者們也大為不滿,不時予以訓誡:「一言之戲,幾至殺身,可為不謹言之戒。」(《聊齋誌異·冤獄》何守奇評語)「輕薄之口,見棄於狐,況於人哉?乃當聞言再拜之後,復不自檢,褻瀆聖神,是自取罪戾也。讀書者可不以此為戒歟?」(《夜譚隨錄·蘇仲芬》蘭岩評語) 對於婦女的妒忌,有的批評者則可以說是深惡痛絕,幾乎到了口誅筆伐的地步了:「《易》曰:『惡不積,不足以滅身。』其都氏之謂乎?吾於其盡受冥府極刑,不能不擊節稱快也。觀此回者,願傳語世間妒婦,幸毋視以為假,恐至真時,追悔莫及矣!」(《醋葫蘆》第十六回回末總評)

總之,對於生活的方方面面,無論問題之大小,批評者們都決不放過勸誠的機會。或曰:「信乎?機心之不可有也。」(《續西遊記》第二十九回回末總批) 或曰:「喚醒多少浮浪子弟。」(《金瓶梅》第八十六回回前總批) 或曰:「處處點父母癡心,子孫不肖。」(《紅樓夢》庚辰本第十二回眉批) 或曰:「甚矣,閨門之謹也,先謹其婢。」(《浪史》第三十五回評語) 或曰:「予敢以告沐猴而冠者。」(《型世言》第四十回評語) 或曰:「可為聽閨中佞佛者戒。」(《聊齋誌異·紫花和尚》何守奇評語)

如此眾多的勸誠,所針對的,大半是人的社會欲求,是在封建時代正派的人所反對的某些過分的欲求或惡習。對這些主流社會所不能容忍的東西,小說批評者當然要一一進行勸誠。在他們看來,這正是作為一個文人的道德良心之所在。對此,西湖漁叟的一段評語說得最為詳明透徹:「旨哉!林太空之以澹然號也。……何者?杜成治因酒致疾,張捷為色幾亡,鍾守淨貪狠殺身,薛志義賈勇釀禍,此皆不能澹,故不取,既澹則心若太虛空。此四者,棱棱俠骨,何人不欽?湛湛神光,何徵不燭?鼓惑知己,服異類,獲天書,全身遠害,皆澹中得來。澹然乎!澹之真者乎!倘使杜都督澹爵祿,則掛冠返魏,父與子保保首丘矣。張大郎澹美色,則坐懷不亂,狐雛媚不能惑矣。黑判官澹血氣,何至喪元溝瀆,召天兵之誅?鍾住持澹世味,何至變起蕭牆,罹赤幣之慘?夫唯不澹乃欲,欲則不剛,澹則無欲乃剛。澹莫若水,流行坎止。玄之又玄,澹然之謂乎」(《禪真逸史》艮集總評)

小說批評者們認為,小說作品除了具有對人們的具體行為和生活瑣事進行勸誠的功能之外,還有對於更重要的思想領域的形而上的訓導。孝悌忠信、仁義禮智等各個方面都是它們訓導的重點。

張竹坡認為孝悌是《金瓶梅》描寫的中心，這裡不妨看看他的一段話：「雖然，我何以知作者必仁人志士、孝子悌弟哉？我見作者之以孝哥結也。『磨鏡』一回，皆《蓼莪》遺意，啾啾之聲刺人心窩，此其所以為孝子也。至其以十兄弟對峙一親哥哥，未復以二搗鬼為緩急相需之人，甚矣，《殺狗記》無此親切也。」（《竹坡閒話》）

張竹坡認為小說以孝悌勸人，而《五色石》的批評者卻將勸孝與勸慈連在一起進行論述：「人情慈長孝短，父母未有不慈者。縱使一時信讒，後來自然悔悟。若子之於親則不然，有以親之棄我而懟其親者矣，有以受恩之處為親而忘其親者矣。今觀吉家兄弟，至死不變，雖遠必歸，方信此回書不專勸慈，正是勸孝。」（第五卷總評）

此外，還有對女子從一而終的勸誡，如《聊齋誌異·牛成章》何守奇的評語說得十分簡明：「足以警負心再醮者。」如此多多，不勝枚舉。

（二）「可以醒愚人之心」

小說批評者們不僅總結出小說作品所具有的鑒戒人們行為和思想的功能，而且還從理論上對這種勸誡功能進行了歸納和總結。

對於那些具有錯誤行為或邪惡念頭的人而言，小說作品能夠起到使他們產生畏懼心理的效用。正如張竹坡所言：「向弄珠客教人生憐憫畏懼心，今後看官睹西門慶等各色幻物，弄影行間，能不憐憫，能不畏懼乎？」（《第一奇書序》）

讓看官畏懼的目的，不是嚇唬大家，而是為了警醒世人。陸雲龍在《型世言》第二十五回的評語中說：「錢財有命，君子落得為君子，小人落得為小人，不必衡之得失之介。然藉此得失，可以醒愚人之心。」同樣的意思，在《紅樓夢》庚辰本第十六回亦有一段脂批表達得非常清楚：「作者故意借世俗愚談愚論設譬，喝醒天下迷人，翻成千古未見之奇文。」此種言論，在許多批評者的筆下都可看到。如：「三復此編，發人深省，勿謂裨（稗）官無益也。」（《載花船》卷二總評）

還有的批評者認為，不要小看小說作品的這種勸誡功能，其間所蘊涵的道理是十分深刻的。天花藏主人在《平山冷燕》開卷第一回中就提筆批道：「此小說雖小言，而小言寓正大之規，實亦聖賢之用心也。」鍾離睿水在《十二樓序》中也說：「其說咸可喜。推而廣之，於勸懲不無助。」

那麼，這些勸誡，要達到什麼目的呢？無非是勸人改過，勸人向善，起

到覺世、勸世、救世的作用。《姑妄言》作者曹去晶在卷首自評中劈頭一句就說：「余著是書，豈敢有意罵人？無非一片菩提心，勸人向善耳。」《五色石》的評點者在該書第七卷的總評中則說：「淋淋漓漓，為敗子說法。悲歌耶？痛哭耶？晨鐘耶？棒喝耶？能改過者，善補其缺者也；能勸人改過者，善補人缺者也。」相比較而言，《歡喜冤家》的評點者則更為看重小說的勸世作用，他在該書第七回總評中說：「此回小說，當作一卷之首，可以驚人，亦足以勸世，妙妙！」而《女仙外史》的幾位評點者則在該書第八十五回的評語中爭相表達相近的意思。于少保曰：「聖賢所重在一『恥』字。……《外史》特以此垂訓，挽人心於淪亡，功亦偉哉！」東湖曰：「若富貴者能矍然而反，惕然而悟，即為聖賢之徒，予以知作者其有救世之苦衷。」鈍鐵曰：「此覺世之筆也，較之宗師棒喝，更勝一籌。」歸根到底一句話，就是要去惡積德、揚善罰淫。

蔡元放在《東周列國志讀法》中說：「他書亦講報應，亦欲勸懲，但他書勸懲多是寓言，惟《列國志》中，件件皆是實事，則其勸懲為更切也。」何守奇對此可謂一再強調，他在《聊齋誌異·考城隍》篇後評曰：「一部書如許，託始於考城隍，賞善罰淫之旨見也。」又在《聊齋誌異李伯言》篇後說道：「福善禍淫之旨顯然。」董孟汾在《雪月梅傳》的評點中更是反反覆覆地表達了這個意思：「此是作者勸人為善本意，讀者當體心著眼。」（第四十三回夾批）「勸善懲惡之功，豈淺鮮哉！是書推古今演義第一，豈不信然。」不僅大力鼓吹這種作用，甚至要將該書提到古今演義第一的地步。由此亦可見批評者們對這一問題的高度重視。

（三）「真有關於世道人心不淺」

眾多小說批評家對小說作品的勸誡功能的肯定是頗為全面的。但他們說得最多的還是兩點。第一，這是作者一片婆心的體現。第二，這樣做大大有益於世道人心。其實，這兩點是緊密相連的，是一個問題的兩個方面。一方面是從作者的主觀意圖出發，另一方面則是從勸誡的客觀效果來談問題。

關於第一方面，我們在上面實際上已有所涉及。不過，有的評點者說得更為清楚明白一些而已。董孟汾在《雪月梅讀法》中說：「《雪月梅》是有緣故者，見人不信神佛，便說許多報應；見人不信鬼怪，便說許多奇異。真是一片婆心，不可不知。」方幼樗在《夜雨秋燈錄·補騙子十二則》的評語中說得比較簡潔：「一片婆心，喚醒世間多少自欺欺人之輩。」而素星道人則乾脆在

《載花船》第五回的行側字字千鈞地批道：「醒世婆心。」

　　至於小說作品中的勸誡有益於世道人心的說法，在小說評點的文字中可謂比比皆是。如漲潮在《虞初新志‧金忠潔公傳》的評語中就曾經說過：「特存此一編，以當清夜聞鍾，發人深省。」這裡，我們無庸太多的引證，只引用說得最為透徹的兩段話就足夠了。這兩段話都是董孟汾評點《雪月梅傳》的「語錄」。其一：「作此書者，有裨於世道人心不少，勿徒以小說目之。」（第三十一回總批）其二：「作者極力寫出善惡兩種樣子與人看，真有關於世道人心不淺！寧可以小說目之耶？」（第四十二回總批）雖然兩段話都希望讀者不要將小說當作「小說」看，實際上，這卻是對小說的最高評價。因為在中國封建時代的文化人們看來，小說不過是「小道」，是無法承擔改造人們「世界觀」之重任的，而小說評點家們卻認為它具有這種了不起的功能，這不是最高評價又是什麼？

　　以上，我們對於中國古代小說評點者們對小說的史鑒功能和勸誡功能的批評作了一些大致的瞭解和評價。此外，對於中國古代小說的娛樂功能和審美功能等方面，小說評點者們也多有論述。限於篇幅，我們只好另文再議了。

（原載《湖北師範學院學報》2004 年第一期）

古代小說的娛樂功能和審美功能
——中國古代小說評點派研究二題

　　中國古代小說具有多層功能，其間，最突出的是史鑒功能、勸誡功能、娛樂功能、審美功能。在另一篇文章中，筆者曾就上述的前兩種功能進行了一些初步的探討和研究，這裡重點分析後兩種功能，亦即在中國古代小說評點派的批評家們眼中、筆下的小說作品的娛樂功能和審美功能。

一

　　如果中國古代小說只是具有史鑒功能和勸誡功能的話，它是不會有那麼多讀者的。道理很簡單，人們在現實生活中所受到的「鑒」和「戒」實在是不少。就一般人而言，從小到大，有父母鑒戒、先生鑒戒、諍友鑒戒、上司鑒戒。即便是貴如皇帝，從小就有師傅鑒戒、父皇鑒戒、太后鑒戒，長大了也還有大臣鑒戒、尤其是史官鑒戒。可以說，無論何人，一輩子聽到的鑒戒之聲可謂不絕於耳，一輩子所要看的鑒戒書籍也可能是汗牛充棟（沒有文化的除外）。那麼，當他拿起那些野史雜記、稗官小說的時候，他主要就是為了調節一下神經，為了舒坦一會兒心境，而絕不是去尋求「鑒戒」的。如果碰上一個愚蠢的小說作者，竟然在自己的作品中除了進行赤裸裸的「鑒戒」之外一無所有（這樣的作家在中國古代和今天並非沒有），那麼，我們可以想像一下，有誰還願意去讀他的作品呢？於是，聰明的作者們逐漸想到了一個非常好的辦法——寓教於樂，將那些需要鑒戒的內容經過藝術的包裝以後再呈獻到讀者面前，將作品的史鑒功能、勸誡功能與娛樂功能很好地融為一體。這樣做

十分合算，也十分方便，因為中國古代小說的主力軍——通俗小說，其實就是從一種寓教於樂的藝術形式——「說話」演變過來的。

對於中國古代小說的這種娛樂功能，小說評點家們也看得很清楚，領會得頗為深刻，並因此而發表了一些很不錯的意見。

（一）「快心之文，快心之事」

首先我們來看這些批評者們自己的感受——讀小說時的快感。屠隆在讀《虞初志·虬髯客傳》時就曾由衷感歎：「快心之文，快心之事。」蘭岩在讀《夜譚隨錄·鐵公雞》時也讚歎說：「每讀一過，令人叫快者三。」諧道人在《閃電窗》第五回的評語中也說得非常簡明：「看小說圖燥脾。」洪崖在《女仙外史》第六十九回的評語中認為該書「文字中皆有聲有色，有氣有焰。能令人失笑，又能令人叫絕。」金聖歎在《水滸傳》第十二回的回前總批中就說得比較執著了：「天下之樂，第一莫若讀書；讀書之樂，第一莫若讀《水滸》。」當然，這些還只是代表屠隆、蘭岩、諧道人、金聖歎們個人的感受，而毛宗崗在偽託金聖歎所作的《三國演義序》中則說得更為淋漓盡致：「今覽此書之奇，足以使學士讀之而快，委巷不學之人讀之而亦快；英雄豪傑讀之而快，凡夫俗子讀之而亦快也。」在毛宗崗看來，不管是什麼人讀《三國演義》都會感到一種快感，各人在各自層次上所產生的快感。

有時候，評點者們還對這種快感進行形象的描述或進一步的拓展。而用「浮白」（飲酒）來表現這種快感的占大多數。請看：「飛仙劍俠，無如此快心。每展讀，為之引滿。」（《續虞初志·聶隱娘》評語）「絕世奇技，復得此奇文以傳之。讀竟，輒浮大白。」（《虞初新志·秋聲詩自序》評語）「此百年來第一快心事也。讀竟，浮一大白。」（《虞初新志·五人傳》評語）「孔融薦禰衡一篇文字，十分光彩，閱至此，掀髯稱快，當滿引一大白。禰衡鼓擊三撾，令人泣下；吉平血流九指，令人皆裂，閱至此，慷慨悲懷，當滿引一大白。」（《三國演義》第二十三回回前評語）「借人發脫，好阿鳳，好口齒。句句正言正理，趙姨娘安得不抿翅低頭，靜聽發揮？批至此，不禁一大白又一大白矣。」（《紅樓夢》庚辰本第二十回夾批）「看他發家之時。生出許多議論，開棺之際，畫出眾人形情，總不肯作一直筆，筆筆頓住，筆筆轉換，讀此奇文，當滿飲一大白。」（《雪月梅傳》第十三回評語）「念秧妙計高天下，賠了男兒又折妻。吾性不飲，讀至此浮兩大白。」（《聊齋誌異·念秧》馮鎮巒夾批）你看，這些評點者們，一個個都是性情中人。他們讀小說時帶有濃烈

的感情色彩，或者說，他們被書中的人物、故事所深深打動。為了忠臣義士，要浮大白；欽佩巾幗丈夫，要浮大白；看到飛仙劍俠的精彩表演，要浮大白；觀賞民間藝人的絕世奇技，要浮大白；讀到那精彩的情節、曲折的故事、動人的場面，要浮大白；尤其是對小說作者爐火純青的寫作技巧，出神入化的生花妙筆，則更是要浮大白。浮一大白不夠者，則當然繼續喝下去——浮兩大白。當然，在批評者們面前，不一定真的擺著金樽美酒，他們也不一定真的就要喝他一杯兩杯。這是一種情緒，這是一種感受，是一種真正的讀書人深深地將作品引進自己的心扉的真切感受。毫無疑問，這種感受是難能可貴的。因為這些評點者在發表這些感慨時，甚至已經忘記了自己的許多身份、包括評點家的身份。他們所具有的只不過是一顆赤子之心，而赤子之心是無價的。對於一個藝術家、文學家或者文學藝術的批評者而言，尤其是這樣。

　　當然，除了浮大白之外，批評者們還有其他表白自己讀小說快樂的方式。如張竹坡在《批評第一奇書金瓶梅讀法》中曾經這樣說過：「讀《金瓶》，必置大白於左，庶可痛飲，以消此世情之惡。讀《金瓶》，必置名香於幾，庶可遙謝前人，感其作妙文，曲曲折折以娛我。讀《金瓶》，必須置香茗於案，以奠作者苦心。」與上述評點者相比，張竹坡豈止是性情中人，簡直就是古之傷心人也。感情細膩，體會深入，與作者幾幾乎達到了同呼吸、共心跳的地步，如此批評家，方是純粹的批評家。

（二）「令讀者時怒時驚，時畏時喜」

　　既然批評者們普遍認為讀小說是一件樂事，那麼，有哪些東西是值得「樂」的呢？對這個問題，各位批評家的意見可就不大一樣了。吳山道人諧野在《閃電窗序》中提出了自己的觀點：「天下何事最樂？曰：讀未曾讀過書。」這大概也可算是他的一家之言了。

　　毛宗岡則說得更具體一些，他在《三國演義》第四十二回回前總批中一口氣說了相關的兩方面的樂趣：「文章之妙，妙在猜不著。如玄德本欲投襄陽，忽變而江陵；既欲投江陵，又忽變而漢津。此猜測之所不及也。劉表為孫權之仇，劉表未死，孫權方欲攻之，劉表既死，權忽使人弔之，又猜測之所不及也。惟猜測不及，所以為妙。若觀前事便知其有後事，則必非妙品；觀前文便知其有後文，則必非妙文。」「讀書之樂，不大驚則不大喜，不大疑則不大快，不大急則不大慰。當子龍殺出重圍人困馬乏之後，又遇文聘追來，是一急；

及見玄德之時，懷中阿斗不見聲息，是一疑，至翼德斷橋之後，玄德被曹操追至江邊更無去路，又一急；及雲長旱路接應之後，忽見江上戰船攔路，不知是劉琦，又一驚；及劉琦同載之後，忽又見戰船攔路，不知是孔明，又一疑一急。令讀者眼中如猛電之一去一來，怒濤之一起一落。不意尺幅之內乃有如此變幻也。」這裡說得非常清楚，若觀前事而不知後事，觀前文而不知後文，方是妙品、妙文。可惜我們今天還有不少敘事文學作品（包括戲曲、小說、電影、電視劇）的作者，總是讓讀者或觀眾失望。他們所作的作品，淺得就像一碗清水，一眼就能望到底。而要想不讓讀者失望，那就必須將自己的作品寫得尺幅千里，甚至尺水興波，這樣，才能使讀者在大驚、大疑、大急之後，得到一種大喜、大快、大慰的愜意的享受。

對於毛宗崗的這種看法，臥雪居士鼓枻相應，他在《空空幻》第十四回的總評中說道：「從來一書必有一書之結局，必有一書結局之人。閱者觀於花春梟首法場之下，必謂花春既死，如何結局全書，滿懷疑異所不免也。故構思立局，能使閱者覽至此而躊躕搔首，掩卷難猜，乃盡文字之奇妙耳。」什麼是讀書快樂的境界，那就是「滿懷疑異」，「躊躕搔首，掩卷難猜」，也就是一種追究故事結局的急切感和期待感。更有甚者，素軒在《合錦迴文傳》第十四卷的評語中竟然提到了讀書「嚇」與「快」的辯證關係：「至於讀書，有快處，有嚇處，不嚇則不快，不甚嚇則不甚快。此卷閱至後幅，方一快，又是一嚇。快不了，嚇亦不了，真讀書最樂事。」而《白圭志》的評點者在對該書第五回的總評中也這樣寫道：「令讀者時怒時驚，時畏時喜，其文法變換之妙，大有可觀。」這真是把問題談到了極致，讀書的樂處不僅在於期待感、急切感，甚至還在於恐懼感。只有真正會讀書的人才有這種深切的體會，也只有願意與人分享讀書之樂的批評者們才能這樣原原本本地將最真切的感受告諸廣大讀者。

畸笏在《紅樓夢》庚辰本第十六回的一段眉批則在上述觀點的基礎上更進了一步，同時又顯示出其特異之處：「偏於極熱鬧處寫出大不得意之文，卻無絲毫牽強，且有許多令人笑不了，哭不了，歎不了，悔不了，難以大白酬我作者。」在熱鬧處寫出悲哀，這悲哀加一倍也。這樣，就能產生特殊的藝術效果，從而讓讀者哭之、笑之、歎之、悔之，達到感人至深的程度。這就是畸笏叟與眾不同的閱讀感受和獨具特色的愉悅體驗。

（三）「雖本自娛，實亦欲娛千百世之錦繡才子者」

很多批評者都認為，小說乃是一種「大遊戲、大慧悟、大解脫之妙文也。」（《紅樓夢》庚辰本第十九回批語）那麼，這種文字究竟對人類有什麼幫助呢？或者說，我們究竟應該怎樣認識小說那些令人快樂的閱讀效果呢？批評者們的回答很清楚，那就是娛人和自娛。正如張竹坡評價《金瓶梅》的作者時所說的那樣：「雖本自娛，實亦欲娛千百世之錦繡才子者」。（《批評第一奇書金瓶梅讀法》）

關於寫小說以娛人的言論，在批評者那兒屢屢可見。上面我們已經引錄了不少這方面的言論。下面只要再看看董孟汾評價《雪月梅傳》的兩段文字就足夠了。其一曰：「閱此回書，正夏日初長，令瞌睡頓消，精神陡長。筆墨娛人，遂至於此！」（第三十七回總批）其二曰：「鏡湖不過欲娛觀者之目。」（第四十七回夾批）

至於寫小說自娛的說法，前面所引不多，此處稍稍多舉幾例。天花藏主人是這樣談他的創作目的的：「欲人致其身而不能，欲自短其氣而又不忍，計無所之，不得已而借烏有先生以發洩其黃粱事業。」（《四才子書序》）這裡所謂「烏有先生」指的就是小說創作，「黃粱事業」就是人生夢想。原來在天花藏主人那兒，小說創作的目的就是為了寄託自己對人生美夢的追求。當然，這極有可能是一種悲劇性的追求。因為一個作家需要通過文學創作來體現自己的人生理想、哪怕是夢幻追求的時候，他在現實生活中多半是揹運的，是不得志的。然而，文人自有自己的做法，那就是自娛，寫小說自娛，用那子虛烏有的世界來慰藉自己悲哀的心靈。

一嘯居士在評點《鐵花仙史》史也談過相近的觀點：「秉筆者於子虛烏有之事，往往故留一破綻示人，非以滋疑，正以釋疑，謂我不過借翰墨以消遣長晝。而令彼信以為其人其事之真有，是愚之也，所不忍也。」（第一回評語）不過，這種觀點較之上面天花藏主人的那一段話而言，顯然有些隔靴搔癢。因為他只是站在邊上看人挑擔不吃力，談的都是枝節問題或表面問題，未能真正領略到作者何以「自娛」的苦心和不得已。

不僅小說作者的創作可以自得其樂，而且小說批評者也認為批書自有其樂處。對此，《紅樓夢》甲戌本第二回有一段眉批說得非常清楚：「余閱此書偶有所得，即筆錄之，非從首至尾閱過，復從首加批者，故偶有復處。且諸公之批自是諸公眼界，脂齋之批亦有脂齋取樂處。後每一閱亦必有一語半言，

重加批評於側，故又有前後照應之說等批。」

　　寫書者有所樂，讀書者有所樂，不料批書者亦有所樂。這真是樂上加樂，樂不可支了。

二

　　娛樂和審美，其實是既相關聯又有區別的兩件事。似乎可以這麼說，娛樂是審美的基礎之一，而審美則是娛樂的一種高級狀態。然而，我們這裡要說的是，中國古代小說同時具備了娛樂功能和審美功能。關於小說批評者們對小說的娛樂功能的評價，我們在上一節已作了初步的討論，這裡主要談談他們對中國古代小說審美功能的評判。

　　（一）「奇極之文，趣極之文」

　　依中國古代小說批評者們看來，小說作品應該是一種「美文」。當然，這種美文，並不單單是指文字的美，而更重要的是具有審美價值。那麼，批評家們認為中國古代小說最顯著的「美」體現在哪些方面呢？稍微清理一下他們的言論就能發現，他們認為的這種美集中在兩大方面——「新奇」和「雅趣」。

　　我們先來看看關於「新奇」為美的看法。這種新奇之美，最明顯的就表現在故事情節的奇變不測。對此，臥雪居士在《空空幻》第十一回有一段很長的評語，現將其首尾部分摘錄如下：「十六回中，唯此回尤得奇變不測之致，直寫得回瀾曲折，煙雨滄茫，總不使一直筆，令閱者前疑未釋，後疑又起，一時拿捉不定，一若在夢中一般。……其間為恩為怨，恍惚不常；欲死欲生，變遷無定。事亦奇幻極矣。非有奇幻之筆，焉得有此奇幻之文？」

　　金聖歎在《水滸傳》第二十五回回前總批中也對小說作品中的某一情節片段進行了讚揚：「吾嘗言：不登泰山，不知天下之高；登泰山不登日觀，不知泰山之高也。不觀黃河，不知天下之深；觀黃河不觀龍門，不知黃河之深也。不見聖人，不知天下之至；見聖人不見仲尼，不知聖人之至也。乃今於此書也亦然：不讀水滸，不知天下之奇；讀水滸不讀設祭，不知水滸之奇也。」這裡的所謂「設祭」，就是武松殺嫂，它毫無疑問是《水滸傳》中最精彩的段子之一。但為什麼說它精彩呢？就因為它「奇」，堪稱《水滸》這部奇書的奇中之奇，故而得到了金聖歎的盛讚。只有超乎尋常、打破窠臼的作家，才能寫出新奇的人物、新奇的故事、新奇的語言。而這種新奇，其實本身就是一

種「美」。

除了這種人物、情節、語言的新奇之外，有些批評者還注意到小說作品中描寫的夢境的「奇妙」。張竹坡在《金瓶梅》第七十七回的回前總批中說：「此書寫數夢，以總結入月娘之一夢。如瓶兒死，有伯爵一夢，西門一夢，後書房一夢，何家一夢。瓶兒未死，先有子虛一夢，瓶兒臨死，又有迎春一夢。西門將死，又有月娘一夢。金蓮死，又有敬濟一夢，春梅一夢。及敬濟作花子，又自為一夢，周宣一夢。然後結入月娘雲理守之夢。不知先已有武松一夢在第九回內，然總不如楚雲之夢，寫得滑脫之極，使一書中眾人皆入夢中，又令人不知是寫一夢，卻又借莊周、鄭相二句，明明點出是夢。文字奇妙至此，亦難贊其如何奇妙之所以然矣。」

接著，我們再來看看批評家們以「雅趣」為美的觀點。這裡有人物之間的相映成趣：「更可喜者，如以一丈青配合王矮虎，王定六追隨郁保四，一長一短，一肥一瘦，天地懸絕，真堪絕倒。文思之巧，乃至是哉！」（懷林《批評水滸傳述語》）這裡還有故事情節的趣味橫生：「李和尚曰：有一村學究道：李逵大兇狠，不該殺羅真人；羅真人亦無道氣，不該磨難李逵。此言真如放屁。不知水滸傳文字當以此回為第一。試看種種摩寫處。那一事不趣？那一言不趣？天下文章當以趣為第一。既是趣了，何必實有是事，並實有是人？若一一推究如何如何，豈不令人笑殺！」（容與堂刻本《李卓吾先生批評忠義水滸傳》第五十三回評語）

有時候，批評者們還將新奇和雅趣交叉使用，提出「新雅」或「奇趣」的說法。《紅樓夢》的脂批中這種概念的運用最多，聊舉數例。如該書第七回寫到薛寶釵所服的藥叫做「冷香丸」的時候，甲戌本有夾批云：「新雅奇甚。」當該書寫到大觀園中有亭取名「沁芳」時，庚辰本有夾批云：「真新雅。」下面一段評語就更有名了。當柳湘蓮對賈寶玉說「你們東府裏除了那兩個石獅子乾淨，只怕連貓兒狗兒都不乾淨，我不做這剩忘八」時，庚辰本脂批云：「奇極之文，趣極之文。《金瓶梅》中有云『把忘八的臉打綠了』已奇之至，此云『剩忘八』豈不更奇？」

綜上可見，小說創作的新、奇、雅、趣，正是許多小說作者的審美追求，也是許多批評者的共同審美追求。

（二）「文字至此，化矣哉」

除了對小說創作之新、奇、雅、趣的讚揚之外，中國古代小說的評點者

們還對小說作品其他方面的審美功能進行了評價。這裡，既有具體的舉例分析，也有抽象的理論探討。

我們先看批評者們那些具體的審美感受。例如，金聖歎在《水滸傳》第五十二回描寫的公孫勝居住之二仙山美景時，情不自禁地一連字裏行間批下了四個「山居如畫」，並寫下夾批道：「一樵夫，一村姑，一石橋，一果籃，寫來令人想殺山居也。」這便是對書中寫景方面的審美效果的由衷感歎。再如，毛宗崗在《三國演義》第四十一回的回前總批中飽帶感情地寫道：「寫秋風，寫秋夜，寫曠野哭聲，將數千兵及數萬百姓無不點綴描畫。」這更是對書中情景交融之描寫的高度讚揚。除了對景物描寫的審美之外，批評者們還注意到作者筆下對一草一木、一亭一館的描寫和布置，並能從中談出一點審美的道道來。如《紅樓夢》庚辰本第十七、十八回有一段批語云：「諸釵所居之處，若稻香村、瀟湘館、怡紅院、秋爽齋、蘅蕪苑等，都相隔不遠，究竟只在一隅，然處置得巧妙，使人見其千丘萬壑，恍然不知所窮，所謂會心處不在乎遠。大抵一山一水、一木一石，全在人之穿插布置耳。」只有具備相當審美水平的作者才能進行如此細膩深入的規劃和描寫，也只有具備相當審美水平的批評者才能進行如此細膩深入的指點和評判。在這裡，作者與批評者的審美心靈是相通的，而將這種審美感受儘量地傳遞給讀者，則是他們共同的願望。

批評家們有時還運用一些籠統含糊的概念來表達他們對小說作品審美追求最高境界的評價。有的稱之為「化筆」、有的稱之為「神工鬼斧」，有的稱之為「純化工夫」，有的則稱之為「神韻」。如張竹坡在列舉了大量的例證之後總結說：「總之，用險筆以寫人情之可畏，而尤妙在既已露破，乃一語即解，絕不費力累贅。此所以為之化筆也。」（《批評第一奇書〈金瓶梅〉讀法》）在《金瓶梅》第七十三回的回前批中，張竹坡又一次涉及這一問題：「以上凡寫金蓮淫處，與其輕賤之態處已極，不為作者偏能描魂捉影，又在此一回內，寫其十二分淫，一百二十分輕賤。真是神工鬼斧，真令人不能終卷再看也。如『把手在臉上這點兒那點兒羞他』，又『慌的走不迭』，又『藏在影壁後黑影裏悄悄聽覷』，又『點著頭兒』，又云『這個我不敢許』，真是淫態可掬，令人不耐看也。文字至此，化矣哉！」而《紅樓夢》庚辰本第二十六回有一段眉批也盛讚書中對瀟湘館及其主人公林黛玉的細膩深入、生動傳神的描寫是「非純化工夫之筆不能」。錢江拗生在對《樵史》的評點中，也用到「神工鬼斧」這樣的概念：「寫到人心聳動處，疑有神工鬼斧。」（第十回總評）此外，他還

用到「神韻」一詞：「寫生手無一不肖。所難者，尤在淺淡中見神韻之妙。」（第四回總評）這裡的「化筆」也罷、「神工鬼斧」也罷、「純化工夫」也罷、「神韻」也罷，都是對那些景物描寫、人物描寫或環境與心境的交融的描寫達到極致的高度讚揚，是對書中那些躍然紙上的人物之塑造、令人心曠神怡的環境之描寫的超乎具象之上的抽象讚美。這種讚美，正是中國古代小說評點的一大特色。

（三）「總之皆文章之變也」

小說評點者們不僅向讀者揭示了小說作品的審美功能及其表現，而且還向讀者介紹了自己在接受「美」時的感受以及作者們創造這些「美」時的訣竅。

在眾多小說評點家中，董孟汾對小說作品的審美體驗是頗為深入的一個。在對《雪月梅傳》的評點過程中，他多次表達了各不同層次、不同程度的審美感受。一而曰：「作書要如在山陰道上，令人應接不暇。如此回寫罷岑秀母子，下文便接寫許繡父女。如一山才過，又見一山。不得不將岑秀母子二人，一一安頓停妥，使讀者放心樂意，又去遊一異境也。」（第四回夾批）二而曰：「真是要喜便喜煞人，要哭便哭煞人。我不知作者毫端有何妙術，能令人顛倒若此！」（第二十八回回末總批）而署名董寄綿的《雪月梅傳跋》，也有一段暢談對《雪月梅傳》整體審美感受的文字：「乙未春，曉山陳子偶出是編以示予，予讀之而冷然、灑然，恍如列子御風，身在虛閣間。」

具有這些審美感受的決不止《雪月梅傳》的評點者，還有不少評點者在各自的評點文字中說過與董寄綿審美感受不盡相同而讚美之意卻幾乎相近的話。天花藏主人在對《平山冷燕》的總評中也：「故其立說，口讀之而芳香，心賞之而喜悅，匪伊朝夕，而不忍釋手也。」但明倫在《聊齋誌異·庚娘》的一段夾批中說：「有識有膽，有心有手。讀至此，忽為之喜，忽為之驚，忽為之奮，忽為之懼；忽而願其必能成功而欲助之，忽而料其不能成功而欲阻之。及觀暗中以手索項，則為之寒噤，怕往下看，又急欲往下看。看至切之不死數句，強者拍案呼快，弱者頸縮而不能伸，舌伸而不能縮，只有稱奇稱難而已。」這真可以稱作是一種驚心動魄的審美了，而且是想像各種不同身份、不同性格的讀者的審美。由此可見，批評者們是多麼能夠從讀者的角度出發考慮問題。

在盡情地享受小說作品中的「美」的同時，小說評點者們不僅引導讀者

去審美，而且還進一步幫助讀者去挖掘作者們何以能創造這些「美」。當然，每一位評點者對這一問題的答案是不盡相同的。張竹坡認為：「凡小說，必用畫像。如此回凡《金瓶》內有名人物，皆已為之描神追影，讀之固不必再畫。而善畫者，亦可即此而想其人，庶可肖影，以應其言語動作之態度也。」（《金瓶梅》第二十九回回前總批）畸笏叟則認為：「開生面，立新場，是書不止《紅樓夢》一回，唯是回更生更新。且讀去非阿顰無是佳吟，非石兄斷無是章法行文，愧殺古今小說家也。」（《紅樓夢》庚辰本第二十七回眉批）而天花藏主人卻說：「文章留餘固妙也，然亦有味在個中，不千咀萬嚼，其酸甜不出，其冷暖不知，則必層層剝入，細細抽出，方見其心情有如許之微婉。」（《平山冷燕》第八回回前總批）一嘯居士的說法又是一番天地：「每見畫家用墨，或用濃墨，或用淡墨，乃濃處正以襯出淡處，而淡處亦以相形濃處，遂令濃淡各各入妙，而其畫亦為絕工。又見書家作字，一字忽小，一字忽大，分看則參差不齊，合看則行款恰稱，而其書亦臻妙。稗史亦爾。……一抑一揚，總是法之不得不然。」（《鐵花仙史》第三回總評）素軒所看重的則又是一個層面：「一篇團香削玉文字，讀者如聽枝上黃鸝，聲聲悅耳；梁間紫燕，語語撩人。閱至後幅，忽然疾雷破山，風雨驟至，乍喜俄驚，甫歡倏泣。此事情之變，人情之變，總之皆文章之變也。」（《合錦迴文傳》第五卷總評）青門逸史的說法簡明扼要而又獨具隻眼：「唯是逐層生發，出人意料。如桃花源中，目迷五色，愈入愈勝。」（《生花夢》第九回回末總評）董孟汾的看法卻又直截了當而具有高屋建瓴的氣概：「遍觀小說，佳人才子無非吟詩作對，私約傳情，並無英雄識見而成佳偶者。故此書與尋常小說迥異雲泥。」（《雪月梅傳》第二十四回夾批）

以上諸條，「描神追影」也罷，「更生更新」也罷，「味在個中」也罷，「一抑一揚」也罷，「文章之變」也罷，「出人意料」也罷，「迥異雲泥」也罷，總之是從各不同的角度分析了小說作品不同層面的審美效果。由此亦可見得中國古代小說的審美功能的一個頗為複雜但同時又很有趣味的問題。而且，中國古代小說批評者們在這方面也已做出了較深層次的探索。儘管他們的某些觀點尚不盡人意，或者說，還有值得進一步深入的餘地，但在那樣的時代，能發表這樣一些言論，也的的確確是難能可貴的了。

（原載《長江大學學報》2004 年第三期）

集體意識與個體意識的分別體現
——中國古代小說評點人物論掃描之一

　　人物形象的塑造，是小說創作中的核心問題。同樣，作品中的人物形象也是引起小說評點家注目的重大問題之一。在此，我們僅就評點家們對小說作品中人物身上的集體意識——傳統倫理道德和作家本人的個體意識——作者心靈展示這兩大問題的評價作一些討論。

一、倫理道德的載體

　　中國是禮儀之邦，是極講究倫理道德的國度。而小說，恰恰是反映社會意識形態最敏感的一根神經。因此，在古代小說作品中，有大量宣揚倫理道德的篇章或片斷，而某些人物形象，本身更是倫理道德的載體。對此，小說批評者們早有發現，並多有闡述，有時甚至借題發揮，發表議論。

（一）「能為孝子，然後能為忠臣，為信友，為義士」

　　中國傳統倫理道德的核心乃是儒家所提倡的忠、孝、節、義等道德行為準則。這樣一種社會意識形態，不知不覺地滲透到小說創作之中，也自然而然地影響了小說評點。評點家們對書中人物忠、孝、節、義等行為的讚頌文字，可謂汗牛充棟，不勝枚舉。

　　首先言「孝」。在封建倫理道德之中，「孝」是所有道德觀念的根本。我們且看毛宗崗的議論：「太史慈為母報德，而終以克報，慈誠孝子也；曹操為父報仇，而竟不克報，以操非孝子故也。」（《三國演義》第 11 回回前總批）再看張竹坡的說法：「金蓮，惡之尤者也，看他止寫其不孝；普淨，善之尤者

也，看他止寫其化眾人以孝。」（《金瓶梅》第78回回前總批）評點者不僅以孝與不孝來定人之善惡，甚至還主觀認定作者也這樣想。

在大力提倡孝道的同時，評點者們還借小說中的描寫告訴讀者，凡性孝之人定能幹得大事。《紅樓夢》第24回寫到賈芸「恐他母親生氣」時，庚辰本夾批：「孝子可敬。此人後來榮府事敗，必有一番作為。」有的評點者甚至認為「孝」是一種天性，是一種無庸反覆提倡也應明白的道理。《型世言》第4回寫一少女割肝給祖母治病，陸雲龍便在回首處借題發揮大談「純孝」的道理：「唯夫刲肝割股，乃出十四歲之女流，吾知一人之孺慕，信足發人人之孺慕，不可知，可由也。」而另一位評點者董孟汾則乾脆在書中相關之處反覆批道：「真孝子語。」「真孝子，令人落淚。」（均見《雪月梅傳》第34回夾批）

其次說「忠」。毛宗崗評點《三國演義》時言此尤多。如第9回夾批：「王允……不忍棄天子而走，乃其忠也。」如第20回回前總批：「雲長之欲殺曹操，為人臣明大義也。」在第25回回前批中，毛氏又就關羽「降漢不降曹」一事大發議論：「雲長本來事漢，何云降漢？降漢云者，特為不降曹三字下注腳耳。……漢是漢，曹是曹，將兩下劃然分開、較然明白，是雲長十分學問、十分見識，非熟讀《春秋》不能到此。」在第66回單刀會故事處，毛氏又借題發揮：「關公不屑與東吳較量爾我，只將『大漢』二字壓倒東吳，此其讀《春秋》得力處也。」毛宗崗外，其他評點家也多有此種言論，如：「古來忠臣炳炳千古者固亦甚著，亦未有若明季之盛者也。握筆拈出，已眉豎骨立。況讀之者，能無魂驚心動乎？」（《樵史通俗演義》第30回評語）

「忠」，除了是一種臣對君的行為之外，還泛指下對上的赤誠。如毛宗崗在《三國演義》第29回回前總批對許貢的三個門客行刺孫策為主子報仇之事的評價：「若三人之箭射槍搠，孫策蓋已身親受之，其事比豫讓為尤快，其人亦比豫讓為更烈。」更有甚者，即便是蔡邕對董卓忠心耿耿的行為，居然也能得到毛宗崗的肯定：「士各為知己者死。設有人受恩桀、紂，在他人固為桀、紂，在此人則堯、舜也。董卓誠為邕之知己，哭而報之，殺而殉之，不為過也。」（《三國演義》第9回回前總批）

再次看「節」。古人所謂節，有廣義和狹義之分。狹義的「節」，專指女子的節烈；而廣義的「節」，則還包括男性的大節，如民族氣節等等。對婦女的節烈，批評者們非常看重。陸雲龍在《型世言》第10回回末批道：「奇哉

烈婦，一死鴻毛，不笄而冠歟！」釣鼇叟在《女才子書》卷 2 之末也批道：
「貞烈有如碧秋，自應炳照青史。」青門逸史在《生花夢》第 3 回回末總評
中也讚歎：「姜氏節烈可效，生死關頭，何等勇決，絕不作兒女態，當號為
鬚眉丈夫，不可以巾幗目之。」青溪醉客在《蝴蝶緣》第 4 回的回末總評
中對守身如玉者也大為欽佩：「華柔玉不但才色過人，且能守身如玉，可敬
可敬！」

　　至於廣義的「大節」，在評點者們那兒也得到了足夠的重視。如《遼海丹
忠錄》第 18 回回末總批：「（毛文龍）一門大節，俱足上達聖明，感天地，真
亦武林盛事也。」這裡所說的「一門大節」，乃是泛指忠、孝、節、義等很多
方面，或者說，就是指的一些美好高尚的道德節操。當然，這種大節，也可專
指為國家而死難的行為。如鄭醒愚在《虞初續志・馬文毅公廣西殉難始末》
篇後批曰：「死吳逆之難，唯公與范文貞公並傳不朽。而闔門殉節，尤罕見也。」
再如毛宗崗對劉諶殉國死節的一段讚美之辭：「獨至後漢之亡，而北地王能
死，又有夫人崔氏之能死，尤足為漢朝生色。」（《三國演義》第 118 回回前
總批）此處所言，已不是那種守身如玉的個人節操，而是國破家亡之際忠君
報國的大節。

　　最後談「義」。「義」的內涵，遠比「節」更為豐富。而且，「義」與其他
道德範疇的概念相結合，便會產生新的含義。如「忠義」「信義」「仁義」「孝
義」等等。為了說明問題，我們還是先看評點家的言論。《三國演義》第 23 回
毛宗崗夾批：「（吉平）立誓以殺曹操是其忠也；至死不招董承是其義也。」這
便是忠義雙全。第 39 回，毛宗崗又有一段夾批：「方寫孫權報仇，便接寫甘
寧報恩；方寫甘寧報恩，又接寫凌統報仇。義士之義，孝子之孝，各各出色。」
這堪稱孝義輝映。再如《東周列國志》第 50 回蔡元放的回前總批：「鉏麑以
刺客而死於仁義，提彌明以僕夫而死於主人，都是尚義高人，可敬可羨！」
此乃有仁有義。然而，但明倫在《聊齋誌異・田七郎》篇中對主人公的評價卻
更為全面：「能為孝子，然後能為忠臣，為信友，為義士。若七郎者，雖曰未
學，吾必謂之學矣。」這堪稱「忠孝信義」四項全能了。為了體現書中人物作
為倫理道德載體的綜合性和重要性，毛宗崗甚至玩起「辯證法」來，且看：
「或疑關公之於操，何以欲殺之於許田，而不殺之於華容？曰：許田之欲殺，
忠也；華容之不殺，義也。順逆不分，不可以為忠；恩怨不明，不可以為義。
如關公者，忠可干霄，義亦貫日：真千古一人。」（《三國演義》第 50 回回前

總批）這樣的評論，是否符合小說作者的原意，是否正確評價關羽，或可再作討論，但卻充分表現了毛氏對倫理道德的曲意迴護和無比崇敬。

（二）「其德之全矣乎」

除了「義」能與「忠孝仁信」等道德觀念組合之外，其他道德觀念之間也能相互組合，形成一種綜合性的道德信條。

我們先看「忠」與「孝」的組合。金聖歎素不喜宋江而尤愛李逵，其根本原因就在於宋江「假」而李逵「真」，既便在「忠孝」問題上也是如此。金氏有言：「寫李逵口中並不說忠說孝，而忽然發心服侍宋江，便如此寸步不離，激射宋江日日談忠說孝，不曾服侍太公一刻也。」（《水滸傳》第 38 回夾批）李逵如此，張飛亦如是，他們都是真正的忠臣孝子。毛宗岡亦有云：「惡呂布以正父子之倫，惡曹操以正君臣之禮，如翼德者，斯可謂之真孝子，斯可謂之真忠臣。」（《三國演義》第 28 回回前總批）對這種忠臣孝子，評點者們是由衷欽佩且傾心歌頌的，袁宏道在《虞初志·高力士外傳》中有夾批云：「高公豈第忠臣，抑亦孝子。每讀一段，便欲捧心。」

我們再看「悌」與「忠孝」的組合。所謂「悌」，其實就是「孝」的延伸和補充，它是相對於兄弟姐妹之間的責任和義務而言的一種倫理關係。在古代小說評點文字中，這方面的言論甚多。如《三國演義》第 25 回寫關羽對嫂嫂的畢恭畢敬，毛宗岡夾批：「今天下有如此悌弟否？」再如《紅樓夢》第 25 回寫賈寶玉自承責任而使賈環避開懲罰，甲戌本夾批：「玉兄自是悌弟之心性，一歎。」還有有正本第 69 回回末總批：「看三姐夢中相敘一段，真有孝子悌弟義士忠臣之概，我不禁淚流一斗，濕地三尺。」

至於其他方面的多重道德觀念的組合，評點者們也多借助書中人物得以表達，如：「可旌曰孝烈。」（《聊齋誌異·商三官》篇末何守奇評語）「此一回內寫向小娥之孝、平淑姑之貞、甄孺人之烈，可為閨中師範。」（《姑妄言》第 19 卷卷前總批）「忠孝節烈，萃於一女子之身，此互古所未有。」（《虞初續志·沈雲英傳》篇末「退士」評語）當然，要說對美好道德的全面讚揚，誰也趕不上但明倫：「美哉喬女！其德之全矣乎：不事二夫，節也；圖報知己，義也；銳身詣官，勇也；哭訴縉紳，智也；食貧不染，廉也；幼而撫之，長而教之，仁也，禮也。迨身既死，而猶能止其棺，斥其子，卒以遂其歸葬之志，得為完人於地下。嗚呼，抑何神乎！」（《聊齋誌異·喬女》篇末評語）

中國古代小說中的許多人物形象，除作為上述「忠」、「孝」、「節」、「義」

等封建倫理道德的載體而外，在其他方面亦堪稱世人之楷模。例如《水滸》中武松於孝悌忠義之外的「仁慈」。對此，金聖歎多有評價：「特表武松仁慈之至。」「頻頻表出武松仁慈者。」（第27回夾批）再如關羽的大丈夫情懷，在毛宗崗那兒也得到了經典的讚歎：「歷稽載籍，名將如雲，而絕倫超群者莫如雲長。青史對青燈，則極其儒雅；赤心如赤面，則極其英靈。秉燭達旦，人傳其大節；單刀赴會，世服其神威。獨行千里，報主之志堅；義釋華容，酬恩之誼重。作事如青天白日，待人如霽月光風。心則趙抃焚香告帝之心而磊落過之，意則阮籍白眼傲物之意而嚴正過之。是古今來名將中第一奇人。」（《讀三國志法》）

上述而外，還有許多倫理道德觀念被小說評點者們借助小說中的人物得到表彰。在這方面，毛宗崗的《三國演義》評點表現得尤為充分。如：「陶恭祖三讓徐州。其名曰謙，其字曰恭，其人則讓，可謂名稱其實。」（第12回夾批）「天子刺血，馬騰嚼血，六人歃血。只因一紙血詔，引動一片血誠。」（第20回夾批）「（魯肅）能孝親篤友，則必能忠君矣；能輕財好施，則必不私其家以負國矣。」（第二十九回夾批）其他評點者在這方面也發表了不少意見，聊舉二例：「倬然之救王公，不惜功名，不顧身命，知恩報恩，不愧古人！」（《枕上晨鐘》第15回回末總評）「如叔寶者，真乃貧而有守者也：有輕財之友而不投，遇豪貴之交而不認。」（《隋史遺文》第8回回末總評）

對某些女性人物形象，評點者們也往往將她們視作倫理道德的載體而進行評判。如董孟汾於《雪月梅傳》第34回的夾批：「好文章擲地當作金石聲，賢哉岑母！規戒之語，純是從聖賢學問中來。」再如寄旅散人在《林蘭香》第57回回末總評中對春畹的評價：「春畹為侍女是賢侍女，為妾是賢妾，為妻是賢妻，為母是賢母。攸往咸宜，真令人愛之敬之。」

更有甚者，有的評點者不僅認為「人」應該懂得倫理道德，就是動物有時也具有倫理「意味」。如《三國演義》第77回寫關羽死後，赤兔馬「數日不食草料而死」，毛宗崗借機批云：「此馬不為呂布死而為關公死，死得其所矣。馬亦能擇主乎？」對倫理道德的推崇竟至到了由人而及馬的地步！

二、作者心靈的外化

中國古代小說，可從不同角度進行多種類別劃分。如果從創作主體和作品的關係來看，則可分為兩大類。一類是「積累型」作品，如《三國演義》《水

滸傳》《西遊記》等。它們的特點是成書過程十分複雜，往往先有歷史事實，隨即是民間流傳，再往後是「說話」和「戲曲」等講唱藝術的演講，最終由一位或幾位文人在此基礎上進行搜集、整理、加工再創造而寫成通行的文本。質言之，這類小說是民眾與文人共同勞動的結果。另一類是「原創型」作品，如大量的傳奇小說、擬話本小說以及《金瓶梅》《儒林外史》《紅樓夢》等。它們的特點是成書過程相對簡明一些，一般都有比較明確的作者。質言之，他們是文人單獨創作的作品。

上述兩類作品雖有集體創作和單獨創作之分別，但「作者」（或寫定者）的思想卻全都不可避免地要在作品中頑強地表現出來。當然，在原創型作品中，作者的主觀意圖可能貫徹得更全面、系統一些，而在積累型作品中，寫定者的思想可能會流露得零碎、枝節一些。進而言之，在小說作品中，最能體現作者或寫定者意識形態的是什麼呢？回答是：人物形象。尤其是在那些主要人物身上，創作主體的思想往往能得到最充分、最愜意的表達。

至於評點者，對於小說作者筆下人物的評價則表現出兩種狀態。其一，評點者得作者之胸臆，並與作者產生共鳴。在這種情況下，評點者的意見就是符合作者原意和作品實際的。其二，評點者與作者有一定的思想距離，他是按照自己的思想觀念來認識作品中人物形象的，這樣就會得出並不符合或並不完全符合作者原意的結論。如果評點者見識低於作者，就會歪曲作者原意；如果評點者見識高於作者，就成為一種「再創造」了。就後一種情況而言，評點者在某種意義上也是作者（甚至有的評點者還修改原著，如金聖歎、毛宗崗等等）。因此，本節所謂「作者心靈的外化」，其實也包含了部分評點者心靈的外化。

（一）「特以泄其暫爾之憤懣」

古人有所謂「發憤著書」說，在小說創作領域，也有發憤而為小說的言論。明代前期，劉敬就在《剪燈餘話序》中指出作者「特以泄其暫爾之憤懣」。至於署名李贄的《忠義水滸傳敘》中那段發憤而為小說的名言，則更為人們所熟知：「古之賢聖不憤則不作矣。不憤而作，譬如不寒而顫，不病而呻吟也，雖作何觀乎？」

《出像評點忠義水滸全傳》第15回在阮小五訴說官府擾民的罪責時，有眉批云：「說透千古情弊，使人見官府痛恨，見盜賊快意，如此世界，便是險事。」這是非常典型的批評者得作者之文心的例子。在這裡，書中人物、小說

作者和評點家三者之間的看法是基本一致的。與此不同的是金聖歎在《水滸傳》第 18 回回前總批中所言：「此回前半幅借阮氏口痛罵官吏，後半幅借林沖口痛罵秀才，其言憤激，殊傷雅道，然怨毒著書，史遷不免，於稗官又奚責焉？」這便不純然是作者的意思。分明有些評點者自己的意氣夾帶其中了。到了《青樓夢》第 15 回的回前總批，情況就更不一樣了：「人秉天地秀靈，具絕世才華，抱半生抑鬱，固不得不有以發洩。於是以憂傷之意，作虛幻之詞，竟以青樓二女巨眼當之，識挹香於乞丐時，則此書之旨，猶屈平之騷，宋玉之賦而已。」這段話，不僅指出了作者借書中人物以發洩內心憤懣的事實，而且，還將評點者自己的人生感受打入其中。

小說作者們除了借書中人物發表對現實的整體不滿而外，還表達出各自對生活中某些具體問題的看法，而有些評點者自然也不願放過這大發牢騷的機會。《李卓吾先生批評忠義水滸傳》第 17 回回末總評云：「李生曰：魯智深、楊志卻是兩員上將，只為當時無具眼者，使他流落不偶。若廟堂之上得有一曹正、張青其人者，亦何至此哉！李卓吾為之放筆大笑一場。」這段頗帶評點者主觀感情色彩的言論，表達了對人才得不到重用的憤懣。再如《發財秘訣》第 10 回回末總評云：「著者嘗言，生平所著小說，以此篇為最劣。蓋章回體例，其擅長處在於描摹，而此篇下筆時，每欲有所描摹，則怒皆為之先裂。」批評者深得作者之文心，並且引用作者言論印證自己的觀點，甚至涉及由於作者對社會中小人的極端憤怒，影響到小說創作時的平和心態，未能正常展開藝術描寫，終至弄出了「生平所著小說，以此篇為最劣」的可悲結局。由此可見，創作主體在小說創作過程中借書中人物以發洩心頭憤懣的情況是多麼使評點者注目。

（二）「作者於此寄慨不少」

與發憤而為小說有著某種聯繫的另一種觀點就是，在書中人物身上寄託著作者的人生感歎。《水滸傳》第 14 回，阮小七曾說「人生一世，草生一秋」。金聖歎接過這句話，在回前總批中作了酣暢淋漓的發揮：「阮氏之言曰：『人生一世，草生一秋。』嗟乎！意盡乎言矣。夫人生世間，以七十年為大凡，亦可謂至暫也。乃此七十年也者，又夜居其半，日僅居其半焉。抑又不寧惟是而已。在十五歲以前，蒙無所識知，則猶擲之也。至於五十歲以後，耳目漸廢，腰體不隨，則亦不如擲之也。中間僅僅三十五年，而風雨占之，疾病占之，憂慮占之，飢寒又占之，然則如阮氏所謂論秤秤金銀，成套穿衣服，大碗

吃酒，大塊吃肉者，亦有幾日乎耶！」這真是一種痛苦而又坦白的人生體驗。或許書中那鹵莽的阮小七並沒有想得那麼多，但金聖歎卻認為這是作者借書中人物在表白自己的內心感受，而作為評點者，也不妨再次「轉借」，用來作為自己的人生感歎。準乎此，《水滸傳》中阮小七的這段話，就不僅僅是作者心靈的外化，甚至是評點者心靈的外化了。

如果說，上面那段話還有點金聖歎將自己的思想「強加」給作者和書中人物之嫌疑的話，那麼，下面的一些評點文字則是評點者對作者的「知心」之論了。先看《儒林外史》臥閒草堂本的幾段評語：「秦老是極有情的人，卻不讀書，不做官，而不害其為正人君子。作者於此寄慨不少。」（第 1 回回末總評）「牛、卜二老者，乃不識字之窮人也，其為人之懇摯，交友之肫誠，反出識字有錢者之上。作者於此等處所，加意描寫，其寄託良深矣。」（第 21 回回末總評）「高、施二人自誇科第正途，動輒看人不起，一遇萬中書事，手足無措，被鳳四老爹弄之股掌之中，此作者寓意處。」（第 50 回回末天目山樵評語）無論正面人物或是反面形象，無論是寄託還是寓意，聯繫吳敬梓的生平，我們可以斷言這幾段評語是切中肯綮的。

再看其他例證。劉松亭云：「除黃讓父子，其忠孝無可議外，其餘麟閣功勳悉屬女子，作者其有微意乎？」（《嶺南逸史》第 28 回回末總評）鄒弢云：「作者生平以大用是期，而寥落風塵，一腔絕大經營，苦於無從表見，故借挹香筮仕一節，發洩幾分出來。」（《青樓夢》第 53 回回前總批）

評點者們認為，小說作家除了在書中人物身上寄託自身感慨而外，還寄託了某些人生感悟。《西遊補》的評點者對此特別敏感，他再三宣稱孫悟空乃「人心」的象徵，而作者正是藉此闡發了人生感悟：「蓋行者迷惑情魔，心已妄矣；真心卻自明白，救妄心者，正是真心。」（第 10 回評語）「收放心，一部大主意卻露在此處。」（第 11 回評語）「五色亂是心猿出魔根本，乃《西遊補》一部大關目處。」（第 15 回評語）明眼人不難看出，這實際上是更深層次的人生感慨。

（三）「非過來人，不能得知如此親切」

至此，我們必須進而探討一個核心問題：在評點者們看來，小說作者、作品以及書中人物究竟是何種關係呢？

張竹坡強調小說作者的人生體驗：「作《金瓶梅》者，必曾於患難窮愁，人情世故，一一經歷過，入世最深，方能為眾腳色摹神也。」（《批評第一奇書

〈金瓶梅〉讀法〉)「作者寫玉樓，是具立身處世學問，方寫得出來。」(第7回回前總批)「身污、途窮，所以著書。作者本意了了。」(第7回眉批)

「脂批」則比較強調作者與書中人物及其故事的內在聯繫。當《紅樓夢》第1回寫「眼淚還債」時，甲戌本眉批：「知眼淚還債大都作者一人耳。余亦知此意，但不能說得出。」在《紅樓夢》第27回描寫「黛玉葬花」和《葬花吟》時，庚辰本眉批：「開生面，立新場，是書不止《紅樓夢》一回，惟是回更生更新。且讀去非阿顰無是佳吟，非石兄斷無是章法行文，愧殺古今小說家也。」在第28回，評點者意猶未盡，繼續討論作者與書中人物及其「作品」的關係。不過，這一次評點者卻將自己也扯了進去，甲戌本眉批：「不言鍊句鍊字辭藻工拙，只想景想情想事想理，反覆追求，悲傷感慨，乃玉兒一生天性。真顰兒知己，則實無再有者。昨阻余批《葬花吟》之客，嫡是玉兒之化身無疑。余幾點金成鐵之人，笨甚笨甚。」

說到作者通過書中人物的「作品」來表現自己的才華，這種做法在《雪月梅傳》中也有相同的例證。該書第 37 回寫岑生奉旨草擬了一道「四六表章」，皇帝和大臣們都讚歎不已。此處，董孟汾夾批：「岑生表之美，即作者文之美。讀此知是鏡湖自譽之筆。」

當然，也有認為作者是託之遊戲的說法。如《續虞初志·陶峴傳》篇末批語：「此扼腕傷懷，而託之遊戲，以銷其壯心者。」

甚至有的評點者深入到作者的人格層次來探討問題。如董孟汾在《雪月梅傳》第 12 回的回末總評中說：「前半寫蔣、岑忠義激烈，直從血性流出，然非忠義人不能道隻字。」

更有甚者，有的評點者認為作者之所以能塑造出某些人物，是因為作者乃「過來人」，或者乾脆就是作者的夫子自道。但明倫《聊齋誌異·於去惡》夾批云：「非過來人，不能得知如此親切。」馮鎮巒《聊齋誌異·葉生》篇後批云：「余謂此篇即聊齋自作小傳，故言之痛心。」但明倫《聊齋誌異·司文郎》夾批云：「拭淚而言，先生自道也。」《小豆棚·莊仙人》的篇末，袁碩夫大筆一揮：「作宦不得志於大官，強於得罪子民。千古一轍，良可寄慨！七如作是，豈自道耶？」

眾所周知，中國小說發展到清代，出現了不少「夫子自道」的作品，至少是作者將自己的生活經歷和感受打入作品之中，寄託於書中人物身上。正因如此，才有小說創作中的「自敘傳」一說。而某些評點者或是作者的親戚

好友，或為作者的同時代人，至少也是對作者生活的時代甚至生平事蹟瞭解頗為深入者。他們在各自的評點文字中反覆指出「過來人」「夫子自道」「自作小傳」云云，至少是看到了中國古代小說的一種特殊狀況——作者與作品聯繫特別緊密。他們將這種狀況指點出來，並認為這是小說創作的一種高級狀態而予以讚揚，這一方面體現了他們審美目光之銳利，另一方面也給後人閱讀那些小說原著提供了極大的便利。從這個意義上講，這一類的評點文字是具很高的資料性和審美性雙重價值的。

（原載《揚州大學學報》2006 年第四期）

融合・超越・凝固
——談新武俠小說的來龍去脈

　　本世紀二十年代以來的武俠小說，毫無疑問是植根於中國文化的土壤之中的。關於這一點，已有不少文章從各個不同的側面進行了研究、分析，使人很受啟發。但武俠小說畢竟是小說，它與我國古典小說尤其是明清章回小說有著更為直接的關係。

　　談到近世武俠小說與明清章回小說的關係，人們往往不知不覺地把眼光投向《水滸傳》等英雄傳奇小說或《三俠五義》等俠義公案小說。這自然不錯，「武俠」小說嘛，當然首先必須從英雄和俠義兩類小說中吸取營養。但是，能給武俠小說以影響的，絕非僅止於以上兩類作品。應該說，「歷史演義」、「英雄傳奇」、「神魔怪異」、「世態人情」、「俠義公案」乃至「才子佳人」等各類作品，均不同程度、不同層次地影響著近世武俠小說。從一定的意義上講，武俠小說正是我國明清兩代多種章回小說大融合的產物。

　　為了說明問題，我們不妨先做一點表層的掃視。武俠小說除了對英雄人物笑傲江湖的劍俠生活作淋漓盡致的描寫之外，還反映了相當廣泛的社會內容。例如：作者們總愛給書中英雄人物的活動安排一定的歷史場景，讓讀者在那刀光劍影的背後隱隱體會到作者們各自的歷史觀、政治觀，有的作品甚至在一定程度上反映了一朝一代的興亡，反映某些歷史大事件的始末，這便具有一些「野史」的意味，使人感覺到有「歷史演義」小說的框架在起作用。再如：作者們還寫到正、邪各派人物那超乎凡人的本領，雖不至移星換斗，卻堪稱鬼技神功，那震動山谷的長嘯、那橫掃千夫的掌風、那殘天缺地的絕

活、那精湛無比的內功，恰恰把那些英雄或魔頭置於「人」與「神」之間的半人半神的境界，雖不是「神」的「人化」，卻算得上「人」的「神化」，這大概又有點兒神魔怪異小說的遺風吧。還有：作者們於江湖上的格鬥廝殺之外，還常常把筆鋒轉向那市井家庭的生活，時而荒村野店、時而酒肆歌樓、時而深宅大院、時而十字街頭，從而勾畫出種種世情冷暖、人面高低的人間悲喜劇場面，這也許又帶有一些世態人情小說的餘緒了。甚至於：作者們在大寫英雄豪氣三千丈的同時，又常常將百鍊鋼化作繞指柔，點染出少男少女之昵昵恩愛語、鶴髮蒼顏之悠悠不了情，從兩鬢斑斑的老江湖到豆蔻年華的女羅剎，從殺人如床的魔窟鷹梟到百折不撓的武林大俠，愛也罷、恨也罷、愛極而恨也罷、恨極而愛也罷，總之是情根一脈，常常咬住不放，這彷彿又借鑒了才子佳人小說筆墨之點點斑斑。所有這些，足以說明武俠小說對明清章回取法之廣泛，並不侷限於英雄、俠義兩類作品。

然而，若僅僅從以上分析便得出武俠小說融合明清章回各類作品的結論，那顯然是流於表面化了。若僅僅如此，便算不得融合，而只能是雜燴。武俠小說對明清章回的融合應該是建立在更高的層次上。

明清章回小說，乍一看似乎五色迷目、類別紛呈，但實際上，我們可以將其審美效果作兩大類別的劃分。一類是以「事」之奇為主的小說，這類作品主要追求的是故事的離奇曲折、場景的頻繁更換、結構的大開大合、人物的迥然有異，在這裡，美與醜、善與惡、好與壞、優與劣，涇渭分明，不容混淆，也不用去沉思玩味，它們給人以強烈的感官刺激，從而產生一種快暢的審美效果。另一類是以「情」之奇為主的小說，這類作品所追求的乃是故事的自然合理、場景的相對穩定、結構的針線細密、人物的些微差異，在這裡，美與醜、善與惡、好與壞、優與劣都存在於相反相成的辯證關係之中，既相互對立、又相互作用，閱讀時必須細心領會，它們給人以冷峻的心靈觸發，從而產生一種雋永的審美效果。除了為數不多的幾部古典名著外，章回小說的一般作品並沒有將這二者融為一個有機的整體；相反，卻向著各自的極端越走越遠。其結果，便造成了讀者群的「俗」與「雅」的兩極分化。前者能滿足一般讀者的好奇心，讀之有「味」，丟開後卻沒有「餘味」；後者雖能引起文化層次較高的讀者的興趣，細細咀嚼，「餘味」無窮，但一般讀者匆匆讀過之後卻實在難解其中「味」。嚴格地講，二者均未能達到雅俗共賞的地步。

武俠小說對明清章回的融合，其實質就體現在將「事」之奇與「情」之奇的融合，體現在既追求強烈的感官刺激、又追求冷峻的心靈觸發，既追求快暢的審美效果，又追求雋永的審美效果，從而力圖達到雅俗共賞、老少皆宜的地步。實際上，大多數的武俠小說也的確取得了這種效果。讀者初一接觸，便被作品中那曲折離奇的故事所吸引，恨不得一口氣讀下去。隨著對故事情節的大口吞咽，作者們所精心刻畫的那些性格複雜的人物形象便在讀者心目中不知不覺地站立起來。又隨著書中人物之間的種種糾葛、鬥爭，讀者的愛憎感情油然而生、是非觀念逐漸明晰、審美興味愈益濃厚，從而被作者們牽引著，走向那融合著歷史與現實的塵寰世界，那充滿著哲理與世俗的人生歷程；領略那以老莊的無中生有、無為無不為的思想為最高境地的武功神技，那盤結著愛與恨、癡與嗔、親與仇、情與理的種種感情糾葛的樂曲悲歌；進入那遙遠而又迫近、熟悉而又陌生、清晰而又模糊的心靈邀遊的意境。作者們有意識地要控制讀者在領受到一份審美快感的同時，又情不自禁地進行著種種關於歷史的、現實的、宗教的、人生的、哲理的、感情的反思與回味。這種讀之有味和讀後有餘味的雙重審美效應，正是武俠小說對明清各類章回小說大融合的結果；同時，更是武俠小說對明清兩代眾多章回小說的一種藝術超越。

唯其有這種超越，武俠小說才能贏得至為廣泛的讀者；唯其有這種超越，武俠小說才能使章回小說面臨絕路時又枯木逢春；唯其有這種超越，武俠小說才盛行半個多世紀而方興未艾；唯其有這種超越，武俠小說才能滿足當代讀者那混合著古典式與現代意識的審美追求。

當我們讀膩了明清章回中那些二、三流乃至末流的作品、當我們習慣於那些程式化的敘寫並已產生反感的時候，讀一點近世武俠小說，會自然而然地產生一種新鮮感。但是，當我們讀了十幾部乃至幾十部近世武俠小說之後，這種新鮮感也逐漸被蒙上了陳舊的灰塵，慢慢又開始「習慣」起來。對那種「一個有志氣、天賦異稟的少年如何去辛苦學武，學成後如何去揚眉吐氣出人頭地」或「一個正直的俠客，如何運用他的智慧和武功，破了江湖中的一個規模龐大的惡勢力」的「固定的格式」開始習慣起來。於是，一種「也不過是那回事」的感覺便油然產生。殊不知，當讀者產生這一種審美過程中的疲憊感時，對小說作者們而言，無異於發出了一個危險信號。這是一種警告，也是一種挑戰，是一種出自本能的、必然的挑剔，猶如人們不願意每天的餐

桌上總擺著相同的、重複的飯菜一樣。人類從事各種工作，都是越熟悉、越熟練為好；但當人們進行文學欣賞的時候，情況恰恰相反。如果讀者一旦產生「似曾相識燕歸來」的感覺時，那麼，此類作品所面臨的必將是「無可奈何花落去」的可悲結局。「凝固化」，無疑是文學創作的天敵，而近世武俠小說正面對著這種即將或已然「凝固化」的危機。

近世武俠小說已經超越了明清章回中大多的一般作品，這已成為一個事實。而緊接著的是，武俠小說的作者們如何盡力超越自我、向著那永無止境的藝術天涯邁步，這大概是武俠小說的讀者們希望出現的「事實」吧。

（原載《文史知識》1991 年第 5 期）

如願以償的「粉絲」

　　清代中葉，有一部風情小說名叫《章臺柳》，主要敘述了著名詩人韓翃與豪門歌姬柳氏悲歡離合的愛情故事。該書根據唐人傳奇小說《柳氏傳》改編而成，其間插入了開元、天寶年間的一些故事。書中有一個片斷頗為有趣，說的是豪門子弟李生，因與韓翃要好，同時也很佩服韓的才華，決定將家中的歌姬柳氏贈送給韓翃，於是，出現了下面一幕：

　　　柳姬道：「韓君平一窮士耳。」李生道：「你那曉得，他雖窮士，
　是當今一個大才子哩。近有寒食詩，都譜入御前供奉了。」柳姬
　道：「可是那『春城無處不飛花』的詩麼？」李生道：「便是。」柳
　姬道：「清新俊逸。庾、鮑不過如此。」（第三回）

後來，韓生與柳姬在李生的撮合之下，終於成其好事：「韓生打發輕娥去後，方才緊閉繡房，把燭移向床前，寬去大衣。柳姬亦卸下妝飾，僅留內衣不去。同入羅幃，香腮相猥，舌尖吐送。……到了此時，情不自禁。……柳姬因愛慕已久，倍覺情濃。」（第五回）

　　在這個故事中，柳氏與韓生的愛情有一個基礎：「愛慕已久」。那麼，柳氏究竟愛韓生什麼呢？當然不是金錢。因為柳氏原本就生活在豪門之中，而「韓君平一窮士耳」。柳氏之所以看中「姓韓名翃字君平」（第一回）的那位書生，主要是因為他寫出了「春城無處不飛花」的詩句，而且他的整個詩作「清新俊逸」，超過了庾信和鮑照等著名詩人。這種情結，在當時叫做「慕才」，在今天則可以稱之為韓翃的「粉絲」。

　　「粉絲」如願以償地得以與心愛的崇拜對象生活在一起，這也是人世間的一大幸事！

問題在於，《章臺柳》所描寫的柳氏的這種粉絲情結，是從哪兒學過來的？

最大的可能當然是《柳氏傳》，因為整篇《章臺柳》就來源於《柳氏傳》。

但是，當我們翻閱了整個《柳氏傳》之後發現，該篇中其實沒有如此態度鮮明的「粉絲情結」的描寫。該篇最具「粉絲」意味的一句話不過是「翊仰柳氏之色，柳氏慕翊之才，兩情皆獲，喜可知也。」

這樣一句體現「郎才女貌」的相互傾慕的話，在唐宋元明清歷朝歷代的才子佳人小說中實在多見，還夠不上真正的「粉絲」級別。看來，《章臺柳》中這段粉絲情結我們還得另找來源。

其實，這來源就在另一篇唐人傳奇小說《霍小玉傳》中。請看如下描寫：

「小玉自堂東閣子中而出，生即拜迎。但覺一室之中，若瓊林玉樹，互相照曜，轉盼精彩射人。既而遂坐母側，母謂曰：『汝嘗愛念「開簾風動竹，疑是故人來」，即此十郎詩也。爾終日吟想，何如一見？』玉乃低鬟微笑，細語曰：『見面不如聞名，才子豈能無貌？』生遂連起拜曰：『小娘子愛才，鄙夫重色，兩好相映，才貌相兼。』母女相顧而笑，遂舉酒數巡。生起，請玉唱歌，初不肯，母固強之。發聲清亮，曲度精奇。酒闌，及暝，鮑引生就西院憩息。閒庭邃宇，簾幕甚華。鮑令侍兒桂子、浣沙，與生脫靴解帶。須臾，玉至。言敘溫和，辭氣宛媚。解羅衣之際，態有餘妍，低幃昵枕，極其歡愛。生自以為巫山、洛浦不過也。」

《柳氏傳》中的韓翊，其實就是唐代著名詩人韓翃。（參見傅璇琮《唐代詩人叢考》）而《霍小玉傳》中的李益，亦即唐代著名詩人李益。（參見魯迅《唐宋傳奇集·稗邊小綴》）兩篇以現實生活中的著名詩人為男主人公的小說，當然都會出現美女慕郎才的描寫。不過，《柳氏傳》只是稍稍涉及，以「柳氏慕翊之才」一筆帶過，而《霍小玉傳》則進行了上引那麼一大段生動的描寫。

那麼，兩者之間究竟誰影響了誰呢？這就得給兩篇唐人傳奇小說分一個「伯仲」。

《柳氏傳》的作者許堯佐，正史無傳。據《唐會要》卷七十六，知其於貞元十年（794）以「賢良方正能直言極諫」科及第，又據宋無名氏《寶刻類編》卷五收許堯佐《陽翟縣廳記》一文，作於元和十四年（819）。可知許堯佐為唐

德宗至唐憲宗時人。（參見《中國古代小說總目提要》）《霍小玉傳》的作者蔣防，兩《唐書》亦無傳。據考，蔣防為元和四年（809）進士，約卒於大和末年（835）。活到了唐文宗時代。（參見《中國文言小說家評傳》）兩相比較，是許堯佐年輩略早於蔣防，而幾乎所有的唐人傳奇小說選本，均置《柳氏傳》於《霍小玉傳》前面。

如此看來，《霍小玉傳》中的那一段「粉絲情結」的描寫是對《柳氏傳》中的「粉絲涉及」的發揚光大。然後，《章臺柳》又同時接受了《柳氏傳》中簡約的「粉絲涉及」和《霍小玉傳》中細膩的「粉絲情結」。於是，就有了「柳姬因愛慕已久，倍覺情濃」一句以及本文開頭所引的「那一幕」。

由此可見，小說作品之間的繼承、發揚是一件多麼複雜的事，絕不是用「一脈相承」四個字就能解釋清楚的。

但無論如何，這三篇作品之間的對「郎才」的傾心卻是「一脈相承」的，這應該是中國古代小說的一個優良傳統。

今天或許還有這一優良傳統的繼承者，或者是「錯位」的繼承者——傾慕女才。

可惜的是，這種繼承者極有可能會越來越少。

更多的則是將對「郎才」的傾慕修改為對「郎財」的傾慕，而且不管這「郎」有多老。這樣，就產生了不少「老財郎」的粉絲、纏綿的粉絲。

而且，這些新的、劃時代的「粉絲」也多半如同柳氏和霍小玉一樣如願以償了。

不知道這究竟是時代的幸運還是悲劇？

不知道這究竟是人類的進步還是沉淪！

我真的不知道！

（原載《稗史迷蹤》，中州古籍出版社，2012 年 6 月出版）

為「王八」而殺「淫婦」的「姦夫」

　　在中國古代小說作品中，有很多姦夫淫婦合謀而殺害本夫的故事，《水滸傳》中的潘金蓮與西門慶合謀殺害武大郎就是其中的經典。然而，還有一種情況，在小說史上也屢屢出現，那就是姦夫為了本夫而殺害淫婦。這真是一種出人意料的結局，但其中所隱含的文化意味卻是發人深思的。

　　我們且從唐人沈亞之的傳奇小說《馮燕傳》說起。

　　馮燕是一個「意氣任俠」之人，因殺人而隱藏於滑鎮軍中。隨後卻發生了一件令人意想不到而且無法理解的事：

　　「他日出行里中，見戶旁婦人翳袖而望者，色甚冶。使人熟其意，遂室之。其夫，滑將張嬰者也。嬰聞其故，累毆妻，妻黨皆望嬰。會從其類飲，燕因得間，復偃寢戶，拒寢戶。嬰還，妻開戶納燕，以裾蔽燕。燕卑蹐步就蔽，轉匿戶扇後，而巾墮枕下，與佩刀近。嬰醉目瞑，燕指巾令其妻取。妻即以刀授燕。燕熟視，斷其頸，遂巾而去。」

　　這位被人視為俠士的馮燕，做的卻是一件極傷感情而講道義的事。他與張嬰的妻子私通，在險些被張嬰發現時，馮燕要女人拿過頭巾來遮蔽自己，女人誤會了，以為「姦夫」要殺「本夫」，便遞過頭巾邊的佩刀。不料，姦夫並未殺本夫，而是在盯著女人看了半天之後，毅然決然地將「淫婦」殺了。

　　這裡，對女人的所作所為如何評價是另一回事。僅從馮燕的角度看問題，他是極其有「理」而無「情」的，而且是一種站在大男子立場上極端賤視婦女的有「理」無「情」。那紅杏出牆的女人與馮燕幽會多次，而且還因此飽受丈夫的毒打，應該說，她對馮燕付出了很多。而馮燕在關鍵時刻，為了維

護自己的心中的「道義」，或者說為了使自己的俠士心態不受到傷損，竟然殺掉了自己心愛而且也愛著自己的女人。在馮燕看來，所有的過錯，包括通姦的事實、背叛倫理的行為以及殺人的念頭這些罪責，統統該由那淫婦承擔，身為「姦夫」者並無罪愆。而姦夫殺死淫婦的行為則不僅無罪反而是一種人格完善、道德完美的表現。

這樣一種「馮燕式」的行為邏輯，是封建時代專屬於男權擁有者的。然而，這卻是一種非人道的、令人感到不寒而慄的行為邏輯。如果這種行為邏輯的體現者也能夠稱之為「俠」的話，那只能標誌著俠文化的墮落。

更為可怕的是，馮燕這種有「理」無「情」的人格追求不僅得到沈亞之的表彰，而且還被此後的小說家不厭其詳地「複製」。

宋人張齊賢的傳奇之作《洛陽縉紳舊聞記》中，就有一位與馮燕心態相近似的人物。該書寫道：

> 向中令諱拱，……年二十許，膽氣不群，重然諾，輕財慕義，好任俠，借交亡命，靡所不為。嘗與潞民之妻有私，後半歲，向謂所私之婦曰：「多日來不見爾夫，何也？」婦笑曰：「以我與爾私，常磨匕首欲殺我，懼爾未得其便。會爾久不及我家，與鄰人之子謀，許錢數十千，召人殺之。鄰家之子曰：『若我殺之，汝肯嫁我乎？』念夫常欲殺己，恨無逃避之路，遂許之。會夫醉臥城外，鄰家子潛殺而埋之，懼為人覺，且潛遁矣。」向曰：「鄰家子今安在？」婦人曰：「在某所。」向密尋而殺之，回責所私婦人曰：「爾與人私而害其夫，不義也。爾夫死，蓋因我，我不可忍。」遂殺其婦人，擲首級於街市。（《向中令徇義》）

這位向拱的「俠義」行為較之馮燕而言似乎要合情合理一些，因為那淫婦畢竟先將本夫害死。而且，除了向拱之外，女人還利用了一位「準姦夫」鄰家子。這樣的女人，較之馮燕所交往者似乎更為惡毒，因而向拱站在「第四者」的立場，將準姦夫與淫婦先後殺掉，也就更為符合封建時代男子漢們的道德準則了。然而，就其本質而言，向拱與馮燕並沒有什麼不同，他們都是披著俠義道德外衣的極端男權主義者。

如果說，這種表彰極端男權主義的作品只是在「選言小說」中出現的話，其影響力還是有限的，因為廣大民眾一般不大去閱讀這些只有文化人才能欣賞的作品。可怕的是，這樣一種情結範型，終於在明清之際由「選言小說」轉

而進入通俗小說的創作領域之中。這樣一來，癌細胞擴散了，病毒的影響力成倍增長。

在明清的擬話本小說中，至少有兩篇作品中的男主人公與馮燕、向拱同類，屬於那種「有理無情」的俠義之士。一個是《型世言》第五回《淫婦背夫遭誅，俠士蒙恩得宥》中之耿埴，另一個是《歡喜冤家·鐵念三激怒誅淫婦》中之鐵念三。

明末陸人龍的《型世言》是一部竭盡全力鼓吹封建倫理道德的作品，書中的作品絕大部分寫忠孝節義，其第五篇所表彰的就是耿埴（諧音「耿直」）這位俠士。更有意味的是，該篇的「頭回」所講即馮燕故事，可見陸人龍深受沈亞之的影響。當然，通俗擬話本的描寫較之選言傳奇小說更為細膩，其間也加了不少細節描寫，但其核心思想卻是沒有變化的。我們只要摘取其中兩個片斷便可看到耿埴是如何「耿直」了。片斷之一：

「耿埴便戲了臉，挨近簾邊道：『昨日承奶奶賜咱表記，今日特來謝奶奶。』腳兒趄趄便往裏邊跨來。鄧氏道：『哥，不要囉唕，怕外廂有人瞧見。』這明遞春與耿埴，道內裏沒人。耿埴道：『這等咱替奶奶栓了門來。』鄧氏道：『哥不要歪纏。』耿埴已為他將門掩上，復進簾邊。鄧氏將身一閃，耿埴狠搶進來，一把抱住，親過嘴去。」

片斷之二：

「這邊耿埴一時惱起，道：『有這等怪婦人，平日要擺佈殺丈夫，我屢屢勸阻不行，至今毫不知悔。再要何等一個恩愛丈夫，他竟只是嚷罵。這真是不義的淫婦了，要他何用！』常時見床上掛著一把解手刀，便摯在手要殺鄧氏。鄧氏不知道，正揭起了被道：『哥快來，天冷凍壞了。』那耿埴並不聽他，把刀在他喉下一勒，只聽得跌上幾跌，鮮血迸流。」

耿埴就這樣殺死了他百般勾引而到手的女人。鄧氏較之前面兩個淫婦死得更冤，她並沒有雇兇殺夫，甚至連殺夫的刀子都沒有遞過去，只不過有「要擺佈殺丈夫」的念頭而已。然而，就在她向著情人噓寒問暖的時候，「耿直」的英雄姦夫卻向她還以冷颼颼的「風刀霜劍」。

到了更晚一點的《歡喜冤家·鐵念三激怒誅淫婦》中，姦夫鐵念三（真名沈成）與本夫崔福來被寫成「同伍夥伴」，而且「賃下一間平房，二人同住」，「兩個人也是志同道合」，竟成為異性兄弟。更有甚者，崔福來的妻子香娘還是鐵念三「介紹」給哥哥的。就是這樣一種親近關係，使得鐵念三與「嫂嫂」

香娘勾搭成奸：

「鐵念三大喜，近前抱住，雲雨一番。兩個起來，俱淨了手腳，閉好門兒，重新坐在一條凳上，摟了吃酒。說說笑笑，調得火熱，把念三做了親老公一般看待。」

後來，那香娘也起了謀害親夫的念頭，並說給鐵念三知道，鐵念三就對她毫不留情了：

「『我想，這不過五兩銀子討的，值得什麼，不如殺了淫婦，大家除了一害，又救了哥哥一命，有何不好。』正在躊躕之際，香姐只想那樣文章，去把他那物摸弄，激得念三往床下一跳，取了壁上掛的刀，一把頭髮扯到床沿，照著脖下一刀，頭已斷了，丟在地下。」

勾搭「嫂嫂」成為淫婦而後殺之，讓「哥哥」做了王八而後保護之，這就是鐵念三與眾不同的怪異邏輯。其實，這種「情愛」邏輯也並不奇怪，因為那女人「不過五兩銀子討的，值得什麼」？鐵念三的心裏話已對此做出了「合情合理」的解釋。

從馮燕到向拱，再從耿埴到鐵念三，也許還有諸如「鐵念四」「鐵念五」之類，他們都是姦夫，卻為了王八而殺淫婦，可以稱之為「馮燕現象」。從社會學的角度看，馮燕現象的底蘊是將女性作為羔羊而獻上道德的祭壇；從文學的角度看，馮燕現象則是枯燥的道德說教對鮮活的文學創作的侵蝕和干擾。但無論如何，它們都是中國文化史、中國文學史、中國小說史上的一種「反動」。

（原載《閒書謎趣》，河南人民出版社，2010 年 4 月出版）

古代小說中讓當今某些人
汗顏的「環保意識」

　　筆者少年時頑皮，做了不少壞事。其中，最懊悔不已的是以下兩次劣行。

　　其一，十幾歲時，借到一把氣槍，練習了幾天，覺得自己已經是「神槍手」了，背著槍到田野裏晃悠。忽然看見港汊邊的一棵斜枝小樹上停著一隻黃藍羽毛相間的鳥兒，也不知是什麼鳥，只是覺得好看，想把它打下來拿回家養著玩。於是，屏住呼吸瞄準小鳥，一槍打去，還真打中了。不過，沒有掉在地上，而是掉到了港汊之中。看著帶傷的小鳥在水中拼命掙扎的慘狀，我的心咯噔一下，受到了強烈的刺激。於是飛快地跑回家中，坐在凳子上癡呆了大半個鐘頭。從此以後，我再也不打鳥兒，而且，看見別人打鳥我就反感。

　　其二，十六歲那年上山下鄉當知青，生產隊派我到武沙（武漢至沙田）鐵路工地去參加民兵大會戰，專修橋樑和涵洞。隨著鐵路線的延伸，我們這些民工不斷在線路邊上的村莊「轉移」居住。整整一年的時間，不知換了多少次「根據地」，生活極其不便，伙食也不好，除了海帶就是豆瓣醬。再加上當時勞動強度極大，每天都是挑石頭、扛水泥，或者拿著鐵鍬翻砂和泥。因此，心裏老是窩著一團火。一天，延長了一個小時的班，放工時已是暮色蒼茫，與兩位農民大哥一起扛著鐵鍬在田野中晃蕩歸家，忽然看見路邊一枝長長的南瓜藤，開著金黃色的花，似乎在向我炫耀它的美麗。不知為什麼，這美麗對我形成了一種刺激，剎那間喪失理智，拿著鐵鍬，向那枝南瓜藤殺去，

當場將其斬斷。同行二人中那位年齡較大的農民平時和我的關係相當不錯，看見我粗野的行為，他並沒有說什麼，只是狠狠地瞪了我一眼。至今，四十多年過去了，我還清清楚楚地記得他那譴責的眼神。

年紀大了我才明白，為什麼我做了那兩件錯事以後會感到終身不安，因為在我的內心深處還儲藏著對生命（包括動物的和植物的）的珍愛。進而言之，我們人類熱愛自然界的其他生命，其實也就是愛我們自己。因為那些生靈的存在客觀上形成了我們人類生存的綠色環境。如果徹底地消滅了「它們」，我們就會成為「孤家寡人」，而「孤家寡人」的生命是不可能維持到永久的。

可惜的是，當今社會，並不是每一個人都明白作為一個「人」本應該明白的這個最基本的道理。

但我們的祖先卻有不少人較早地明白這個道理。

有一些古代小說作品，其作者的本意或許並非反映「環境」問題，但在客觀上卻體現了古人的環境保護意識，以及由這種環保意識進而上升到理性的一種認識——自然而然。

因此，這些小說作者便做了兩件事：一是譴責那些破壞環境、濫殺無辜的錯誤行為，一是表彰那些珍愛生命、促進環保的美好品德。

我們先看對那種破壞自然生態的行為的譴責：

> 其人曰：「吾姓屈突氏，名仲任。……性好殺，所居弓箭羅網又彈滿屋焉。殺害飛走，不可勝數，目之所見，無得全者。乃至得刺蝟，亦以泥裹而燒之，且熟，除去其泥，而蝟皮與刺，皆隨泥而脫矣，則取肉而食之。其所殘酷，皆此類也。」（唐‧牛肅《紀聞‧屈突仲任》）

這位屈突仲任後來突然暴亡，但心頭尚有一點暖氣，因此，他的奶媽留在他身邊盼望他醒過來。原來，是因為屈突仲任殺生太多，被招到陰間。那些被他殺害的動物的冤魂紛紛找他算帳，弄得不可開交。最後，判官判決他「刺血寫一切經」，方能贖罪。這篇作品的主旨是宣揚佛家善惡有報和不殺生的思想，但在客觀上卻譴責了那種濫殺無辜、破壞生態平衡的不良行為。

《屈突仲任》這篇唐人傳奇小說後來又被凌濛初改編成擬話本小說，那段屈突仲任酷殺眾生的描寫同樣作為中心情節被保留下來：

> 仲任性又好殺，日裏沒事得做，所居堂中，弓箭、羅網、叉彈滿屋，多是千方百計思量殺生害命。出去走了一番，再沒有空手回

來的，不論獐鹿獸兔、烏鳶鳥雀之類，但經目中一見，畢竟要算計弄來吃他。但是一番回來，肩擔背負，手提足繫，無非是些飛禽走獸，就堆了一堂屋角。兩人又去舞弄擺佈，思量巧樣吃法。就是帶活的，不肯便殺一刀、打一下死了罷。畢竟多設調和妙法：或生割其肝，或生抽其筋，或生斷其舌，或生取其血。道是一死，便不脆嫩。（《拍案驚奇》卷三十七）

這段描寫，較之唐人傳奇更為細緻，也更帶有血腥氣味，因而譴責的力度也就更大。

當然，譴責濫殺無辜的行為除了描寫血腥場面以外，還可以運用調笑筆墨。晚清有一部章回小說《八仙得道》就是這樣做的。

該書說有一個吳大戶，無端受到妖精的凌辱和迫害。他自己被妖精攝走丟棄在「山後一個千人坑，那是異鄉人棄屍之地」，「如醉如癡昏昏迷迷地躺在樹下」。而妖精卻變成吳大戶的模樣，「登門拜訪」他的眾妻妾。結果如何？且看：「大戶的娘子本來是忠厚之人，自然也無疑慮，服侍這大戶睡下。到了半夜時分，阿呀呀壞了，原來那大戶凶淫異常。……大戶許多妻妾竟有大半吃了這大戶的苦頭。」「假吳大戶左右兩手擁著兩個裸體女子，在那裡飲酒作耍，行景十分猥褻。此外十餘女子也都一絲不掛地往來應承，雖則假為歡笑，面上卻顯然露出愁苦憤怒的神情。」（第三十三回）

其實，吳大戶及其妻妾之所以遭到由太上老君的坐騎青牛變成的妖精的荼毒也並非是純然的無端，而是大有因果的：「因吳大戶前生是屠牛的，此生又愛吃牛肉，所以受禍之烈也比別家更甚。」（第三十四回）

在譴責濫殺無辜、破壞生態的不良行為的基礎上，有的作品還通過生動的描寫體現了維護生態的人對破壞生態者的諄諄教誨。這在馮夢龍編撰的「三言」中有所反映：

忽聞撲礫的一響，墮下一隻鳥來，不歪不斜，正落在楊寶面前，口內吱吱地叫，卻飛不起，在地上亂撲。楊寶道：「卻不作怪！這鳥為何如此？」向前抬起看時，乃是一隻黃雀，不知被何人打傷，叫得好生哀楚。楊寶心中不忍，乃道：「將回去餵養好了放罷。」正看間，見一少年，手執彈弓，從背後走過來道：「秀才，這黃雀是我打下的，望乞見還。」楊寶道：「還亦易事。但禽鳥與人體質雖異，生

命則一，安忍戕害？況殺百命，不足供君一膳，鬻萬鳥不能致君之富。奚不別為生業？我今願贖此雀之命。」便去身邊取出錢鈔來。少年道：「某非為口腹利物，不過遊戲技耳。既秀才要此雀，即便相送。」楊寶道：「君欲取樂，禽鳥何辜！」少年謝道：「某知過矣！」遂投弓而去。（《醒世恒言‧小水灣天狐詒書》）

如此少年，雖犯有過失，但知錯能改，善莫大焉！如同少年時代的筆者一樣，也算孺子可教也。其實，楊寶的故事並非馮夢龍首創，它來自一個古老的傳說：

漢時弘農楊寶，年九歲時，至華陰山北，見一黃雀，為鴟梟所搏，墜於樹下，為螻蟻所困。寶見愍之，取歸，置巾箱中，食以黃花。百餘日，毛羽成，朝去暮還。一夕三更，寶讀書未臥，有黃衣童子，向寶再拜曰：「我西王母使者，使蓬萊，不慎為鴟梟所搏。君仁愛見拯，實感盛德。」乃以白環四枚與寶，曰：「令君子孫潔白，位登三事，當如此環。」（《搜神記》卷二十）

這裡，並沒有楊寶教導「彈弓少年」一段，而是直接寫楊寶從困境中拯救了一隻黃雀，而後，得到了好的報答。這樣的作品在《搜神記》中其實並非絕無僅有，而是大量存在，為了說明問題，不妨再舉一篇為例：

噲參，養母至孝。曾有玄鶴，為弋人所射，窮而歸參。參收養，療治其瘡，愈而放之。後鶴夜到門外，參執燭視之，見鶴雌雄雙至，各銜明珠，以報參焉。（同上）

這種勸人不要殺生的故事，在魏晉南北朝絕非僅僅出現於《搜神記》中，如《祥異記》《宣驗記》等志怪小說還有不少，它們在客觀上都起到了保護環境的作用。

還有的作品，將傷生與放生兩種對立的行為放在一起進行描寫，從而表達了作者的愛憎，晚清擬話本小說《躋春臺‧失新郎》就是如此。該篇甚長，但中心表達的卻是這樣一個觀點：「從此案看來，人生在世，惟傷生罪大，放生功高。你看羅雲開失子陷媳，家業凋零，無非傷生之報。劉鶴齡為善。所以功名利達，身為顯官，又得仙狐為媳，癡兒轉慧。」

當然，從六朝的《搜神記》這類志怪作品，到晚清的《躋春臺》這種話本小說，大都是為了表達一個善有善報的主題，即便是作品在客觀上起到了宣傳環境保護的效果，但作者和主人公都不是積極主動的。

有沒有積極主動地保護環境維護生態平衡的人物及其行為在中國古代小說中出現呢？有的！

且看下面這位種花的老漢：

> 生平不折一枝，不傷一蕊。就是別人家園上，他心愛著那一種花兒，寧可終日看玩。假饒那花主人要取一枝一朵來贈他，他連稱罪過，決然不要。若有傍人要來折花者，只除他不看見罷了；他若見時，就把言語再三勸止。人若不從其言，他情願低頭下拜，代花乞命。人雖叫他是「花癡」，多有可憐他一片誠心，因而住手者。他又深深作揖稱謝。又有小廝們要折花賣錢的，他便將錢與之，不教折損。或他不在時，被人折損，他來見有損處，必淒然傷感，取泥封之，謂之「醫花」。（《醒世恒言・灌園叟晚逢仙女》）

這位老花農秋先之所以能做到這些，是因為他有一種保護自然的理論：「凡花一年只開得一度，四時中只占得一時，一時中又只占數日。他熬過了三時的冷淡，才討得這數日的風光。看他隨風而舞，迎人而笑，如人正當得意之境，忽被摧殘，巴此數日甚難，一朝折損甚易。花若能言，豈不嗟歎。況就此數日間，先猶含蕊，後復零殘，盛開之時，更無多了。又有蝶攢蜂採，鳥啄蟲鑽，日炙風吹，霧迷雨打，全仗人去護惜他，卻反諮意拗折，於心何忍！且說此花自芽生根，自根生本，強者為幹，弱者為枝，一幹一枝，不知養成了多少年月。及候至花開，供人清玩，有何不美，定要折他？花一離枝，再不能上枝，枝一去幹，再不能附幹，如人死不可復生，刑不可復贖，花若能言，豈不悲泣？又想他折花的，不過擇其巧幹，愛其繁枝，插之瓶中，置之席上，或供賓客片時侑酒之歡，或助婢妾一日梳妝之餙，不思客觴可飽玩於花下，閨妝可借巧於人工。手中折了一枝，鮮花就少了一枝，今年伐了此幹，明年便少了此幹。何如延其性命，年年歲歲，玩之無窮乎？還有未開之蕊，隨花而去，此蕊竟槁滅枝頭，與人之童夭何異？又有原非愛玩，趁興攀折，既折之後，揀擇好歹，逢人取討，即便與之，或隨路棄擲，略不顧惜。如人橫禍枉死，無處申冤，花若能言，豈不痛恨！」（同上）

看了秋翁的行為，聽了秋翁的言論，如果誰還要去無故採摘大自然的花朵的話，那他大致上夠得上是「土偶泥人」了。全無心肝的「渣滓」人性！

如果有人認為，秋先畢竟是個花農，因此他愛花可能是一種「職業病」。那麼，我們就來走近一位幫助群花戰勝「風魔」的旁觀者吧。

　　唐人小說《博異志・崔玄微》寫主人公崔玄微在一個「風清月朗」的夜晚，於長滿蓬蒿的院子裏認識了一群女子，大家在一起飲酒吟詩。不料，第二天，情況發生了極大的變化：

　　　　阿措又言曰：「諸侶皆住苑中，每歲多被惡風所撓，居止不安，常求十八姨相庇。昨阿措不能依回，應難取力。處士倘不阻見庇，亦有微報耳。」玄微曰：「某有何力，得及諸女？」阿措曰：「但處士每歲歲日與作一朱幡，上圖日月五星之文，於苑東立之，則免難矣。今歲已過，但請至此月二十一日，平旦微有東風，即立之。庶夫免患也。」玄微許之。乃齊聲謝曰：「不敢忘德。」拜而去。玄微於月中隨而送之。逾苑牆，乃入苑中，各失所在。依其言，至此日立幡。是日東風振地，自洛南折樹飛沙，而苑中繁花不動。玄微乃悟，諸女曰姓楊、李、陶，及衣服顏色之異，皆眾花之精也。緋衣名阿措，即安石榴也。封十八姨，乃風神也。後數夜，楊氏輩復至愧謝，各裏李花數斗，勸崔生服之，可延年卻老，願長如此住，衛護某等，亦可致長生。

原來，這群女子是花神。她們遭到風神的摧殘，萬般無奈，只好請求崔玄微的幫助。崔玄微義無反顧地幫助了她們，得到了這些大自然的女兒的衷心喜愛和感謝。她們送給崔玄微各種水果，並希望這位護花使者「延年卻老，願長如此住，衛護某等」。這是多麼動人的呼喚呀！該篇作品通過特殊的表現手法，體現了大自然對人類的期待，不！應該說是那些希望保護生態的人們的大聲呼喊在大自然的回聲。

　　大自然是一面鏡子，你給它陽光它就還你燦爛；大自然是一道山谷，你對它笑語它就給你歡歌。大自然還是一根彈簧，你向他肆虐它就彈死你！

　　我們究竟應當怎樣對待自然？回答很簡單，那就是「自然而然」。

　　這種思想其實在老莊哲學中就已經萌發，後來又被許多有識之士發揚光大。遠的不說，我們且看兩篇距今不過一百年左右的小說作品。

　　一是晚清文言小說《螢窗清玩花柳佳談》，共四卷，每卷一故事。其中第四卷《碧玉簫》一篇中的男主人公名叫李素雲，他在十四歲時寫了一篇《愛花說》，中間有這樣的言語：

　　　　「彼所謂愛者，植其樹，莫知其趣。喜其文，莫肖其神。徒以脂粉賞其容，則所視者輕，而花不願也。即以妖豔贊其色，則所待者薄，而花不甘也。

花於此，其何以見知於人，而解意於已歟。噫！是直非愛花者耳。夫真愛花者，必其善看花，而後可會其興趣，通其精神。低回歷亂，而知其必有所思。飛舞翻翻，而體其若有所戀。神情既結，則花自如慕、如訴。相與而依依。夫花之精神若是，花之興趣若是，花之知心解意又若是。彼浪談容色者，而欲得個中之意味焉，蓋亦難矣。嗟乎！」

真正愛花的人，是與花交心，與花傳神，是以花的一切作為自己的一切，或者說，是與花同悲同喜，同呼吸共命運。

二是晚清載於《民立報·蠹書蟲軼聞》上的《花情花理花姻緣》，是一篇神異故事，其作者不知誰何。篇中寫一人夢入瓊宮，為百花定季節次序譜。醒後，發現自己已死，然屍體未寒，於是還魂。半年過後，此人成仙而去。

這篇故事的情節極其簡單，但其中宣揚的思想卻發人深省：反對人為雕琢，主張人類對待大自然必須「自然而然」。且看其中仙女對那位知識分子所說的一段至理名言：

女笑曰：「世人愛花，愛其名耳。內無珍惜之心，外慕風雅之目。甚至殘英折蕊，劃幹幡枝。或屑之以為膏，或封之而作釀。戕生敗性，莫此為甚。未贖罪譴，何有於緣。惟君之愛花也，達旦終朝，相對不倦，珍若瓊瑤，癖同詩酒。色雖替而益憐，豔稍傷而滋戚，流鶯噪葉，每慮身狂，蛺蝶攢香，猶嗔性刻。寧王金鈴之護，無微星幡乏設，靡不為之各具，保厥芳姿。豈可與世俗之情同年而語哉。」

真正愛花的人從不摧殘花，也從不拘束花。龔自珍的《病梅館記》中也說明了與此相近的道理。

這就是「花情花理」，這就是自然而然的道理。

世上所有「殘英折蕊，劃幹幡枝」的人，聽過花神的話，難道不感到汗顏嗎？

摧殘花的人是淺層次的破壞自然之理，拘束花的人則是深層次的破壞自然之理。

他們都是「大自然」的敵人。

從某種意義上講，大自然的敵人也是全人類的敵人。

（原載《稗史迷蹤》，中州古籍出版社，2012 年 6 月版）

敢於戲侮女神的輕薄男兒

　　神靈在中國古代人們的心目中是很神聖的，一般說來是不能夠隨便戲侮的。但是，女神就不太一樣了。在男權社會裏她們具有兩重性：是神，就不能隨便戲侮；是女人，就可以戲侮之。在中國古代小說中，就不乏輕薄男兒戲侮女神的故事。當然，這種戲侮在通常情況下是要付出代價的。我們不妨先來看一個「輕量級」的戲侮女神的故事。

　　　　周生，淄邑之幕客。令公出，夫人徐，有朝碧霞元君之願，以
　　道遠故，將遣僕齋儀代往。使周為祝文。周作駢詞，歷敘平生，頗
　　涉狎謔。中有云：「栽般陽滿縣之花，偏憐斷袖；置夾谷彌山之草，
　　惟愛余桃。」此訴夫人所憤也，類此甚多。脫稿，示同幕凌生。凌
　　以為褻，戒勿用。弗聽，付僕而去。未幾，周生卒於署；既而僕亦
　　死；徐夫人產後，亦病卒。（《聊齋誌異・周生》）

一個幕僚，替東家縣太爺的夫人寫了一篇呈獻給泰山女神碧霞元君的祝文。其中「栽般陽滿縣之花，偏憐斷袖；置夾谷彌山之草，惟愛余桃」兩句，用的是歷史上男寵的典故。據袁世碩先生考證，這是蒲松齡藉以諷刺曾任淄川縣令的時惟豫的。（《蒲松齡事蹟著述新考》六《蒲松齡與唐夢賚》附《聊齋誌異・周生》篇考實）所謂時縣令，也就是作品中的「淄邑」云云。據此，則可知周生的祝文中僅僅是諷刺了主人公，而與碧霞元君無涉。這位幕僚最大的過錯乃在於不該將這樣「頗涉狎謔」的詞句寫進呈給女神過目的祝文中，因為女神也是「非禮勿視」的。因而他受到了慘報：「卒於署」。甚至還拖累了送信的僕人和縣令夫人也遭懲罰而死。

　　僅僅是在寫給女神的信函中用「頗涉狎謔」的言辭揭露了他人的隱私，

就要受到如此嚴厲的懲罰嗎？至少蒲松齡先生就是這樣看問題的。他不僅寫了這個故事，而且再三強調這個問題的嚴重性。《周生》篇還有後面一段：「周生子自都來迎父櫬，夜與凌生同宿。夢父戒之曰：『文字不可不慎也！我不聽凌君言，遂以褻詞，致幹神怒，遽夭天年；又貽累徐夫人，且殃及焚文之僕，恐冥罰尤不免也！』醒而告凌，凌亦夢同，因述其文。周子為之惕然。」利用周生託給兒子的夢中語言，反覆交代「文字不可不慎也！」這還不算，在《周生》篇的後面，蒲松齡乾脆站出來說話了。異史氏曰：「恣情縱筆，輒灑灑自快，此文客之常也。然淫嫚之詞，何敢以告神明哉！狂生無知，冥譴其所應爾。」

在寫給女神的祝文中涉及「淫嫚之詞」，就得到如此慘烈的懲罰，那如果直接「戲侮」神靈本身又該是何種結果呢？我們先看發生在西晉時的一個故事：

> 咸寧中，太常卿韓伯子某、會稽內史王蘊子某、光祿大夫劉耽子某，同遊蔣山廟。廟有數婦人像，甚端正。某等醉，各指像以戲，自相配匹。即以其夕，三人同夢蔣侯遣傳教相聞，曰：「家子女並醜陋，而猥垂榮顧。輒刻某日，悉相奉迎。」某等以其夢指適異常，試往相問，而果各得此夢，符協如一。於是大懼。備三牲，詣廟謝罪乞哀。又俱夢蔣侯新來降己，曰：「君等既已顧之，實貪會對。克期垂及，豈容方更中悔。」經少時並亡。（《搜神記》卷五）

此處所謂蔣山神蔣侯者，乃漢末廣陵人蔣子文也。此子為人嗜酒好色，挑達無度。為廣陵尉，逐賊至鍾山下，受傷而死。死後為鍾山土地神，鍾山亦因之改名蔣山。上文的韓某、王某、劉某，居然敢於調戲蔣某人的女兒，真正是班門弄斧，大水沖倒龍王廟了。因此，他們所受到的懲罰、或者說是一種待遇就必然會是這樣了：給神靈當女婿。誰叫這幾位輕薄男兒敢於戲侮女神塑像呢？

然而，中國古代士人的色膽也真是比天還大，輕薄男兒戲侮女神的故事居然被反反覆覆地演繹，而且愈演愈烈，簡直到了隨心所欲的地步。

唐人有一篇傳奇小說是這樣描寫的：「汝州魯山縣西六十里小山間，有祠曰女靈觀，其像獨一女子焉。低鬟嚲蛾，豔冶而有怨慕之色。……咸通末，縣主簿皇甫枚因時祭，與友人夏侯禎偕行。祭畢，與禎縱觀。禎獨眷眷不能去，乃索卮酒酹曰：『夏侯禎少年未有匹偶，今者仰觀靈姿，願為廟中掃除

之隸。」既捨爵，乃歸。其夕，夏侯生惝怳不寐，若為陰物所中。其僕來告，枚走視之，則目瞪口噤，不能言矣。謂曰：『得非女靈乎？』禛頷之。」後來，經過向神靈請罪，「莫訖，夏侯生康豫如故。」（皇甫枚《三水小牘·夏侯禛》）

這事好像是真的，因為作者連自己都寫進作品中去了。好在此事彌補及時，作者的好朋友才免於到另一個世界去做「嬌客」。

這種書生輕薄女性神靈而遭到懲罰的片斷，到了宋人洪邁《夷堅志·花月新聞》一篇中卻是另一種情調：「（姜）廉夫之祖寺丞未第時，肄業鄉校，嘗偕同舍生出遊。入神祠，睹捧印女子，塑容端麗，有惑志焉。戲解手帕繫其臂為定，才歸即被疾。同舍生謂其獲罪於神，使備牲酒往謝，於是力疾以行。奠享禮畢，諸人馳馬先還，姜在後失道。」後來，這位姜姓書生被一劍仙化作絕色女子所迷，而此女子原先的相好上門尋仇。幸得一道士相救，殺了姜生的情敵，姜生方與女子團圓。

我們捨棄《花月新聞》中後面一段故事不議，僅就其開篇處而言，它所寫的仍然是一個與《夏侯禛》相同的片斷。這種片斷的核心意思是男人不能戲侮女性神靈，否則，總會有大大小小的災禍降臨。更令人注目的是，這種懲戒輕薄男兒戲侮女神的片斷到了《封神演義》之中，則演變成一個極具宿命意味的驚天動地的大事件了。

明代章回小說《封神演義》第一回寫道：「紂王正看此宮殿宇齊整，樓閣豐隆，忽一陣狂風，捲起幔帳，現出女媧聖像，容貌端麗，瑞彩翩躚，國色天姿，婉然如生；真是蕊宮仙子臨凡，月殿嫦娥下世。……紂王一見，神魂飄蕩，陡起淫心。自思：朕貴為天子，富有四海，縱有六院三宮，並無有此豔色。王曰：『取文房四寶。』侍駕官忙取將來，獻與紂王。天子深潤紫毫，在行宮粉壁之上作詩一首：『鳳鸞寶帳景非常，盡是泥金巧樣妝。曲曲遠山飛翠色，翩翩舞袖映霞裳。梨花帶雨爭嬌豔，芍藥籠煙騁媚妝。但得妖嬈能舉動，取回長樂侍君王。』」

商紂王這種輕薄的行為，自然引起了女媧娘娘的憤怒：「娘娘猛抬頭，看見粉壁上詩句，大怒罵曰：『殷受無道昏君，不想修身立德以保天下，今反不畏上天，吟詩褻我，甚是可惡！我想成湯伐桀而王天下，享國六百餘年，氣數已盡；若不與他個報應，不見我的靈感。』」隨即，女媧娘娘派了千年狐狸、九頭雉雞、玉石琵琶三個妖精去壞商紂王的天下。娘娘曰：「三妖聽吾密

旨：成湯望氣黯然，當失天下。鳳鳴岐山，西周已生聖主。天意已定，氣數使然。你三妖可隱其妖形，託身宮院，惑亂君心；俟武王伐紂，以助成功，不可殘害眾生。」後來的「歷史」，果然按照女媧娘娘的安排寫下去。結果是，商紂王一首用意輕薄的作品，居然斷送了成湯六百年江山，這真可謂是戲言招巨禍了。

　　調戲女神的輕薄言行固然可能招來巨禍，但有時也能導致一段美好姻緣。早在唐人傳奇小說中，就有一篇《沈警》，講述了一個由挑逗女神而引起的纏綿悱惻的愛情故事：

　　　　沈警，字玄機，吳興武康人。美風調，善吟詠，為梁東宮常侍，名著當時。……奉使秦隴，途過張女郎廟。旅行多以酒肴祈禱，警獨酌水具祝詞曰：「酌彼寒泉水，紅芳掇岩谷。雖致之非遠，而薦之隨俗。丹誠在此，神其感錄。」既暮，宿傳舍。憑軒望月，作《鳳將雛含嬌曲》，……吟畢，聞簾外歡贊之聲，復云：「閒宵豈虛擲，朗月豈無明。」音旨清婉，頗異於常。忽見一女子褰簾而入，拜云：「張女郎姊妹見使致意。」警異之，乃縣衣冠，未離坐而二女已入。……良久，大女郎命履，與小女郎同出。及門，謂小女郎曰：「潤玉可使伴沈郎寢。」警欣喜如不自得，遂攜手入門。……掩戶就寢，備極歡昵。……遂相與出門，復駕輜軿車，送至下廟，乃執手嗚咽而別。……警後使回，至廟中，於神座後得一碧箋，乃是小女郎與警書，備敘離恨，書末有篇云：「飛書報沈郎，尋已到衡陽。若存金石契，風月兩相望。」從此遂絕矣。（出《異聞錄》，見《太平廣記》卷三百二十六）

這是一篇情調高雅的愛情故事，雖然它的緣起是書生對著女神的塑像說出了內心的愛慕，但只是稍稍有點輕薄而已。而且全篇是充滿濃鬱的詩情的，書生想念女神是吟詩，女神與書生見面也是吟詩，書生與大小張女郎見面後還有很多吟詩，分手以後女神居然將戀情寫在詩箋上壓在神座後面。全篇在一片詩情之中緩緩落下帷幕，並且給人以餘音嫋嫋的韻味。

　　這就是唐人傳奇小說的風格，而相類似的故事出現在擬話本小說之中，整個格調、氛圍就完全變了樣子。

　　《生綃剪》第五回《七條河蘆花小艇，雙片金藕葉空祠》對於書生輕薄女神的故事及其結局作出了全新的描寫。（《生綃剪》一書乃多人創作，「七條

河」一篇的作者是「浮萍居士」。）該篇寫書生袁青霞有著特殊的情調，終至發展到戲侮女神塑像：「原來這個七娘子，是這七條河上一個女神。十年前，袁青霞為探親苕上，經過於此，泊舟宿歇。正是上元燈夜，祠中花燈最盛，遊觀士女最多。青霞也上崖入祠遊玩。未幾，遊人盡散，花燈亦撤。一祠明月，靄然籠罩。青霞近睹女神之像，見他豔逸非常，遂扒在臺上，捧了這個泥塑女神，親了一個嘴兒，口裏念道：『形驅若不仙凡隔，打疊衾裯夢裏來。』題罷，不覺的欣欣自樂，就除那臂上幼時所繫的雙片南金掛在帳上，向女神道：『小生袁曉，藉此燈月為媒，贈卿作記。』」後來，青霞與七娘子竟做了一番夢中情侶。醒來後，青霞大徹大悟，雲遊訪道而去。這篇擬話本小說大致上是將《花月新聞》的模式與唐人沈既濟小說《枕中記》的模式相結合，才寫出這「情了為佛」的故事。

由以上列舉的故事可以看出以下幾點：

第一，輕薄男兒戲侮女神的故事在中國古代小說中頗為常見，而且「戲侮」的方式基本相同，無非是男人要占女人的便宜，希望神女給自己當老婆、做情人之類。這實際上是中國古代許多男性的一種隱秘心理在特殊情況下的折射。因為凡是正常的男人看到漂亮的女性都會有一種親近甚或佔有的衝動，只不過在正常情況下人們出於道德的、倫理的、法律的、輿論的等多重束縛「敢想而不敢言」「有賊心沒賊膽」罷了。小說中的男兒，面對女神就敢於表達出來，這其實是一種超常環境中正常心態的表露而已，誰叫女神們都那麼美麗動人呢？

第二，一開始，凡戲侮女神的輕薄兒都要受到懲罰，或亡國、或亡身，至少也要有一段時間得了啞症。後來，漸漸地，人們在譴責和懲罰這些輕薄兒的同時又開始對他們表現了愈來愈多的同情乃至豔羨，直至給他們一個美好的結局，與被戲侮的女神成其好事。這說明了中國古代廣大男人的一種複雜心態：對戲侮女神的行為既有一種負罪心理，又有一種恐懼心理，還有一種豔羨心理。這種複雜心理的最終解決模式就是「情了為佛」，因為它可以消弭負罪、解除恐懼、杜絕豔羨。

第三，就戲侮女神的形式而言，有的高雅，有的低俗；有的含情脈脈，有的激情衝動；有的通過詩歌表情達意，有的毫無顧忌地坦白直言；有的弄一點紀念品作為「媒介」，有的則當場抱著女神塑像親起嘴來。這表現了不同時代的文化氛圍所孕育的不同體裁文學作品的不同風格。

　　第四，從敘事的角度看，此類故事是由簡單到複雜，由呆板到生動，由訓誡式的記載到感染式的描寫，由文人的雅到市井的俗。這說明小說作家們的心理越來越世俗，也越來越具有生活本來就蘊含的靈氣。無論如何，這應該視為小說史上的一種進步。

　　以上四點，惟蒲松齡例外。

　　惟其例外，更體現了蒲松齡的完整。

　　要想真正認識蒲松齡，千萬不要過分相信教科書中的「官話」。

（原載《閒書謎趣》，河南人民出版社，2010 年 4 月出版）